하늘이 감추고 땅이 숨긴

불세출의 영웅이

민족의 얼로 다시 태어났다!

소설 남이

소설 남이

권무일 지음

평민사

목 차

역사의 지하수를 굴착하다
─『소설 남이』속에 약동하는 역사적 상상력

양영길 (문학평론가)

1. 프롤로그

역사는 과거 사실 그 자체만은 결코 아니다. 신사학에서는 '우리의 당면 문제를 해결하고 우리의 미래까지도 가르쳐 주어야 한다' 라고 주장한다. 이런 의미에서 잠자고 있는 역사를 들추어 우리 역사의 현장을 역동적으로 상상해 보는 작업은 실로 의미 있는 일이다.

권무일은 『소설 남이』에서 인재 등용 방법, 북방정책 등을 바탕으로 세조의 부정적 인식을 긍정적으로 전환시키고 있다. 이러한 인식의 전환은 역사적 균형감각이 없이는 그 지평을 열어나가기 어렵다. 역사적 균형감각은 당대의 평가만이 아닌 현재와 미래와의 관계에서 인식할 때 그 지평을 새로이 개척할 수 있기 때문이다.

세조는 왕위를 찬탈하고 어린 조카와 형제들을 죽인 일로 역사에 씻지 못할 악인으로 알려져 왔기 때문에 그가 민족정기를 바로 잡고 부국강병과 국리민복을 도모한 사실을 현세의 사람들은 인정하기를 싫어한다. 그러나 나는 이 책에서 그가 국권을 바로 세

운 임금으로 그의 혁혁한 공적을 돋보이게 했다. ('작가의 말')

　이러한 역사 인식의 문제를 문학 작품에 어떻게 드러내느냐 하는 일은 작가와 독자, 그리고 시대상의 문제이기도 하다. 작가와 독자가 역사적 실천의 담당 주체로서 역사를 읽어나갈 때 그 인식의 폭과 넓이와 깊이가 얼마든지 달라질 수 있다.

　작가는 "나는 그토록 왕성하던 한민족이 어찌하여 땅도, 포부도 작아졌는가를 늘 생각하다가 그 계기가 부국강병을 실현하고 북정을 꿈꾸던 세조의 죽음과 남이 장군의 억울한 죽음으로부터 시작되었음을 알고 몹시 안타까운 마음에 붓을 들어 장편소설 『소설 남이』를 쓰게 되었다" 라고 집필동기를 밝히고 있다. 또 "나는 이 글을 쓰면서 민족혼과 민족정기를 유난히 부르짖었다" 라면서 작가는 등장인물을 통해 "천하를 경륜" 하듯 '역사적 상상력을 경륜' 하고 있다.

　『소설 남이』를 읽으면서 우리 나라가 당면하고 있는 통일문제를 깊이 생각하게 되었다. 남이 장군을 둘러싸고 있는 당대 정치 양태를 심판하고 고발하는 역사의 지하수를 퍼 올려 우리가 살고 있는 오늘날이 '역사 발전의 주요 시점' 임을 작가는 역설하고 있다. 이는 땅의 상상력 속에 민족 공동체의 역사적 정체성에의 호소이자 문제제기인 셈이다.

2. 민족정기, 그 역사적 상상력

『소설 남이』는 주인공의 영웅적인 일생을 그린 영웅소설이나 군담

소설과는 다르다. 시대적 영웅을 제대로 지키고 길러내어 약동하는 역사적 지평을 개척해 주지 못하고 있는 당대 정치를 질타하는 정치소설이라 할 수 있다.

남이 장군의 시 "白頭山石磨刀盡(백두산석마도진) 豆滿江水飮馬無(두만강수음마무) … "(백두산의 돌은 칼을 갈아서 없애고/ 두만강의 물은 말을 먹여서 없애리/ …)는 지금도 우리 역사에 길이 전해지고 있다.

"피다 말고 꺾인 청년장군의 기개와 혼"은 나라의 운명이 어려울 때마다 파도처럼 일어나 위정자들의 야욕과 무능을 탓하게 되었다. 임진왜란이나 병자호란 때의 위정자들이란 목숨 부지에 연연하고 도망 다니기에 급급하지 않았던가. 결국 나라를 지킨 건 백성 앞에 군림하던 관리들이 아니라 그들에게 핍박받던 백성들이었다.

남이 장군보다 1세기 뒤에 태어나 임진왜란(1592~1598)을 겪고, 또 『홍길동전』을 쓴 허균(許筠 : 1569~1618)은, 「호민론(豪民論)」에서 "이 세상에 두려워해야 할 대상은 오직 백성뿐이다. … 윗자리에 앉은 사람들이 백성들을 업신여기면서 가혹하게 부려먹는 것은 도대체 무슨 까닭인가?"라고 개탄하고 있다. 또 「유재론(遺才論)」에서는 "하늘이 인재를 내는 것은 본디 한 시대의 쓰임을 위해서이다. 그래서 하늘이 사람을 낼 때는 귀한 집 자식이라고 하여 풍부하게 주고 천한 집 자식이라 하여 인색하게 주지 않는다. 그래서 옛날의 어진 임금은 이런 것을 알고, 인재를 더러 초야(草野)에서도 구하고 더러 항복한 오랑캐 장수 중에서도 뽑았으며, 더러 도둑 중에서도 끌어올리고, 더러 창고지기를 등용하기도 했다. … 나라가 복을 받고 치적(治積)이 날로 융성케 된 것은 이 방법을 썼기 때문이다"라고 하여 당대에 인재들이 버려지고 있음을 안타까워 하고 있다.

조선 정치사회의 제도와 인재 등용의 구조적 모순을 지적하고 있는 허균의 '유재론'을, 이 소설에서는 세조의 인재 등용 방법에서 잘 표현해 주고 있다.

작가는 남이 장군보다 1세기 앞 시대 사람인 이존오(1341~1371)의 우국가(憂國歌 : 구룸이 無心툰 말이 아마도 虛浪ᄒᆞ다/ 中天에 ᄯᅥ 이셔 任意로 ᄃᆞᆫ니면서/ 구ᄐᆡ야 光明ᄒᆞᆫ 날빗출 ᄯᅡ라가며 덥ᄂᆞ니.)를 읊는 심정으로 시대상을 걱정하고 있다. 고려말 공민왕의 총애를 받아 '진평후'란 높은 벼슬까지 올라 당대 정치를 어지럽히고 있는 간신 신돈의 전횡으로 나라의 운명이 위태로움을 걱정하는 우국가는 이 소설의 시대배경과도 상통하고 있다. 이는 잠자는 역사를 깨우고 '민족의 얼'을 찾아 지켜나가기 위하여 고심하는 작가의 지성적 모습이기도 하다.

> 남이는 만주에 근거지를 둔 이민족을 복속시키고 영토를 넓혀, 이 나라를 천하를 횡행하는 강대국으로 만들려는 원대한 꿈을 가지고 있었다. 그래서 남이는 20만의 양병을 건의했고 자신이 병조판서가 되자 그 꿈을 현실화시킬 준비를 하고 있었다. 그러나 저 웅대한 꿈을 공유한 세조가 죽자 남이의 몸은 그 기상과 더불어 갈기갈기 찢겼다.

역사적으로 간도는 고구려와 발해 등 고대 한민족 국가의 발상지이자, 일제강점기에는 독립운동가들의 활동무대이기도 했다. 이를 배경으로 남이 장군과 관련한 공적인 역사와 사적인 역사는 우리 민족의 표면사와 심층사를 일컫기에 충분하다. 작가는 『삼국유사』와 『제왕

운기』를 근간으로 역사적 땅덩이 위에 민족정신을 일으켜 보고자 했
다. 땅과 인재의 생생력이 우리의 역사를 이끌어 온 역사의 원동력이
라는 사실을 말하고 있다.

3. 역사의 지하수, 그 역동적 상상력

문학은 역사적 사실을 현재의 의미로 재창조하는 것이다. 즉, 과거
역사는 화석일 수도 있다. 그러나 소설가가 그 화석과 만나서 작품으
로 씌어져 독자와 만나는 역사는 살아있는 역사이며, 단순히 살아 숨
쉬는 것만이 아니라 생동하는 역사라 할 수 있다.

나는 세조실록에서 행간을 읽으며 남이 장군이 북벌을 감행하
여 여진을 발본색원하려는 의지에 초점을 맞추었고 특히 20만 양
병을 주장하고 실천에 옮기려는 기상을 보았다. 나는 또한 남이
시대에 관련된 많은 책을 읽으며 이 글의 단초를 찾으려 했다.
나는 이 책의 말미에서 아직 역사가들에게 별로 조명 받지 못한
사실을 끄집어내어 국가의 간성이 무너지고 나중에 민족의 비극
이 연출될 수밖에 없는 하나의 사건을 함께 다루었다. ('작가의
말')

역사의 서술과 문학적 작업은 다 같이 우리 시대의 모습을 반영한
다. 특히 문학은 자유롭고 직관적인 통찰을 동원하여 사회와 시대를
형상화하면서 소설가의 가치관이나 철학인 역사관을 반영한다. 『소

설 남이』의 행간에는 역사적 분노와 열정의 거센 숨소리, 그리고 그 맥박소리가 약동하고 있다. 이 맥박소리가 분단 시대를 살아가는 우리들에게 통일에 대한 목마름에 크게 전이되고 있기도 하다.

역사는 과거 사실로서의 역사, 현재를 지탱해 주는 힘으로써의 역사, 미래를 예상하게 해주는 전망으로써의 역사로 나누기도 한다. 우리들이 배우고 익힌 것은 사실(事實)과 고증(考證)에 의존한 과거 사실로서의 역사에 편중되어 있다. 힘으로써의 역사와 전망으로써의 역사인 '문제·분석·가설'을 바탕으로 하는 인식의 방법은 아주 일천하다. 현재와 미래의 문제를 바탕으로 하는 역사 인식은 인식 자체에 머물지 않고 실천에까지 이르는 것이다. 여기서 실천이란 현재에 어떤 주장을 펴는 것도 포함되지만 미래를 전망하는 것도 포함된다. 이 실천의 범주는 역사를 바탕으로 국가나 사회나 개인의 가치관과 넓은 의미의 철학에 해당한다.(양영길,『한국문학사 인식 어떻게 할 것인가』. 2000)

『소설 남이』처럼 역사적 상상력을 무한하게 펼쳐나갈 수 있는 문학 작품을 통해서 우리 사회의 이야기나 개인의 정서를 국가와 민족의 정서로 확대해 나가는 것도 역사를 문학으로 실천하는 한 방법이라 할 수 있다.

박은식(朴殷植, 1859~1925)은 『한국통사(韓國痛史)』(1915)에서 '국교(國敎)와 국사(國史)를 지키면 나라의 독립을 지킬 수 있다'고 했다. 이 사서는 '통사(通史)'가 아닌 '통사(痛史)', 즉 아픔의 역사다.

작가는 『소설 남이』를 통해 박은식의 말처럼 '국사(國史)'가 얼마나 중요한가를 역설하고 우리 시대에 당면하고 있는 남북통일의 문제까지도 함의하고자 했다. 그는 "역사책은 역사적 사실을 기록한 책인지는 모르나 역사소설은 역사적 사실 위에 서서 역사적 상상력을 발휘하고 현재와 미래적 상상력으로 과거를 해석한다고 나는 믿는다”(‘작가의 말’)라고 밝히고 있다.

『소설 남이』는 정신사적 맥락에서는 정인보의 ‘얼의 사관’, 안재홍의 ‘민족정기’, 문일평의 ‘조선심’ 등 민족정기 회복을 염원하는 역사관을 바탕으로 서술하고 있다. 문학 역사의 실체 속에 숨쉬고 있는 ‘혼과 정신’에 대하여 능동적으로 인식하고 끊임없이 역사적 물음을 제기하고 있는 것이다.

역사의 심층에서 작용하는 힘, 즉 역사의 가장 깊은 곳으로부터 출발하고 있는 ‘역사의 지하수’를 퍼 올려 남북 분단 시대의 독자들에게 혼의 울림을 주고 있다.

4. 에필로그

‘역사적 사명’이라는 말이 유행한 때가 있었다. ‘새 역사의 주역’이라든가, ‘역사적 필연의 요구’라는 말도 있다. 또 ‘작가의식’이니 ‘작가정신’이니 하는 말들도 있다. 이는 모두 역사를 미래와의 관련 하에서 일컫는 말이며, 작가에게 시대와 역사에 대한 책임을 묻는 말이기도 하다.

20년 전 독일이 통일되었을 때, 문학과 관련하여 ‘작가적 양심’이 화두가 되었던 적이 있다. 독일 통일을 하나의 지성사 내지 정신사적으로 접근할 때 현실의 안위에서 편히 쉬고 있었지 않으냐는 질책성 화두였다. 이는 문학 혼의 문제에 대한 정신적 물음이자 지성적 실천에 대한 질문인 셈이다.

역사서술이 편파되고 왜곡 축소되는 기형성을 바로잡는 것 또한 문학적 상상력과 그 지성의 몫이라 할 것이다. 과거의 역사는 현재의 다양한 요구에 따라, 그 해석을 달리할 수 있다. 그것이 지난 역사에 대한 반성적 성찰은 물론 현재 당면하고 있는 문제를 해결하는 열쇠이기 때문이다.

남이 장군의 기개는 바로 우리 민족의 열정이자 기개인 셈이다. 이 소설은 역사의 넓고 광활한 지평을 열어나갈 기개가 있음에도 정치적 계산에 의해 닫혀 있는 것이 우리의 현실이라는 준엄한 지적이기도 하다.

아직도 역사 인식의 방법론적 논의가 활성을 잃고 메마른 역사교육이 이루어지고 있다. 이로 말미암아 현재 당면하고 있는 남북 분단을 극복해야 하는 역사에 이르러서는 자기기만에 빠져 있기도 하다. 이러한 현실에서 역사의 질곡에 깊이 매몰되었던 남이 장군을 문학에 의해 사면 복권시키고 우리 역사의 땅덩이를 마음껏 달려보는 일은, 분단의 아픔을 안고 살아가는 우리들에게 여러 가지 시사하는 바가 크다고 할 것이다.

지금이야말로 남북 분단과 같은 역사의 질곡으로부터 어떻게 헤쳐나갈 것인가를 고민하고 당대 정치적 심판을 재평가하여 역사적 상상력으로 복권시켜 나가는 작업이 절실히 필요한 시기다.

『소설 남이』는 당대 국가의 정체성 문제를 해명하려는 역사의식을 근간으로 땅과 인재의 상상력을 통해 우리의 역동적 역사를 정신사적으로 재조명하고 있다.

작가의 말

  금년은 단기 4344년이다. 단군성조(檀君聖祖)가 조선을 세운 지 4344년 되는 해이다. 환웅은 하늘을 숭상하는 부족의 장으로 곰을 숭배하는 부족과 혼인을 맺어 민족의 대통합을 이루었고 그 아들 단군이 만주와 한반도를 아우르는 큰 나라, 조선을 건국하였다. 고조선, 부여, 고구려를 거쳐 발해에 이르기까지 한민족은 3,000여 년 동안 만주를 지배해 왔다.

  고려는 고구려의 고토를 찾겠다며 국호를 고려라고 지었으나 그 뜻을 펴지 못했다. 고려 때의 묘청이, 최영이, 그리고 조선 초의 정도전이 요동정벌을 주장했으나 반대에 부딪혀 뜻을 이루지 못했다.

  고려 때 윤관은 1107년에 백두산에서 700리 북쪽의 공험진에 9주를 세우고 우리 영토를 넓혔다. 조선의 태종은 공험진까지가 조선의 영토임을 끈질기게 주장하여 명나라 영락제의 승인을 얻어냈다.

  사람들은 흔히 세종 때 김종서가 두만강, 그리고 압록강 유역에 6진과 4군을 설치한 것을 들어 조선 초기부터 우리 영토가 백두산 이남이라고 알고 있으나 그 경계선은 숙종 때 획정된 것이다.

  고려 말 이성계가, 세종 때, 그리고 세조 때 남이 장군이 옛 고구려의 도읍지(압록강에서 200리 북쪽)인 올라산성(지금의 오녀산성)을 점령한 일은 의미심장하다.

나는 그토록 왕성하던 한민족이 어찌하여 땅도, 포부도 작아졌는가를 늘 생각하다가 그 계기가 부국강병을 실현하고 북정을 꿈꾸던 세조의 죽음과 남이 장군의 억울한 죽음으로부터 시작되었음을 알고 몹시 안타까운 마음에 붓을 들어 장편소설 『소설 남이』를 쓰게 되었다.

역사책은 역사적 사실을 기록한 책인지는 모르나 역사소설은 역사적 사실 위에 서서 역사적 상상력을 발휘하고 현재와 미래적 상상력으로 과거를 해석한다고 나는 믿는다.

조선왕조실록 중에서 특히 세조실록은 많은 부분 첨삭이 가해졌다고 한다. 때문에 남이의 활약상 또한 왜곡되거나 삭제되었다.

우리가 역사를 더듬으면서 무엇을 모르고 있는지를 안다는 것은, 무엇을 아는지를 깨닫는 것만큼 중요한 의미를 갖는다. 역사 속에서 삭제된 것, 왜곡된 것, 감춰진 것들을 역사적 상상력을 통하여 창조하는 일은 역사책을 쓰는 일만큼이나 어렵지만 의미 있는 일이다.

남이의 성장과정을 파악하기는 불가능했다. 그래서 나는 남이 장군의 전설이 남아있는 축령산과 남이섬을 찾아갔고 그곳을 출생과 성장의 무대로 삼았다. 남이의 출생 및 성장에 관한 이야기는 역사적 사실과 관련이 없음을 밝혀둔다.

나는 이 글을 쓰면서 민족혼과 민족정기를 유난히 부르짖었다. 그러나 조선 초 그리고 중기에는 민족이라는 말이 없었고 아족류(我族類), 백성, 인민, 또는 겨레란 표현이 등장한다. 겨레가 민족이 아닌가.

세조는 왕위를 찬탈하고 어린 조카와 형제들을 죽인 일로 역사에 씻지 못할 악인으로 알려져 왔기 때문에 그가 민족정기를 바로 잡고 부국강병과 국리민복을 도모한 사실을 현세의 사람들은 인정하기를 싫어한다. 그러나 나는 이 책에서 그가 국권을 바로 세운 임금으로 그의 혁혁한 공적을 돋보이게 했다.

나는 세조실록에서 행간을 읽으며 남이 장군이 북벌을 감행하여 여진을 발본색원하려는 의지에 초점을 맞추었고 특히 20만 양병을 주장하고 실천에 옮기려는 기상을 보았다. 나는 또한 남이 시대에 관련된 많은 책을 읽으며 이 글의 단초를 찾으려 했다.

나는 이 책의 말미에서 아직 역사가들에게 별로 조명을 받지 못한 사실을 끄집어내어 국가의 간성이 무너지고 나중에 나라의 비극이 연출될 수밖에 없는 하나의 사건을 함께 다루었다.

남이 장군이 억울한 죽음을 당하고 종실의 좌장인 귀성군이 쫓겨났다. 종친이 임금의 곁으로부터 사라진 자리에는 외척이 자리 잡고 무신이 사라진 강토에는 쑥대만 자라고 있어 이 나라의 조정은 사리사욕의 도가니로 화하고 우리의 강토는 외적에 의하여 밟히고 찢겼다.

신숙주는 『해동제국기』에서 다음과 같이 말했다.

이적(夷狄)을 대하는 방법은 외정에 있지 않고 내치에 있으며, 국변에 있지 않고 조정에 있으며 전쟁에 있지 않고 기강을 세우는 데 있다. 만약 가까운 것을 버리고 먼 것을 도모하여 전쟁을 통하여 외적을 제어하려 한다면 마침내 나라를 피폐하게 만든다. 외적에게 무위(武威)를 과시하려 한다면 마침내 제 몸도 보전하지 못하게 된다. 장군들이 교만하여 강한 오랑캐에게 함부로 도전하면 마침내 제 몸도 죽게 된다.

당대의 석학이며 많은 경륜을 쌓은 신숙주의 주장대로 조선 중기의 관료들이 국제정세를 보지 못하고 얼마나 무사안일에 빠져 있었는가를 엿볼 수 있다. 그 결과가 어떠했는가? 임진왜란과 병자호란을 겪었고 이 나라 강토가 주변국의 전장으로 변하더니 마침내 우리는 나라를 빼앗겼고 광복 후 두 동강이 나고 말았다.

중국이 오랫동안 준비했던 '동북공정(東北工程)' 작업을 통해 현재 우리의 역사와 문화까지 왜곡 · 변형시켜 '중화(中禍)론'으로 잠식해 나가고 있음을 간과해서는 안될 것이다. 이는 만주 일대의 영토를 빼앗기는 것에 그치지 않고 우리의 민족혼이며 국혼(國魂)을 앗아가려는 음흉한 획책임을 주지해야 한다. 그 강토를 되찾자는 것은 아니나 우리의 국혼인 역사와 조상들의 발자취를 넘겨줄 수는 없다.

한민족은 역사적으로 국가의 위기 앞에 지도자가 바로 서지 못했을지라도 민초들의 지혜와 강인함으로 국혼과 민족정기를 창의적으로 이어온 지혜롭고 강한 민족이다. 이념과 정치를 떠나 언젠가 하나로 뭉쳐야 할 과제를 안고 있는 우리는 피다 말고 꺾인 남이의 기개와 혼을 젊은 가슴으로 이어나가야 할 것이다.

피다 말고 꺾인 청년장군 남이의 기개와 혼은 지금 우리나라의 젊은 가슴으로 전해져 활활 타오르고 있다.

장편소설 『소설 남이』를 남이 장군의 영전에 바친다.

4344년 7월 제주도 대정고을에서

권무일 씀

소설 남이

南怡將軍

1. 축령산

가평의 축령산은 높이가 3,000척으로, 비슷한 높이의 서리산과 쌍봉을 이루어 북한강을 바라보며 우뚝 서 있다. 두 산 사이로 뻗은 긴 계곡에는 물살이 급하게 내리닫다가 폭포를 거치면서 완만해진다.

가을의 축령산은 울긋불긋한 단풍이 장관을 이룬다. 아름드리 금강송이 하늘을 치받는다. 시냇물소리와 이름 모를 새소리가 화음이 되어 들릴 뿐 산속은 고적하다.

늦가을의 축령산 기슭, 호젓한 산골에 폭포를 뒤로 하고, 나뭇가지로 얼기설기 엮고, 갈대로 이엉을 얹은 귀틀집이 자리 잡고 있다. 인적이라곤 찾아볼 수 없는 산속이지만 쩡쩡 울리는 쇠망치소리가 계곡에 메아리친다. 대장간이다.

중늙은이가 뜨겁게 달구어진 쇳덩어리를 화덕에서 꺼내 모루에 얹어놓고 메질을 하고 있다. 그의 얼굴은 달궈진 쇳덩이만큼이나 붉어져 있고 웃통을 벗어 붙인 가슴과 등에서는 땀방울이 줄줄이 흐른다. 팔의 근육은 쇠망치가 올라갈 때마다 불끈불끈 솟는다. 머리는 산발이고 수염은 불꽃을 따라 휘날린다.

옆에서는 열 살 남짓한 집게잡이 소년이 연신 쇳덩어리를 돌려놓고 뒤집어놓는다. 소년은 불똥이 튈 때마다 얼굴을 돌린다. 불가마 앞에서는 중년의 여인이 쪼그리고 앉아 열심히 풀무질을 하고 있다. 여인의 얼굴에도 땀방울이 송곳송곳 돋고 땀에 젖은 베적삼이 살결에 달라붙어 연분홍색 속살이 드러난다.

"영달아, 뜨겁다고 자꾸 얼굴을 돌리면 집게를 꽉 잡을 수 없지 않느냐? 벌써 몇 번이나 헛방질을 하는지 모르겠구나."

중늙은이는 쇠망치를 내려놓고 소년을 쏘아본다.

"불똥이 그만 얼굴에 튀어서….."

"이 녀석아, 내 얼굴에는 불똥이 튀지 않는 줄 아느냐?"

여인이 역성을 든다.

"어린 애를 그만 구박하구려. 그 녀석이라도 죽치고 있으니 망정이지, 그러다가 삐져서 만사 제쳐놓고 산을 내려가면 어쩔려우?"

"제 놈이 갈 데가 어디 있어? 떠돌이 녀석을 데려다가 밥 먹여주고 재워주고 더욱이 무술도 가르쳐주는 곳이 여기 말고 또 있겠는감?"

사나이는 메질하던 쇠를 물두멍에 넣어 담금질을 하고 다시 꺼내 메질을 한다. 메질과 담금질이 수십 번 반복된다. 담금질을 마친 쇠를 꺼내 가볍게 날을 두드려 각도를 잡고 숫돌에 갈아 날을 벼린다. 예리하게 날이 선 철검이 완성되는 순간이다. 벼린 칼을 들어 올리니 햇빛을 받아 푸른 광채를 뿜어낸다. 그는 칼날을 손가락으로 쓸어보고 혀로 핥아 보더니, 마뜩치 않은 표정으로 혀를 끌끌 찬다. 도시 마음에 들지 않는 듯 철검을 구석으로 집어던진다. 구석에는 만들다 말고 팽개친 칼과 창, 그리고 철궁이 아무렇게나 무수히 쌓여 있다.

땀으로 뒤범벅이 된 사내의 가슴과 등을 닦아주는 여인의 얼굴이 꽤나 정겹다. 더우나 추우나 이렇듯 철검과 철궁을 만들다 집어던지는 일을 반복하기 10년 세월이니 하루아침에 무엇을 기대하랴 싶지만 한 시도 손을 놓지 않고 그 일에 매달리는 우직한 남편이 한편 믿음직스러워서다.

오늘의 일을 마치고 중늙은이와 소년이 웃통을 벗어부치고 벌겋게 익은 몸을 폭포에 식히고 있을 때 다가오는 말발굽소리가 폭포소리를 압도한다. 말발굽소리가 가까워지더니 한 소년이 말에서 공중돌기를 하며 뛰어내린다.

"장군 형님!"

영달이 뛰어나가 말고삐를 잡는다. 소년이 타고 온 말 안장의 양편으로 두 마리의, 중소(中牛)만 한 산양이 매달려 있다.

"영달아. 산양을 내려놓아라. 네가 특히 기름진 산양고기를 좋아하기에 온갖 짐승 놔두고 산양만 두 마리 잡아왔다."

영달이 히죽이 웃으며 말 잔등에 걸쳐진 산양을 내려놓는다. 벌써 입속에서 군침이 감돈다.

"장군아, 오늘은 어디를 다녔느냐?"

"절고개를 넘어 투구바위 쪽으로 갔다 왔습니다, 아버님."

"오늘도 검법을 익혔느냐?"

"예, 동이 틀 무렵 축령산 정상의 바위에 올라 떠오르는 태양을 바라보며 연마를 했습니다. 그러고 나서 사냥을 나갔습니다."

여기 대장장이는 남빈(南彬)이라는 사람이고 그는 아내 홍연화(洪蓮花)와의 사이에 아들 남이(南怡)를 두었다. 그들은 인가에서 멀리 떨어진 산중에서 오직 아들 하나만을 키우며 속세와 등지고 살아왔다. 남이는 어려서부터 힘이 장사여서 부부는 소년을 '장군' 이라는 별명을 붙여 불렀다. 집게잡이 조영달은 남이보다 두 살 아래로 두어 해 전 어디선가에서 굴러들어온, 근본도 모르는 아이이다. 조영달은 남이를 무척 따랐고 남이는 조영달을 혈육의 동생처럼 여기며 둘은 우의를 다져갔다.

남빈은 아들 남이가 걸음마를 할 때부터 목검을 쥐어주어 칼 휘두르는 동작을 가르쳤다. 여섯 살부터는 활 쏘는 법을 가르쳤다. 낮에는 아들을 데리고 축령산을 오르내리며 사냥을 하기도 하였다.

남빈은 대장간을 지어 칼, 철궁 등 무기를 만드는 일과 아들 남이에게 검법과 활쏘기 그리고 문필을 가르치는 일에 전적으로 매달리며 달리 하는 일 없이 살아왔다. 아내 홍 부인은 산을 누비며 산채와 약재를 채집하고 남편이 사냥한 짐승들을 마을로 가지고 나가 곡식과 바꾸어 왔다.

남빈은 대장간에서 농기구를 만드는 일은 하지 않고, 오로지 칼, 창 그리고 철궁 같은 무기만을 만들 뿐이었다. 그렇다고 어디에 내다 파는 것도 아니고 10년을 하루 같이 만들었다가 녹이고 다시 두들겨 만들고 있었다. 아랫마을에서는 그를 외지에서 굴러들어온 사냥꾼으로만 알고 있었다.

축령산 8부 암릉에 집채만 한 바위가 웅자를 뽐내고 있는데, 한북정맥의 끝자락인 축령산이 여기서 끝나기 때문에 바위 남쪽으로는 천야만야한 낭떠러지가 걸려 있다.

남빈은 아들의 별명을 '장군'이라고 지은 것처럼 남이가 쉴 새 없이 오르는 이 바위를 '장군바위'라고 이름 지었다. 남이는 어려서부터 아버지를 따라 이 바위를 수없이 오르내렸고 자랄수록 산과 계곡을 비룡같이 날아다녔다. 특히 비탈을 뛰어내릴 때는 자신의 키만큼이나 한 나무를 훌쩍훌쩍 뛰어넘었다. 장군바위에서 능선을 따라 내려오다 보면 수리바위가 있는데 남이는 거기서 자신의 키보다 몇 배나 되는 아래로 가볍게 뛰어내리곤 하였다. 후세 사람들은 이 장군바위를 '남이바위'라 불렀고, 남이가 비룡 같이 날아다녔다 해서 축령산을 '비룡산'이라고 부르기도 하였다.

남이는 축령산을 오르내리며 검법을 익혔고 멀리 촛대봉, 광덕산, 명지산을 오르내리며 사냥을 하기도 하였다. 어린 남이는 주변의 산과 계곡을 구석구석 알았고 어느 곳에 어떤 짐승이 다니고 서식하는 것도 훤히 꿰뚫고 있었다.

남이는 해가 지면 아버지에게서 한학을 배웠는데 7세에 동몽선습과 명심보감을 떼고 12세에는 사서오경(四書五經)을 줄줄이 외울 정도로 익혔다. 사서오경은 유교의 경전으로 『논어』, 『맹자』, 『대학』, 『중용』의 사서와 『시경』, 『서경』, 『역경』, 『춘추』, 『예기』의 오경을 말한다.

축령산에서 내려다보면 남쪽으로 북한강이 도도히 흐르는데 그 상류에 가랑잎 모양을 한 납작한 섬이 눈에 들어온다. 당시에는 섬의 이름도 지어지지 않은 수중도(水中島)일 뿐이었다.

　12세부터는 남이가 조영달을 데리고 수중도를 건너다니곤 했는데 주로 헤엄쳐 다녔지만 수심이 깊지 않은 관계로 말을 타고 건너다닐 때도 있었다. 수중도는 비교적 평평한 사질토의 땅으로 갈대와 대나무가 무성하고 언덕에는 능수버들이 몇 그루 드문드문 서 있다.

　수중도는 둘레가 10리를 약간 넘고 동서의 길이가 5리 정도 되어 남이가 활쏘기를 연습하는 데는 안성맞춤의 땅이다.

　수중도는 사람이 살지 않는 무인도로 알려져 있지만 한 노인이 움막을 짓고 갈대숲에 앉아 낚시를 하거나 대나무를 베어 무엇인가 열심히 만들고 있는 모습이 눈에 띠었다. 그 노인은 가끔 남이의 활 쏘는 모습을 곁눈질하고 있었지만 말을 걸지는 않았다.

　두 소년이 섬의 둔덕에 앉아 도도히 흐르는 강줄기를 내려다보면서 휴식을 취하고 있었다.

　"이 한강의 강물은 금강산을 발원지로 하여 급하게 흘러내려오고 다시 유유히 흘러 한양을 거쳐 황해로 달린단다. 나는 나이가 차면 한양으로 가서 무과를 보고 나라를 지키는 대장군이 될 꿈을 가지고 있단다."

　남이의 말에 귀를 쫑긋 세우고 듣던 조영달이 매달렸다.

　"나도 데려갈 거죠? 나는 죽으나 사나 형님을 졸졸 따라다닐 거예요."

　"이 녀석아, 그냥 따라다니면 뭐 하게? 너도 열심히 무술을 익혀야 포졸이라도 한 자리 얻어걸리지. 지금의 네 실력으로는 아마도 멀뚱히 서 있는 노루조차 못 잡을 거다."

　그때 말참견하는 노인의 목소리가 들렸다.

"그러는 너는 뛰는 노루를 잡을 수가 있느냐? 도망치다 멈춰 서서 뒤를 돌아보는 노루를 잡아본 게지."

두 소년이 깜짝 놀라 노인을 바라보았다. 그 노인은 수중도의 한쪽 구석에 갈대로 얼기설기 엮어 초옥을 짓고 살면서 간혹 낚시를 하거나 빈둥거리면서 사는 노인이라 생각하고 남이와 영달이 눈인사조차 보내지 않았던 사람이다. 남이는 그 노인이 범상치 않은 사람임을 직감하고 노인에게 다가가 큰절을 했다.

"소인은 축령산에 사는 남이라 하옵니다. 그런데 처사께서는 누구시관데 소인의 어설픈 솜씨를 꿰뚫어 보십니까?"

그 노인은 남이에게 시선조차 주지 않고 빈 낚싯대를 바라보면서 무언가 흥얼대고 있었다.

내가 지은 암자에는 치장이 없어
먹고 나면 잠자는 것이 즐겁네
새로 지었을 때는 맨 띠가 새롭더니
사그라진 뒤에는 띠를 새로 덮네
암자에 사는 사람 영원을 딛고 살면서
중간에도 안팎에도 매이지 않네
세상 사람 머무는 곳 나 안 살고
세상 사람 사랑하는 것 나 사랑치 않네

남이가 들으니 아버지가 메질을 하다 쉴 때 읊조리던 초암가(草庵歌)인 것이다. 초암가는 선사들이 안빈낙도하면서 그 초탈한 심경을 노래로 엮은 것이다.

그 노인은 남이를 그윽한 눈으로 내려다보더니 입을 열었다.

"나는 늘그막에 강바람에 실려와 이 섬에서 낚시로 소일하는 사람이지. 성도 이름도 잊었네. 이렇듯 초막에 살고 있으니 나를 부르려거든 초암이라고 불러 주게나."

남이는 초암선생에게 수없이 절을 하며 스승이 되어달라고 졸라댔다.

"저기 줄을 지어 날아가는 기러기를 맞춰 보게나."

"날아가는 기러기를요…?"

남이는 의아해 하며 활시위를 당겼다. 그러나 화살은 기러기 떼의 뒤편으로 날아가 버렸다.

"화살로 저 하늘거리는 버들잎을 꿰뚫어 보게."

역시 남이의 화살은 비켜가 버렸다.

초암은 차분한 목소리로 입을 열었다.

"고정된 과녁을 명중시키는 것은 백면서생도, 촌부도 할 수가 있느니라. 세워진 과녁을 쏘는 일은 체력단련에는 도움이 될지 모르지만 무예와는 관련이 없다. 적이 날 잡아 잡수 하며 뻣뻣이 서 있다더냐? 움직이는 물체를 맞히기 위해서는 일순간에 빠른 계산을 해야 한다. 화살의 속도와 사물의 이동시간과 거리를 측정해야 한다는 말이다. 네가 쏜 화살은 가까이 있는 버들잎조차 빗나가 버렸다. 짐승을 쏘거나 적을 쏠 때도 신체부위의 어느 점을 겨냥하여야 한다. 고구려의 양만춘은 700보 거리에서 당태종의 눈을 쏘아 맞혔고 연개소문은 600보 거리에서 적장 13명의 목줄에 화살을 날렸으며 이성계는 1,500보 앞에 있는 몽고장군의 허리를 관통시켰다."

초암은 애꿎은 낚싯대를 흔들어 보더니 말을 계속했다.

"네가 멀리 있는 과녁을 향하여 화살을 날리는 모습을 나는 유심히 보아 왔느니라. 네가 아직 어려서 그러리라고 생각되지만 활을 당기는 데 급급하여 과녁을 겨눌 틈이 없구나. 등뼈를 바로 세워서 뼈와 근육이 합쳐지도록 하고 단전에 힘을 모아야 한다. 심·기·체(心氣體)가 합일되는 순간 마음이 무념(無念)의 상태에 이르렀을 찰나에 활시위를 놓아야 한다. 그때는 동전만 한 표적이 맷방석만큼 크게 동공에 들어올 것이다. 힘만 믿고 활을 당기면 안 된다. 사정거리 또한 정교함 만큼이나 중요하다. 힘을 키워 사정거리를 늘리도록 하라. 기술도 기술이려니와 활의 무게와 성능도 매우 중요하다. 나는 네 아비가 최고의 철궁을 만들고자 하는 것도 알고 있느니라. 아버지가 언젠가 완성할 명궁을 다루기 위해서는 체력을 키우고 훈련을 게을리 해서는 아니 되느니라."

남이가 아버지에게 초암 선생을 만난 일을 이야기하자 남빈은 놀라운 기색을 감추지 않았다.

"그 어른이…? 정녕 그 어른이 수중도에 머물고 있더란 말이냐?"

남빈이 천천히 입을 열었다.

"그분은 황처공(黃處恭)이라는 사람이다. 내가 전날 수중도에서 그분을 만나 말을 걸고자 하니 홀연히 사라져 버려 만날 수가 없었다. 황처공으로 말할 것 같으면 세종 때 각궁(角弓)과 화살을 만드는 명장(名匠)이었다. 각궁은 물소뿔로 만들었는데 물소는 우리나라에 서식하지 않아 중국으로부터 수입할 수밖에 없었다. 그러나 세종 때 조선이 강대해지는 것을 우려하여 명나라는 수출물량을 축소하겠다고 통보해 왔다. 세종은 황처공을 불러 물소뿔을 대신할 재료를 개발하도록 했지. 황처공은 여러 해 각고 끝에 황소뿔로 각궁을 만들어 바쳤다. 그것을 향각궁(鄕角弓)이라고 부른단다. 놀랍게도 황처공이 만든 향각궁은 물소뿔로 만든 당각궁(唐角弓)에 비하여 사정거리와 명중률이 높았지. 세종은 크게 기뻐하여 상을 내리고 사냥터에서 황처공이 손수 시연토록 하였지. 그러나 황처공은 애먼 사람을 짐승으로 오인하여 살상하였단다. 그 후 황처공은 활과 화살을 꺾고 홀연히 사라졌지. 그것은 활에 문제가 있는 것이 아니었단다. 네가 우연한 기회에 사라졌던 명궁을 만나다니 하늘이 너를 돕는구나."

귀를 쫑긋 세우고 듣던 남이가 아버지에게 물었다.

"그런데 아버지께서는 왜 철궁을 만들고 계신가요?"

"우리 민족은 고조선 때부터 활을 잘 쏘는 민족으로 중국에 널리 알려져 왔다. 당시에는 나무로 활을 만들었지만 고구려 때부터는 철궁을 만드는 기술이 발달했다. 철궁은 사정거리도 길고 명중률도 높아 달려드는 적을 성루에서 제압하기에 안성맞춤이고 힘센 장수들이 위용을 자랑하는 무기였다. 지금도 무과시험에서는 철궁을 사용하고 있지. 그러나 철궁은 그 무게 때문에 말을 달리면서 쏘기에는 불편하다. 그래서 고구려의 고토를 회복하기 위하여 만주 벌판을 종횡무진으로 달리던 발해에서는 각궁을 주로 사용하였단다. 너는 천하무적의 장수가 될 재목인 바 우선 철궁을 다룰 줄 알아야 한다."

남이는 수중도의 언덕에 서서 초암 선생의 지도 아래 활쏘기를 연습하고 또 말을 달리며 또 달리기를 하며 화살을 날렸다. 서서 쏘기에는 아버지가 만들이준 철궁을 사용하였고 달리는 말에서는 초암 선생이 만들어준 각궁을 사용하였다. 시간이 갈수록 사정거리를 늘리고 활의 무게도 늘려가고 있었다. 명중률도 높고 정교해졌다. 남이가 15세가 될 무렵에는 150근의 활을 사용하여 1,000보 앞의 과녁을 명중시킬 수가 있었다. 후세 사람들은 남이가 무술을 닦은 섬이라 해서 이 섬을 '남이섬' 이라 불렀다.

남이가 15세 되는 해 정월 보름날이다. 남빈은 아들을 데리고 축령산 정상으로 올라갔다. 영달도 남이의 꽁무니를 잡고 따라붙었다. 북쪽으로는 화악산, 명지산, 국망산을 잇는 능선이 아스라이 보이고 남쪽을 내려다보면 북한강 줄기가 은빛으로 반짝인다. 한참이나 사방을 둘러보던 남빈이 아들에게 장검을 건네준다.

"장군아, 그동안 갈고 닦은 실력을 보여 다오. 이 칼은 아버지가 너를 위해 10년 동안 벼린 장검이다. 내가 만들고자 하는 최고의 명검은 아니다마는 철검으로는 손색이 없다. 오늘 우선 이 장검을 시험해 보거라."

철검을 받아든 남이가 허공을 노려보더니 몸을 날린다. 칼을 다루는 솜씨가 범상하지 않다. 앞으로 돌진하다 발차기를 하는가 싶더니 한 바퀴 돌면서 칼을 휘두른다. 이윽고 몸을 비틀면서 가로베기를 하고 다시 앞으로 찌른다. 좌우로 검을 흔들며 전진하다 마무리로 돌려베기를 한다. 전진하는 듯 돌고, 서다 뛰고, 뛰다 난다. 허한 듯 실하고 실한 듯 허하여 틈이 없다.

그러나 아들의 몸놀림을 유심히 바라보던 남빈이 입을 열었다.

"네 검법에는 기(技)는 있으되 기(氣)가 부족하고 술(術)은 있으되 예(藝)가 없다. 앞으로는 심기합일(心氣合一)의 도(道)를 연마하도록 해라. 이 도는 누가 가르치는 것이 아니라 스스로 명상하면서 익혀야 하느니라. 마음을 비우면 사람의 육기(肉氣)와 심기(心氣)를 알고 전쟁터에서 적군의 기운(氣雲)을 식별하여 아는데, 이를 망기(望氣)라 한다. 이에 그치지 않고 현묘한 천기(天機)를 직관하는 경지에 이르러야 하느니라. 그래야 진정 무사라 할 수 있느니라."

장군바위로 내려온 그들은 방석같이 생긴 바위에 걸터앉아 멀리 북한강을 내려다보고 있었다.

"모름지기 무도(武道)는 몸을 움직이는 것만으로는 완성할 수가 없다. 심신수련을 병행하여야 한다. 마음이 천지의 기에 통해야 하느니라. 칼을 사용하지 않고 칼 든 자를 제압하고 번득이는 안광으로 상대방의 혼을 빼놓아야 하느니라. 이제부터 매일 새벽이 장군바위에 올라와서 많은 시간 명상과 좌선에 힘쓰도록 하여라. 그런 연후에만이 역발산기개세(力拔山氣蓋世)의 명장이 될 수 있느니라. 힘과 기(氣)를 아울러 갖춘 웅대한 기개를 품으라는 말이다."

남빈은 말을 이어갔다.

"검법은 고구려 때 중국이 벌벌 떨 정도로 현묘한 기술을 갖추고 있었고, 그 기예가 발해로 이어왔다. 고려 때는 검법이 다소 그 명맥을 유지하는가 싶더니 몽고 즉 원나라가 고려를 점령하여 일백 년을 지배하면서, 검은 꺾이고 검법은 지리멸렬해졌다. 우리가 방심하고 있는 사이 왜국의 검법이 무섭게 성장하고 있다. 항상 인접국의 변화를 예의주시하지 않으면 우리나라는 존재할 수가 없다. 앞으로 네가 나라를 위하여 크게 할 일이 있음을 이 아버지는 믿어 의심치 않는다.”

어느 날 저녁상을 물린 남빈은 궤짝에 고이 간직한 여러 권의 책을 꺼내 남이 앞에 내놓았다.

“이 책들은 무경칠서(武經七書)라고 한다. 무경칠서란 주나라 태공망이 지은 『육도(六韜)』, 한나라 황석공의 『삼략(三略)』, 주나라 손무의 『손자병법(孫子兵法)』, 위나라 오기의 『오자병법(吳子兵法)』, 주나라 사마양저의 『사마법』, 주나라 위료의 『위료자병법』, 그리고 당나라 이정(李靖)의 『이위공문대(李衛公問對)』를 이르는데, 특히 육도삼략에는 병법뿐만 아니라 인륜과 치세의 대도가 모두 들어 있다. 책이 닳도록 익히고, 책에 담긴 뜻을 깊이 터득해야 하느니라.”

“명심하겠습니다.”

남이는 동이 트기 전에는 장군바위에 올라 가부좌하고 명상에 들어갔고 낮에는 무예를 연마하는 한편, 밤이면 첫닭이 홰를 칠 때까지 학문에 정진했다. 남빈은 대장간에서 밤낮으로 남이가 사용할 명검과 철궁을 벼렸다가 녹이고 다시 벼르는 일을 반복하고 있었다.

남이는 축령산과 서리산뿐만 아니라 멀리 국망산, 화악산까지 종횡으로 넘나들며 사냥을 즐기곤 하였다. 그는 노루, 산양을 활로 쏘아 잡았지만 산돼지가 나타나면 무기를 제쳐두고 맨주먹으로 때려잡았다.

축령산에는 호랑이가 수시로 출몰하여 남이는 늘 기회를 엿보고 있었다. 남이가 15세 되던 해였다. 약초를 뜯던 어머니의 비명 소리가 메아리가 되어 산비탈을 내려오던 남이의 귀에 들려왔다.

남이는 계곡을 넘어 쏜살같이 어머니에게로 달려갔다. 집채만 한 호랑이가 어머니를 노려보고 달려들 자세로 웅크리고 있었다. 남이는 화살을 날렸다. 화살은 호랑이의 벌어진 입을 지나 목젖을 맞췄다. 남이의 두 번째 화살이 포효하는 호랑이의 심장을 꿰뚫었다. 남이는 달려들어 호랑이를 때려 눕혔다. 호랑이를 메고 집으로 들어오는 아들을 보며 남빈은 지난날을 회상했다.

2. 회상

남빈이 여섯 살 때 어머니가 돌아가셨다. 어머니는 불치의 병으로 오래 앓고 있었는데 방탕한 아버지는 남의 첩을 빼앗아 집에 들이고 밤낮 첩과 더불어 끼고 뒹구느라 병든 아내는 거의 거들떠보지도 않았다. 어머니는 남편의 외면 속에 여러 해 앓다가 결국에는 여섯 살의 아들 남빈과 세 살의 딸을 남겨두고 끝내 세상을 떠났다.

아버지의 첩은 남빈과 여동생을 몹시 구박하고 아버지 또한 아들에게 까닭 없이 매질을 해댔다. 그래도 참을 만했지만 아버지의 부도덕한 행실을 나중에 알게 된 남빈은 어느 해 가을 무작정 집을 뛰쳐나왔다.

12세의 남빈은 흐르는 눈물, 콧물을 옷소매로 닦으면서 무작정 걸었다. 금강산에 들어가 중이 되겠다는 생각이었다. 남빈은 인적을 피하여 산길로만 다녔다. 나무열매와 풀뿌리로 연명하면서 한북정맥을 따라 금강산을 향하여 산을 넘고 또 넘었다. 벌써 가을이 짙어지고 있었다.

남빈은 철원을 지나 강원도의 대성산을 오르고 있었다. 높이가 4,000척이나 되는 대성산은 그다지 가파르지는 않으나 산세가 웅장했다. 산 중턱에 이르니 때 이른 눈이 쏟아졌다. 남빈은 눈을 피할 동굴이라도 찾을 요량으로 더 높이 더 깊이 올라갔다. 미끄러지기도 하고 눈 속에 뒹굴기도 했다. 옷은 나뭇가지에 걸려 찢겨지고 신은 해지고 닳아서 아예 벗겨져 나갔다. 해가 저물고 있었다. 저 위 너럭바위 위에 동굴이 보였다. 남빈은 가시덤불을 헤치며, 눈 덮인 비탈에서 몇 번이나 미끄러지면서 너럭바위를 향해 기어 올라갔다. 동굴에 들어서자마자 기진맥진하여 쓰러졌다.

동굴 입구가 밝아오고 있었다. 잠에서 덜 깬 남빈이 눈을 부비고 있을 때였다. 갑자기 천둥 같은 고함소리가 고막을 찢었다.

"어떤 놈이 내 집에 들어와 내 무릎을 베고 자고 있느냐?"

남빈은 벌떡 일어났다. 백발이 어깨에 닿고 흰 수염이 가슴까지 늘어진 노인이 가부좌하고 앉아 있었다. 남빈은 그 노인의 무릎을 베고 자고 있었던 것이다.

"죽을죄를 지었습니다."

남빈이 서둘러 동굴 밖으로 나가려 하자 노인은 남빈의 허리춤을 잡아끌었다.

"내 허락 없이 내 집에 왔으나 허락 없이 나가지는 못한다. 너는 어디서 온 놈이며 어디로 가는 길이냐?"

"중이 되려고 금강산으로 가는 길이었습니다."

"금강산 절에서는 어린 네놈에게 공밥을 준다고 하더냐? 금강산에는 무위노식하는 놈들이 몰려와 골치를 앓고 있는데 너 같은 거렁뱅이를 받아줄 절은 아무데도 없느니라. 없고말고.”

“노인께서는…?”

“나 말이냐? 나는 무굴도사(無屈道士)니라.”

“무작정 집을 나와 갈 곳 없는 몸입니다. 저를 거두어 주십시오. 도사님을 모시겠습니다.”

남빈은 무릎을 꿇고 사정을 했다.

“귀찮은 놈이구나. 어린 네가 나를 모신다고? 내가 너를 모시는 꼴이 됐구나.”

무굴도사는 본시 이성계를 도와 국가 창업의 기틀을 닦던 무학대사의 제자였으나 무학대사의 현실정치 참여를 비판하면서 그와 인연을 끊고 홀연히 금강산에 들어가 칩거하였다. 그러나 그의 명성을 듣고 찾아오는 이들이 늘어만 가는지라 금강산을 떠나 여기 대성산에 머물고 있었다. 무굴도사는 노장(老莊)의 학문에 달통할 뿐만 아니라 무예가 뛰어난 선사로 인간세계를 떠나 산중에서 살고 있었던 것이다.

무굴도사는 남빈을 제자로 삼아 혹독한 훈련을 시켰다.

“저 산꼭대기에 바람에 꺾인 가지가 즐비하구나. 그것을 끌고 내려와 땔감으로 하여라. 이놈아, 이 근처 나무는 두었다 써야지.”

“저 산 아래 냇가에 가서 돌을 한 짐 지고 오너라. 여기에 연못을 만들자. 이놈아, 여기 돌은 거칠어서 연못에는 구색이 안 맞아. 반들반들한 돌이어야지.”

“저 절벽에 핀 꽃이 아름답구나. 절벽을 기어올라 꽃을 꺾어 오너라. 그 꽃 말고 저 꽃이다. 다시 꺾어 오너라.”

무굴도사는 매양 이런 식으로 남빈을 골탕 먹였다.

무굴도사는 남빈에게 학문과 수행(修行)을 가르쳤다. 사서오경을 끝내자 주역을 가르쳤고 선인(仙人)들이 즐겨 읽던 「초암가」, 「참동계(參同契)」, 「황정경(黃庭經)」을 외우게 했다. 이들은 모두 도가의 오묘한 진리를 담고 있는 경문이다. 아울러 남빈은 기수련을 병행했다. 남빈의 학문이 깊어지자 무굴도사는 육도삼략을 포함한 무경칠서를 배우게 했다.

무굴도사는 동이 트기 전에 뾰족바위로 한참을 올라가 가부좌하고 명상을 한다. 동굴 앞 너럭바위에서 바라보면 바위 위에 바위가 하나 더 얹혀있는 모양이다. 처음에 남빈이 따라 오르려면 개 쫓듯 발길로 차 버리더니 나중에는 같이 오르잔다. 명상은 몇 시간이고 계속된다. 남빈이 온몸이 근질근질하여 꼬무락거려도 도사는 아는지 모르는지 괘념치 않는다.

명상이 끝나면 남빈은 도사에게 무예를 배운다. 남빈이 달려들어 휘두르는 칼은, 키보다 훨씬 큰 지팡이를 든 도사에게 도무지 미치지 못한다. 전진하면 어느 새 뒤에서 껄껄 웃고 뒤돌아서 치면 남빈의 키를 뛰어넘어 앞에 서 있다.

그렇게 10년 세월을 보냈다.

남빈이 22세 되는 해 정초, 무굴도사와 남빈은 한 달을 기한으로 단식좌선에 돌입했다. 그들은 한적한 바위에서 눈비를 무릅쓰고 돌부처처럼 나란히 앉아 깊은 명상에 빠져들었다.

좌선을 끝내자 무굴도사가 혼잣말을 하고 있다.

“일찍이 도선 선사는 1,000년을 내다보았고 무학대사는 500년을 보는 눈을 가졌건만 천학비재인 나는 50년 이상을 볼 수가 없구나. 10년 후 이 나라에 골육상쟁의 참화가 있을 것이고 그 후에는 태평성대가 이르는 듯하다가 반란과 외적의 침입이 잇따르겠구나. 100년 후에는 이 나라에 무서운 전쟁이 벌어지는지 안계(眼界)가 소란스럽고 온 천지에 아우성 소리가 들리는 듯하다. 그러나 이 졸부의 눈으로는 무엇이 무엇인지 통 알 수가 없어 답답하기만 하구나."

다시 눈을 감고 명상에 잠기던 무굴도사가 남빈을 조용히 내려다보고 있었다.

"네가 하산할 때가 되었구나. 당장 짐을 싸도록 하여라. 우선 속세의 문턱으로 다가가야 하느니."

"이 시대에 제가 나라에 공헌할 일이 있습니까?"

"네가 할 일이 무에 있겠느냐? 너는 한양으로 가면 안 된다. 그럴 경우 앞으로 들이닥칠 난세에 목숨을 부지하기가 어려울 것이다. 너의 세대는 '잃어버린 세대' 야. 모름지기 인생이란 오름과 내림의 순환고리 같은 것이다. 대대손손 내려오는 가계(家系)를 살펴보면 정상에 오르다가 문득 쇠락의 길을 걸어 나락에 떨어진다. 다시 절치부심하여 쇄신과 도약을 하게 된다. 자신의 시대에 감당할 수 없는 일을 무리하게 하지 말고 차세대로 넘기는 것이 지혜로운 인생이다. 차세대를 예비하라는 뜻에서 너를 보내는 것이다. 대성산을 떠나 한북정맥을 따라 화악산에서 명지산 쪽으로 가도록 해라. 그러면 한북정맥이 흐르다가 문득 끊어져 산의 정기가 강물과 합치는 곳이 있을 것이다. 거기서 다음 세대를 예비하라."

남빈은 명지산을 지나 대금산을 넘고 있었다. 축령산과 서리산 사이의 절고개를 넘어 계곡으로 들어설 때는 사위에 어둠이 깔리고 있었다.

산기슭에 화톳불이 보였다. 인적이 있음이 분명했다. 남빈이 날도 저물었으니 하룻밤 신세를 질까 하여 다가가고 있었다. 야트막한 동굴 앞에서 가죽옷을 입고 머리를 산발한 사람이 사냥한 짐승을 장작불에 굽고 있었다. 그 사람은 인기척을 느끼고는 갑자기 일어나 남빈에게 활을 겨눴다.

"웬 놈이냐? 어서 꺼지지 못할까?"

의외로 여인의 목소리였다.

"지나가는 과객이오. 해칠 생각은 없소이다. 날도 어둡고 허기진 몸이니 하룻밤 묵어가게 허락해 주시오."

스물이 안 되어 보이는 이 여인은 키가 훤칠하고 몸매가 단단해 보였으며 눈에서는 푸른 광채가 뿜어져 나오고 있었다. 그렇지만 불빛을 받아 붉게 물든 그녀의 얼굴에는 미모와 매력이 넘치고 있었다.

여인은 겨눈 활을 놓지 않고 남빈을 쏘아보고 있을 뿐이다.

"댁은 뉘시며 왜 늦은 밤에 여기로 굴러들어왔는지 소상히 밝히지 않으면 이 화살이 목에 박힐 것이오."

"나는 대성산에서 무굴도사 밑에서 십여 년 지내다가 도사의 지시로 하산하고 있소. 그렇다고 목적지가 있는 사람은 아니오. 어디에선가 정착하여 도를 닦으며 살 작정이오."

"아…!"

왠지 무굴도사라는 말을 듣자 여인은 무척 놀라는 기색을 보였다 무엇인가 곰곰이 생각하던 여인이 활을 내려놓고는 잘 익은 짐승의 다리를 쭉 찢어 남빈에게 건넸다.

남빈은 엉거주춤 앉아서 장작불에 구운 고기를 받아들고는 여인에게 물었다.

"젊디젊은 처자가 인적이 없는 깊은 산속에 홀로 살고 있다니 놀라운 일이군요. 보아하니 승려도 아닌 듯한데…. 무슨 곡절이 있을 것 같소."

"저는 홍연화라 하옵고…."

남빈이 믿음직했던지 여인은 전후사정을 털어놓았다.

홍연화의 아버지 홍여공(洪汝公)은 황해도 문화현 현감으로 있었다. 문화현에는 구월산이 있는데 산자락에 환인, 환웅, 단군을 모시는 삼성당(三聖堂)이라는 사당이 있었다. 이 사당은 나라에서 공식적으로 제사를 지내거나 돌보는 일이 없어 황폐하기 그지없었다. 홍여공은 사당을 정돈하고 촌로들과 더불어 해마다 시월이면 제사를 지냈다.

홍여공은 쉰이 넘도록 자식을 갖지 못했다.

어느 날 저녁 사랑방에 앉아 황혼의 들녘을 내려다보며 신세한탄을 하고 있을 때 백발의 노인이 툇마루에 걸터앉는 것이었다. 노인은 다짜고짜 술 한 사발을 청했다. 술을 한 숨에 들이키더니 홍여공을 바라보며 말했다.

"나라에서 시키지 않았음에도 국조이신 단군에게 매년 제사를 지내온 사람에게 하늘이 감복하였도다. 그대의 정기 속에 천장지비(天藏地秘)의 큰 인물이 있소이다."

홍 현감은 벌떡 일어나 노인에게 큰 절을 올렸다.

"저에게는 자식이 없습니다. 그런데 쉰이 넘은 나이에 무슨 정기가 남아 있겠습니까? 스승께서는 뉘시며 말씀하신 뜻은 무엇입니까? 소상히 가르쳐 주십시오."

"나는 대성산에 사는 무굴이라는 사람이오. 명상을 하던 중 그대가 눈에 보이기에 예까지 찾아왔소이다. 그대는 이 집을 떠나 가평의 축령산으로 가시오. 거기서 살면서 신령님께 빌면 장차 난세를 구할 천장지비의 큰 인물을 낳을 것이오. 하늘이 감추고 땅이 숨긴 큰 인물 말이오."

"어째서 축령산입니까?"

"인걸(人傑)은 지령(地靈)이라 하였소."

홍여공은 가산을 정리하고 아내와 더불어 축령산 골짜기의 동굴에 머물러 살았다. 이 동굴을 후세사람들은 세상을 구할 인물이 날 곳이라 하여 '홍구세굴(洪救世窟)'이라고 불렀다.

백일기도를 마친 어느 날 홍여공의 아내가 임신을 했다. 부부는 과연 도사가 말한 대로 기도의 효험이 나타났다고 기뻐했다. 그러나 막상 세상에 나온 것은 아들이 아닌 딸이었다. 홍여공은 한때 실망했지만 기대를 저버리지는 않았다. 다시 10년을 하루같이 기도하며 살아왔지만 다시 태기는 보이지 않았다. 홍여공 부부는 딸에게는 관심을 보이지 않고 기도에만 정진했다. 부모의 돌봄이 없는 딸 연화는 야생마처럼 자랐다. 산으로 들로 다니며 꽃을 꺾고 들짐승을 쫓아다녔다.

연화가 열 살 되던 해 홍 현감 부부가 느닷없이 달려드는 호랑이에게 물려 그만 죽고 말았다. 어린 연화는 호랑이에게 반드시 복수를 하겠다는 독심을 품고 산중에서 떠나지 않았다. 힘을 기르고 활쏘기를 연마하며 연화는 기회를 엿보고 있었다. 호랑이는 끝내 나타나지 않았다. 7년의 세월이 흘렀다.

"내게 호랑이를 잡아준다고 약속을 한다면 언제까지나 머물러도 좋소. 그러나 침식은 동굴 밖에서 해결할 일이오. 동굴 안을 기웃거리거나 내 몸에 손이라도 까딱거리다가는 죽은 목숨인 줄 아시오."

그들은 근 일 년 동안이나 밤낮없이 호랑이를 찾아 숲속을 종횡무진으로 오르내렸다. 여인은 억세면서도 날렵했다. 그들은 축령산뿐만 아니라 멀리 운악산, 명지산, 백운산까지 나가 호랑이를 찾아 다녔으나 호랑이는커녕 그림자도 발견하지 못했다. 유인책을 쓰기로 했다. 호랑이는 특히 개고기를 좋아한다는 사실을 들은 일이 있어 그들은 동굴 앞에 말만한 개를 매어 놓았다.

단풍이 온 산을 물들이고 있던 어느 날 어스름에, 개가 컹컹 짖더니 갑자기 꼬리를 내리고 오금을 떨고 있었다.

남빈은 살금살금 다가오는 호랑이의 가슴팍을 쏘아 맞혔고 맨손으로 달려들어 발광하는 호랑이와 뒤엉켜 싸웠다. 홍연화는 철천지원수를 갚는다는 심정으로 호랑이의 온몸을 환도로 난도질했다. 합동작전으로 그들은 호랑이를 잡은 것이다.

그날 저녁, 남빈과 홍연화는 정안수를 떠놓고 마주 절하며 혼례를 올렸다. 식을 마치자 홍연화는 성난 암사자처럼 남빈에게 달려들었다.

"이 천치바보 같은 놈아. 호랑이를 못 잡으면 혼자 사는 처녀

하나도 못 잡아먹고 하산할 작정이었느냐?"

홍연화는 느닷없이 남빈을 찍어 눌렀고 거친 숨소리를 뿜어댔다. 다시 남빈이 그녀 위에 올라앉아 수사자처럼 으르렁댔다. 그들의 포효는 3일 밤낮을 숲에 울려 퍼졌다. 그리고 홍연화는 아들을 낳았다.

"장군감이구나!"

남빈과 홍연화는 아들을 번갈아 안으며 흐뭇해했다. 그 아이가 바로 남이(南怡)이다.

"무굴도사가 천기(天機)를 알고 있었던 것 같소. 무굴도사가 말하기를 내 세대는 '잃어버린 세대' 에 지나지 않으며 다음 세대를 예비하라고 가르친 것이 이 아이를 이른 것에 틀림이 없어요."

홍 여인이 아버지에게서 귓전에 들은 이야기를 떠올렸다.

"옛날 무굴도사가 아버지에게 이른 천장비기의 인물이 이 아이를 두고 한 예언인 것 같군요."

남빈이 무릎을 쳤다.

"아하! 장인에게 나타났다는 그 도사의 이름이 바로 무굴이었구나."

남이는 세종 23년(1441)에 태어났다.

세종이 32년간 재위에 있다가 승하한 후 문종이 대를 이었으나 병약한 문종은 일 년여 만에 죽었다. 13세의 단종이 왕위에 오르자 정국이 소용돌이쳤고 살육의 피비린내가 나라에 진동했다. 남빈이 한양으로 돌아갔다면 그 와중에 휩쓸리지 않을 수 없었을 것이다.

남빈과 홍연화는 오로지 아들 남이를 위해 생애를 바칠 각오를

다졌다. 남빈은 아들에게 학문을 익히게 했고 나중에 무경칠서를
가르치는 한편으로는 자신이 무굴도사에게서 배운 무술을 전수
해 주었다. 아울러 남빈은 대장간을 차려 아들 남이를 위한 철검
과 철궁을 만들기 시작했다.

남이가 어른 키만큼이나 장성하자 남빈은 훌쩍 자란 남이를 바
라보며 아내에게 말했다.

"두어 달 집을 비워야겠어요. 제주도에 건너가서 남이가 탈 명
마를 구해 와야 되겠소. 남이가 불세출의 장군이 되기 위해서는
남이를 태우고 전장을 누비며, 운명을 같이 할 명마를 필히 부려
야 하오. 옛날 관운장이 타던 적토마 못지않은 명마 말이오. 내가
일찍이 들으니 몽고에서 제주도를 목장으로 만들 때 호마를 키웠
다고 하오. 그 종자가 제주도 어디엔가 있을 거요."

"명마라면 값이 비쌀 텐데 우리 형편에 될 법이나 한가요?"

"제주도에는 호랑이가 없다고 하오. 내가 이 경우를 생각해서
호피 몇 장을 마련해 두었지요. 호피는 한양에서도 부르는 게 값
이라 고관대작 말고는 그것을 손에 넣기가 어렵다 하오. 제주도
에서 명마를 발견하거든 호피와 바꿀 생각이오."

남빈은 제주도의 산간을 열심히 뒤지며 명마를 찾아다녔다. 드
디어 한라산 산록에서 갈기가 붉고 네 다리가 실하며 하루에 천
리를 달릴 수 있다는 명마를 찾아냈다. 남빈은 그 말을 타고 들판
과 돌길을 달려보고 한라산을 몇 번이나 오르며 시험해보았다.
과연 명마였다. 남빈은 그 말을 테우(뗏목)에 태워 천신만고 끝에
몇 달 만에 돌아왔다.

"장군아, 이 말은 관운장의 적토마와 비견할 만하다. 이름을

'바람'이라 지었다. 바람의 섬 제주에서 자랐고 바람같이 빠르기 때문이다. 그러나 네가 '바람'을 한시라도 사랑하지 않으면 비루마가 되고 만다. 비록 천리마라 할지라도 주나라의 백낙(伯樂)을 만나지 못하면 미천한 마부 손에 이끌려 다니는 보통 말이 될 수밖에 없다. 네가 '바람'을 사랑하고 '바람'의 능력을 인정해 주어야만 '바람'은 너와 운명을 같이 할 명마가 되는 것이다. 명심하여라."

남이는 '바람'을 타고 들판을 달리고 웬만한 강물은 가볍게 건너다녔다. 또 말을 타고 축령산과 서리산 정상으로 오르기도 하고 산맥을 따라 멀리 대성산까지 다녀오기도 하였다. 남이는 '바람'을 타고 수중도를 건너다녔다. '바람'에게는 웬만한 물살은 거칠 것이 없었다.

남이는 '바람'을 자신의 목숨 이상으로 아꼈다. 미물도 자신을 사랑하는 사람의 말을 알아듣는다고 했는데 명마인 '바람'이 남이를 어찌 믿고 따르지 않으랴?

조영달이 투덜거렸다.

"나는 10년을 하루같이 형님을 따라다녔는데 형님은 사귄 지 얼마 안 되는 '바람'만 좋아하니 나는 찬밥신세구료."

"하하하, 네게는 내가 타던 조랑말을 물려줄 테다. 그러면 되었느냐?"

세월은 유수와 같이 흘러 남이의 나이 17세가 되었다. 때는 조선의 7대 임금 세조 3년(1460년)이었다.

남이는 장성하여 키는 9척이요 풍채가 웅혼하고 기품이 호방하며 안광이 이글거렸다. 남이는 무경칠서를 탐독하여 모두 외워버렸고 시문에도 능했다. 무술은 신기(神技)에 가까웠다.

정월 대보름날이었다. 정초 내내 식음을 전폐하고 철궁과 철검을 메질하고 담금질하며 벼리던 남빈이 천둥 같은 소리를 질렀다.

"내가 해내고 말았다. 바야흐로 명궁과 명검이 탄생하셨도다!"

남빈은 십 년 세월 명궁과 철검을 만들기 위해 옛 문헌을 뒤져 관운장이 썼다는 언월도를 연구했고 평안도까지 찾아가 고구려 때 쓰던 칼의 파편을 수집하여 분석했었다. 손수 대마도까지 찾아가 일본도를 비싼 값에 구입하여 성능을 연구하기까지 하였다. 남빈이 만든 철검은 길이가 7척이라 말을 타고 휘두르면 말머리를 넘고 뒤로는 말꼬리를 지날 만했다. 재질은 강철로 옥과 쇠를 단번에 벨 수 있다. 일본도는 그 길이가 비슷하나 남빈이 만든 철검은 오히려 언월도를 닮아 폭이 넓고 두텁다.

남빈은 장검을 들어 보름달에 비춰보았다. 7척이나 되는 장검의 영롱한 빛이 달을 향해 뻗어 올랐다. 다시 200근의 철궁을 들어 올려 활시위를 튕겨 보았다. 팽팽하게 당겨졌던 시위가 제자리로 돌아오면서 파르르 떨고 있었다. 부부는 서로 부둥켜안고 신들린 사람처럼 교교한 달빛 아래서 덩실덩실 춤을 추었다. 얼마나 길고 지루한 각고의 세월이었던가. 홍연화는 기쁨과 회한의 눈물을 철철 흘렸다.

남빈과 남이는 제물을 배설하고 먼저 천지신명께 절을 하고 이어서 장검과 철궁 앞에 절했다.

남빈은 남이에게 칼과 활을 들려주었다.

"이 검은 길이가 7척이요 오묘한 합금강으로 만든 것이다. 전장에서 적에게 휘두르면 단칼에 허리가 두 동강이 나고 아름드리 나무도 한 번에 벨 수가 있다. 칼끝이 떨면 산천초목이 덩달아 운다. 이름을 '벼락'이라고 지었다. 큰 벼락이 한번 치면 산천초목이 잘려나가 초토가 되기 때문이다."

남빈은 철궁을 들어 남이에게 안겨주며 말했다.

"이 철궁은 무게가 200근이며 사정거리가 1,500보이다. 보통사람은 들고 일어설 수도 없는 것이다. 이름하여 '천둥'이니라. 큰 천둥이 치면 천지가 진동하기 때문이다."

남빈은 남이와 더불어 장군바위에 올랐다. 홍 여인과 조영달도 뒤를 따랐다. 보름달이 휘영청 떠 있는 정월 보름밤이다. 남이가 장검인 '벼락'을 높이 쳐들었다. 심호흡을 하면서 심신에 기를 모으고 있었다.

얍!

이윽고 허공으로 칼을 뻗었다. 칼은 남이의 손에서 꼼짝도 않고 정지해 있고 칼끝만 부르르 떨었다. 남이가 칼을 휘두르자 사위에 서늘한 한기가 돌더니 앞에 있는 나뭇가지가 맥없이 꺾이어 떨어지고 잠시 후 나무둥치들이 벼락을 맞은 듯 하나씩 쓰러졌다. 다음 순간에 남이는 장군바위 끝자락에 버티고 서 있는 집채만 한 바위를 쳐 두 동강을 만들었다.

며칠 후 남빈은 아들 남이와 더불어 수중도로 말을 달렸다. 조영달은 미리 와서 과녁판을 만드느라 분주하게 움직였다.

섬 끝자락 언덕에는 철궁 '천둥'이 놓여 있고 1,500보 앞에 과녁이 설치되어 있다. 남이는 하늘을 향해 철궁을 들어 올리고 심호흡을 하였다. 마음과 기(氣)와 육제가 합일을 이루는 순간이었다. 활시위를 힘껏 당긴 후 손끝을 튕기자 화살이 꼬리를 떨면서 날고, 잡고 있는 활시위가 잉잉거렸다. 활시위를 놓았다. 열 개의 화살이 모두 과녁의 중앙에 정확히 꽂혔다. 과녁 앞에 파놓은 개자리에 몸을 숨겼던 조영달이 그때마다 청색 깃발을 휘둘렀다.

"장군아. 너는 과연 내 자식이구나. 아니 겨레의 자식이다."

남빈은 감탄사를 아끼지 않았다. 멀찍이 서 있는 황처공이 감격의 눈물을 흘리고 있었다.

이윽고 남이는 마상(馬上)에 올랐다. 말에 오르는 순간 기수와 말의 기가 상통하며 한마음이 되어 내달렸다. 각궁을 든 남이는, 달리는 도중에 세워진 표지들을 향해 화살을 날렸다. 달리는 말에서 앞으로 쏘고 옆으로 쏘고 몸을 뒤로 돌려 쏘니 모두가 과녁에 꽂혔다.

남이가 수중도에서 돌아올 때 말고삐를 잡고 남이를 따르던 조영달이 남이에게 물었다.

"장군 형님, 금년에 무과시험에 응시할 생각이신가요?"

"그래야겠지. 나는 장차 한 시대를 풍미할 조선 최고의 무장이 될 것이야."

집에 돌아오자 남빈은 9척 장신의 아들을 올려다보며 대견해했다.

"너는 조선 최고의 명검, 명궁을 가진 조선 최고의 무사니라. 천하의 명장 남이가 나설 때가 되었다. 보아라. 바야흐로 조선에 남이의 시대가 도래하였도다. 장차 변방의 국가들이 네 앞에 무릎을 꿇을 것이다."

다음날 아침 남빈은 아들을 데리고 축령산 정상으로 올라갔다. 떠오르는 태양을 물끄러미 바라보던 남빈이 무겁게 입을 열었다.

"네가 부모를 떠나 하산할 때가 되었구나. 그에 앞서 근본을 알 때가 되었느니라. 내 증조부, 즉 너의 고조부는 조선을 건국할 때 경국제세(經國濟世)의 기틀을 세우신 휘(諱-돌아가신 조상의 함자를 이르는 말) 남재(南在)이시고 내 부친, 즉 너의 할아버지는 태종의 넷째 따님 정선공주(貞善公主)의 부군이신 휘 남휘(南暉)이시다."

3. 뿌리

이야기는 고려 우왕 때로부터 시작된다. 고려 우왕 14년(1388년) 원나라를 멸망시킨 명나라는 철령 이북은 원나라가 지배했던 땅이니 당연히 원나라를 승계한 명나라의 영토가 되어야 한다고 주장하며 함길도(함경도)와 평안도 지역에 철령위를 설치할 것을 일방적으로 통보했다. 이에 고려 최고의 관직인 문하시중으로 있는 최영은 몹시 격분하여 요동정벌을 계획하고 있었다. 조정에서는 논란이 계속되었다.

이성계 등은 명나라가 양자강으로부터 승승장구 올라오는 시점에서 대국에 힘으로 맞설 경우 나라의 존재조차 남지 않을 수 있고, 대군을 북으로 이동시켜 도성을 비울 경우 호시탐탐 노리는 왜구의 침입으로 국토가 초토화될 수 있으며, 때는 5월 보리가 익는 시기라 군사를 일으키면 농사에 큰 타격을 줄 것이며, 또한 여름철이라 활의 아교가 녹아 활이 무용지물이 될 것이라는 4대

불가론을 들어 요동정벌을 강력히 반대했다. 그러나 최영은 조금도 뜻을 굽히지 않았다.

우왕 14년(1388) 초여름, 드디어 최영은 많은 문무대신들의 반대의사를 물리치고 요동정벌을 단행했다. 최영 스스로 팔도도통사가 되고 이성계, 조민수를 각각 우군, 좌군도통사로 임명하였다. 최영은 도성에 남고 이성계와 조민수는 5만의 군사를 이끌고 요동을 향하여 진군하였다.

남재(南在), 남은(南誾), 남지(南贄) 삼형제는 이성계의 최측근이었고 이성계와 뜻을 같이 하였다. 남재는 고금의 학문을 섭렵하고 특히 수리에 밝은 대학자였고 남은은 문무를 겸비한 지략가였으며 남지는 대장군이었다. 이성계는 이들을 칭찬하며 입버릇처럼 말하곤 하였다.

"한 가문에서 유비, 관우, 장비가 태어났구나."

물론 유비는 남재를, 관우는 남은을, 장비는 남지를 이르는 말이다.

최영은 요동정벌에 대하여 시답지 않은 태도를 보이며 마지못해 출병하는 이성계에게 의혹의 눈초리를 보냈다. 최영은 만일의 사태에 대비하기 위하여 이성계의 두 아들 방우(장남), 방과(차남－후에 정종)를 볼모로 잡아 도성에 붙들어두기로 했다. 다섯째인 22세의 방원(태종)은 아버지를 따라 정벌군에 합류했다. 남재 3형제와 방원은 비밀리에 계략을 꾸미고 있었다.

남재는 두 동생 남은, 남지를 이성계에게 딸려 보내고 자신은 고려의 수도인 개경에 머물러 있었다. 대군이 압록강에 이를 무렵 남재는 꾀를 써서 방우와 방과를 탈출시키고 군사들을 설득시켜 안에서 내응할 준비를 하고 있었다.

남은과 방원은 위화도에 이르러 망설이는 이성계에게 회군하기를 끈질기게 설득했고 우군절도사 조민수를 회유하는 데 성공했다. 이성계의 두 아들이 개경 도성을 무사히 빠져나왔다는 소식이 전해지자 이성계는 위화도 회군을 단행했다. 아들이 볼모로 잡혀 있을 때 반역을 감행할 수 있겠는가?

개경으로 돌아온 이성계는 최영을 참형시키고 우왕을 폐위시킨 다음 창왕을 왕위에 앉혔다. 남재와 남은은 회군 공신에 포함되었다. 정권을 한 손에 거머쥔 이성계는 곧 창왕을 폐하고 공양왕을 세우더니 다시 공양왕을 몰아내고 새 왕국을 세웠다.

조선을 건국한 이성계는 남재, 남은 형제의 혁혁한 공을 인정하여 일등 개국공신에 봉했다. 남재는 자신이 한 일이 별로 없이 공신에 봉해지는 것은 과분한 일이라며 개경을 떠나 숨어버렸다. 나중에 남재를 찾아낸 태조 이성계는 남재가 살아있음을 몹시 기뻐하여 그를 중용하였다.

남재는 조선건국 후 대사헌에, 남은은 참찬문하부사에 임명되었다. 남재는 조선건국의 사상적 초석이 되는 12개 항의 상소문을 올렸는데, 그 골자는 다음과 같다.

1. 평안도 지방에 국방을 강화하고 무재가 있고 청렴한 수령을 임명할 것.
2. 평안도에서 광산을 개발하고 쇠를 제련하여 무기를 늘릴 것.
3. 불교를 억제하고 유교를 건국이념으로 할 것.
4. 여인들의 외출과 정치 참여를 금지할 것.

5. 고려 왕조의 후손인 왕씨들을 강화와 거제에 분할 거주시켜 후환
   을 경계할 것.

6. 왕과 관리들이 근검절약할 것.

7. 환관 등 측근을 관리하여 언로를 틀 것.

8. 아첨자를 멀리하고 군자를 등용할 것.

9. 궁궐 역사 등 공역에 동원하는 인부를 최소한으로 줄이고 그들로
   하여금 곧 생업에 돌아가게 할 것.

10. 각종 제례의식을 줄일 것.

11. 내탕고(임금의 사재창고)와 궁중의 용도를 철저히 관리할 것.

12. 임금이 중앙집권 하에 군권을 확실하게 장악할 것.

이성계가 등극하자 남재는 중국에 사신으로 가서 이성계의 역성혁명(易姓革命)에 대한 불가피성을 역설하고 명나라 황제의 호의적인 대답을 받고 돌아왔다.

태조 3년에는 조선에 대한 명나라의 여러 오해가 있어 명나라가 조선의 사신조차도 받아들이지 않을 때 정안대군(이방원-후에 태종)은 이를 돌파하고자 과감히 국가사절로 자원했다. 모든 대신들이 무모한 일이라며 동행을 기피할 때 남재가 분연히 일어나 부사로 갈 것을 자원했고 그들은 무사히 북경에 당도할 수 있었다.

태조 5년 남재는 도평마사로 임명되어 오도도통사 김사형(金士衡)과 더불어 대마도를 정벌하고 익년 1월에 개선하여 돌아왔다. 태조는 김사형과 남재의 개선을 기리기 위하여 숭례문까지 나아가 맞이하였다.

이야기 중에, 이 대목에서 남빈은 허허 하고 허탄한 웃음을 웃으며 멍하니 먼 산을 바라보고 있더니 말을 계속했다.

"태조께서는 남재 할아버지를 총애하시어 도성이 훤히 내려다보이는 명철방(明哲坊) 언덕에 생가를 하사하셨지. 그러나 신의 질투인가? 하루아침에 남은, 남지 두 동생이 방원에 의하여 참살당하고 또 다른 동생 남실(南實)은 유배의 길을 떠나야 했지. 그뿐이 아니다. 불행은 한꺼번에 들이닥치는 모양이구나."

남빈은 차근차근 말을 이어나갔다.

태조(이성계)는 신의왕후 한씨에게서 방우, 방과(후에 정종), 방의, 방간, 방원(후에 태종), 방연 등 6형제를 낳았으나 신의왕후는 태조가 등극하기 전에 죽었다. 후비 신덕왕후는 방번, 방석 두 형제를 낳았다.

태조가 등극하자 정도전, 남은 등은 신덕왕후와 짜고 태조를 설득시켜 방원의 이복동생인 여덟 째 아들 방석을 세자로 책정하는 데 성공하고 권력을 휘어잡았다. 정도전 일파의 눈에는 방원 등 이성계의 전처소생 6형제는 안중에 있지도 않았다.

정도전은 왕은 국가의 상징적인 존재에 지나지 않으며 모든 정사는 신하들이 도맡아 해야 한다는 소위 신권정치(臣權政治)를 구현하고자 하였다. 특히 방원은 이성계에게 반기를 든 정몽주를 선죽교에서 죽이기까지 하며 조선 창건에 혁혁한 공을 세웠지만 권력의 핵심에서 멀어져 갔다.

태조 7년, 방원이 세자 방석 일파를 제거하기 위하여 선수를 쳐서 정도전을 죽이고 방번, 방석을 제거할 때, 남은, 남지 형제는 정도전의 편에 서서 방원의 사병(私兵)과 싸웠다. 그러나 남은과 남지는 방원 쪽 무장인 이숙번의 칼에 참살되고 말았다. 이를 일차 왕자의 난 또는 무인정사(戊寅靖社)라고 부른다. 이때 방원은 동생들과 노선을 달리한 남재를 찾아 자기 집에 숨기고 남재는 연루되지 않았다며 목숨을 보전케 했다.

이야기를 마치고 남빈은 아들 남이를 데리고, 불암산이 주봉을 이루고 있는 주을곡의 남재 묘역을 찾았다. 제물을 실은 말이 뒤를 따랐다. 제를 마치고 산소벌에 앉아서 남빈은 아들에게 묘역의 내력을 설명해 주었다.

어느 날 태조는 무학대사 그리고 남재를 대동하고 양주 땅에 자신의 신후지지(身後之地)가 있는 불암산 주을곡을 돌아보았다. 신후지지란 자신이 묻힐 곳을 미리 정해 놓은 묘역이다.

태조는 자신의 신후지지를 보인 후 이어서 남재의 신후지지가 있는 양주의 검암을 답사했다. 주위를 둘러보던 태조가 돌연 남재에게 제안을 했다.

"우리 신후지지를 서로 바꾸면 어떻소?"

무학대사가 끼어들었다.

"옛말에 임금의 신후지지에 타인이 묘를 쓰면 장차 자손 중에 역적이 난다고 했사옵나이다."

"역적이라? 역적이라면 실패한 반역 아닌가? 그렇다면 왕조는 건재하다는 뜻 아닌가? 허허허. 어느 집안이나 충과 역이 번갈아 나게 마련이지. 혹 경의 후손 중에 역적이 난다 해도 그 당자만 벌하고 가족들과 자식은 연좌하지 말라고 내 후손에게 이르겠네."

남재는 후손 중에 역적이 난다는 무학대사의 말이 꺼림칙했으나 어느 영이라고 거절을 할 수 있는가? 그런 연유로 먼저 죽은 태조가 검암(동구능)에 묻히고 나중에 남재가 주을곡에 묻히게 되었다.

남재는 경문(景文), 경무(景武) 두 아들을 두었는데 일차 왕자의 난 때, 남은의 휘하에 있던 장남 경무는 전사하고 차남 경문은 그 때의 충격으로 정신병에 시달려야 했다.

"나의 할아버지 경문은 세 아들을 두었지만 정신병으로 집을 나간 후 객사하고 말았지. 나의 할머니는 청상과부로 시부모를 모시며 세 아들을 키웠는데 나의 백부 남지(南智)는 우의정에, 숙부 남간(南簡)은 예문관 직제학에 이르셨지. 나의 아버지, 즉 네 할아버지 이야기는 나중에 계속 들려주마. 날이 저물었으니 어서 내려가자꾸나."

남이는 숨을 죽이며 생전 처음 듣는 자신의 뿌리에 관한 이야기에 몰입하고 있었다.

다음날 아침에도 남이는 아버지 앞에 앉아 귀를 기울이고 있었다.

태종 15년(1415년), 구름 한 점 없는 가을날 오후 우의정 남재(南在) 대감은 툇마루에 앉아 무와 배추가 탐스럽게 크고 있는 채마밭을 바라보고 있었다. 배게심겨진 채소를 솎아주다 잠시 쉬는 중이다. 무는 밑동을 반쯤 들어내고 있고 지푸라기로 매어놓은 배추는 통통하게 살쪘다. 수일 내로 뽑아서 김치를 담가야 할 것 같다. 그 뿐이 아니다. 이 많은 채소를 주변의 여러 대감들에게도 나누어 줄 생각만 해도 즐거웠다. 더불어 고려사를 개수하던 하륜, 변계량 그리고 이숙번 대감도 군침을 흘리고 있지 않은가.

남재 대감이 가솔이나 하인들의 손을 빌리지 않고 손수 밭을 갈고 거름을 주며 키운 채소밭이다. 그는 가난하게 살던 옛 시절을 생각하여 아무리 관직이 높이 올라가도 텃밭을 손수 가꾸며 채소만은 자신의 손으로 키워왔다.

남재 대감의 집은 목멱산의 동북쪽 명철방(明哲坊)의 높은 언덕에 자리하고 있었다. 취미정(翠微亭)이라고 옥호를 붙인 사랑채에 앉으면 한양의 시내가 눈앞에 들어온다. 집 서쪽으로는 큰 거북바위가 있어 바위 위에 자그마한 정자를 지어놓고 이름을 귀정(龜亭)이라 지었다. 그의 호 또한 귀정이다.

오후에 임금(태종)이 응봉에 군사를 풀어 매사냥을 시켜놓고 상왕(정종)과 더불어 군사들이 사냥하는 광경을 구경하겠다며 사냥터로 행차한 터라 노령의 남재대감은 잔무처리를 끝내고 일찍 퇴궐을 했었다. 태종은 군사훈련의 일환으로 가을이면 종종 매사냥을 하게 하고 이를 참관하곤 했다.

남재가 채소밭을 바라보며 성취감에 흠뻑 취해 있을 때 언덕을 오르는 말발굽소리가 들려온다. 갑옷을 입은 태종과 상왕인 정종이 나란히 올라오고, 뒤에 10여 명의 시위병(侍衛兵-경비병)이 따르고 있었다.

백발이 성성한 남재는 노구(老軀)를 일으켜 내려다보다가 임금의 행차임을 알고 급히 달려나가 읍하였다.

"전하, 그리고 태상왕 전하! 갑자기 누추한 소신의 집을 찾으시다니 어인 일이시옵니까?”

태종은 흙투성이의 노인을 굽어보며 껄껄 웃었다.

“사냥을 구경하고 돌아오는 길에 목이 컬컬하여 찾아들었소이다. 그런데 천하의 우의정께서 손수 손에 흙을 묻히다니요? 장한 일입니다. 만백성의 귀감이 되는 일이지요.”

취미정 툇마루에 걸터앉은 태종은 사방을 둘러보았다. 서북쪽으로는 북악을 등진 경복궁이 보이고 그 뒤로 북한산과 삼각산이 아스라이 눈에 들어온다. 북악에서 용의 등껍질 같은 성곽이 낙산을 따라 내려오다 홍인지문(동대문)에 이르러 멈추어 있다. 홍인지문 안쪽으로는 훈련관이 넓게 자리하고 있다. 동북으로는 너른 평야 저쪽에 아차산이 길게 누워 있다.

태종은 백발이 성성한 65세의 노대신에게 시선을 주며 말했다.

“과연 명당이로다. 아버님 태조대왕께서 이 터를 하사하셨다고 들었소. 무학대사께서는 이 터에서 사는 사람의 자손 중에 장차 영웅호걸이 난다고 했다지요?”

“성은이 망극하옵니다. 황공하고 무엄한 말씀이오나 무악대사가 잘못 짚은 것 같습니다. 여기에 집을 짓고 산 이듬해 저의 두 동생이 반역죄로 참수되었고 아들 두 놈이 아비보다 먼저 세상을 떠, 아비에게 참척(慘慽)의 아픔을 안겨주었습니다. 그 뿐이 아닙니다. 일찍이 조강지처를 잃었고 후처도 여러 해 전에 세상을 떠났습니다. 오래 산다는 것도 업보인 듯합니다. 지금은 너무 외롭고 힘듭니다.”

남재의 눈가에 이슬이 맺혔다. 남재는 시 한 수를 읊었다.

花開花落鬢霜加 (화개화락빈상가)

百歲春光一鳥過 (백세춘광일조과)

此日此軒還寂寞 (차일차헌환적막)

滿園疎木夕陽多 (만원소목석양다)

꽃피고 지더니 머리에 서리 내리니

백년춘광에 새 한 마리 지나가는 것 같도다

이날 이 집이 다시 적막해지니

정원에 가득한 성긴 나무에 석양이 짙어지네

정종이 남재를 바라보며 위로의 말을 던졌다.

"일찍이 무학대사께서는 이 집에 사는 사람은 멸문지화(滅門之禍)를 면한다고도 했습니다. 대감께서 이 집을 지어 살았기에 무인정사 때 목숨을 건진 것이라고 할 수도 있지요. 그러나 장성한 손자들이 있지 않습니까? 그 손자들, 또는 그 후손에게서 영웅호걸이 날 지 과연 누가 알겠습니까?"

태종이 말을 받았다.

"왕후장상이라 해도 모름지기 문무를 겸비해야만 영웅호걸이라 할 수 있소. 경은 학덕이 높고 또한 무재를 갖추었으니 자손 중에 장차 영웅호걸이 날 것은 불을 보듯 뻔한 일이 아니겠소?"

세 사람은 귀정으로 자리를 옮겨 주안상을 받았다. 그들은 한동안 말없이 술을 들고 있었다. 머릿속에는 너나없이 지난 격동의 세월이 주마등처럼 지나가고 있는 듯했다. 남재는 65세, 이성계의 둘째 아들 정종은 59세, 그리고 태종은 49세이다.

술이 거나하게 취하자 정종이 먼저 화두를 열었다.

"나와 방우 형이 최영의 볼모로 개경의 성안에 위리안치(圍籬安置)되었을 때 남재 대감의 계교로 우리가 성을 탈출할 수 있었지요. 결과적으로 남 대감이 아니면 조선건국도 없었을 것입니다. 우리 형제가 탈출에 성공하지 않았으면 위화도 회군은 단행되지 않았겠지요."

"또 그 말씀입니까? 송구스러울 따름입니다."

태종이 말을 이었다.

"짐에게도 잊지 못할 추억이 있소이다. 조선건국 이후 개국공신인 실세들은 대부분 짐을 외면하여 찬밥신세를 만들었소. 그때 경은 늘 내 곁에 있었고, 태조 3년 짐이 자청하여 명나라에 사신으로 가고자 할 때에 모두 짐을 비웃고 기피하고 있었지만 경은 '왕자가 험지로 떠나는데 우리 신하들은 베개를 높이 베고 편안한 잠을 잘 수 있겠는가?' 하며 짐의 편이 되어 짐을 따라 나섰지요. 또한 경은 무재에도 뛰어나 대마도를 정벌했고 병조판서 시절에는 무기 제조와 국방강화에 크게 기여했지요. 짧은 인생에서 만남이란 참으로 소중한 것 같소. 태조와 경의 만남, 태상왕과 경의 만남, 그리고 짐과 경의 만남은 참으로 값진 인연이었소."

세 사람은 죽마고우인 양 옛 일을 추억하며 비감해 하기도 하고 웃기도 하며 술잔을 거푸거푸 비웠다.

어느덧 땅거미가 온 누리에 내려앉아 사방이 어스레해지고 있었다. 태종은 불현듯 남재에게 시선을 주었다.

"경은 손자 셋을 두셨다지요. 어떤 아이들이오?"

남재의 손자들이 불려와 읍을 마치고 무릎을 꿇고 나란히 앉았다. 남지, 남휘 그리고 남간들이다.

태종은 미혼인 남휘의 얼굴을 한참이나 뜯어보고 있었다. 눈이 부리부리하고 어깨가 떡 벌어지고 키가 형들보다 한 자나 큰 영락없는 무골이다. 남재가 눈치를 채고 말했다.

"지와 간은 문재(文才)가 있어 과거 보기 위한 준비를 하고 있지만 휘는 15세가 되도록 학문에는 도무지 뜻이 없는지 파락호들과 어울려 다니고 있어 제 어미 속을 무척이나 썩이고 있습니다."

세 아이들이 나가자 생각에 잠겨 있던 태종이 입을 열었다.

"짐의 넷째 딸 정선공주가 14세인데 지금 혼처를 찾고 있는 중이오. 경의 둘째 손자 남휘를 사위로 삼고 싶은데 경의 생각은 어떻소? 보아하니 남휘는 할아버지로부터 예의와 법도를 배웠고 홀어머니에게서 자라 근검절약의 정신을 익힌 것 같소. 또한 학문에 욕심이 없는 걸 보니 권력에의 야망도 없는 것 같소. 나는 본래 왕족의 친인척이라 해서 세도를 부리거나 권력에 가까이 하는 사람들을 좋아하지 않는다는 것을 경도 익히 알고 있지 않소?"

태종이 방문한 뜻이 여기에 있었음을 알아차린 남재는 감히 거역할 수가 없음을 알고 있었다. 태종과 정종은 밤이 늦어서야 자리를 떴다.

태종 16년(1416년) 2월 정선공주와 남휘의 결례를 치렀다. 그 해 5월 남재는 영의정에 이르고 의령부원군에 봉작되었으며 세종 1년에 68세를 일기로 세상을 떠났다.

태종은 사위인 남휘를 숭정대부(崇政大夫) 의산군(宜山君)에 봉하고 마두산(지금의 서울대병원 자리) 기슭 건덕방에 집을 마련해 주었다. 남휘의 집은 아흔아홉 간으로 대궐에 버금가는 집이었다. 태종은 정선공주를 출가시키면서 대궐에 있는 모든 금은보화를 실어 보냈다.

　정선공주는 나면서부터 어질고 아름다웠으며, 덕이 높고 행실이 고왔다. 출가하여서는 남편을 공순하게 받들며 정성으로 시어머니를 섬겼다. 가정을 다스림에 늘 부지런하고 검박하게 하여 조금도 귀한 신분이라 자긍하는 일이 없어 아랫것들에게까지 칭송을 받았다.

　태종의 비, 원경왕후가 38세에 낳은 넷째이면서도 막내인 정선공주는 부모의 사랑을 한몸에 받았고 양녕대군, 효령대군, 세종 등 오라버니들과 세 언니들도 그녀를 좋아했다. 태종과 왕후는 공주의 집에 자주 들르곤 했다. 특히 말년에 태종과 사이가 벌어진 원경왕후는 아예 정선공주의 집에 머무는 일이 많았다.

　그녀의 오라버니 세종은 친누이를 몹시도 사랑하여 좋은 음식이 있으면 정선공주에게 보냈다. 정선공주는 조카들을 매우 사랑하여 세종의 여러 아들들이 찾아들었고 양녕대군과 효령대군의 아들들까지 찾아와 북새통을 이루었다.

　남휘는 16세 약관의 나이에 임금의 부마라는 이유로 종 2품의 숭정대부를 제수 받았으나 하릴없이 품계만 높을 뿐 정치에는 참여할 수가 없고 아예 발언권도 없었다. 처음에는 궁중에서 만나는 궁녀들도 얼굴을 들지 못하고 늙은 대신들까지도 읍을 하며 지나가는 형국에 우쭐하였으나 세월이 흐르면서 자신의 처지에 싫증이 났다. 남휘가 하는 일은, 시도 때도 없이 종친들의 관혼상제에 참석하고 궁중의 각종 제례에서 잔을 올리며 조참에 나가 꾸어다 놓은 보릿자루처럼 서 있는 것이 고작이었다. 더구나 정선공주가 시가인 왕실의 사랑을 받고 있었기 때문에 태종, 이어서 세종과 왕비가 수시로 드나들고 대군들이 찾아와 며칠씩 묵어가곤 하는 것이 부담스러워 남휘는 밖으로 나돌았다.

남휘는 자유분방하게 성장했고 성질도 광패하여 형식적인 일과 왕가에 종속된 자신의 처지와 역할에 짜증을 내기 시작했다. 결국 남휘는 각종 행사에 빠지는 일이 비일비재해졌고 기생집을 드나들거나 노름판에 빠져 밤을 새우는 일이 늘어만 갔다.

정선공주는 결혼 이듬 해 아들 빈(彬)을 낳았고 3년 후 딸 신(信)을 낳았다. 딸을 낳은 후 정선공주는 산욕열로 자리에 누워 시름시름 앓고 있었다.

정선공주가 병석에 있다는 소식을 들은 세종이 어의와 내시를 남휘의 집에 보낸 적이 있었다. 노름판에서 밤샘을 하고 들어와 사랑방에서 늦잠을 자고 일어난 남휘는 어의와 내관이 들어오는 모습을 멍하니 바라보고 있었다.

"어의가 아침부터 우리 집에 어쩐 일로 납시었소?"

"공주마마께서 병석에 계시다고 해서…."

"헛소문일 거요. 남편인 내가 모르는 일 아닌가. 어의는 이왕 왔으니 내실에 들어가 보고, 내관은 나하고 쌍육(雙六-일종의 주사위놀이)이나 한판 놀아 봅시다."

남휘는 어의에게 아내의 병세를 물어보기는커녕 왕명을 받고 온 내시를 밤늦게까지 붙잡아 앉히고 쌍육을 놀았다. 그 일로 남휘는 세종에게 혼쭐이 났으나 달라진 게 없었다.

그 뿐인가? 정선공주가 병고에 시달리고 있을 때였다. 병조판서를 지낸 윤자당이 죽었을 때 상가에 조상하러 간 남휘는 소복을 입은 젊은 여인을 흘끔흘끔 훔쳐보고 있었다. 갸름하고 깨끗한 얼굴에 도톰한 입술의 여인은 열대여섯 살 정도로 앳되게 보였다. 남편의 상중인데도 여인은 남휘의 눈길을 의식했는지 엉덩이를 깝신거리며 눈웃음을 지어 보였다. 윤자당의 애첩인 윤이라고 누군가 귀띔해 주었다.

며칠 후 남휘는 한밤중에 월담하여 상중에 있는 윤이의 방을 찾아 그녀를 덮쳤다. 늙고 병든 노인의 품에만 안겨 있던 윤이는 젊은 남휘의 근육질에 몸을 맡기며 황홀경에 빠져들었다.

"쉰네를 보쌈해 가세요."

보쌈이란 홀로 된 과부를 보에 싸서 데려가는 과부업어가기이다. 남휘는 껄렁패들을 시켜 그녀를 냉큼 보쌈해와 자신의 첩으로 만들어 버렸다. 정선공주가 병석에서 중병을 앓고 있을 때였다.

조정의 대소신료들이 남휘의 부당한 처사를 지탄하고 벌 줄 것을 간했다. 그러나 세종은 남녀가 이미 살을 섞었으니 기왕지사라며 남휘를 용서해 주고 윤이를 남휘의 첩으로 삼게 했다.

남휘는 첩 윤이와 붙어 노닐면서 병석에 누워있는 아내에게는 얼씬도 하지 않았다. 윤이 또한 안방마님인 정선공주가 병석에 누워 있는데도 첩 주제에 거들떠보지도 않고 남휘와의 방중사에 정염을 불태우는 짓에만 미쳐 있었다.

정선공주는 철없이 놀아나는 남편과 첩이 하는 꼬락서니를 눈여겨보면서 어린 자식들의 장래가 염려되어 눈물을 흘렸다.

임종을 경각에 두고 정선공주는 아들 빈을 불러들였다.

"빈아, 네가 어려서 무엇을 알랴마는 내가 죽은 뒤에는 네가 바람 부는 황야에 내던져져 천애고아로 살아갈까 저어된다. 나중에 어미가 주는 이 물건을 보여, 너의 신분을 밝힐 경우가 혹 있을지 모른다. 부디 고이 간직해라."

정선공주는 몸을 일으킬 힘도 남아있지 않으면서 품속에서 금가락지와 옥비녀를 꺼내 어린 아들에게 쥐어 주었다.

정선공주는 여섯 살의 외아들 남빈과 세 살 된 고명딸 남신을 남기고 세종 6년 1월, 21세를 일기로 세상을 떠났다.

남빈은 학문과 예의범절을 배우게 하기 위하여 백부인 남지의 집으로 보내졌고 남신은 윤이에게 남겨졌다.

남지는 슬하에 아들 윤(倫)과 딸 유경(有慶), 유심(有心)을 두었다. 윤은 남빈의 손위이고 유경과 유심은 남빈보다 손아래였다. 나중에 유경은 세종의 넷째 아들 임영대군에게 출가했고 유심은 안평대군의 며느리가 되었다. 유경은 정신질환이 있다 하여 어린 나이에 소박맞았다.

남빈은 큰아버지 집에서 글을 배웠다. 그가 열 살이 되었을 때는 『논어』, 『대학』에 이어 『중용』까지 익혔다. 남빈은 사촌형제들과 어울려 편안한 생활을 하고 있었으나 동생 남신은 그렇지가 못했다.

남휘의 첩 윤이는 첩의 신분임에도 불구하고 정실부인 행세를 하며 집안 살림을 움켜쥐고 하인들을 들볶았다. 그 뿐만 아니라 윤이는 어린 남신에게 매질을 하고 밥을 굶기기도 했고 심지어는 버릇없다며 광에 가두기도 하였다. 가끔 본가에 들른 남빈은 동생이 천덕구니 신세로 구박을 받는 모습을 보고는 눈물을 훔치며 돌아가곤 했다.

남빈이 12살 때의 일이다. 생가에 들른 남빈은 윤이가 남신의 치마를 걷어 올리게 하고 회초리로 종아리를 모질게 때리는 모습을 보았다. 신은 아프다는 소리도 못 내고 눈물을 씹고 있었다. 울거나 소리지르면 회초리가 더 매서워지기 때문이다. 남빈은 울컥한 마음에 윤이에게 달려들어 회초리를 빼앗았다.

"아이고, 이놈이 에미를 쳐? 이런 불역무도한 놈!"

윤이는 부러 뒤로 넘어지며 발악을 했다.

"이 못된 버릇없는 노옴…!"

아버지 남휘가 노기등등하여 안방에서 나오더니 아들의 멱살을 낚아챘다. 남빈은 그 길로 정신없이 뛰쳐나왔다. 남빈은 명철방 백부의 집으로 걸음을 옮기면서 가엾은 동생의 얼굴을 떠올려가며 울고 울었다.

유경과 유심이 남빈의 손을 부여잡고 같이 울었다. 남빈은 사촌형 남윤에게서 아버지와 윤이에게 얽힌 사연과 어머니 정선공주가 그 일로 병이 더 악화될 수밖에 없었다는 사실을 알고 야밤에 가출을 했다. 그리고 남빈은 걷고 또 걸어서 대성산에 이른 것이다.

"내 아버지는 그 후에도 참회하기는커녕 기생집을 무시로 드나들고 시정잡배들을 몰고 다니며 애먼 사람들을 패는 등 황음무도한 행동을 일삼다가 단종 2년에 돌아가셨다. 나는 집을 떠난 뒤 아버지를 뵙지 못하였다. 아버지의 장례가 있는 날, 나는 차마 장지에는 가까이 가지 않고 먼빛에서 상여를 바라보며 혼자 울었다."

말을 마치고 남빈은 처연한 표정으로 한참이나 눈을 감고 있었다. 이윽고 남빈은 아들을 바라보며 힘주어 말했다.

"너는 곧 하산하여라."

4. 하산

세조 3년(1457년) 1월 남빈은 아들 남이를 데리고 장군바위로 올라갔다. 별들이 총총히 빛나는 밤이었다. 남빈은 아들의 손을 꼭 잡고 비장한 어조로 말을 계속했다.

"너는 내일 집을 떠나 한양으로 올라가거라. 한양에서 곧 무과 시험이 치러질 예정이라고 들었다. 너는 천 년에 한번 나오는 천장지비(天藏地秘)의 영걸임을 나는 의심치 않는다. 하늘이 감추고 땅이 숨겨두었던 사람이라는 뜻이다. 천지신명이 너를 도울 것이다. 미물에게도 혼이 있듯이 국가에도 혼이 있다. 너는 하늘을 읽고 별의 움직임을 알고 구름을 부르고 비를 쫓으며 귀신을 다스리는 염력이 있지만 한시라도 방심하면 작은 영(靈-요괴, 귀신, 악마, 도깨비, 헛것이라고 불리는 것들)이 너를 걸고넘어질 수 있다. 오만과 방심과 속단은 금물이니라."

아침 일찍 남이가 부모님께 하직인사를 하였다. 큰절을 마치고 자리에 앉자 남빈은 벽장에 깊이 감춰두었던 궤짝을 열고 여러 권의 책과 금낭을 꺼내놓았다.

"이 다섯 권의 책은 『삼국유사』이니라. 고려 충렬왕 때 몽고가 우리나라를 짓밟고 갖은 횡포를 일삼을 때 일연이 국가의 주체성을 진작시키기 위하여 쓴 역사책이다. 거기에는 단군으로부터 시작되는 우리의 유구한 역사와 우리 민족의 우수한 전통을 기록했다. 또 이 두 권의 책은 같은 시대에 이승휴가 쓴 『제왕운기』이다. 이 책에서는 우리나라가 중국과 구별되는 독자성, 자주성, 주체성을 가진 나라임을 보여주고 있다. 특히 이 책들은 단군을 신화 속의 인물이 아닌 역사적 인물임을 부각시켰고 우리 겨레가 단군의 자손임을 명백히 했다. 또한 만주 일대가 우리의 영토였음을 낱낱이 고증하고 발해를 고구려의 계승국으로 인정하여 장차 영토 회복의 뜻을 암시하고 있다. 이 책들을 백 번 이상 읽도록 하여라."

이번에는 금낭을 열더니 금가락지와 옥비녀를 꺼내 남이의 손에 쥐어주었다. 거기에는 조선왕실의 상징인 오얏 문양이 선명하게 음각되어 있었다.

"어머니가 임종을 경각에 두시고 내 손에 쥐어주신 것이다. 아들아, 이제부터 네가 간직하도록 하여라. 그러나 어머니의 유물이 네 입신양명의 구실이 되어서는 안 된다. 오직 실력으로 겨루어라."

어머니 홍연화가 다락에서 갑옷과 투구를 꺼내 남이 앞에 내놓았다.

"이 갑옷은 그동안 네가 잡은 노루의 가죽을 말려서 만들었고 이

투구는 내 스스로 대장간에서 틈틈이 철편을 벼려서 만든 것이다."

남이가 말에 오르려는 순간 조영달이 봇짐을 메고 달려왔다.

"저도 데려가 주십시오."

"네가 지금 따라나서서 뭐 하게?"

남빈이 말렸다.

"저는 장군 형님의 분신입니다. 살아도 같이 살고 죽어도 같이 죽겠다고 몇 번이나 다짐했습니다."

조영달은 말고삐를 움켜쥐고 울면서 매달렸다.

남이가 그동안 호흡을 같이해 온 애마 '바람'에 올라탔다. 칠 척의 장검 '벼락'을 비껴 차고, 200근의 명궁인 '천둥'을 짊어졌다. 남이는 축령산 계곡을 지나 마른 잡초와 갈대가 무성한 강변을 따라 천천히 말을 몰았다. 조영달을 태운 조랑말이 뒤에 따라붙었다.

남빈과 홍연화는 장군바위에 올라 멀어지는 아들의 늠름한 뒷모습을 내려다보고 있었다. 홍연화는 눈을 감고 남이의 장도를 기원하고, 남빈은 우주의 기를 끌어 자신의 몸에 채운 후 남이에게 불어넣어주고 있었다. 갑자기 남빈이 배를 움켜쥐고 주저앉았다. 남빈은 호흡이 막히고 장이 꾀는 것을 느꼈다.

해가 뉘엿뉘엿 인왕산을 넘어갈 즈음, 남이와 조영달은 홍인지문을 지나 성안으로 천천히 말을 몰았다. 담 너머로 훈련관이 내려다보였다. 군사를 훈련하고 무과시험을 보는 곳이다. 넓은 마당 여기저기에서 맨손으로 수박도(手搏道)를 연마하는 사람들, 죽도로 대련하는 사람들, 곤봉을 다루는 사람들이 보였다. 그러나 낚이의 눈에는 군사들이 전도가 없고 고기가 빠저 있는 것처럼 보였다.

시선을 거두고 걸음을 옮기는 순간 빨갛게 익은 연시를 가득 담은 광주리를 머리에 이고 가는 노파가 눈에 들어왔다.

먹음직한 연시를 내려다보는 순간, 연시 무더기 위에서 깝신깝신 춤추는 요괴가 남이의 눈에 들어왔다. 보통사람의 눈에는 보이지 않으나 염력이 뛰어난 남이에게는 요괴가 보인다.

남이는 행여 무슨 일이 일어날지도 모른다는 불안한 생각을 가지면서 노파를 따라가고 있었다. 그 노파는 목멱산 기슭으로 오르더니 대궐 같은 집의 숫을대문으로 들어서고 있었다. 남이가 고관대작의 저택이 분명하다고 생각하며 서성거리고 있을 때, 다시 집을 나오는 노파의 빈 광주리에는 요괴가 보이지 않았다.

이윽고 집안으로부터 고통을 호소하는 젊은 여인의 신음소리가 들려왔다. 안이 소란스럽더니 누군가 급히 대문을 나서고 곧이어 의원이 허둥지둥 달려온다. 그러나 여인의 신음소리는 비명으로 바뀌어 조금도 사그라지지 않았다.

그 요괴의 장난이 분명하구나. 남이는 대문을 두드렸다. 키가 크고 어깨가 떡 벌어진 청지기가 두리번거리며 문을 열고 나왔다.

"댁은 누구시오?"

"나는 지나가는 과객이오. 헌데 안에서 누군가 급병을 얻은 모양인데 내가 고쳐 드리리다."

"보아하니 의원은 아닌듯한데 헌다하는 의원도 어떻게 손을 못 대는 마당인데 젊은이가 무얼 안다고 나서는 게요. 가던 길이나 어여 가시구려."

"내가 고칠 수 있다지 않습니까?"

"불난 데 부채질하지 말고 어서 꺼지시오."

청지기는 문을 쾅 닫고 들어가 버렸다. 문을 두드리며 통사정했으나 안에서는 응답이 없고, 사람들이 급하게 왔다 갔다 하는 소리만 들렸다. 여인의 비명소리는 더 커지고 있었다.

해가 질 무렵 집주인인 듯한 사람이 자비에서 내려 급히 안으로 들어갔다. 의원이 뒤따르고 있었다. 남이는 닫으려는 대문을 밀어 제쳤다. 청지기의 큰 덩치가 뒤로 나가 떨어졌다. 남이는 다짜고짜 앞마당으로 들어갔다. 집주인은 남이에게 흘끗 시선을 주더니 종종걸음으로 안채로 들어가 버렸다.

한참 후에 주인이 마루로 나왔다.

"웬 놈이냐?"

"아씨의 병을 고치겠다며 막무가내로 버티고 서 있습니다."

"저놈을 뒤란의 모과나무에 묶어놓고 저 졸개는 광 속에 가두어라."

힘센 하인들이 우르르 달려들어 남이를 밧줄로 꽁꽁 묶었다. 이 정도의 힘이야 당해낼 수 있지만 남이는 나름대로의 생각이 있어 하인들의 하는 짓에 순순히 따랐다. 사흘 밤낮을 남이는 묶여 있었다.

그동안 의원들이 부리나케 오갔지만 신음소리는 잦아들지 않았다. 이틀째 되는 날에는 임금이 보낸 어의까지 와서 진맥을 짚어보고 체증이라며 침을 놓고 돌아갔다. 그러나 병세는 조금도 호전되지 않고 밤에는 여인이 가끔가끔 혼절하는 일까지 생겼다.

사흘째 되는 날 새벽, 주인이 밤을 새웠는지 퀭한 눈으로 남이에게 다가왔다. 혹시 저 젊은이가 신통력을 가지고 있는 게 아닐까? 지푸라기라도 잡고 싶은 심정인 주인이 하인들을 불렀다.

"저놈을 풀어주어라. 과연 네가 내 딸의 병을 고칠 수 있느냐?"

풀려난 남이는 여인이 누워 있는 방으로 들어서면서 주변에 일렀다.

"내가 환자의 방에 들면 문틈을 창호지로 바르고 안에서 무슨 소리가 들려도 절대 들여다보지 마십시오."

젊은 여인이 기진맥진해서 누워 있었다. 비록 병색으로 창백하지만 갸름하고 깨끗한 얼굴, 오똑한 콧날, 눈물을 머금은 심연 같은 눈우물을 한 아리따운 규수였다.

남이는 여인을 똑바로 눕히고 팔과 다리를 큰 대(大)자로 벌려놓더니 다리 사이에 무릎을 꿇는 자세로 앉아 두 손으로 가슴 밑을 누르고 배를 쓸어내린다. 잠시 후 봉긋 솟은 연분홍색 젖꼭지가 땀으로 젖은 비단 적삼에 찰싹 붙어 들어나 보인다. 남이는 다시 배꼽 언저리의 혈을 찾아 다리로 쓸어내린다. 다시 젖무덤 아래의 명치를 천천히 그리고 힘을 주어 누르자 여인이 먹은 것을 토해낸다. 몸속에 있는 요괴가 빠져나오는 것이 남이의 눈에 보인다. 이윽고 여인이 숨을 몰아쉬더니 얼굴에 핏기가 돌아온다.

그때였다. 밖에서 발을 동동 구르고 있던 늙은 여종이 몹시 궁금했던지 손가락에 침을 발라 창호지에 구멍을 내고 외눈으로 방안을 들여다보았다.

"저런…, 망측해라!"

여종은 남이가 젊은 처녀의 네 활개를 벌려놓고 몸 구석구석을 만지는 장면을 목격하고 외마디소리를 질렀다. 그때 천정에 매달려 있던 요괴가 창구멍으로 빠져나가며 바람소리를 냈다.

"두고 보자 이놈. 반드시 다시 올 테다."

눈을 뜬 젊은 여인은 흐트러진 옷자락을 여미며 수줍은 얼굴로 남이의 눈을 올려다본다. 여인은 남이에게 가벼운 미소를 지어 보였다. 눈이 마주치는 순간 남이의 얼굴 또한 홍당무처럼 빨개졌다. 남이의 온몸은 땀으로 범벅이 되어 있었다.

방문을 열고 나오니 주인 부부가 남이는 거들떠보지도 않고 방으로 뛰어 들어왔다. 젊은 계집종이 대야에 물을 떠서 댓돌에 내놓고 수건을 받쳐 들고 서 있었다. 세수를 마치고 수건을 받아들며 남이가 여종을 얼듯 보니 왠지 낯설지 않다는 느낌이 들었다.

이 집의 주인은 수양대군을 도와 왕업을 창도한 이조판서 권남(權擥)이고 방금 병상에서 남이가 구해낸 여인은 권남의 넷째 딸 정은(貞垠)으로 16세의 꽃다운 처녀였다.

남이는 앞뒤 가릴 것도 없이 마구간으로 달려갔다. 남이의 애마 '바람'은 짐도 풀지 않은 채 사흘간 마구간에 버티고 서 있었다.

"말이 하도 사나워 짐을 풀지 못했습지요."

하인들이 굽실거리며 말했다.

해가 중천에 떠 있다. 그러고 보니 오늘이 무과 초시가 있는 날이다. 남이는 무과시험을 보는 과장으로 달려갔다. 영달이 뒤따랐다.

과장은 문이 굳게 닫혀 있었다. 아무리 발버둥 쳐도 문은 열리지 않았다.

아! 다시 일 년을 기다려야 하는가? 부모님께는 무슨 낯으로 돌아간단 말인가? 남이는 망연자실해서 하늘을 우러러보며 우두키니 서 있었다. 그렇게 얼마의 시간이 지났을까? 남이는 후일을 기약하며 축령산으로 발길을 돌리기로 마음 먹었다. 말에서 내려서 터덜터덜 걷는데, 뒤따르는 '바람' 이 힝힝 비웃는 것 같았다.

무거운 걸음으로 그렇게 마치고개 턱 밑에 닿으니 날은 어두워 하늘에 별빛만이 보였다. 사흘간 먹은 것이 없어 허기진 데다 찬바람이 옷깃에 스며들어 몸에 한기를 느꼈다. 마른 풀숲에 앉아 깜박 졸고 있던 남이의 귓가에 어디선가 아버지의 호령소리가 들려왔다.

"네 이놈, 사나이가 청운의 꿈을 품고 하산하였거늘 몸을 돌이켜 다시 집을 찾겠다는 것이냐? 냉큼 일어나 오던 길로 되돌아가도록 하라."

남이는 번쩍 눈을 떴다. 하늘을 올려다 보니 별들 사이로 자신을 지켜보는 아버지의 환영이 사라지고 있었다. 꿈이었다. 남이는 벌떡 일어나 잠자는 영달을 깨웠다.

"영달아, 한양으로 되돌아가자."

"연고도 없는 한양에 가서 뭐 하게요? 다음 과거를 보려면 일 년을 기다려야 하는데 그동안 비럭질을 하면서 살자는 것이요?"

"산 입에 거미줄 치겠느냐? 한양 구경이나 실컷 하자꾸나. 그러고 나서 저 넓은 만주 벌판으로 올라가 말달리기나 하자."

남이와 조영달은 다시 한양을 향해 말을 달렸다.

딸의 아리따운 얼굴에 핏기가 되살아오는 모습을 바라보던 권 남이 문득 생각이 떠올라 급히 밖으로 나와 보니 딸의 병을 고친 그 건장한 청년은 이미 사라진 뒤였다.

"허허, 내가 덕이 모자라는 사람이구나. 어찌 자식의 안위만을 생각하고 고마운 은인을 살피지 않고 그냥 보냈던가? 이름이 무엇이며 어디서 왔는지도 모르지 않는가?"

권남은 하인들에게 그 청년이 어디서 와서 어디로 갔는지 물었으나 대답은 한결 같았다.

"저 나무에 묶여 있는 동안 음식을 주어도 거절하고 눈만 부릅뜨고 있어서 감히 말을 걸지 못하였습니다. 말안장에는 웬만한 장정키보다 큰 칼이 꽂혀 있고 또 200근은 족히 될 법한 큰 활이 걸려 있었습니다."

"과장이 심하구나. 십대의 젊은 아이가 그토록 큰 칼과 활을 소지할 수 있다는 말이냐?"

한편 권남의 딸 정은은 몸이 회복되어 점점 혈색이 좋아지고 아름다운 자태로 피어나고 있었다. 자신을 내려다보던 젊은이의 형형한 눈매를 잊을 수가 없어 밤이면 가슴이 콩닥거리고 자신의 몸을 만져주던 남자의 손길이 느껴져 얼굴이 달아오르곤 하였다. 그러나 이름도, 성도 모르고 어디서 왔는지 어디로 사라졌는지 알 길이 없어 안타까워하고 있었다. 그녀는 아버지에게 사나이를 수소문해 보라고 매일 졸랐으나 나는 새도 떨어뜨린다는 아버지 권남의 힘으로도 속수무책이었다.

권남 내외는 혼기가 찬 넷째 딸의 혼처를 찾고 있었으나 정은의 마음은 이미 일구월심 그 젊은이만을 마음에 담고 있어 어찌할 바를 몰랐다. 정은은 다시 시름시름 앓고 있었다. 이번에는 상사병이었다.

　권남은 수하의 장정들을 풀어 딸의 병을 고쳐준 젊은이를 찾게 했고 나중에는 순라군까지 동원하여 여러 날 성안의 저자거리를 뒤지게 했다.

　운종가의 육의전에는 한 번도 본 일이 없는 각종 비단과 온갖 상품이 진열되어 있었다. 묵묵히 쳐다보는 남이를 앞서 걷는 영달은 홍분을 감추지 못했다. 그때였다. 조금 전 지나친 비단가게에서 한 떼의 무뢰배들이 자릿세가 밀렸다면서 가게주인에게 뭇매를 가하더니 기세좋게 비단 몇 필씩을 들고 나오는 것이었다. 남이는 그 중 가장 단단해 보이는 놈의 목덜미를 잡아 낚아챘다. 순식간에 십여 명이나 되는 놈들이 땅바닥에 널브러졌다. 저쪽에서 순라꾼들이 달려오고 있었다. 그런데 무뢰배들은 거들떠보지도 않고 남이를 둘러싸더니 오랏줄로 칭칭 묶었다.
　"행패를 부린 자들은 내가 아니고 저들이오."
　그들은 들은 체도 하지 않고 남이와 영달을 어디론가 끌어가고 있었다. 남이가 끌려간 곳은 권남의 집 마당이었다. 권남이 뛰어나왔다.
　"우리 딸애가 다시 자리에 누웠네. 자네의 손이 필요하고 또한 저번에 딸애를 고친 일에 대해서 사례도 할 겸해서 무례한 짓을 했네. 용서하게나."
　권남은 사랑방에 주안상을 차리고 딸 정은을 불러 들였다. 아프다던 정은이 날듯이 들어와 남이의 옆자리에 앉았다. 권남은 정은에게 술을 따르게 했다.
　"남자를 모르는 여식에게 술을 따르게 하는 것은 법도에 어긋나지만 생명의 은인에게 따르는 일이니 상관있겠는가? 괘념치 말고 어서 잔을 들게."

술을 따르는 정은의 손이 가볍게 떨리고 있었다. 남이의 시선이 정은의 이마에 꽂히자 정은과 남이의 눈이 마주쳐 불꽃이 튀었다.

묵묵히 앉아있던 권남이 말을 건넸다.

"우리 여식이 자네 때문에 급병을 고친 일은 천행이네. 보아하니 자네는 한양 사람은 아닌 모양인데 무슨 일로 어디에서 왔는가?"

"저는 무과에 응시하고자 시골에서 왔습니다. 그러나 무과 초시가 있던 날 댁의 따님을 고치느라 실기를 했습니다."

"그렇다면 다음 무과시험 때까지 우리 집에 머물게. 딸 아이의 병세가 완전히 회복된 것도 아니니 말일세."

남이와 영달은 권남의 집 별채에 묶고 있었다. 그리고 가끔 병구완을 핑계로 정은의 방을 들락거렸다. 남이와 정은은 점점 정이 깊이 들고 있었다. 둘의 만남은 이미 허가 난 일이나 마찬가지라 탓할 사람도 없고 눈치 볼 일도 없었다.

아무리 병 치료를 한다지만 다 큰 처녀 총각이 호젓한 방안에 앉아 있는데 목석인들 마음이 달궈지지 않겠는가? 이런 사정을 눈치 채고 있는 정은의 어머니는 조바심이 났다.

"빨리 날을 보아 혼인을 시킵시다."

"생명의 은인이라 해도 어찌 근본도 모르는 떠돌이에게 딸을 내줄 수가 있겠소? 내가 달리 혼처를 알아보는 중이니 그 일은 입도 빼긋하지 마시오."

며칠 전 신숙주가 건넨 말이 뇌리에서 떠나지 않았기 때문에 권남은 좀 더 지켜보자는 심산이었다.

"우리가 한 배를 탄 사람들 아닌가? 내 딸이 한명회의 큰 며느리가 되었으니 자네 딸 또한 한명회의 둘째 아들에게 시집보내는 일은 누이 좋고 매부 좋은 일 아닌가? 내가 한명회를 넌지시 떠봄세."

신숙주의 제안에 솔깃해 하면서도 권남은 고개를 저었다.

"아니 될 말이네. 우리 셋이 이리저리 엮이면 임금이 오해할 수도 있는 노릇이지."

"한명회야 딸을 상감의 며느리로 보냈으니 별 오해가 있겠나?"

신숙주가 중신을 서겠다는 제의에 한명회는 그렇지 않아도 요사이 공신들에게 의심의 눈초리를 보내는 임금인데 맞아 죽을 일 있느냐며 펄쩍 뛰었다.

무과 친시를 보는 날이 다가오는 어느 날, 권남은 세조를 독대하여 간청을 드렸다.

"신의 여식이 급병을 얻어 생사의 갈림길에 있을 때 한 젊은이가 문을 박차고 들어와 병을 고치겠다고 하였으나 신은 미심쩍게 생각하여 그를 나무에 묶어 놓았사옵니다. 그러나 3일째 되는 날에는 지푸라기라도 잡을 심정으로 그 젊은이를 불렀나이다. 그는 무과를 치르기 위하여 시골에서 온 자이고 딸의 병을 고친 날이 바로 무과 초시를 보는 날이었습니다. 그는 시험 볼 기회를 놓치고 말았습니다. 부디 선처해 주옵소서."

"기특한 일이로다. 짐이 인재를 널리 뽑는 일인데 형식이 무에 중요한고? 더욱이 그 젊은이는 옳은 일을 하느라 때를 놓치지 않았는가? 그 젊은이에게 기회를 주도록 하라."

5. 장원급제

세조 3년 3월, 무과를 치르는 과장에는 수백 명의 응시자들이 모여들었다. 무과 시험에는 초시(初試), 회시(會試) 그리고 친시(親試) 3단계가 있는데 회시를 생략하여 2단계로 시험을 치루는 경우도 있었다. 이날은 초시에 합격한 사람들을 상대로 임금이 직접 참관하여 시험을 보는 친시가 열리는 날이다.

세조는 귀천을 따지지 않고 서얼이나 노비들에게도 능력만 있으면 입신출세할 수 있는 기회를 열어놓고 있었다. 이번의 시험 과목은 활쏘기로, 서서 쏘기, 달리면서 쏘기, 달리는 말에서 쏘기 등이다. 서서 쏘기에는 철궁 100근 이상을 들어 올려 활시위를 당겨 500보 앞의 과녁 다섯 개 중 넷을, 달리는 말에서, 그리고 뛰면서 쏘는 경우에는 각각 다섯 개 중 셋을 맞추어야 합격이며 120근 이상의 활을 사용하는 자는 궁궐을 지키는 내금위에 발령하기로 했다. 활은 비치된 것을 사용할 수도 있고 각자 자신의 것을 사용할 수도 있도록 하였다.

대부분의 궁사들이 100근의 활을 사용했으나 더러는 호기롭게도, 비치된 120근의 활을 들어 올리려다가 활시위를 당기지도 못하여 실격되기도 하였다. 120근의 활을 당기는 사람은 서너 명에 불과했다. 유독 오순손이라는 자가 135근의 큰 활을 들어올려 5발을 전부 명중시켰다. 임금은 크게 경탄하고 즉석에서 그를 임금을 호위하는 겸사복으로 임명했다. 즉석에서 등락이 결정되기 때문에 희비가 엇갈리고 웃고 우는 자들이 속출했다.

어느덧 해가 서산으로 뉘엿뉘엿 지고 있었다. 거의 파장이 되어가고 있을 무렵에야 남이의 차례가 왔다.

세조가 섬돌 위에 높이 앉아 뚜벅뚜벅 걸어오는 젊은이를 내려다보고 있었다. 기골이 장대하고 풍채가 당당하며 눈매가 부리부리한 풍모였다.

남이가 사대(射臺)에 섰다. 남이는 팔을 뻗어 200근의 육중한 활을 하늘로 치켜 올리더니 도로 내려놓았다.

"과녁이 너무 가까이 있어 쏠 수가 없사옵니다. 과녁판이 부서질까 염려되옵니다."

세조가 남이를 불러 세웠다.

"그 철궁은 무게가 얼마이며 사정거리는 몇 보로 하면 좋은고?"

"이 철궁의 무게는 200근이고, 1,500보 앞의 과녁을 명중시킬 수 있사옵니다."

여기저기서 탄성이 터져 나왔다. 정작 놀란 사람은 임금 자신이었다. 과녁의 거리를 1,500보로 할 만큼 과장이 넓지 않았다.

우선 1,000보로 하기로 했다.

남이의 화살이 1,000보 앞의 과녁을 명중시키자 과녁판이 천둥소리를 내며 부서져 버렸다. 네 개의 과녁판을 다시 만들어야 했다. 남이는 다섯 개를 전부 명중시켰다. 이번에는 철궁을 땅에 내려놓고 초암 선생이 특별히 만들어준 각궁을 들고 말 위에 가볍게 오르더니 달리는 말 위에서 과녁 다섯 개를 명중시켰다. 말안장에는 7척의 장검이 꽂힌 채 덜렁거렸다.

세조는 남이를 단상에 오르도록 하고는 철궁을 건네받아 요리조리 살폈다. 세조가 대군 시절에 즐겨 사용하던 철궁은 150근이었지만 200근의 철궁과 그것을 다룰 줄 아는 사람에 대하여는 생전에 본 일이 없었다.

세조는 세종대왕에게서 들은 태조대왕의 이야기가 생각났다.

"일찍이 200근의 활을 다루는 사람은 태조대왕 밖에 없었는데 태조대왕께서 현신하신 듯하여 감회가 새롭도다."

도대체 200근이나 되는 철궁을 만든 사람은 누구이며 저 철궁을 번쩍 들어 과녁을 명중시키는 저 젊은이는 누구인가? 세조는 놀랍고 반가와 입을 다물지 못했다. 세조는 다시 7척 장검을 석양을 향해 들어올렸다. 오색의 광채가 번득였다.

세조는 눈을 들어 남이를 바라보았다.

"너는 어디 사는 누구이며 누구에게서 무예를 배웠고 이 철궁과 장검은 어디서 구했느냐?"

"신의 이름은 남이(南怡)라 하옵고 가평의 축령산 산중에서 낳고 거기서 자랐사옵니다. 신은 어려서부터 아비에게서 무예를 배웠고 이 활과 칼 또한 신의 아비가 평생을 바쳐 만든 것이옵니다."

"짐이 일찍이 고구려의 철궁과 장검을 재현할 장인을 널리 구하였으나 아직 발견하지 못했도다. 네 아비의 근본을 알 수 없으나 명장(名匠)임이 분명하구나."

또한 세조는 각궁을 자세히 살펴보고 만져보더니 고개를 갸우뚱했다. 잠시 후 환관을 불러 자신이 즐겨 쓰던 각궁을 가져오게 하더니 자신의 것과 남이의 것을 번갈아 보고는 좌중을 둘러보며 혀를 내둘렀다.

"짐의 활은 황처공이 만들어 세종께 바친 활이고 지금은 짐이 즐겨 사용하고 있도다. 그러나 네가 가지고 있는 향각궁은 짐의 것보다 더 정교하고 매끄럽구나. 그 활은 황처공이 만든 활이 분명하도다. 그 황처공이 정녕 살아있단 말이냐?"

"신은 황처공을 만나 활 쏘는 법을 배웠고 이 활 또한 그에게서 얻었사옵니다."

세조는 남이를 무과 장원으로 뽑고 이어서 겸사복으로 임명하겠노라고 했다. 그러나 신숙주와 한명회가 반대하고 나섰다.

"산중에서 낳아 산중에서 자랐다면 중의 피붙이이거나 산적의 자식이 분명한데 근본을 모르는 자를 힘과 재주가 있다고 해서 장원으로 뽑으심은 불가하며, 더욱이 임금을 호위하는 겸사복으로 할 수는 없는 줄 아옵니다. 조정의 권위와 위계질서가 무너질까 염려되옵니다."

남이는 품속에서 금낭을 꺼낼까 말까 망설이다가 '어머니의 유물이 네 입신양명의 구실이 되어서는 안 된다. 오직 실력으로 겨루어라'고 당부한 아버지가 생각나 참고 있었다.

세조는 대신들의 중론을 받아들여 남이를 그냥 금위군에 편입시키는 것으로 결론을 내렸다.

머칠 후, 세조는 무과시험에서 120근 이상을 들어 겸사복이나 금위군에 새로 탁용된 무장들을 무학봉(지금의 무학여고 뒷산)으로 불러 활을 쏘게 했다. 그들의 활쏘기 실력을 재확인한다고 하지만 기실은 남이가 살고지 넓은 들판으로 화살을 날리는 광경을 보고 싶어 안달이 났기 때문이다. 종친과 재추들을 대동한 자리였다.

마지막으로 남이의 차례가 오자 남이는 '천둥'을 높이 들어 활시위를 튕겼다.

우르르!

천둥소리가 들리더니 화살은 꼬리를 떨면서 공중으로 사라졌고 활시위는 무섭게 잉잉거리지만 눈에 보이지 않았다. 살고지 다리 건너에서 병사들이 청색 기를 휘두르고 있었다.

그날 저녁 세조는 남이를 비롯하여 무과에 급제한 무장들에게 합격을 축하하는 은영연(恩榮宴)을 베풀었다. 세조가 어주(御酒)를 내려주자 남이가 감사의 인사를 했다.

"성상께서 널리 무사를 구함에 있어 그 근본을 묻지 않고 쓰심에 이 천한 몸이 성은을 받자와 몸 둘 바를 모르겠나이다. 우러러 생각하니 황공하여 꿈인 듯하옵니다. 신은 병법을 익히고 배웠으나 다만 용렬한 자로서 지용(智勇)의 무사가 되지 못함을 자인하옵니다. 그럼에도 불구하고 성은을 입어 운뢰(雲雷-술잔)를 받으니 훈감하고 생광스럽기 그지없사옵니다. 엎드려 맹세하건대 신은 초심을 잃지 않고 계속 충성을 할 것이며 인의로써 모시고 복심(腹心)을 굳게 하여 장차 국가의 간성이 되겠나이다."

세조는 남이의 무용을 칭찬하면서도 미심쩍어 했다.

"아무리 힘이 장사이고 무술이 뛰어나도 병법을 모르면 일개 졸개에 지나지 않는 법. 경이 산중에서 무술을 익혔다니 병서를 가까이 할 기회는 없었으리라."

"전하, 소신은 아비에게서 무경칠서(武經七書)를 배웠고 그 중 육도삼략(六韜三略)은 다 외우고 있사옵니다."

"태공망이 쓴 육도와 장자방의 스승인 황석공의 삼략을 다 외운단 말인고? 지금 짐 앞에서 전부 외워보도록 하여라."

남이가 한 자의 오차도 없이 외우기를 끝내자 세조는 입을 다물지 못했다.

"경은 오위진법을 익혔는고?"

"첫째 장사진(長蛇陣)은 군사들이 동서로 길게 벌려선 것을 이르고, 둘째 학익진(鶴翼陣)은 군사를 남북으로 벌려 학의 날갯짓처럼 움직이게 하는 것이며, 셋째 언월진(偃月陣)은 군사를 헤쳐 모여 반달 모양으로 대진케 하는 것입니다. 그리고 넷째 어린진(魚鱗陣)은 군사들을 간격 없이 세워 생선의 비늘처럼 대진하는 것이고, 다섯째 조운진(鳥雲陣)은 구름이 흩어지고 새가 날아 모이듯 변화무쌍한 대진을 이르며…."

"짐이 본디 무사에게는 적서(嫡庶)와 귀천을 묻지 않고 등용하도록 방침을 세웠으나 그대를 중히 쓰자면 근본을 알아야 하느니 네 근본을 이르도록 하라."

"소신의 아비는 남빈(南彬)이고 할아비는 휘(諱) 남휘(南暉)이며 고조는 휘 남재(南在)이옵니다."

주위가 술렁거렸다. 세조 또한 놀라움을 감추지 못했다.

"남재는 태조를 도와 조선을 건국함에 혁혁한 공훈을 세웠고 남휘는 태종의 부마로 정선공주의 남편이 아니더냐? 그 아들 남빈은 일찍이 가출하여 생사를 모르고 더욱이 자식이 있다는 소리는 알려지지 않았거늘 증좌가 있는고?"

남이는 대답 대신에 품속에서 금낭을 꺼내 세조에게 올렸다. 세조는 금환을 꺼내 자세히 살피고 다시 옥잠을 찬찬히 보고 있었다. 금환과 옥잠에 작은 글씨가 음각되어 있었다.

貞善公主遺贈子彬
정선공주가 아들 빈에게 유증함

"정선공주는 짐의 고모이고 짐과 빈은 내외종간이니 너는 짐의 조카로다. 이렇게 반가울 수가 있는가! 네 아비는 살아 있느냐?"

"축령산 산촌에 살고 있사옵니다."

세조는 남이를 다시 무과 장원으로 확정하고 즉석에서 겸사복(兼司僕)으로 임명했다. 겸사복은 임금의 신변보호와 궁궐을 호위하는 기병으로 문무를 겸비하고 키가 크고 용모가 뛰어난 사람이 선발되었다. 아울러 승정원에 지시를 내려 남빈과 황처공을 군기감 제조로 발령함과 동시에 승지로 하여금 어명을 받들고 축령산과 수중도에 가서 그들을 데려오도록 했다.

임금의 종친들이 우르르 달려들어, 남이의 손을 잡고 이산가족을 만난 꿈같은 현실에 감개무량하였다. 왕비인 정희왕후도 달려와 남이를 얼싸안았다.

임금이 대사헌에게 지시를 내렸다.

“지사간원사 신자승(申自繩)을 그 가인과 더불어 들라 하여라.”

신자승 부부가 입시하였다. 신자승의 처 남신은 정선공주의 고명딸이며 남빈의 동모여제(同母女弟)이니 남이의 고모이다.

“야속하구나. 오라버니가 대명천지에 살아 숨 쉬며 바람결에라도 기별이 없었더란 말이냐? 과연 나라의 대들보 같은 대장군을 키우기 위해 자신을 불태운 사람이로다.”

남신은 눈물을 흘리며 장성한 조카를 끌어 안았다.

권남은 절로 흥이 났다. 자신의 딸을 살려준 젊은이가 비범한 사람이라고 생각은 했지만 왕족의 혈통을 가진 인물이라고는 생각지 않은 권남은 더욱 남이가 마음에 들었다. 딸 정은과 혼례를 치러주자는 아내의 말이 불현듯 떠올랐다.

세조는 대사헌의 건의를 받아들여 탐라에 관노로 유배된 남지의 딸 즉 안평대군의 며느리 남유심(南有心), 그리고 권남의 노비로 있는, 안평대군의 손녀이며 이우직과 남유심의 딸인 이무심(李無心)을 방면토록 했다. 무심은 역적의 딸이라 해서 권남의 노비로 내려졌었다. 남이가 권남의 집에서 언뜻 본 그 여종이었던 것이다.

임금은 백부인 양녕대군, 효령대군 그리고 동생인 임영대군, 영응대군 등 종친과 정인지, 권남, 한명회, 신숙주 등 재추(宰樞)들을 사정전으로 불러 뒷전풀이를 하였다.

한 달 후 남이는 임금의 배려로 부모를 보러 축령산으로 향했다. 신자승, 남신 부부, 탐라에서 곧 돌아온 남유심, 그리고 이무심이 뒤를 따랐다. 어명을 받은 승지도 동행하였다.

남이 일행이 집에 당도하니 대장간 지붕은 내려앉아 있었고 남빈이 벼리던 무기들은 아무렇게나 흩어져 있었다. 어머니는 다 쓰러져가는 집에 웅크리고 앉아서 남이를 보고도 반가운 기색이 없었다.

"어머니, 집이 왜 이 꼴이며 아버지는 어디 계신가요?"

"죽었다. 네가 떠나는 뒷모습을 보다가 그만⋯."

남이가 하산하던 시각, 남빈은 천지의 기를 모아 남이에게 다 쏟아 넣어주고 있었다. 그리고는 기진하여 그 자리에 쓰러져 죽고 말았던 것이다.

남이는 아버지의 묘소에 우두커니 앉아 지난 세월을 더듬었다.

만약에 아버지가 입신출세나 편안한 삶을 희구했더라면 놀라운 정신력을 발휘하거나 하늘의 숨겨진 비밀을 알 수 없었을 것이다. 아버지는 오로지 자신의 혼을 민족혼에 승화시키고 아들을 키워 나라의 만년대계에 동참시키는 데 바친 것이다. 아마도 보통사람의 평범한 목적으로는 이렇듯 비범한 구상을 가질 수 없었을 것이리라.

남이는 어머니를 모시고 축령산에서 내려왔다.

한편 왕명을 받은 승지가 수중도에 이르니 황처공은 온데간데 없고 황처공이 살던 초막은 쓰러져 있었다. 승지는 그대로 몸을 돌이킬 수밖에 없었다.

남이가 임금을 알현하고 아버지가 돌아가신 일과 어머니를 모시고 온 저간의 사정을 말하자 임금은 남빈의 죽음을 몹시 안타까워했다. 세조는 건덕방(지금의 연건동)의 정선공주가 살던 집과 노비들을 남이에게 내려주었다.

하루는 권남이 퇴궐하는 남이의 손을 잡아끌었다.

"내 집에 가서 술이나 한 잔 하면 어떤가? 우리 정은이 일구월심 자네를 간절히 기다리고 있네."

"따님의 병이 다시 도졌습니까?"

"그런 것만은 아니네. 단지 자네의 기개와 꿈을 들어보고 싶고 더불어 나라의 장래에 대하여 이야기를 나누고 싶네."

두 사람은 권남의 사랑방에서 별로 의미가 없는 대화를 하고 있었다. 권남은 기회를 봐서 정은과의 혼사문제를 못박아둘 생각이라 가끔가끔 화제를 정은에게 옮겨가려 했지만 남이는 무엇인가 생각에 잠길 뿐이었다.

문득 남이가 고개를 들더니 각오나 한듯 비장한 표정을 지으며 입을 열었다.

"제가 저자거리를 배회할 때 장안의 화제에 귀를 기울일 기회를 가졌습니다. 성상께서 왕위를 찬탈하고 임금인 조카와 동생들을 죽인 일에 대하여 백성들은 천인이 공노할 일이라며 분노하고 있고 한명회와 여기 계신 대감을 용서하지 않고 있습니다. 대의명분이 있다면 말씀하여 주십시오. 기왕지사이니 변명이라도 듣고 싶습니다."

권남은 조금도 당황하는 기색 없이 차분하게 입을 열었다.

"내가 젊은 시절 아버지가 첩실의 꾐에 빠져 내 여동생을 괄시함에 집을 박차고 나왔었지. 자네 부친과 비슷한 경우랄까? 산천경개를 유람하며 다닐 때 천하의 한량 양녕대군이 나와 더불어 노니다가 나를 세상으로 나가도록 했지. 문종 때이지. 35세 늦은 나이에 장원급제하고 성균관에 입시하면서 니리기 급류에 휘밀려 가는 것을 목도하고 나는 수양대군을 따른 것이지. 세간에서 나의 행보를 비난하는 소리가 죽끓듯 하는 것도 알고 있네. 그러나 강한 국가는 힘 있고 현명한 임금의 영도력 아래서만 유지될 수 있다는 것이 내 소신이네. 말하자면 왕권의 확립이지. 그러나 신권(臣權)을 중시하는 사람들이 개국 이래 쭉 있어 왔지. 정도전은 태조의 막내아들 방석을 왕으로 모시고 학문과 국가경영에 경륜을 쌓아온 신하들이 실권을 쥐어야 한다고 생각했지. 그러나 태종은 왕권이 권위를 잃으면 나라가 존속할 수 없다고 생각하여 정도전을 치고 외척을 제거했지. 조금은 심한 면이 없지 않으나 국초의 흔들리기 쉬운 나라 정세로 보아선 불가피한 면도 있네. 그 후 나약한 단종에 이르러서는 그 신권의 망령이 되살아나고 있었지. 김종서를 비롯한 훈구대신이 국정을 농단하고 있었어. 강력한 영도자가 절실히 요구되는 시점인데도 말이네. 훈구대신들이라 했지만 사실 김종서 한 사람의 세상이었지."

말을 마친 권남은 잠시 눈을 감고 침묵하다가 이윽고 장광설을 늘어놓았다.

6. 칼바람

운길산 중턱에 자리 잡은 수종사(水鐘寺)에서 남쪽으로 내려다 보이는 두물머리(양수리)는 북한강과 남한강의 물줄기가 합쳐져 장관을 이루고 있다. 수종사를 찾은 양녕대군은 경내의 삼정헌(三鼎軒)에 앉아 주지스님 보현(普玄)과 차를 마시고 있었다.

양녕대군은 태종의 장자였으나 태종이 셋째 아들 충녕대군(세종)을 총애하는 뜻을 알아차리고 스스로 강포한 행동을 하여 왕위를 포기한 사람이다. 그는 권력의 근처에 얼씬거리지 않고 평생 동안 명산대천(名山大川)을 유람하며 시문을 짓고 읊으면서 살아 왔다.

양녕대군 옆에는 수양대군이 앉아 있었다. 수양대군은 세종의 둘째 아들로 큰아버지 양녕대군과 기질이 비슷하고 풍류 또한 좋아해 큰아버지를 무척 따랐다. 수양대군 역시 권력과는 멀어져 있었다.

양녕대군이 느닷없이 찻잔을 내동댕이치더니 보현스님에게 버럭 소리를 질렀다.

"저 아래 쪽방에서 무위도식하며 시구(詩句)나 씨부렁거리는 놈을 이 절에서 당장 내쫓게."

"대군마마, 누구를 말씀하시는지요. 이 절에는 중들 말고는 권남이라는 선비가 한 사람 묵고 있을 뿐입니다."

"한 치 앞을 내다보기 어려운 세상에 정신 못 차리고 글줄이나 읽는 그 파락호 같은 놈 말일세. 당장 내쫓지 않고 무얼 하는가?"

보현스님은 고개를 갸웃거리며 쪽방으로 달려갔다.

"그 늙은이가 나더러 이 절에서 나가라고 하더이까? 얼른 되 가서 왕가의 장손으로 태어났으면서 정국이 폭풍전야인데 나 몰라라 하고 풍류만 일삼는 늙은이의 엉덩이를 차서 내보내시구려."

보현스님은 감히 왕가의 장손인 양녕대군을 빗대어 농을 하는 선비가 보통사람은 아니구나 생각하며 다시 양녕대군에게로 와서 권남의 말을 빼놓지 않고 전했다. 화를 낼 줄 알았는데 양녕대군이 호탕한 웃음을 터뜨렸다.

"그분을 정중하게 모셔오게나."

때는 문종 즉위년(1450) 초가을이다. 세종이 32년간의 왕위를 누리다가 54세에 승하하자 왕위는 장남인 문종에게로 이어졌다. 문종은 학문이 깊고 효성이 지극하였으나 몸이 쇠약하여 정사를 보기조차 힘들었다. 항간에서는 문종이 오래 살기 어려울 것이라는 예측이 분분했고 다음 보위를 걱정하는 기류가 형성되고 있었다.

문종의 측근에는 세종의 신임을 받던 훈구대신 하연(河演), 황

보인(皇甫仁), 남지(南智), 김종서(金宗瑞) 등이 의정을 도맡고 있었
고 그들은 왕의 주변에서 종친들의 접근을 철저히 배제하였다.
종친들을 멀리하는 것은 문종의 의도와 궤를 같이 하는 것이기도
했다.

　이러한 상황인지라 임금 자리를 동생인 세종에게 물려주고 유
유자적하며 산천경개를 섭렵해 온 양녕대군은 조카 문종이 왕위
에 올랐으나 알현할 기회조차 허락되지 않았다. 문종의 바로 밑
아우인 수양대군 또한 기피인물임에는 마찬가지였다.

　권남이 삼정헌에 들어와 읍을 하고 앉았다. 귀공자 같은 얼굴
이 태양처럼 빛을 발하고 굳게 다문 입술은 얼핏 보아도 범상한
사람은 아니었다. 권남은 개국공신 권근(權近)의 손자요 우찬성
권제(權踶)의 아들이다. 그는 높은 학문을 익혔으나 입신출세에는
뜻이 없어 산천을 주유하며 호연지기를 키우고 살아왔다. 양녕대
군과 권남은 오래전부터 알고 지내면서 서로 의기가 통하는 사이
였다.

　"이 정자의 옥호가 무엇인가?"

　다짜고짜 양녕대군이 권남에게 물었다.

　"삼정헌입니다."

　양녕대군은 붓에 먹물을 듬뿍 찍어 한 글자를 썼다.

　鼎!

　"자네는 정(鼎)의 뜻을 아는가?"

　권남은 양녕대군의 의중을 얼른 알아차리고 있었다.

“정은 세 개의 발이 달린 솥입니다 나라로 말하자면 솥은 왕권으로 비유할 수 있겠지요. 그 세 개의 발은 문신과 무신, 그리고 종친이라 할 수 있지요. 세 발이 균형을 잡아야 왕권이 바로 섬을 뜻합니다.”

“지금의 정국은 어떻다고 생각하는가?”

“지탱하는 어떤 발이 약한 나머지, 균형을 잃고 있어 솥이 엎어질 형국입니다.”

양녕대군은 권남의 얼굴을 뚫어지도록 쏘아보고 있었다.

“자네가 나서게. 나라를 바로 세울 동량지재(棟梁之材)가 초야에 묻혀 고목처럼 썩어버릴 수는 없지.”

“대군마마, 이 나이가 되도록 과거조차 보지 않은 파락호에게 농을 하심은 지나치십니다. 제 나이 서른다섯입니다. 다 늦게 과거를 보아 등과하여 아들 같은 상관을 받들라는 말씀입니까?”

“천하를 낚는데 나이가 문제인가? 수양의 생각은 어떠한가?”

수양대군이 큰아버지의 마음을 읽으며 대답했다.

“소도 언덕이 있어야 비빈다고 했는데 이 어지러운 세상에 출사한들 무슨 의미가 있습니까?”

“언덕…? 언덕이라고 했는가? 조선의 강산과 백성이 다 언덕이지. 뜻을 두는 자에게는 기댈 언덕이 다가오게 되어 있네.”

세 사람은 선문답같은 말을 하고 있었다.

양녕대군의 끈질긴 권고를 권남은 물리칠 수가 없었다. 권남은 그 해 가을(문종 즉위년) 향시, 회시 그리고 임금이 친히 출제하는 전시(殿試)에 모두 장원급제하였다.

수양대군이 자신의 집에서 축하연을 베풀었다. 그 자리에 참석한 양녕대군이 축하주를 내리며 말했다.

"자네는 집현전으로 들어가도록 하게. 자네의 학문이 높으니 내로라하는 석학들과 교유할 수 있어 좋고 또한 그들의 자질과 경륜을 파악하기 쉬울 터이네. 자네가 나이는 들었어도 미관말직의 자리에 있으니 자네의 일거수일투족을 눈여겨 볼 사람도 없네. 이 집에도 자주 들리게나. 나 또한 자네를 자주 볼 작정이네."

문종의 병세는 날이 갈수록 심해졌다. 문종은 임종을 경각에 두고 황보인, 김종서, 남지를 불러 세자를 보필할 것을 간곡히 부탁하였다. 그러나 그 자리에 수양대군, 안평대군 등 자신의 동생들은 부르지 않았다. 문종에게는 동생들이 죽은 고기를 만난 승냥이 떼로 보였던 것이다.

뒤이어 13세의 단종이 왕위에 오르자 황보인이 영의정, 김종서가 좌의정, 남지가 우의정에 올랐다. 남지는 남빈의 큰 아버지 아닌가.

김종서는 황보인을 떠받드는 척했지만 실권은 전적으로 그 자신이 쥐고 있었다. 김종서는 세종의 신임을 받아 함길도에서 야인을 몰아내고 두만강 주변에 육진(六鎭)을 개척한 무장으로 백두산 호랑이라는 별명을 가지고 있었다. 황보인은 우유부단한 성격의 소유자로 명목상 일인지하 만인지상의 영의정이지만 김종서 앞에서는 말 잘 듣는 강아지에 불과했다.

김종서는 권력을 전단하고 그의 심복들을 중용하여 중앙과 변방에 배치해 놓고 있었다. 나는 새도 떨어뜨릴 막강한 권력을 소지한 것이다. 그는 황표정사(黃票政事)란 희한한 제도를 만들어 인사권을 거머쥐었는데, 사람을 추천하여 어린 왕에게 재가를 받으면서 김종서가 황색의 표를 한 사람을 관리로 임명하는 일이었다.

김종서는 양녕대군과 수양대군을 철저하게 경계했다. 세종 때에도 양녕대군을 귀양 보내거나 사약을 내려야 한다고 줄기차게 상소를 올린 사람이었다. 그리고 기가 세고 성질이 불같은 수양대군을 철저하게 고립시켰다. 수양대군 저(邸)에는 문종 때까지만 해도 부임인사차 또는 하직인사차 찾아오는 사람들이 많았었으나 이제는 사람의 발길이 끊어지고 집안에는 파리만 날릴 뿐이었다. 그것이 인지상정 아닌가.

이러한 두 왕손과는 달리 안평대군은 자하문 밖에 무이정사(武夷精事)를 지어 무사들을 모으고 있었고 마포 언덕의 담담정(淡淡亭)에는 백관과 문인들이 문전성시를 이루었다. 안평대군은 명필가로 그의 글씨가 중국에도 알려져 있었다.

안평대군은 김종서, 황보인 등 대소신료들에게 뇌물공세를 폈고 심지어 변방의 수령들에게도 진귀한 보물을 보내는 일을 마다하지 않았다.

퇴락한 왕손인 양녕대군과 미관말직의 권남만이 수양 저의 문을 두드렸다. 수양대군은 문종의 명을 받아 무경칠서 해설서를 제작하고 있었고 권남이 그 일을 돕고 있었기 때문에 자연스런 일이었다. 그렇기에 처음에는 아무도 권남을 주의깊게 바라보는 이들이 없었다.

권남이 수양대군 저에서 집으로 돌아오는 길이었다. 개경의 경덕궁 궁지기를 하는 한명회(韓明澮)가 남루한 옷차림을 하고 집 근처에서 기다리고 있었다. 권남과 한명회는 젊은 시절부터 벼슬에는 뜻을 두지 않고 호연지기를 키우던 사이였다.

한명회가 권남의 옷소매를 잡아끌었다.

"요 앞에 허름한 객주집이 있네. 한 잔 하세나."

둘은 말없이 술잔을 비웠다. 이윽고 한명회가 입을 열었다.

"자네는 무엇하는 사람인가? 집현전의 학사들을 두루 사귀고 있음을 모르는 바는 아니지만 그래서 무얼 하겠다는 건가? 구슬이 서 말이라도 꿰어야 보배인 것을 모르는가?"

"나도 답답하이. 임금은 어리고 김종서가 권력을 마음대로 주무르고 요직을 제 수하들에게 나누어 차지하고 있으니 나라의 장래가 걱정이네. 더욱이 수양대군은 찬밥신세가 되고 있지 않은가? 저들의 위세로 본다면 수양대군의 목숨도 파리 목숨이나 다름없지."

"그렇다면 수양대군에게 자네의 뜻을 아뢰지 않았는가?"

"자네는 내 속마음을 아는가?"

"알지, 알다마다. 저 노회한 대신들을 혁파하는 것이지. 그러나 자네의 생각으로는 부지하세월이지. 누가 고양이 방울을 달 텐가? 집현전의 젊은 학사들인가? 안평대군처럼 수양대군이 무사들이라도 키우고 있는가? 북방의 군사를 불러들일 수 있는가?"

권남은 할 말을 잃었다.

"지금 이 길로 수양대군 저로 가게. 한 시가 급하네. 우선 수양대군의 깊은 뜻과 야망을 파악하는 것이 중요하네. 그가 요사이 전개되는 조정의 현실에 공분(公憤)하면서 나라의 장래를 염려하는 마음이 없다면 이제부터라도 자네는 아예 수양대군을 버리게."

한밤중 권남이 수양대군 저를 불쑥 방문했다. 수양대군은 권남을 침실로 맞아들였다.

"이 야심한 밤에 무슨 일로…?"

권남은 헛기침을 두어 번 하고 입을 열었다.

"저는 필연(筆硯)을 통해 대군을 모신 지 오래라 깊은 정이 들었는데, 시방 대군의 일거수일투족이 불편함을 보고 마음이 아픕니다. 더구나 신하들이 종친의 집에 분경(奔競-벼슬을 얻기 위하여 대신 집을 찾아다니는 일)하는 것을 금하고 있는 마당이니 대군께서는 얼마나 힘들고 답답하십니까?"

"공은 정녕 내 심정을 알고 있구려. 그러나 세상이 두 쪽 나도 나는 공명정대함을 근본으로 삼고 살아갈 뿐이오."

"대군이 영명하시며 강건하시고 정직하심으로 반드시 천지신명도 도울 것입니다. 바야흐로 하늘이 화를 그치지 않아 선왕께서 승하하시고 유충한 성상이 보위에 오르니 나라가 뒤숭숭합니다. 대군께서는 반드시 의심받을 처지에 있으니 어찌 매사에 조심하지 않을 수 있겠습니까? 그러나 그냥 이대로 숨죽인 채 남의 굿 보듯 할 수는 없는 노릇 아닙니까? 대군께서는 세종의 극진한 사랑을 한몸에 받으셨고 현재 세종의 여러 자제 중 가장 연장이신데 종사의 일을 염려하지 않으시면 훗날 반드시 후회가 있을 것입니다."

"손발이 묶인 나로서 무엇을 할 수 있다는 말인가? 내 주위에 사람이 없네."

"사람이 왜 없습니까? 나라를 경영함에는 명신과 명장이 있어야 하지만 간흉을 벨 때는 장검이 아닌 비수만 있으면 됩니다. 저들의 눈에 띄지 않는 사람을 불러 모으는 일입니다."

"허어!"

"제가 한 사람을 추천하고자 합니다. 그는 경덕궁 궁지기라는 미관말직에 있지만 천기(天機)를 알고 사기(事機)를 꿰뚫어 보며 제세(濟世)의 능력으로는 장자방과 비견할 만한 사람입니다."

며칠 후 권남이 한명회를 데리고 수양대군을 찾았다. 한명회의 얼굴은 걸레처럼 우그러져 있어 볼품이 없지만 안광은 샛별같이 빛을 발했다. 행색 또한 거지 중의 상거지 꼴이다.

"공은 어떤 재주를 가지고 있는가?"

수양대군이 눈싸움하듯이 한명회의 눈을 한참 쏘아보더니 술 한 잔을 따라주었다. 한명회는 사양하지도 않고 술잔을 받아 벌컥벌컥 들이키더니 낄낄낄 괴상한 웃음을 웃었다. 감히 대군 앞에서 할 수 없는 행동이다.

"천하가 제 손 안에 있습니다."

"그게 무슨 뜻인가?"

"제가 비록 멀리 개성에 있지만 구중궁궐의 다반사와 김종서, 황보인 등의 대신들과 안평대군의 일거수일투족을 손금 보듯이 다 꿰고 있습니다."

"어찌 그게 가능하단 말인가?"

"저는 대소신료들 누구와도 일면식이 없습니다. 그러나 왕궁의 환관과 궁녀를 비롯하여 대신 집의 남종, 여종은 물론, 드나드는 장사치들과도 끈을 매어놓고 있습니다. 기생들과 시정잡배가 또한 저의 벗들입니다. 첩자들을 쓰는 것은 저뿐이 아닙니다. 안평대군도 환관을 구워삶아 왕실을 염탐하고 첩자를 두어 수양대군 저를 염탐하고 있습니다. 그렇지만 저는 그들의 머리꼭대기에 있습니다. 첩자를 역이용하거나 이중첩자를 만드는 것이지요. 저는

안평대군이 김종서, 황보인, 심지어는 외방 수령들에게끼지 보내
는 선물의 물목과 수량까지도 파악하고 있습니다.”

　수양대군은 혀를 내둘렀다. 정직하고 공명정대하게 처신하는
것이 자신의 인생관이요 덕목이라고 생각해온 대군이었지만 이
난국에 이러한 자신의 처신이 자승자박하는 일이 아닌가? 수양대
군은 착잡한 마음을 가눌 수가 없었다.

　“어디까지입니까?”

　“…?”

　한명회의 느닷없는 질문에 수양대군은 무엇을 묻는 것인지 통
알아들을 수가 없었다.

　“무슨 뜻인가?”

　한명회는 한참 동안이나 술잔만 내려다보더니 얼굴을 들어 수
양대군의 표정을 읽고 있었다.

　“양녕대군이 되시겠습니까? 태종이 되시겠습니까? 난세를 피
하여 양녕대군처럼 사시겠다면 당장 보따리를 싸들고 도성을 떠
나면 됩니다. 그렇지만 대군께서 나라와 종사를 염려하시어 태종
이 되시겠다면 곁에 제가 있음직합니다.”

　“공이 지금 태종을 들먹이는 것은 골육을 벤 왕자의 난을 말함
인가? 그러나 나의 생각은 그도 저도 아니네. 나는 간신들을 베고
종사를 지키며 어린 임금이 성장하여 성군이 되도록 보필할 기회
를 찾고 있는 중이네.”

　수양대군은 천군만마를 얻은 듯 한명회의 손을 굳게 잡았다.

　단종 2년(1453) 10월 9일 이슥한 밤, 수양대군의 침실에는 수양

대군과 권남, 한명회가 마주하고 있었다. 수양대군은 희미한 촛불 앞에서 미간을 모으며 무언가를 열심히 들여다보고 있었다. 안평대군, 김종서, 황보인, 민신, 이양, 조극관 등의 이름이 줄줄이 적혀 있었다. 수양대군이 갑자기 두루마리를 내던졌다.

"안평대군을 죽여서는 아니 되네. 그가 경거망동한 행동을 했어도 내 친동생이 아닌가?"

"대사를 위해서는 사정(私情)을 버리셔야 합니다."

한명회가 고집을 부렸다. 그러나 수양대군은 더 이상 두루마리를 펼쳐볼 생각을 않고 격노한 표정으로 외면해 버렸다.

"그렇다면 안평대군과 아들 이우직(李友直)을 강화도에 안치하심이 어떻는지요?"

권남이 대안을 내놓았다.

수양대군이 두루마리에 적힌 이름 앞에 붓으로 동그라미표를 하고 있더니 어느 사람의 이름에 이르러 망설이고 있다.

"남지도 없애야 하는가?"

한명회가 말을 받아 대답했다.

"남지는 중풍으로 쓰러져 한직인 영중추원사의 자리에 있지만 그는 이우직의 장인입니다."

"아니 되네. 병자를 죽이는 것은 도리에 맞지 않네."

소위 살생부(殺生簿)인 것이다.

화선지를 내려놓은 수양대군이 권남을 그윽이 바라보았다.

"정인지(鄭麟趾), 신숙주(申叔舟), 성삼문(成三問), 최항(崔恒) 그리고 한확(韓確)에게는 사전에 귀띔을 해야 하지 않겠는가?"

정인지, 신숙주, 성삼문, 최항은 세종을 도와 훈민정음을 창제

한 집현전 학사들이고 한확은 그의 딸이 수양대군의 큰며느리이니 수양대군과 사돈간이다.

권남과 한명회가 이구동성으로 대답했다.

"그들이야말로 이번의 거사가 성공한다면 크게 쓸 인물들이지만 사전에 알릴 수는 없습니다. 학자들이란 본래 심약하고 생각에 생각을 거듭하는 자들이라 거꾸로 우리에게 신중할 것을 요구할 것입니다. 내일 최항이 입직하는 날이라 거사 후 그들을 한 자리에 불러 사정을 알리면 그만입니다. 반항하면 단칼에 베어 버려야지요."

수양대군은 두 사람에게 다시 확인을 하고 있었다.

"궁성을 장악하는 데는 한 치의 오차도 없겠지?"

"내일이 전 영의정 하연(河演)의 발상일입니다. 대소신료들은 상가를 다녀온 후 집에서 쉴 것이며, 궁궐을 지키는 금위군 대부분이 상여를 멜 것입니다. 우리 편인 병조참판 이계전(李季甸)과 병조정랑 권개(權愷)가 입직하기로 되어 있고, 의주에 있다가 파직되어 돌아온 홍달손(洪達孫)과 함길도에서 돌아온 곽연성(郭連成)이 순라꾼들을 감독하는 감순(監巡)을 맡기로 되어 있습니다. 환관 전균(全畇)이 또한 도울 것입니다."

10월 10일 해거름에 수양대군 저의 후원에는 20여 명의 무사들이 모여들었다. 한명회가 두세 명씩 조를 짜서 결연한 표정으로 무언가 지시를 내리고 있을 때, 권남이 한명회를 급히 불렀다.

"시간이 다 되었는데 대군께서는 안방에서 꼼짝도 않으시니…"

수양대군은 벌벌 떨고 있었다. 김종서의 매섭게 뜬 눈만 상상해도 오금이 저려왔다. 실패했을 때 자신은 물론이요 가족과 추종자들이 살육 당할 것을 생각하니 도저히 움찔거릴 수가 없었다.

"이 일은 대군만이 할 수 있는 일입니다. 어서 용단을 내려주십시오. 대군을 사지로 모는 저휘들 편하겠습니까? 실패할 경우를 생각해서 홍윤성을 무사들과 더불어 매복시켰습니다."

드디어 결심을 굳힌 수양대군은 양정(楊汀)과 서너 명의 무사를 데리고 새문 밖 김종서의 사저로 가서는 김종서와 아들 김승규를 철퇴로 때려죽였다. 16세에 문과에 급제한 뛰어난 능력은 후일 『고려사』와 『고려사절요』의 편찬을 주도하게 했고, 무신 집안의 무장답게 6진을 개척하여 세종의 영토 회복의지를 이루었으며, 태종, 세종, 문종, 단종에 이르는 네 임금을 섬기며 최고의 권좌에서 수양대군을 가장 두렵게 만들었던 김종서가 향년 70세, 불식간에 역사 속으로 사라지는 순간이었다. 수양대군이 궁궐로 돌아오자 작전은 한 치의 오차 없이 진행되었다. 혁명세력은 살생부에 올라 있던 황보인, 이양, 조극관, 윤처공 등을 왕명으로 궁궐로 불러들여 궐문에서 죽이고 민신을 문종의 산역작업현장으로 보내 죽이는 한편, 무사들을 보내 김종서와 안평대군의 심복들을 도륙하였다. 또 금위군을 보내 안평대군과 그 아들 이우직을 체포해 강화로 끌고 갔다. 그러나 안평대군과 이우직은 나중에 사약을 받았다. 소위 계유정난(癸酉靖難)이다.

정인지, 신숙주, 최항, 성삼문을 비롯한 집현전 학사들도 대거 불려왔다. 그들은 김종서의 횡포에 불안을 느껴왔던 터라 수양대군이 임금을 보위하여 장차 성군을 만들겠다는 말을 믿고 따랐다. 이들 공신들에게는 소위 반역자들의 전답과 집은 물론, 치첩과 딸들이 전리품인 양 나누어졌다. 거사 뒤의 보복은 왕실 일가도 예외를 두지 않고 이우직의 아내 남유심은 제주도 관비로 보내지고, 딸 이무심은 권남의 노비가 되었다.

수양대군은 4년 후 단종을 폐위하고 왕권을 찬탈하였다. 세조의 시대가 열린 것이다. 그러나 계유정난 때만 해도 수양대군이 어린 조카를 보좌하여 장차 성군을 만들겠다는 약속을 믿고 따랐던 집현전 학사들의 마음은 크게 동요될 수밖에 없었다. 특히 수양대군에게 적극적으로 협조하여 정난공신 그리고 좌익공신의 칭호를 받은 성삼문은 처절한 마음을 가눌 수 없었다. 민심 또한 흉흉했다.

결국 단종을 복위하자는 모의가 집현전 학자들 사이에서 극비리에 진행되기에 이르렀으나 김질(金礩)의 고자질로 성삼문, 하위지, 유성원, 이개, 박팽년, 유응부 등 사육신이 주륙을 당했다.

공신들의 입지는 더욱 커져 지난 계유정난 때보다 반역자들에 대한 응징은 더욱 집요해졌다. 도망간 가족을 끝까지 찾아내어 죽임은 물론이요 일체의 가산몰수와 나이를 불문하고 처첩과 딸들을 노비로 삼고 심지어 성의 노리개로 만들기까지 하였다.

이제 조선의 임금은 세조로 바뀌었지만 실상은 공신들의 나라가 된 것이다. 변절한 집현전 학사는 차치하고라도, 인간사의 정도(正道)를 외면하고 권모술수를 지략으로 아는 한명회가 정권을 좌지우지하고 더욱이 혁명의 주역들인 무장들은 힘만 있을 뿐 일자무식인데도 불구하고 벼락출세하여 높은 자리를 차지하고 앉았다.

　남이는 처음 듣는 끔직한 이야기에 어안이 벙벙하여 마음 둘 곳을 모르고 앉아 있었다. 가슴 속으로부터 분노가 끓어올랐다.

　권남은 자세를 고쳐 앉으며 차분하게 말을 이어갔다.

　"지금부터 내가 하는 말을 잘 듣게. 백성들의 원성도 많이 들었지만 성상께서는 나라의 기강을 확립하고 부국강병을 내세워 대업을 창도하고 있네. 안으로는 국정운영체계를 바로잡고 농업과 잠업을 장려하며 개간을 하여 농지를 넓히고 있으며 귀천을 묻지 않고 인재를 널리 등용하고 있네. 또한 밖으로는 국방을 강화하고 군사를 훈련시키고 있네. 바야흐로 북방야인들이 강성해지고 왜국이 호시탐탐 노리고 있음에 성상께서는 이들을 회유하는 한편 만일의 사태를 염려하여 군사훈련을 특히 강화하고 있다네. 또 성상께서는 즉위하자마자 서교에 원구단(圓丘壇)을 짓고 하늘과 더불어 단군과 고구려 동명성황에 대한 제사의례를 행하여 왔네. 이 의례는 고구려 그리고 발해까지 이어오던 것인데 고려에 와서 불교를 숭상한다고 폐지하였고 조선시대에는 유교를 내세워 지켜지지 않은 것이야. 단군과 동명성황에 대한 제사를 받드는 일은 매우 의미심장하네. 남의 나라에서 들어온 불교와 유교를 초월하여 국가의 연원을 고조선과 고구려로 삼아 민족정기를 세우고 국혼(國魂)을 고취하겠다는 큰 의도가 있는 것이고 우리의 영토인 고구려의 고토를 회복하겠다는 의지가 들어 있는 것이지. 말하자면 국가만년대계를 확립하겠다는 큰 그림이 성상의 가슴에 있다는 뜻이야. 나는 장차 자네가 성상의 대업에 참여할 일을 생각하면서 뜨거운 가슴을 억누를 수가 없네. 내 사위가 되어주게."

남이의 집에서 권남의 집으로 사주와 납채(納采)를 보냈다. 따히 혼주로 정할 사람이 없어 혼주는 효령대군의 아들 보성군으로 정했다. 사흘 후 신부댁에서 답신으로 납채와 연길(涓吉-택일)이 오고 다시 신랑 댁에서 혼서와 혼수함을 보냈다.

남이와 권정은은 세조 4년 봄에 혼례식을 올렸다. 초례청에서 교배례와 합근례가 차례로 진행되었다. 혼례식에는 임금의 많은 종친들과 고관대작들이 몰려들어 축하를 했고, 성대하고 장엄하게 거행되었다. 신랑은 정선공주의 친손자이고 신부는 정권의 실력자 권남의 딸이 아닌가.

신랑, 신부가 신방에 들고 두 집안의 하녀들이 자리를 깔아주는 방합례가 끝나기 무섭게 남이는 서둘러 이들을 내보내고 정은에게 다가갔다. 얼마나 갈구하던 속살인가. 그러나 마음같이 안 되고 힘으로는 안 되는 것이 여인의 벗김이다. 겹치마를 벗기면 스란치마가 있고, 스란치마를 벗겼다 싶으면 속치마다. 기대에 부풀어 속치마를 벗기니 속살은커녕 무기치마가 아랫도리를 감싸고 있다. 허둥대다 보니 남이의 몸은 풀죽은 헝겊조각이 된다. 하는 짓을 내버려두고 있던 신부가 가만히 다가와 신랑의 대님부터 풀어준다. 그러자 풀 먹인 옷감처럼 정기가 불끈 솟는다.

남이 부부가 장인 권남의 집에 신행을 왔다.

"부디 무병장수하고 백년해로하거라."

큰 절을 하는 신혼부부에게 권남은 그렇게 당부하였다. 권남은 혼인 말이 오갈 때의 일을 상기하고 있었다.

아내가 사주와 궁합을 보고 와서는 남이가 단명할 거라며 고민하고 있다가 남편에게 털어놓았다.

“원, 부인도 별걱정을 다 하는구려. 남이는 천지조화도 마음대로 할 수 있는 신인(神人)인데 그깟 사주를 믿고 왈가왈부하다니요?”

“그렇지만 꺼림칙해서….”

“우리 정은의 사주는 보았소?”

“제 자식 사주도 본답디까?”

부인이 권남의 권유로 딸의 사주를 보니 딸도 단명할 것이고 남편보다 먼저 죽을 수라는 것이다.

권남은 얼른 생각을 털어버렸다.

7. 강무

만조백관이 경복궁 근정전 뜰로 꾸역꾸역 모여든다. 그들은 정 1품부터 품계대로 어탑(御榻)을 향해 도열한다. 대소신료들이 서로 수인사를 나누고 있을 때 근정전 이층 월랑에서 황금색 교룡기(蛟龍旗)가 위용을 자랑하며 오른다. 교룡기는 임금을 상징하는 깃발로, 황금색 바탕에 두 마리의 용이 꿈틀거리고 가에는 붉은 빛이 감돈다. 교룡기 양 옆에 두 개의 둑(纛-장군기)이 펄럭이고 연이어 푸르고 흰 여러 기가 좌우로 정렬한다.

이윽고 큰북과 작은 북이 울리고 대각, 소각의 각종 피리를 불며 취라치들이 광화문에서 근정전으로 들어온다. 그 뒤로 금위군기와 오위장기가 펄럭이며 따르고 장군을 상징하는 초요기(招搖旗)들이 조정 뜰을 에워싼다.

조참(朝參)이 열리는 날이다. 조참은 만조백관이 임금 앞에 나가 정사를 아뢰는 행사로 월 4회에 걸쳐서 열린다.

조참의 행사를 이렇듯 거창하게 한 것은 세조가 왕권의 위엄을 상징하기 위하여 최초로 시행한 절차인데 이를 형명(刑名)이라고 불렀다.

임금이 탄 어가가 강녕전(임금의 침전)을 나와 근정전으로 향하고 있다. 100여 명의 겸사복들이 앞에서, 그리고 뒤에서 임금을 호위한다.

갑옷과 투구를 갖춘 거대한 장군이 어가에 착 붙어 밀착 경호하고 있다. 그 장군은 키가 다른 사람보다 두어 자나 크고, 용모가 수련하여 다른 호위군사보다 단연 돋보였다. 바로 남이이다. 세조는 남이를 사랑하고 신임하여 크고 작은 행차에 늘 남이를 옆에 따르게 하였다.

세조가 어가에서 내려 왕좌에 좌정하자 만조백관들이 구령에 맞춰 사배(四拜)를 올린다. 임금에게 사배를 하는 의식은 세조가 임금의 권위를 높이기 위해 처음으로 시행케 한 것이다.

남이는 임금의 곁에 부동자세로 서서 조참의 장엄한 행사를 지켜보곤 하는데 신하들의 왈가왈부하는 토론이 길어지곤 하여 조참이 끝날 때는 무예로 다져진 남이의 목 줄기도 뻣뻣해진다.

세조는 중앙군 즉 경군(京軍)을 5위로 편성하여 오위도총부(五衛都摠府)라 불렀다. 의흥위(義興衛), 용양위(龍驤衛), 호분위(虎奔衛), 충좌위(忠佐衛), 충무위(忠武衛)가 그것이다. 오위도총관은 종2품이 보직되었고 경군 즉 중앙군을 장악했다. 당시 중앙군의 병력은 3,000명에서 5,000명에 이르렀다.

또 세조는 오위도총부와는 별도로 무예가 뛰어난 300여 명의 무장으로 금위군을 편성하여 임금을 호위하게 하였는데 그 중에

서 겸사복은 임금을 밀착 경호하는 부대이다. 남이는 금위군에서
도 특별히 겸사복으로 발탁되었다.

세조가 조참을 끝내고 사정전이나 강녕전으로 옮겨 정무를 볼
때면 남이는 활동하기에 편한 융복으로 갈아입고 후원(비원)으로
달려간다. 연병장에는 벌써 금위군의 많은 장수들이 무술을 연마
하고 있다.

연병장의 중앙에는 수박희(手搏戱)를 연마하는 무사들이 오와
열을 맞춰 섬돌을 향해 늘어서 있다.

수박희는 원래 고구려에서 개발한 무예로 고려에 와서는 여인
들이 연등행사에서 춤으로 변형시켰는데 세조가 옛 문헌을 토대
로 그 명맥을 찾아내 군사들을 훈련시킨 무예이다.

무사들은 손을 뻗어 허공을 어루만지듯 하더니 손놀림을 빠르
게 여러 방향으로 휘젓는다. 이윽고 동시에 “얍” 하면서 내공을
실어 주먹을 내지른다. 다음에는 팔과 다리가 화려하게 사방을
날고 모듬발을 하여 앞을 공격하더니 뒤차기와 돌려차기를 한다.
모두 절도가 있다. 이어서 장수들의 대련이 벌어진다. 최근에 무
과시험에 합격한 20대의 장수들로 어유소(魚有沼), 이숙기(李叔
琦), 허종(許琮) 등이 눈에 띤다. 남이가 여기에 합류한다. 남이를
포함하여 이들 젊은 장수들은 나중에 국난을 평정하는 데 크게
기여한다.

후원의 동편에서는 구경꾼들의 함성 속에서 각저(角抵－씨름)가
벌어지고, 서쪽에서는 군사들이 각각 9명씩 3조를 이루어 삼갑전
(三甲戰)을 벌인다. 각조가 청·홍·백의 각기 다른 색깔의 갑옷
을 입었다. 그들은 좌상대장, 중상대장, 우상대장이 되어 갑·

을·병 각 조를 이끈다. 대장을 비롯해서 모든 병사들이 붉은 물감을 묻힌 무딘 창과 방패를 들고 있다. 그들은 넓은 연병장에서 갑은 을을 쫓고 을은 병을 쫓고 병은 갑을 쫓아 등을 공략한다. 난전이다. 상대가 정해진 것이 아니기 때문에 갑옷의 색깔만 보고 쫓다 보니 우왕좌왕하기가 일쑤다. 나중에 등에 찍힌 붉은 점을 세어 승패를 결정한다. 이는 세조가 군사들의 체력단련을 위하여 손수 창안한 것이다.

세조는 틈만 나면 섬돌에 올라서서 금위군의 훈련 모습을 참관하고 무사들에게 술과 고기를 내리곤 한다.

세조는 무관들뿐만 아니라 종친과 문신들에게도 체력단련을 생활의 일부로 삼게 했다. 세조는 늘 이렇게 말했다.

"문신들은 책상머리에 앉아 책을 읽을 뿐만 아니라 이동할 때도 자비를 타고 다니니 배에 기름이 끼고 행동이 기민하지 못하다. 그래서 활쏘기와 봉희 등을 하여 체력단련을 시키고자 하는 것이다. 체력이 국력인 것을 왜 모르는가? 문신이라고 해서 체력단련을 소홀히 하면 내외에 국난이 돌발할 때 마치 매에 쫓긴 꿩처럼 풀숲에 대가리를 처박는 처지가 될 것이야."

세조의 명에 의하여 정무를 마친 문신들은 너나 할 것 없이 융복을 갈아입고 후원에 모여, 어떤 패들은 활쏘기를 하고 어떤 패들은 봉희(棒戲)를 겨룬다.

봉희는 원래 말을 타고 시합하는 격구(擊毬)를 변형한 것인데, 땅바닥에서 발로 뛰면서 하는 놀이로 체력단련에 도움이 되었다. 우선 마당 양쪽에 공을 집어넣는 나무기둥을 설치하고 편을 갈라 봉(나무막대)을 들고 공을 치거나 몰면서 기둥 사이에 넣는 것이다. 격구에서는 배(梨)만 한 버드나무 공을 사용하지만 봉희에서는 소털로 만든 공이나 돼지 방광을 사용한다.

후원에서는 가끔 임금이 참관하는 자리에서 돼지몰이 시합이 벌어지곤 했는데 내금위의 무사들이 편을 갈라 다투게 된다. 남이는 이 시합에서 발군의 실력을 발휘한다. 연병장에 내금위 무사들이 두 줄로 도열해 서 있고 앞의 단상에는 임금과 대신들이 앉아 있다.

대신들 중에 좌상대장과 우상대장이 정해진다. 그리고 후원에 수십 마리의 돼지를 풀어 놓는다. 돼지를 더 많이 생포하는 조가 승리하는 것이다. 돼지를 맨손으로 잡아야 하는데 돼지를 상하게 하면 실격이다.

무사들이 달아나는 돼지를 잡느라 이리 뛰고 저리 뛰고 난리다. 다리를 잡아 봐야 곧 빠져버린다. 돼지들의 비명이 후원의 풀숲을 가른다. 남이는 비호같이 달려들어 10여 마리의 돼지를 연거푸 안아다 우리에 넣는다. 한 마리도 못 잡는 사람이 대부분이었으니 당연히 남이의 조가 이기게 마련이다.

임금은 모든 무사에게 술잔을 돌리게 한다. 이기는 편은 관을 쓴 채 술잔을 받고 지는 편은 관을 벗고 마시는 벌주가 내려진다. 관을 벗고 마시는 일은 수치스러운 일이다. 그날의 저녁은 푸짐한 안주가 나오게 마련이다. 돼지몰이는 내금위뿐만 아니라 오위의 군사들이 줄장 하는 군사훈련이다.

세조가 강무(講武-군사훈련)를 하거나 군사들이 사냥하는 것을 관람하기 위하여 궁 밖으로 행차할 때는 남이가 으레 사자위(獅子衛)에 차출되어 호위했다. 사자위는 임금이 행차할 때 느닷없이 달려드는 맹수들을 처치하기 위해 세종 때 만든 경호부대였으나 세조는 임금의 행차에 상시적으로 사자위를 편성하여 앞뒤에서 호위하게 하였다. 사자위는 이름 그대로 사자와 같이 날쌔고 용맹한 무장으로 오위, 겸사복, 내금위에서 100명을 선발하여 편성했다. 사자위의 장은 그때그때 임금이 마음 내키는 대로 장수들 중에서 발탁했다.

태조 이성계는 임금으로 등극하기 전에 노루와 멧돼지 사냥을 즐겼고 활을 쏘아 호랑이를 잡은 일도 여러 번 있었다. 태조는 임금이 되어서도 철을 가리지 않고 사냥을 하러 나가곤 했기 때문에 신하들이 사냥을 그만둘 것을 수차례 건의하곤 했다.

태종은 아끼는 보라매를 풀어 사냥을 즐겼는데 지독한 사냥광이라 신하들이 극구 말려도 몰래 궁궐을 빠져나가 사냥터로 달렸다. 태종은 세종에게 왕위를 물려준 후로는 오로지 사냥으로 소일했다.

그러나 세조는 달랐다. 대군 시절 세종을 따라 사냥에 나서면 늘 최고의 실적을 올리곤 했지만 임금이 되어서는 손수 활을 잡지 않았고 군사들로 하여금 편을 갈라 사냥대회를 거행함으로써 역대 군왕들이 즐기던 사냥을 군사훈련으로 승화시켰다.

세조는 군사를 동원하여 가까운 응봉, 아차산, 청계산으로 매사냥을 나가기도 하고 멀리 주엽산, 소요산, 묘적산으로 나가 노루, 산양, 멧돼지를 사냥하도록 했다. 사냥한 짐승의 일부는 먼저 종묘에 보내 제물로 쓰게 하고 나머지는 군사들에게 나눠주어 포식하게 했다.

매사냥의 경우 군사들이 산속으로 달려 들어가 풀숲을 뒤지면
꿩이나 산토끼가 놀라서 달아난다. 그때 매를 풀어 사냥감의 숨
통을 끊게 한다. 군사들이 사냥감을 찾아 산야를 뛰어다니다 보
면 체력단련이 되는 것이었다.

노루, 산양, 멧돼지를 잡을 때는 말을 달려 사냥감을 쫓아다니
기 때문에 기마병들의 몫이고 사람과 말이 더불어 날쌔고 용맹스
러워진다.

사냥할 때는 어떤 종류의 짐승을 잡던 간에 산에서 낳고 산에
서 자란 남이가 발군의 실력을 발휘했다. 그래서 군사들은 남이
와 한편이 되는 것을 은근히 기대했다.

어느 날 아차산에 호랑이가 나타났다 하여 금위군의 박호라는
장수가 수십 명의 군졸을 데리고 달려가서 달려드는 호랑에 맞서
다가 그만 물려죽고 말았다. 당시에는 호랑이가 많아서 가축뿐만
아니라 산을 넘거나 길을 가던 사람들이 피해를 보는 일이 종종
발생했다.

세조가 남이를 불렀다.

"내일 짐이 친히 내금위 군사들을 인솔하여 호랑이 사냥을 할
것이다. 호랑이를 잡아 어머니를 구한 전력(前歷)이 있는 남이가
앞장서서 호랑이를 잡도록 하라. 내일의 행차에는 경을 사자위장
으로 임명하노라."

사자위장은 주로 종3품 이상의 품계 높은 장군으로 임명하는데
이번의 경우는 예외인 셈이다. 당하관의 무장인 남이로서는 영광
스러운 일이다.

새벽, 남이는 어머니가 만들어준 갑옷과 투구를 착용하고 명마

‘바람’을 타고 장검 ‘벼락’을 비껴 차고 철궁 ‘천둥’을 들고 집을 나섰다.

임금의 행차가 종로를 따라 흥인지문으로 향하고 있다. 사자위장 남이가 행차의 맨 앞에서 마상에 앉아 팔을 뻗어 큰 칼을 세워 들고 있고 뒤이어 교룡기가 펄럭이고, 환도를 든 무장들을 태운 말들이 잇따른다. 어가 좌우에 활을 든 병사가 호위하고 어가 뒤에는 봉을 든 무장들이 따른다.

연도에 많은 백성들이 나와 허리를 굽히며 임금의 행차를 구경하고 있다. 백성들의 시선은 ‘벼락’을 곧추 들고 ‘바람’을 탄 남이의 늠름한 모습에 꽂혀있다. 백성들 사이에 끼어 남이의 늠름한 모습을 바라보는 어머니와 정은은 감격에 겨워 눈물까지 흘렸다.

아차산 초입에 이르자 남이는 혼자서 두 마리의 사냥개를 앞세워 산중으로 달려들어갔다. 중턱쯤에 오르자 개들이 컹컹 짖더니 갑자기 꼬리를 내리고 오금이 굳어 벌벌 떨고 있다. 호랑이와 눈을 마주친 모양이다. 남이는 철궁을 들어 호랑이를 겨누었다. 시위를 떠난 화살이 호랑이의 면상에 꽂혔다. 남이는 사자같이 돌진하여 포효하는 호랑이에 맞섰다. 남이의 장검이 호랑이의 입에 박히는가 싶더니 다시 심장을 뚫었다. 남이는 호랑이를 말 등에 싣고 보무도 당당히 임금에게로 다가갔다. 군사들의 환호하는 소리로 천지가 진동했다.

세조가 남이에게 어주를 석 잔이나 내리 내렸다.

“과연 남이 장군이로다. 남들은 수백 명이 몰이를 하여 호랑이를 쫓아도 잡을까말까 한데 혈혈단신으로 호랑이를 때려잡다니!”

세조를 수행한 종친과 대신들도 너나없이 남이에게 술잔을 내

밀었다.

축하주를 거푸거푸 마셔 거나하게 취한 남이가 집으로 돌아오니 어머니와 아내가 대문 앞에서 기다리고 있었다. 아내 정은은 갓 낳은 딸 구을금을 안고 있다. 집안 식구들도 이미 소문을 들어 알고 있었다. 어머니는 옛날 남이가 호랑이를 때려잡아 자신을 구해준 일이 생각나서 미소를 머금으며 대견해했다.

당시 양주, 포천 등지에는 도적떼들이 들끓었다. 도적떼들은 양민을 괴롭힐 뿐만 아니라 관아를 습격하여 약탈을 하기도 하였다. 세조가 단종의 왕위를 찬탈하자 단종복위를 위해 반란을 일으켰던 금성대군 휘하의 잔당이 주를 이루고 있었다. 임금은 남이를 토벌대장으로 임명하여 도적떼를 소탕하라는 명을 내렸다.

남이는 관군 500명을 인솔하여 도적들이 몰려 있는 포천 주엽산으로 달려갔다. 계곡에 이르니 산속은 뜻밖에 쥐 죽은 듯 조용하다.

"관군이 들이닥친다는 소문을 듣고 도적떼들이 산속 깊이 내뺀 것 같습니다. 군사의 반을 주시면 제가 쥐잡듯 샅샅이 뒤져 모조리 잡아오겠습니다."

미처 말릴 새도 없이 부장(副將) 김용달이 군사를 몰아 능선을 향해 돌진해 갔다. 김용달의 군사가 산마루에 오를 즈음이었다. 갑자기 산위에서 돌이 굴러 떨어지고 그 뒤를 따라 도적떼들이 함성을 지르며 몰려 내려오고 있었다. 산에 오르던 군사들이 미처 대비할 새도 없이 혼비백산하여 후퇴하다가 밟히고 넘어지는 난리 속에서 순식간에 의기양양한 수백 명의 도적들이 남이의 본진 앞까지 짓쳐왔다.

그때 남이가 썩 앞으로 나가 우뚝 서더니 장검을 빼어, 달려드는 적들을 겨누었다. 수십 명의 적들이 한 덩어리가 되어 칼과 창을 들고 남이를 향하여 돌진해 왔다. 그러나 남이의 기세에 눌려 아무도 먼저 달려드는 사람이 없다.

얍!

남이의 기합소리가 천지에 진동하는가 싶더니 맨 앞에 선 도적 서넛이, 칼이 털끝에 닿지도 않았는데 공중재비로 넘어져 버르적거리고 몸을 비비꼬면서 맥없이 쓰러졌다. 멀리서 대치하던 도적들이 혼비백산하여 줄행랑을 쳤다.

때를 놓치지 않고 관군들이 뒤를 쫓아 적들을 난도질하였다. 남이는 쓰러진 자들을 포박하여 끌고 개선하였다. 세조는 남이에게 상을 내리며 칭찬을 아끼지 않았다.

"일찍이 이 나라에 문무를 겸비한 장수가 없어서, 짐은 늘 안타깝게 생각했도다. 문신은 병법을 해독할 줄 알지만 실전에 부족하고 무신은 무예를 알지만 병법을 모르니 답답할 뿐이었다. 그러나 근래 문무를 겸비한 장군을 발굴했으니 매우 다행이로다. 남이의 품계를 올려 선전관(宣傳官-정5품)으로 임명하고자 한다. 병법을 강(講)하고 내금위와 오위도총부의 병사들을 훈도하며, 무술과 진법을 지휘할 책임자로 남이를 쓸 생각인데 경들의 의견은 어떠하오?"

"지당하신 하교입니다."

신숙주와 한명회가 권남을 의식해선지 즉석에서 임금의 말을 따랐다.

118

"아니 되옵니다. 남이는 겨우 20세에 불과합니다. 혹 무재는 있을지 모르나 아직 어리고 생각이 경솔하며, 이렇다 할 공을 세운 바도 없습니다."

권남이 펄쩍 뛰었다.

"경은 남이에 대해서 나만큼 모르오. 남이에게는 호랑이를 맨손으로 때려잡는 효용이 있소. 또 주엽산의 도적을 소탕할 때 기합 일성으로 놈들을 쓰러뜨렸소. 남이는 무경칠서를 통달하였을 뿐만 아니라 아비 남빈에게서 천기를 아우르는 신통력을 배웠소. 그는 비록 나이는 어리나 병사들의 존경을 받을 지휘관으로서의 재목이 될 만하오."

세조는 남이를 불러들여 『역대병요(歷代兵要)』, 『진법(陳法)』, 『병장설(兵將說)』을 내려주었다. 『역대병요』는 고조선부터 고구려, 발해를 거쳐서 고려에까지 이어온 무예를 세조가 직접 집대성한 병서이고 『진법』은 세종의 명을 받아 저술한 오위진법이다. 『병장설』은 역대의 크고 작은 전쟁을 예로 들면서 장수의 책무와 도리를 밝혀 기록한 병서이다. 이 모든 것은 세조가 손수 지은 병서들이다.

"경이 무경칠서에 도통한 것은 높이 살 일이나 거기에는 도(道)와 법(法)은 있으되 기(技)와 예(藝)가 없느니라. 그래서 짐이 친히 여러 병서를 저작하여 이를 보완한 것이로다. 경은 경연(經筵-임금이 대소신료들과 더불어 학문을 담론하는 자리)에서 문무대신들에게 무경칠서를 가르치고 장졸들에게는 무예와 진법을 가르치도록 하라."

남이가 경연에 나가 무경칠서를 강론할 때는 세조가 하루도 거르지 않고 참석하였다. 남이는 젊은 장수들과 더불어 훈련관에 모여 『역대병요』에 기술된 무예를 익히고 진법을 연습하였다. 세조의 종친들인 젊은 조카들과 그가 최근에 무과시험을 통하여 발탁한 젊은 장수들이 합류하였다. 종친 중에서는 귀성군(龜城君) 이준(李浚), 춘양군(春陽君) 이내(李徠)가 특히 돋보였다. 귀성군은 세조의 바로 아래 동생 임영대군(臨瀛大君)의 아들이고 춘양군은 효령대군의 손자이며 보성군(寶城君)의 셋째 아들이다.

세조가 느닷없이 훈련관을 찾았다. 무장들이 격구(擊毬)를 하고 있을 때였다.

붉은 갑옷을 입은 귀성군이 좌대를, 푸른 갑옷을 입은 춘양군이 우대를 이끌고 있다. 각각 수십 명의 기병들이 뒤따른다. 남이가 심판대에 섰다.

연병장 양쪽 끝에 두 개의 나무기둥이 설치되고 홍군과 청군이 전열을 가다듬는다. 모든 군사들이 말에 올라타 9척이나 되는 나무작대기를 들고 있다. 한 쪽에서 작대기로 하얀 버드나무 공을 이리저리 굴리다가 냅다 치면, 상대방에서 달려가 공을 받아 친다. 기병들은 마상에서 곧추서서 말을 몰기도 하고 좌우로 몸을 기울여 막대기를 휘두르기도 한다. 말 또한 훈련이 잘되어 시키지 않아도 공을 쫓는다. 말에서 떨어지면 다시 올라타고 말과 더불어 뒹굴면 말을 일으켜 다시 뛴다.

구경하는 이들의 손에 땀이 흥건하다. 세조가 남이, 그리고 귀성군과 춘양군을 불러올려 어주를 내렸다.

"격구는 태조께서 젊었을 때 즐겨 하던 경기였도다. 지금 보니 장병들 모두 체력이 좋고 말 다루는 솜씨가 뛰어나며 말 또한 고도로 훈련된 준마들이로고! 오, 장하도다!"

또 세조는 습진을 진두지휘하고 있는 남이에게 말하였다.

"오늘 짐이 예고 없이 찾은 것은 짐이 지은 『진법』의 습진을 참관하기 위함이로다. 경이 대장이 되어 습진을 진두지휘하라."

연병장 한 가운데 습진을 하기 위한 군사들이 도열해 있다. 군사들이 편을 갈라 각각 수백 명의 기병들이 마주 대하여 멀리 서 있다. 중앙에 두 기의 초요기가 휘날리고 좌상대장 남이와 우상대장 어유소가 우뚝 서 있다. 남이가 이끄는 홍군은 아군의 진영이고 어유소가 이끄는 푸른 갑옷의 군대는 가상의 적진인 셈이다. 아군인 홍군이 동서로 벌려 뱀처럼 길게 늘어서 적군인 청군을 향하여 짓쳐 나간다.

"장사진(長蛇陣)이군!"

임금이 입을 열었다.

북과 꽹과리 소리가 요란하게 나고 적이 반격을 가한다. 반격이 만만치 않다. 아군의 진은 가운데에 우뚝 서 있는 대장 남이를 중심으로 양쪽으로 흩어지는가 싶더니 양끝의 진용이 뒤로 물러선다. 적군이 사정없이 달려든다. 다시 아군이 전열을 가다듬어 적을 포위한다. 단상에서 보면 학이 날개를 펴고 있는 형상이다.

"학익진(鶴翼陣)이야!"

임금이 무릎을 친다.

적은 포위를 뚫기 위하여 각개약진을 한다. 이윽고 아군의 두 날개가 나뉘어 반달 형상을 하여 적을 흩어 양분시킨다. 많은 적군이 독 안의 쥐가 된다.

"언월진(偃月陣)이로세!"

누구보다도 진법에 밝은 임금이 환한 웃음을 웃는다.

중앙의 남이가 선두가 되어 달려가니 아군의 진은 포위형태를 풀어 고기비늘처럼 부채꼴로 합쳐지고 밖으로 밀려난 적을 향하여 좌충우돌한다.

"어린진(魚鱗陣) 아닌가?"

정중앙에는 대장기만 펄럭이고 군사들은 둥지를 떠난 새처럼 사지사방으로 흩어지다 구름처럼 몰려오고 다시 흩어지는 듯 모여든다. 도시 진용이 변화무쌍하여 보는 이들도 갈피를 못 잡는다. 군사들 하나하나가 날갯짓을 하듯 출렁거린다.

"조운진(鳥雲陣)은 제갈량 말고는 터득한 사람이 없고 관운장 말고는 실행한 사람이 없다고 하였거늘 오늘 관운장이 현신한 것 같구나."

그날 저녁 세조는 남이를 비롯하여 귀성군, 춘양군 등 젊은 조카들과 어유소, 이숙기, 허종 등 20대 장수들을 모처럼 강녕전으로 따로 불러 잔치를 베풀었다. 세조는 그들의 무예를 칭찬하며 다음과 같이 말했다.

"짐이 왕업을 이룬 뒤 조정에는 공신들만 눈에 띄는 것이 현실이다. 시방 새삼스레 그들을 두고 왈가왈부할 생각은 없으나 그들은 나라의 다양한 은혜를 입어 배를 두드리며 살고 있다. 그들은 주지육림에 파묻혀 나라가 나아갈 길을 모른다. 국가의 존재는 현재에 있는 것이 아니다. 나라는 천년만년을 면면히 이어가는 큰 나무와 같은 것이다. 따라서 임금은 후계자를 엄하게 가르쳐야 하고 대신들 또한 지도자를 양성해야 한다. 임금과 신하들은 백성들이 풍요롭고 편안하게 살 수 있는 온갖 방도를 모색해야 하며, 나라를 길이 보존하기 위해서는 밖으로 외적의 움직임을 예의주시하고 방심하여서는 안 된다. 그러나 불행히도 지금 이 나라에는 이빨 빠진 노추들만 앉아서 공리공론을 일삼고 있다."

세조는 상기된 표정으로 말을 계속했다.

"학문과 이론은 나이가 들수록 깊어지지만 나이가 든 자는 무사안일에 빠지기가 쉽다. 따라서 나라를 경영함에 있어서는 노소가 골고루 섞여 있어야 하고 왕실과 신하가 화합하며, 문신이 무신을 아끼며 무신이 문신을 존경하는 풍토가 조성되어야 한다. 그대들은 장래가 촉망되는 청년들이고 장차 나라를 이끌어갈 동량지재임을 짐은 믿어 의심치 않는다. 그대들은 형제의 의를 맺어 의기투합하고 늘 나라의 모든 일을 더불어 토론하며, 더욱 분발하여 국가의 간성이 되기를 바라노라."

세조는 기대에 찬 눈으로 장수들과 남이를 바라보며 다짐하듯 말했다.

"머지않아 경을 변방에 보내 실전의 경험을 쌓도록 할 것이니라."

8. 병가지상사

저 드넓은 만주 땅은 고조선, 부여, 고구려 그리고 발해가 3,300년을 지배하던 우리 민족의 영토였다. 고려는 초기에 북진정책을 써 고구려의 고토를 회복하려 했으나 거란(요나라), 나아가 몽고(원나라)에 밀려 뜻을 펴지 못하고 한반도에 안주했다.

중국 본토와 만주를 지배하던 원나라가 명나라에 망하자 만주는 무주공산이나 다름없이 되어 통틀어 여진이라 불리는 많은 부족으로 사분오열되어 있었다.

원나라를 멸망시키고 중국을 통일한 명나라에서 볼 때, 아직 만주는 관리하기에는 벅차고, 버리자니 아까운 계륵(鷄肋)과 다름없었다. 명나라는 어떻게든 만주를 통치하고자 만주에 건주위를 설치하고 요동도사를 두어 여진족을 지배하려 했다. 그러나 백두산 이북에서부터 송화강에 이르기까지 널리 흩어져 사는 여진족은 이에 쉽게 순응하려 하지 않았다. 만주는 여러 부족이 할거하고 있었는데 그 중에 올량합, 알타리, 올적합 등의 부족이 대종을 이루고 있었다.

만주의 서쪽, 압록강 이북에는 올량합이, 두만강 이북과 동쪽 바다를 아우르는 동쪽에는 올적합이 그리고 만주의 중부에는 알타리가 거주하고 있었다. 명나라는 올량합의 추장 이만주를 건주위 지휘사로 임명하여 회유하고자 했으나 멀리 있는 올적합을 껴안기에는 역부족이었다.

세종 때 알타리의 추장 맹가첩목아가 올적합과 싸우다 전사하자 그의 아들 동창과 아우 범찰이 부족을 쪼개서 알타리를 분할 통치하고 있었다.

여진족은 명나라를 받드는 척하면서도 조선과의 근린관계도 아울러 유지해 왔다. 특히 알타리족은 조선건국 이래 조선에 충성을 맹세하고 조선의 신민임을 자처하여 왔으며 조선에서도 두만강에서 공험진까지의 땅에 그들을 거주하게 하면서 끊임없이 식량과 생필품을 보급했고 농사를 가르쳐 정착하도록 하였다.

그러나 여진족은 국가를 가지지 못한 야만인들이라 법도도 모르고 배신하기를 떡 먹듯이 해왔다. 그들은 두만강을 넘어와서 식량과 가축을 약탈할 뿐만 아니라 농민들을 납치해 가는 일까지 자행하고 있었다.

올량합의 별종인 모련위는 회령과 알목하(해란강) 사이에 거주해 왔는데 그 추장 낭발아한이 자기 종족을 선동하여 함길도 백성을 괴롭힘에 세조는 도절제사 양정을 시켜 그를 잡아 죽였다.

세조 6년 모련위는 낭발아한의 원수를 갚는다며 올량합과 알타리를 부추기고 있었다. 그들이 6,000명의 군사를 동원하고 있다는 보고가 조정으로 올라왔고 급기야 모련위의 기병 800명이 육진을 종횡무진 유린하고 있었다.

세조가 신숙주와 홍윤성을 교태전(왕비의 침전)으로 불렀다.

세조는 좌의정 신숙주를 그윽이 바라보고 있었다.

"좌상을 함길도 도체찰사로 임명하여 북정에 출전시킬까 하오."

신숙주가 어안이 벙벙하여 임금을 바라보았다.

"신은 창검을 잡아보지 못한 백면서생이옵니다. 어찌 북정의 일을 신에게 맡기려 하시옵니까?"

세조는 신숙주의 손을 지긋이 잡으며 말했다.

"짐이 경을 도체찰사로 임명하여 보내는 것은 함길도 백성을 위무하고 조선이 부국강병의 국가임을 보이고자 함이오. 또한 경은 육도삼략을 익히고 있으니 직접 전장에 나가서, 용맹과 충성심만 강할 뿐 배운 게 없는 양정에게 전술과 계략을 가르쳐 줄 기회 또한 주는 것이오."

"어느 영이라고 신이 거역하겠사옵니까? 다만 양정이 전하 외에는 누구의 명령도 따르지 않을까 염려되옵니다."

신숙주가 내키지 않는 듯 토를 달았다.

"그 점을 감안하여 짐이 문무를 겸비한 홍윤성을 딸려 보내고자 하오."

임금은 홍윤성에게 시선을 주며 말을 계속했다.

"양정은 경을 무척 따르지 않는가? 정난 때에도 힘을 같이 했고…. 경이 중간에 서서 거중조정을 하도록 하라."

신숙주는 교태전 뒤뜰 아미산을 두른 낮은 담장 밑에서 넝쿨을 뻗고 있는 박을 가리키며 세조에게 농을 했다.

"신은 저 박 넝쿨에 박이 주렁주렁 열어 익을 때쯤이면 임무를 완수하고 개선해 올 것이옵니다."

세조가 껄껄 웃었다.

"그 박을 켜서 바가지를 만들어 두겠소이다. 경이 개선해 돌아오면 그 바가지에 술을 그득 부어 한 잔 합시다."

함길도 도체찰사 신숙주와 부사 홍윤성이 세조 6년 7월 27일 북정을 위하여 함길도로 떠났다. 따르는 군사는 기병과 보병을 합쳐 무려 4,000명이었다. 세조는 출정하기에 앞서 신숙주를 은밀히 불러 당부하였다.

"경이 북방을 공략한다는 사실이 여진족에게 알려지면 만주의 여러 부족이 합종연횡을 도모할까 저어되는 바이오. 경은 북변으로 직행하지 말고 다만 함길도의 백성들을 위무하러 가는 척 함길도를 순회한 다음 천천히 진군하시오. 짐에게 별도의 계책이 있느니라."

신숙주가 떠난 지 며칠 후 세조는 남이를 교태전으로 불러들였다. 군기시주부(軍器寺主簿) 권중희가 먼저 와 있었다.

세조가 권중희가 가져온 각궁을 들어 보였다.

"이것은 향각궁이로다. 짐이 황처공의 설계를 근거로 군기시에 지시하여 만든 것으로 재질과 명중률에서 그동안 쓰던 당각궁보다 우수하여 말을 달리면서 쏘기에 합당하도다."

세조는 다음에 편전(片箭)과 편전을 장치하는 대나무 통아(桶兒)에 손을 가져갔다.

"편전은 태종 때 처음 개발한 것이나 그동안 끊임없이 보완하여 왔다. 대나무 통아를 이용하여 쏘는 화살은 일시에 여러 발을 날릴 수 있느니라. 처음에는 사정거리가 200보에 미치지 못했으나 지금은 500보를 훨씬 넘느니라. 편전은 명중률이 높을 뿐만 아니라 그 쏘고 날아가는 것을 적들이 눈치채지 못하여 악다구니로 달려드는 적군을 제압하기에 좋은 무기로다. 특히 편전은 우리가 만든 비밀병기이지만 그 제작방법이 간단하여 특히 야인들의 손에 들어가면 모방할 가능성이 높다. 전장에 나갈 때 나누어주고 돌아오면 회수하여 보관해야 하느니라."

세조가 권중희에게 물었다.

"얼마나 만들었느냐?"

"향각궁과 통아를 각각 일천 개, 편전은 삼만 개를 만들었사옵니다."

세조는 남이의 부리부리한 눈을 바라보더니 힘주어 말했다.

"짐이 신숙주에게 경군 4,000명을 딸려 보냈으되 경군은 잘 훈련되고 용맹무쌍하지만 산악지대에서의 교전에는 어려움이 많을 것이라. 그러나 경은 산속에서 낳아 산을 넘나들며 무술을 익혔으니 북변의 험지에서 적을 무찌르는 일에 합당한 장수로다. 금위군 600명을 데리고 가서 공을 세우고 돌아오도록 하라."

남이가 전장으로 차출될 것이라는 소식을 듣고 권남이 남이의 집을 찾았다.

"자네와 더불어 한 잔 하고 싶네."

워낙 말수가 적은 권남이 술잔만 거푸거푸 기울이며 무엇인가 골똘히 생각에 잠기고 있다.

"장인어른, 병약한 아내를 두고 떠나는 일이 걱정되십니까?"

남이가 먼저 말문을 열었다. 그래도 한참이나 묵묵히 앉아 있던 권남이 한숨을 쉬더니 입을 열었다.

"국가 대사에 딸의 안위를 생각할 수만은 없지. 그보다는 함길도에서 벌어질 일이 걱정이 돼서 그러네. 성상께서 계유정난 후 신숙주를 중용할 때 가장 불만이 많았던 사람이 양정이네. 정난에 실질적인 공이 없는 신숙주를 등용해서는 안 된다는 것이었지. 양정은 신숙주의 영을 따르지 않을 것이고 신숙주는 이 기회에 공을 세우고 싶어 할 것이니 그 사이에 낀 자네가 고래 싸움에 새우 등 터질까 염려되네. 자네는 공을 다투지 말고 아무쪼록 자중자애하게 처신하고 오만하지 말게."

"저는 말단 무장입니다. 어디서 감히 고관들과 어깨를 겨루겠습니까?"

남이의 처 정은이 네 살 된 딸 구을금을 안고 들어서는데 얼굴에 핏기가 없이 초췌해 보였다.

정은은 예의 바르고 성품이 온순하여 홀시어머니를 정성껏 모셨고 가정을 단란하게 이끌어오고 있었다. 한때 모진 시련을 당한 남유심, 이무심 모녀는 갈 곳 없는 몸이라 남이의 집에 몸을 의탁하고 있었는데 정은은 그들에게 많은 위안을 주었었다. 특히 무심은 한때 권남의 집에 노비로 있었기 때문에 정은을 상전처럼 모셨다. 그러나 정은은 구을금을 낳은 후 늘 병석을 떠나지 않았다.

"탕약은 드셨소? 얼른 쾌차해야 할 텐데…."

남이가 걱정하자 정은이 얌전히 앉아 작은 소리로 속삭였다.

"제 염려는 마세요. 어머님이 손수 탕약을 달이시고 무심 아가

씨가 정성을 다하여 간호하고 있으니 빨리 회복될 것입니다.”

“네 서방이 약골인 너를 두고 떠나는 일에 염려를 하는구나.”

권남이 외손녀를 받아 무릎에 앉히며 말했다.

“남아가 국가의 부름을 받고 떠나는 마당에 제 한몸이 무에 중요합니까? 오로지 장도를 축원할 뿐입니다.”

정은은 다소곳이 고개를 숙이며 대답했다.

“내가 적군을 단숨에 물리치고 가는 듯 돌아오리다. 함길도에 가면 백년 묵은 백두산 산삼을 캐어 부인에게 가져다 드리리다. 부디 몸조심하구려.”

“저는 곧 나을 것이니 괘념치 말고 큰 공을 세우고 돌아오세요.”

신숙주가 대군을 이끌고 서울을 떠난 지 열흘 후 남이는 함길도로 달렸다. 잘 훈련된 600명의 정예기병이 뒤를 따랐다. 향각궁과 편전은 각자가 나누어 말안장에 매달았기 때문에 치중대가 따라갈 필요가 없었다. 틈틈이 사냥을 하여 식량을 마련하기로 했다. 따라서 마치 가까운 근교로 사냥하러 가는 사람들같이 보였다.

그들은 철원을 거치고 험준한 철령을 넘었다. 철령을 오르는 길은 가파르고 꼬불꼬불하여 위태롭기 그지없으나 모두 말 위에 앉아 곡예하듯 산을 넘어 낙마한 사람이 아무도 없었다. 원산포를 거쳐 함흥에 가까이 가니 함흥성이 저녁노을에 걸려 있다. 서울에서 800리 길을 3일 만에 주파한 것이다. 만세교 위로 물을 머금은 무지개가 선명하게 떠 있다. 신숙주의 대군이 이날 아침 이 다리를 건너갔다고 한다.

　남이의 군사들은 다음날 새벽 함흥을 출발하여 오후에 함관령을 오르기 시작하였다. 신숙주의 일로군이 산길을 오르는 모습이 눈에 들어왔다. 사뭇 개미떼 같았다. 함관령은 높고 가파른 것이 철령의 두 배는 되었다. 가마를 타고 오르는 신숙주와 따르는 군사행렬은 느리게 움직였다. 그도 그럴 것이 군수품을 실은 치중대(輜重隊)는 주로 소가 끌고 있으니 도리가 없었다. 함관령 고갯길에서 남이는 앞서가던 신숙주의 일로군 후미를 제치고 선두를 따라 잡았다.

　정상의 평평하고 넓은 바위에 앉아 휴식을 취하고 있던 신숙주가 깜짝 놀랐다.

　"아니, 자네가 어쩐 일인가?"

　남이가 앞으로 나가 저간의 사정을 말하고 임금의 어찰을 함길도 도체찰사(신숙주)에게 바쳤다.

　　짐이 경을 믿지 못하는 것은 아니로되 경군이 험준한 오지에서 싸운 경험이 없는지라 남이를 보내 주군을 돕도록 조처를 내렸다. 또한 남이는 용맹무쌍함이 사자를 능가하니 그를 양정의 주력부대에 붙이도록 하라.

　신숙주는 남이에게 지도를 펼쳐 보이며 지시를 했다.

　"나는 부령으로 에돌아 종성으로 갈 참이다. 일단 그곳에서 각지에서 모여드는 군사를 이끌고 경원과 온성을 거쳐 종성으로 짓쳐나갈 것이다. 자네는 우선 양정이 주둔하고 있는 종성으로 직행하라. 종성을 방비하지 못하면 북변이 초토화될 가능성이 있다. 거기서 도절제사(양정)의 지휘를 받도록 하되 적의 군사가 만 만이라도 내가 도착할 때까지 나가 싸우지 말고 성을 지키도록 하라.”

남이의 금위군은 함관령보다 몇 배나 높고 험준한 후치령을 넘 어 종성으로 달렸다. 서울을 출발한 지 5일 만이었다.

남이가 이끄는 경군이 위풍도 당당히 종성에 다가오고 있었다. 성루에서 한 떼의 기마대를 바라보던 양정의 눈이 남이의 훤훤한 모습에 꽂혔다. 양정은 남이를 성루로 불러올렸다.

“그대가 남이인가? 내가 북변에 있어 일찍이 그대를 만나본 적 은 없지만 그대의 명성은 우레같이 들었네. 그대는 내 진영으로 합류하게. 바야흐로 실전경험이 없는 그대에게 전쟁의 진수를 내 가 보여줄 참이네.”

신숙주는 4,000명의 군사를 이끌고 고을마다 순회하여 관군의 위용을 보이고 백성들을 위무했다. 특히 하삼도에서 이주해온 백 성들이 사는 현장을 점검하고 그들을 위로했다. 신숙주는 단천과 삼수에서 적들을 소탕하고, 서울을 떠난 지 한 달 후에 집결지인 종성에 가까이 오고 있었다.

이에 앞서 각지의 군사들이 종성으로 속속 모여들었다. 강원관 찰사 김계손이 1,200명을, 영북진 절제사 강순이 1,000명의 기병 을, 온성진 절제사 김처지가 800명을, 길주 목사 오익창이 보병과 기병 800명을 이끌고 있었다. 이들 군사들은 경성, 경흥, 경원, 온 성 등으로 치달으며 혹은 벌판으로 나가고 혹은 두만강을 건너 여진족을 추격하면서 종성에 이른 것이다.

그 사이 여진의 여러 부족 사이에는 신숙주가 일만의 군사를 이끌고 와서 여진족이라면 남녀노소를 불문하고 다 죽인다는 유언비어가 난무하면서 모든 부족이 기치를 들고 회령진 주변으로 모이기 시작했다. 모련위 뿐만 아니라 올량합의 이만주(李滿住), 알타리의 범찰(凡察)과 동창(童倉) 등이 군사를 이끌고 멀리 파저강으로부터 진격해오고 있었다.

회령진은 수천 명의 여진 군사들에게 포위되고 말았다. 급보를 접한 양정이 제장들을 소집했다. 신숙주는 아직 종성에 이르지 않았다.

"지금 여진의 군사들이 회령진을 포위했다 하오. 저들은 만주 벌판을 종횡무진 달리는 마적떼와 다름없소. 그런데 지금 회령진에는 회령 병마절도사 임득정(林得楨)이 1,300명으로 성을 지키고 있는 실정이오. 워낙 중과부적이라 회령이 일촉즉발의 위기에 있으니 본관은 기마병을 지휘하여 회령으로 달려가고, 나아가 바람같이 사라지는 저들을 백두산까지라도 끝까지 추적하여 씨를 말릴 생각이외다. 나를 따를 자는 나오시오."

신숙주가 당부한 말을 상기시키면서 남이가 말렸다.

"도체찰사께서는 자신이 도착하기까지는 군사를 움직이지 말라고 엄명하였소. 도체찰사를 기다려서 출전하시지요."

양정이 소리를 버럭 질렀다.

"회령진이 풍전등화와 같은 지경인데 지체할 수는 없네."

제장들이 극구 말렸으나 양정은 고집을 꺾지 않았다. 양정과는 각별한 사이인 오익창이 800명과 더불어 우선 합류했다. 남이는 신숙주의 말을 직접 들은 터라 망설이고 있었으나 양정이 채근하는 바람에 출전하기로 결심했다.

양정, 오익창, 그리고 남이가 이끄는 2,000명의 군사가 종성을 출발하였다. 회령으로 떠나는 양정의 대장기가 앞에서 펄럭였다. 양정 장군의 눈에 살기가 서렸다. 남이는 진영의 맨 앞에 서 있었다. 이윽고 진격을 알리는 징소리가 울려 퍼지자 말들이 흙먼지를 자욱하게 일으키며 앞으로 내달았다.

회령진에서는 임득정이 수천 명의 적에게 성이 포위되어 옴짝달싹하지도 못하고 다만 원군이 오기만을 기다리며 성문을 굳게 닫고 있었다.

남이는 600명의 기마병을 끌고 선두에 서서 질풍노도같이 달렸다. 향각궁은 사정거리도 길고 명중률이 높은데다가 숙련된 경군이 다루는 것이라 크게 효력을 발휘했다.

우선 남이는 벌떼처럼 성 주위로 밀려드는 야인들에게 편전을 쏘게 했다. 과연 편전은 효력을 발휘했다. 8치 정도 되는 가늘고 예리한 편전이 통아에서 튕겨나갈 때 적들의 눈에 보이지 않기 때문은 적병은 속절없이 쓰러졌다. 편전에 맞아 죽거나 다친 적병의 수가 헤아릴 수 없이 많았다. 오합지졸에 불과한 야인들이라 서로 밟고 밟히면서 흩어져 순식간에 흔적도 없이 사라졌다.

회령진에 입성한 양정은 장수들에게 명령했다.

"본관은 내친 김에 적들을 백두산까지라도 추적하여 씨를 말릴 생각이오."

양정 도절제사는 남이, 오익창, 임득정과 더불어 2,500명의 기마병을 이끌고 길을 나누어 적을 뒤쫓기 시작했다.

적은 두 갈래로 도망치고 있었다. 말 탄 자들은 벌판으로 도주하고 걷는 자들은 계곡으로 숨어들었다.

　양정과 임득정은 말을 탄 채 두만강 얕은 곳을 넘나들며 산과 들을 휩쓸듯 전진했다. 양정의 군사들은 두만강을 건너 만주 벌판으로 내달리며 신들린 사람들처럼 적의 기마병들을 닥치는 대로 찌르고 베었다. 임득정의 군사들은 강안(江岸)에서 산줄기를 오르내리며 적을 밀어붙였다.

　남이의 군사들은 무서운 기세로 적을 쫓아 산등성이를 올랐다. 말들은 먹이를 쫓는 호랑이처럼 적진을 휘저었다. 남이는 맨 앞으로 돌진하여 달려드는 적에게 칼을 휘둘러 목을 치고 멀리 달아나는 적에게 화살을 날려 쓰러뜨렸다.

　오익창의 군사들은 계곡을 따라 진격했다. 보병과 말을 버린 적병들이 협곡으로 숨거나 개미떼처럼 산비탈을 기어오르고, 화살에 맞은 자들은 계곡으로 굴러 떨어지고 있었다. 그러나 의기양양한 오익창이 계속 전진을 명령하는 순간 진흙탕이 나왔다. 말들이 미끄러져 뒹굴기 시작했으나 오익창은 말을 버리고라도 적을 뒤쫓으라고 명령했다. 하지만 진흙탕에 빠진 말과 병사들이 미끄러져 뒤엉키는 바람에 불과 백 보 앞의 적도 따라잡을 수 없었다.

　"저 산 밑에 야인들의 소굴이 있다. 거기를 소탕해야 적의 뿌리를 뽑을 수 있느니라. 전진하라! 전진하라!"

　오익창이 도망치는 적을 쫓는 것에 급급한 나머지 그만 협곡으로 너무 깊숙이 들어갔다. 아차, 하는 순간 산등성이에서 적군들이 눈사태처럼 쏟아져 내려오고, 계곡 양쪽 언덕에서 화살이 비 오듯 날아왔다. 풀숲에 숨어 있던 적군이 앞과 뒤에서 칼과 봉을 휘두르며 압박해 왔다. 오익창의 군사들은 진흙탕 속에서 미처 전열을 정비하기도 전 적의 기습에 역공을 당하게 된 것이다. 서로 뒤엉켜 버둥거렸다. 진퇴유곡이었다. 피비린내가 진동하고 비명이 산울림이 되어 계곡을 울렸다.

한편 적을 쫓아 능선을 오르던 임득정은 오익창이 위험하다싶어 서둘러 계곡으로 쫓아 들어갔다. 그러나 앞에서 오익창의 군대가 독안의 쥐처럼 처참하게 당하는 것을 뻔히 보고도 임득정은 이들을 구할 엄두를 내지 못했다. 쫓아 들어가 봤자 언덕에서 쏘는 적의 화살을 감당할 수 없다고 판단한 것이다.

언덕과 능선을 달려 적을 쫓던 남이가 오익창의 군대가 당하고 있는 계곡으로 달려 내려가며 벌떼처럼 성 주위로 밀려드는 야인들에게 편전을 쏘게 했다.

남이는 '벼락'을 휘둘러 수백 명의 적군에게 돌진하여 적병을 수없이 베었다. 남이의 위세에 놀란 적들이 산속으로 숨어들었다.

이 전투로 오익창과 800명의 아군이 전멸했다. 전사자가 과반이나 넘었고 나머지 군사들은 뿔뿔이 흩어졌다. 임득정이 달려가 시체를 수습하여 종성진으로 돌아왔다. 나중에 이 사실을 안 양정은 분기탱천하여 남이와 더불어 잔당을 뒤쫓기 시작했다. 7일 동안이나 험곡을 넘고 진창을 헤매기도 하면서 야인을 쫓아 백두산 가까이까지 올랐다. 그들이 죽인 적병이 부지기수였다. 양정과 남이는 수백 명의 포로와 수백 필의 말을 전리품으로 끌고 종성으로 돌아왔다.

양정의 보고를 접한 신숙주는 군공을 세우는 것보다 군령을 어긴 죄가 크다며 양정을, 오익창이 당하는 것을 보고도 돕지 않은

죄로 임득정을, 그리고 자신이 직접 명령했음에도 양정을 따라 출진한 남이를 옥에 가두고 임금께 처벌을 상주했다.

신숙주의 장계를 접한 임금은 깜짝 놀라 속히 수습해야 한다고 생각했다. 세조는 함길도 선위사로 하여금 어찰을 주어 급히 신숙주의 진지로 달리게 했다.

먼저 세조는 유시에서 신숙주의 북벌을 크게 칭찬하며 신숙주의 마음을 달랬다.

"울타리에 열린 박이 영글었구려. 경이 개선해 돌아오면 박을 갈라, 바가지를 만들어서 경과 더불어 술을 침이 어떠하오."

세조는 또 말했다.

"양정이 군율을 어겨 한때 큰 패배를 당했으나 이는 병가지상사(兵家之常事)로다. 양정은 공신의 반열에 있고 더욱이 수년간 황폐한 국경을 방비한 공로가 있으니 풀어 주되 군령을 어긴 죄가 크니 해임하고 한양으로 올라오게 하시오. 임득정은 그 죄과가 크니 압송하여 의금부에 가두고 남이는 아직 어리고 북변의 사정을 몰라 저지른 일이니 용서하라. 아울러 남이를 북변에 남겨두어 전장의 경험을 쌓도록 하라."

임득정은 목책으로 두른 수레에 태워져 한양으로 끌려가고 양정은 처절한 표정으로 수레를 따라가고 있었다. 남이는 데리고 온 군사를 신숙주에게 딸려 서울로 보내고 조영달과 더불어 종성에 남았다.

9. 영토

　세조 7년 1월 강순이 함길도 도절제사로, 김교(金嶠)가 종성 병마절도사로, 선형(宣炯)이 회령 병마절도사로 부임하였다.

　강순은 젊어서부터 북변에서 뼈가 굵은 65세의 노장이지만 안광이 형형하고 얼굴이 붉으며 검은 수염이 가슴까지 내려와 펄럭이고 있었다. 김교와 선형은 둘 다 무장답게 기골이 장대하고 눈에서는 광채가 번득였다. 양정이 김교를 임금에게 추천하니 임금이 그를 만나보고는 과연 대장부로다 하며 칭찬을 아끼지 않았다고 한다. 선형은 무골이면서도 경서와 역사에 일가견을 가진 인물이었다.

　강순은 부임하자마자 남이를 불렀다. 남이가 부하들을 모두 떠나보내고 혈혈단신 시간을 때우고 있을 때였다. 강순은 남이를 내려다보며 눈가에 인자한 웃음을 짓고 있었다.

　"그대가 남이인가? 그대의 용맹무쌍한 기상은 이 북변에 소문이 자자하네. 나는 이미 늙었으니 장차 국방의 일은 자네 같은 혈기왕성한 장군이 맡아 지켜야 하리라. 바야흐로 봄이 오고 있으니 자네는 백두산을 비롯하여 북변의 산야와 험곡을 두루 편답하여 많은 경험을 쌓도록 하게나."

그즈음 남이에게 차운혁(車云革), 정휴명(鄭休明), 이지정(李之楨), 노경손(盧敬孫) 등이 찾아왔다. 이들은 본시 강순 장군 휘하의 무장으로 일찍이 여진족과 무수히 싸운 백전의 용장들이었다. 남이는 이들과 더불어 무술을 연마하면서 두터운 교분을 쌓았다. 위의 네 장수들은 나중에 남이를 따라 이시애의 난을 토벌하는데 공을 세우지만 차운혁과 정휴명은 그 난리에 잡혀죽고 이지정과 노경손은 남이가 변을 당할 때 연루되어 형장의 이슬로 사라진다.

세조 7년 3월 어느덧 겨울이 지나가고 북변에도 봄이 찾아왔다. 두만강의 얼음이 툭툭 갈라져 떠내려가고 시냇물소리가 제법 요란하다. 남이가 그동안 교분을 쌓아온 10여 명의 무장들과 더불어 강순을 찾아갔다.

"장수가 한겨울 집안에 죽치고 앉아 밥만 축내다 보니 팔에 근육이 풀리고 넓적다리에 살이 찌고 있습니다. 바야흐로 얼음이 녹고 새싹이 돋으니 백두산을 오르고자 합니다."

강순이 쾌히 승낙하며 남이의 장도를 격려했다. 남이는 함께 동행한 장수들과 더불어 백두산을 향해 출발하였다.

남이와 그 일행은 모두 말안장에 올라앉아 두만강을 따라 몇십 리를 달리고 강을 건너 만주 벌판을 달렸다. 강의 어떤 곳은 수심이 깊지 않으나 물살이 셌다. 수심이 얕고 물살이 약한 곳에는 살

얼음이 얼어 있었다. 남이는 ‘바람’을 타고 물 찬 제비처럼 물살을 가르며 두만강을 수없이 넘나들었다.

그들은 백두산을 향하여 산언덕을 오르고 있었다. 잡목이 우거져 있기도 하고 몇 아름의 삼나무, 회나무, 잣나무들이 빽빽이 들어서 있었다. 일행은 도끼로 나무를 베어 인마가 다닐 수 있는 길을 냈다. 내를 건너기도 하며 진창이 있을 때는 나무를 깔아 말이 빠지지 않게 하고 깎아지른 바위가 앞에 나타나면 산허리를 돌아가거나 산마루를 오르곤 했다. 때로는 곰, 멧돼지, 사슴, 노루를 사냥한 일행은 배가 터지도록 포식을 하기도 했다.

산마루에 오르기까지 인적을 발견할 수가 없었다. 이미 남이의 용맹이 야인들에게 소문이 나서 그들은 꽁무니를 뺀 모양이었다.

산마루에 올라 절벽을 굽어보니 몇천 길이나 되는 골짜기 저편에 폭포수가 쏟아져 물보라를 이루고 있었다. 몇 리를 더 오르니 나무들이 삭풍에 꺾이고 말라 죽어 해골처럼 하얗게 널려 있고 산정은 민둥산이다.

산정에 오르니 동쪽 멀리 백두산이 아스라이 보였다. 푸른 듯, 희뿌연 듯 산줄기가 뻗어 오르고 그 중턱에 구름이 띠를 두르고 구름 위에 흰 항아리를 엎어놓은 듯한 산봉우리가 우련하게 드러났다. 백두산이다. 남이는 백두산의 장엄한 광경에 취해 한참이나 넋을 놓고 있다. 과연 민족의 성산이다.

남이 일행이 산꼭대기 너른 바위에 앉아 휴식을 취하며 경치에 도취되어 있을 때 남이가 올라온 반대편에서 말발굽소리가 나고 웅성거림이 가까워지고 있었다.

50여 명쯤 되는 험상궂은 사람들이 말에서 내리고 있었다. 몸에는 짐승의 가죽을 걸치고 각자의 손에는 칼, 창, 쇠몽치 등이 들려 있다.

"어떤 놈들이기에 허락 없이 우리 지역에 들어왔느냐?"

무리 중에 키가 짤따랗고 가슴이 떡 벌어진 자가 앞으로 나서며 버럭 소리를 질렀다. 무리의 두목임에 틀림없다.

남이의 군사들이 허겁지겁 무기를 들고 대치했다. 남이가 썩 앞으로 나가 우뚝 섰다.

"네가 남이로구나. 보아하니 꼭지에 피도 안 마른 애송이로구나. 네가 무술이 뛰어나다는 얘기는 들은 바 있다. 나하고 한 판 겨루는 것이 어떠냐?"

"아무리 배우지 못한 것이라 해도 통성명은 있어야 하지 않는가?"

남이가 천둥 같은 목소리로 일갈했다.

"나는 백두산과 만주 벌판을 누비는 진소근지(陳小斤知)이다. 올량합이나 올적합의 부족과는 관계가 없는 부족의 족장이다."

남이와 진소근지의 결투가 시작되었다. 진소근지는 키의 세 배나 되는 철봉을 휘두르고 있었다. 철봉이 하늘을 나르다가 땅을 가르고 길게 뻗었다가 짧아지며 움직임이 자유자재였다. 남이의 칼이 허공을 그으면 진소근지는 멀리 물러서 있고 다가가면 철봉의 예봉이 가슴을 노린다. 남이는 전진, 후퇴를 거듭하며 '벼락'을 휘둘렀다. 둘의 결투가 50합을 넘어서고 있고 대지에 땅거미가 깔리고 있었다.

얍!

하는 순간 철봉이 진소근지의 손을 떠나 하늘로 솟구쳤고, 몸뚱이는 저만치 나가 떨어졌다. 진소근지와 50명의 부하들이 남이 앞에 무릎을 꿇었다.

"장군을 따르겠나이다."

"나는 조선 사람이요, 너희들은 여진족 아니냐? 조선에 귀화할 생각이더냐?"

"저희 부족은 옛날부터 조선을 받들었고 조선의 피가 섞이지 않은 바가 아니거늘 어찌 조선이 조국이라 아니 하겠습니까?"

남이는 항복을 받고 50명을 조선에 귀화시키기로 약속했다. 양편에서 사냥한 고기로 밤새 잔치가 벌어졌다. 진소근지는 들쭉술을 들고 왔다.

이튿날 아침 60명으로 늘어난 일행은 백두산으로 향했다. 남이의 무사들이 탄 말은 가파른 골짜기에서 미끄러지고 뒹굴고 하여 말을 걸리면서 나무뿌리나 바위를 잡으며 오르고 있었다. 그러나 진소근지의 무리는 멀리 능선과 바위를 타고 산정으로 돌진하고 있었다.

산등성이에 5자 정도의 틈이 벌어져 있는데 그 깊이는 천야만야했다. 말들이 벌벌 떨며 감히 건너지를 못하고 있을 때, 남이와 진소근지의 말은 훌쩍 가볍게 뛰어넘었다. 따르는 자는 대여섯 정도였다. 나머지 사람들은 나무를 베어 다리를 만들어 건넜다.

산 정상에 이르니 사방으로 뾰족뾰족한 바위들이 장승처럼 우뚝 서 있고 가운데에는 흑요석 빛깔의 천지(天池)가 일렁이고 있었다.

남이는 산정에 올라 사방을 둘러보았다. 남쪽을 바라보니 소백산을 비롯한 이름 모를 봉우리들이 백두산의 아들, 손자처럼 줄

줄이 매달려 있고 동쪽으로는 동서를 가로지르는 장백산 줄기가 승천하는 용처럼 꿈틀거리고 있었다. 서북쪽으로는 눈 아래에 만주의 평원이 수만 리 펼쳐져 있고 점점이 이어진 구름 사이로 솜처럼 흰 언덕들이 아스라이 보였다.

남이는 마련해온 제물을 배설하고 제사를 지냈다.

"하늘이시여! 백두산이여! 단군성황이시여! 동명성황이시여!"

남이는 큰소리로 불러봤다. 뒤이어 조선의 무사와 진소근지의 향화인들이 절했다. 어찌 단군성황이 만주족의 조상이 아니더란 말인가?

남이는 우리의 조상들이 백두산 정기를 타고 만주 벌판을 달리는 모습을 상상하며 조상들의 드높은 기상과 포부에 머리를 숙였다. 남이의 가슴에 원대한 웅지가 끓어오르고 있었다. 남이는 북쪽을 바라보며 길게 호흡하고 시 한 수를 읊었다.

장검을 빼어들고 백두산에 올라보니
대명천지에 성진(腥塵)이 잠겼어라
언젠가 남북풍진을 헤쳐 볼까 하노라.*

남이가 나란히 앉은 진소근지에게 물었다.

"장백산맥을 거쳐 백두산에 오를 때까지 그대들 이외에는 여진족을 발견할 수 없으니 그들은 어디에 숨었단 말인가?"

"그들은 백두산 북쪽지역을 거쳐 서쪽으로 이동하여, 압록강 북쪽으로 사라졌습니다. 그들은 근거지를 육진 주변에서 압록강

---

* 남이의 시, 『청구영언』

북쪽 유역으로 옮긴 것 같습니다. 여기서부터는 더 추적해 봐야 소용이 없습니다."

백두산을 내려와 소백산 중턱에 오르니 네댓 명의 산사람들이 마주 올라오고 있었다. 군사 몇이 그들을 남이에게 데려왔다.

"저희들은 백두산 산삼을 찾으러 다니는 심마니인데 백년이 넘는 산삼 두어 뿌리를 캐었기에 야인들을 물리치신 남이 장군께 바치기로 의론되어 들고 왔습니다."

남이는 불현듯 아내와 약속한 말이 생각나 속웃음을 웃었다.

남이가 백두산 등정을 마치고 종성에 도착하니 함길도 도절제사 강순이 축하연을 베풀었다. 종성 병마절도사 김교와 회령 병마절도사 선형, 그리고 함길도 순찰사로 와있는 강효문이 동석했다.

우선 남이가 강순 장군에게 술을 넘치도록 따랐다. 남이의 술을 받고 되돌리면서 강순이 남이에게 축하의 말을 던졌다.

"고금을 통하여 말을 탄 채 60여 명의 군사를 이끌고 한꺼번에 백두산을 오른 일은 남이 장군의 쾌거가 처음일 거외다. 과연 장하도다. 축하주를 받으시오."

선형이 말을 거들었다.

"나도 틈을 내어 백두산을 오를 것이오만 우선 남이 장군이 그 감회를 들려주시지요."

남이가 서슴없이 말했다.

"백두산에 올라 북쪽의 만주 벌판을 바라보며 장차 닥칠지도 모르는 변방 외적의 침입을 염려했습니다. 장차 저들을 복속시켜, 조선을 성상께서 꿈꾸는 동방의 대국으로 만드는 일만을 생각했습니다. 그렇지만 어리고 천학비재인 저로서는 모르는 게 많다는 생각이 들었습니다. 도대체 조선의 영토는 어디까지에 이르며 국경은 어디인지 알 수 없습니다. 여진족이 점거해 사는 저 만주 어디까지 우리 땅인지요? 그리고 여진은 어떤 종족이며 어느 나라 신민인가 하고 생각했습니다."

강순이 고개를 끄덕이더니 선형에게 시선을 돌렸다.

"단군조선으로부터 삼국시대, 그리고 발해와 고려의 역사를 훤히 꿰뚫고 있는 선형 대감께서 말씀을 해 주시지요."

선형이 술 한 잔을 들이키더니 천천히 이야기를 이어나갔다.

약 3,300년 전 국조(國祖) 단군성황은 최초로 나라를 세워 조선반도와 요동 그리고 요하를 넘어 요서까지 아우르는 거대한 영토를 다스렸다.

고구려의 동명성황은 고조선이 다스리는 영토를 대부분 차지했다. 그 영토는, 서로는 만리장성 가까이에 있는 조선하(朝鮮河)까지, 북으로는 흑룡강의 발원지에 이르며, 동으로는 큰 바다를 끼고 있었다.

고구려가 나당연합군에 망했어도 우리의 광대한 영토는 고구려를 계승한 대조영의 발해국이 이어받았다.

그러나 안타깝게도 후삼국을 통일하고 신라를 계승한 고려는 비옥한 농토인 조선반도에 안주하기에 그쳤다. 한때 묘청은 수도를 평양으로 옮겨 고토를 회복할 것을 주창했으나, 김부식 등의 사대주의자들이 묘청을 잡아 죽이는 바람에 영토회복의 꿈은 수면 아래로 가라앉아 버렸다.

더욱 안타까운 것은 명나라가 일어서자마자 철령에서 평양에 이르는 그 북쪽은 전에 원나라의 땅이니 원을 계승한 자국의 영토라고 억지를 부리며 그 지역에 철령위를 세우고 만주를 관할하는 요동도사가 지휘권을 행사하겠다고 나섰다. 고려 우왕 때의 일이다.

이에 분개한 최영이, 그리고 조선 초 정도전이 요동정벌을 주장했으나 그때는 명나라가 남경으로부터 북경으로 거점을 확보하던 승승장구의 기세라 그 둘의 구상은 무모한 것이고, 잘못하면 나라를 잃을 수도 있는 일이라고 볼 수 있었다.

그때 강순이 끼어들었다.

"이 늙은이는 태조께서 조선을 건국하기 2년 전에 태어나 태조, 정종, 태종, 세종, 문종, 단종에 이어 지금의 성상까지 일곱 임금의 성은을 입으며 살아왔지요. 그리고 평생 동안 삭풍을 맞으면서, 언 땅을 누비면서 국경을 지켰으니 남이 장군의 궁금증에 대하여 다음 대답은 내가 할 차례인 것 같소."

강순은 긴 수염을 쓰다듬으며 말을 이어나갔다.

고려 예종 3년(1107년), 윤관 장군이 여진족을 물리치고 만주의 공험진(公嶮鎭)에 9성을 쌓아 고려의 영토를 확장했다. 그 이후 고려는 공험진 이남에서 철령까지에는 동북면을, 평양까지에는 서북면을 설치하고 영토를 관리해 왔다.

그러나 고려 고종 45년(1258년)에 매국노 조휘와 탁청이 철령 이북의 동북면을 들어 원나라에 바치고 원나라에 귀순하고 말았다. 원나라는 동북면에 쌍성총관부(雙城摠管府)를 설치하고 그 지역을 자기의 영토로 만들어 지배했다.

설상가상으로 원종 10년(1269년)에는 매국노 최탄이 평양 이북의 서북면을 들어 원나라에 바친 일이 발생했다. 원나라는 거기에 동녕부(東寧府)를 설치했다. 원은 피 한 방울 흘리지 않고 고려 영토의 일부를 얻은 것이다. 이것이 조선을 대대적으로 침공하기 2,30년 전의 일이다. 왕권이 약해지고 나라가 힘이 없으면 후세에도 그런 매국노가 나타날 수 있는 것이다.

공민왕 5년(1356년)에 이자춘 장군은 아들 이성계와 더불어 원나라를 쳐서 동북면을 되찾았다. 그때 조휘의 증손자가 성안에서 내응하여 조상의 치욕을 씻었다. 공민왕 18년(1369년)에는 이성계가 압록강을 건너 옛 고구려 도읍지인 올라산성(졸본성)을 포함하는 서북면을 회복시키기에 이르렀다. 후에 원나라를 붕괴시킨 명나라는 이런 이유로 쌍성총관부와 동녕부가 원나라의 영토였으니 철령 이북은 당연히 자기네 땅이라고 우겨댔지만 조선은 승복하지 않았다.

태종은 박의중을, 다시 김첨을 명나라에 사신으로 보내 조선의 국경을 백두산에서 북쪽 700리 밖에 있는 저 공험진으로 할 것에 대하여 명 황제를 끈질기게 설득했다.

드디어 태종 5년 명 황제는, "공험진 이북은 요동에 부속시키고 공험진 이남에서 철령까지는 그대의 뜻과 같이 귀국에 소속시킨다"라는 결정을 통보해 왔다. 그 내용은 태종실록에 명기되어 있으며 이는 태종의 끈질긴 외교전의 승리였던 것이다.

강순은 선형의 동의를 받으려는 양으로 선형에게 잔을 내밀어

술을 받아들어 단숨에 들이켜고 말을 계속했다.

"세종께서는 명나라 황제가 이미 승인한 조선의 땅을 실질적으로 관리하기 위하여 그 땅에 사는 여진족을 몰아낼 구상을 하고 계셨기에 김종서를 시켜 여진족을 멀리 쫓아내고 두만강을 끼고 육진을 설치했지요. 그러나 혹자들이 말하듯 육진이 조선의 경계선을 의미하는 것은 아니며, 다만 출몰하는 여진족을 격퇴하기 위한 전진기지이며 교두보일 뿐이었지요. 이후 세종 때 압록강 이북에 사군(여연·자성·무창·우예)을 설치하여 하삼도 백성을 이주시켜 왔으나 사군은 명목뿐이어서 농사만 일삼는 우리 백성이 살 수 없는 곳이었고, 그 황량한 벌판을 지키기에는 국력만 낭비할 뿐이었지요. 그래서 성상께서는 실익이 없는 사군을 유지관리하기보다는 후일을 도모하시고자 사군을 폐지하기에 이른 것입니다. 그러니 공험진 이남, 그리고 사군이 어찌 우리의 땅이 아니라 할 수 있겠습니까?"

귀를 쫑긋 세우고 열심히 듣던 남이가 말을 꺼냈다.

"우리의 영토에 사는 여진족은 조선의 백성이 아닙니까? 그들을 회유하여 포용해야 하겠지요. 그들이 조선을 따르지 않는다면 반역이나 다름없으니 모조리 죽이거나 우리 땅에서 쫓아내야지요."

강순이 답답하다는 듯 다시 술잔을 대번에 비우며 말했다.

"여진족은 고조선 그리고 고구려와 발해 당시에 우리의 백성이었지요. 그들의 말과 생활방식과 습속이 우리와 다르다고 해도 그때는 우리 동방대국의 막강한 힘으로 그들을 복속시킬 수 있었으나 지금은 그들이 통일된 체계를 못 갖추고 사분오열되어 있으면서 북변으로 몰려와 조선의 백성을 괴롭히고 있는 실정이지요. 세종 때부터 지금의 성상에 이르기까지 한편으로는 유화정책을 써 그들을 회유하여 벼슬도 주고 집과 식량을 주기도 하고, 다른 한편으로는 그들을 응징하여 왔지만 그것이 완전한 해결책은 못 되고 있지요. 그러나 성상을 둘러싼 문신들은 성상의 원대한 꿈에 아랑곳 않고 호의호식하며 현실에 안주하려 드니 거기에 성상의 고민이 있는 것이지요. 지금까지는 강력한 임금이 위에 있고 우리 무장들이 변방을 지키고 있으니 염려가 없다고 생각되나 장차 문약한 임금이 들어서고 간신들이 주변에 꼬이면 조선의 영토가 남아날 지 걱정이오."

남이는 골똘히 생각에 잠길 뿐 더 이상 말을 아꼈다. 그러나 그의 가슴은 활활 타고 있었다.

10. 향화인

그들이 토론을 끝내자 연회장의 대청마루에 산해진미가 그득한 교자상이 들어오고, 이어서 아리따운 자태의 기생들이 날 듯 들어와 읍하고는 차례로 손님들 곁에 앉았다. 교교한 달빛이 연회장을 비추고 멀리 산 그림자가 춤추듯 창가에 너울거린다.

술이 몇 순배 돌아가자 남자들의 손이 여인들의 치마폭을 들척인다. 약관의 남이는 어르신네들 앞에서 꿔다 놓은 보릿자루처럼 앉아서 술만 홀짝거리고 있을 뿐이다. 이윽고 강순이 생각난 듯 남이에게 술잔을 권한다.

"남이 장군! 자네는 이 자리의 흥을 깰 참인가? 꽃을 본 벌이 꿀을 딸 생각은 아니하고 주위를 맴돌기만 하는가?"

남이가 계면쩍어하면서 대답했다.

"저는 막 허물 벗은 나비에 불과합니다. 벌은 꽃을 향해 급히 날아가지만 나비는 사뿐사뿐 춤추며 꽃 주위를 맴돌지요. 그런데 어린 졸개에 지나지 않는 제게 장군이라 하심은 과분할 따름입니다.”

“이 자리에 장군 아닌 사람이 어디에 있는가? 과연 자네도 장군 소리를 들을 만하지. 한양에서 무지막강의 군사를 훈련시킨 연부역강한 장군 아니던가? 그리고 여진의 잔병들을 멀리 쫓아낸 공도 있지 아니한가?”

“그러나 감히 올려다보기에도 황감한 어르신들 앞에서 어린 제가 감히…”

강효문이 끼어들었다.

“우리 또한 연로하신 도절제사 앞에서는 황구(黃口)에 불과하지. 그러나 강순 장군께서는 주석에서 나이를 묻지 않으시네.”

호색한이라고 소문이 난 강효문은 벌써 옆자리에 앉은 기생을 끼고 노느라 정신을 못 차리고 있었다.

불현듯 남이는 곁에 착 붙어 앉은 여인이 있다는 사실을 의식하고 여인에게 눈길을 돌렸다. 이마가 시원하고 눈썹이 짙으며 코는 오똑하고 도톰한 입술을 가진 이국적인 미인이었다. 여인이 바싹 다가앉으며 먼저 입을 열었다.

“탁문아(卓文兒)라고 합니다. 장군님의 명성을 우레와 같이 듣고는 늘 만나 뵙고 싶었습니다.”

또박또박 말을 하고 있었으나 발음이 어색하다는 느낌이 들었다. 눈치를 챘는지 여인은 묻지도 않았는데 말을 덧붙였다.

“저는 여진족이지만 어릴 때 부모를 따라 조선으로 향화(向化－귀화)했습니다.”

여인은 자연스럽게 남이의 어깨에 몸을 기대고 있었다. 실로 얼마 만에 맡는 여인의 향기인가. 젊은 남이의 가슴이 조용히 요동치고 있었다.

"풍악을 울리지 않고 무엇들 하느냐?"

강순이 찌렁찌렁 울리는 목소리로 흥을 돋았다. 몇 차례 술잔이 더 오가고 호탕한 웃음소리가 대청을 가득 메웠다.

탁문아가 저만치 물러나 가야금을 들고 앉았다. 손가락이 가야금 줄에 나비처럼 날아들자 맑은 소리가 물방울처럼 튀어 오른다.

"둥기당기 둥기당기당, 둥기당기당당…"

남이가 따라주는 술잔에 입술을 적신 탁문아는 다시 12줄 가야금을 튕기며 병창을 한다. 구곡간장을 녹이는 목소리가 연정을 호소하듯 목구멍을 타고 흘러나오고 가야금의 높고 낮은 음과 조화를 이룬다.

백두산 떼구름 지고 두만강상에 실안개 끼니
비가 올지 눈이 올지 바람 불고 된서리 칠지
님이 올지 사랑이 올지 가이만 홀로 짖고 있네
임 그린 상사몽이 귀뚜라미 넋이 되어
추야장 긴긴 밤에 임의 방에 들었다가
날 잊고 깊이 든 잠을 슬피 울어 깨워볼까

남이는 홍조 띤 탁문아의 갸름한 얼굴, 호수처럼 그윽한 눈매, 가야금을 어루만지는 하얀 손을 혼이 나간 사람처럼 바라보고 있었다. 문득 남이의 가슴속에서 알 수 없는 뜨거운 감정이 불끈 솟는다. 탁문아의 노랫가락 속에서 여인의 고독과 동경이 묻어나고 그것이 남이에게 전해져 가슴을 요동치게 한다.

탁문아가 가야금을 저만치 밀어두고 남이의 곁에 다소곳이 앉는다. 남이는 나이도 어릴 뿐만 아니라 한양에 있을 때 임금을 호위하거나 군사훈련을 시키느라 이런 자리는 처음 겪는 일이었다. 더구나 객지에서 풋과일 같은 여인의 체취를 느끼고 살을 맞대니 정신이 몽롱해질 수밖에 없었다. 마치 꿈꾸듯 술잔도 잊은 채 넋을 놓고 앉아 있던 남이가 화답하듯 즉흥시를 한 수 지어 길게 뽑았다.

적토마 살찌게 먹여 두만강에 씻겨 타고
용천검 드는 칼을 선뜻 빼어 둘러메고
장부의 입신양명을 시험할까 하노라.*

탁문아가 일어나 남이의 긴 장단에 맞춰 검무를 추기 시작한다. 비록 칼 대신 부채를 들었으나 춤에 율동이 있고 힘이 있다. 남이가 벌떡 일어나 탁문아와 짝을 이루어 춤을 춘다. 한 쌍의 남녀는 앞으로 나가면 물러서고 좌로 돌면 우로 돈다. 부채를 든 여인의 손이 머리 위로 올라가면 사내의 손은 여인의 가슴 앞으로 뻗어 닿을 듯 손바닥을 뒤집는다. 여인은 허리를 굽혀 다가오는가 싶더니 뒤로 제치고 서로 엉켜 빙빙 돈다. 남이가 자리에 앉자 좌중에 박수소리가 요란하다.

탁문아가 옆에 앉아 남이의 얼굴에 송이송이 맺힌 땀방울을 닦아주고 있을 때 남이는 팔을 뻗어 탁문아의 어깨를 감싸 안았다.

* 남이의 시, 『청구영언』

탁문아의 어깨가 가볍게 떨리고 있었다.

그들의 하는 짓을 눈여겨보던 강순이 한 마디 한다.

"어울리는 한 쌍이구려. 집을 떠나 외지에 머문 지 오래이니 오늘밤 회포를 푸시게나."

"어린 사람이 노장군님 앞에서 무례했던 것 같습니다."

"무슨 말씀인가? 모름지기 대장부는 풍류와 주색을 겸해야 하거늘. 주모는 뭣 하는가? 저 여인을 목욕재계하여 남이 장군의 침소에 대령시켜라."

방 안에 들어선 탁문아는 서슴없이 옷을 벗는다. 손이 닿기만 하면 터져버릴 것 같은 풍만한 가슴이 드러난다. 탁문아는 망설임 없이 남이의 가슴에 안겨든다. 남이의 가슴에 불이 지펴지고 있다. 남이가 탁문아를 으스러지도록 품에 안는다. 방안의 촛불이 밤새 출렁거렸다. 새벽녘에야 탁문아의 팔다리에 칭칭 감겨진 남이의 몸뚱어리가 도끼에 수없이 찍힌 거목처럼 쿵하고 떨어져 나갔다.

남이와 탁문아는 언덕에 올라 사랑을 속삭이고 몸이 뜨거워지면 한적한 나무그늘로 숨어들어 얼싸안고 뒹군다. 그들 남녀에게 초봄의 긴긴 밤이 있었건만 밤을 기다리기에는 낮이 너무 길었다.

두만강 언덕에 들풀이 피고 있었다. 남이가 버들가지를 꺾어 피리를 불면 그것이 신호인 듯 탁문아가 달려왔다. 탁문아는 피리소리에 맞춰 너울너울 춤을 춘다. 그들은 어느덧 얼싸안는다.

여러 날 낮과 밤을 가리지 않고 탁문아를 껴안고 뒹굴던 남이는 강순의 허락을 얻어 이번에는 개마고원, 마천령산맥, 낭림산맥을 두루두루 역탐하고 육진을 모두 돌아보았다. 남이가 여러 날 만에 돌아오자 강순이 임금의 어찰을 내놓았다.

"귀관이 개마고원으로 떠날 즈음 내가 성상께 장계를 올렸네. 귀관이 말을 타고 백두산을 오른 일과 야인 오십 인을 귀화시킨 일에 대해서 말이네."

어찰에는 이렇게 쓰여 있었다.

경은 지식이 육도삼략에 이르고 기운이 만인의 위에 뻗쳤도다. 백두산을 올랐다니 장하고 장하도다. 경의 용맹과 지략은 장차 나라에 큰 힘이 될 것이다. 경은 향화인 50명을 이끌고 한양으로 올라오도록 하라. 향화인들은 무예를 시험하여 그 경중에 따라 내가 귀히 쓸 것이며 후일에 그 가족을 데려다가 한양 근교에 살게 하겠노라.

추서: 경의 아내가 병이 들어 위중하니 한 시도 지체하지 말고 달려오도록 하라.

남이는 한양을 향해 떠날 차비를 하고 있었다. 떠나기 전날 남이와 탁문아는 두만강이 바라보이는 언덕에 올랐다. 바람은 살랑살랑 옷깃을 간질거리고 강물은 잔잔히 흐른다. 남이는 피리를 길게 불었다. 달은 밤하늘에 멈춰 서서 교교한 달빛을 비추고 피리소리에 놀랐는지 벌레소리도 울음을 멈춘 밤이다. 피리소리는 구성지고 아련하게 파도를 일으킨다. 탁문아는 남이의 어깨에 기대고 앉아 피리소리를 따라 꿈속을 헤맨다. 지난 몇 달이 얼마나 행복한 나날이었나 생각하며 탁문아는 추억에 잠겨 들었다.

피리소리가 멎자 탁문아는 남이의 가슴속에 파고들며 속삭였다.

"기생의 하룻밤 풋사랑이라고 남들은 말하지만 저는 장군님으로 인해 사랑을 배웠습니다. 제발 저를 버리지 마옵소서. 장군님이 가는 곳에는 저승이라도 따라가겠나이다. 저를 한양으로 데려가 주십시오."

남이가 탁문아를 힘주어 껴안으며 말했다.

"왕명을 받고 귀임하면서 어찌 여인을 안동할 수가 있겠소? 더욱이 아내가 아프다는데…. 그러나 나는 무장이니 내가 설 땅은 북변밖에 더 있겠소? 가는 듯 돌아오리다."

남이는 남쪽으로 급히 말을 달렸다. 진소근지를 비롯한 향화인 50명이 뒤를 따랐다. 탁문아는 언덕에 올라 남이의 모습이 가뭇없이 사라질 때까지 하염없이 서 있었다.

남이의 머리에는 아픈 아내의 얼굴과 탁문아의 얼굴이 교차되고 있었다. 문득 아내에게 미안한 마음이 들었다. 아프다던 아내를 잊고 열락에 빠졌던 일들이 후회스럽기도 했다. 남이는 100년 묵은 산삼을 품속에 간직하고 있었다.

철령을 넘을 때 막 고개를 넘어서는 파발마와 마주쳤다. 남이는 섬쩍지근한 생각이 들었다. 권남이 남이에게 보내는 파발이었다. 남이의 처 정은이 그새를 못 기다리고 저 세상으로 간 것이다. 세조 7년 7월이니 남이와 혼인한 지 4년, 스무 살의 꽃다운 나이였다.

남편에게 순진무구한 사랑을 쏟던 아내, 병약한 몸이면서도 홀시어머니에게 순종하고 가족과 친지에게 아낌없이 베풀 줄 알던 아내가 외동딸을 남겨두고 남편 품에 안겨보지도 못하고 돌아오지 못할 길을 간 것이다.

남이가 서울에 돌아온 지 한 달 여 뒤, 세조는 임영대군, 영웅대군 등의 종친과 신숙주, 정인지, 한명회 등 재추(宰樞)들을 참석시킨 가운데 후원에서 남이가 이끌어온 향화인들의 무예를 시험해 보기로 했다. 향화인 50명이 후원에 모였다.

북소리가 울리자 향화인 여덟 사람이 패를 나누어 쌍검을 쥐고 마주 서서 춤춘다. 날이 시퍼런 진검이다. 처음에는 느린 속도로 좌에서 우로, 우에서 좌로 휘두르다가 일제히 칼을 상공으로 높이 던지더니 받아 쥔다. 갑자기 손놀림이 급해지더니 칼날이 번쩍거림은 배꽃이 어지러이 나는 것 같다. 이윽고 사람의 형체는 보이지 않고 칼날 부딪히는 소리만 쟁쟁히 들려 주위에 살벌한 기운이 돈다.

다시 두 패로 갈리더니 쏜살같이 달리는 말 등 위에서 봉을 휘두른다. 곧추서서 오른손을 뻗어 봉을 날리고, 다시 안장에 앉은 뒤 두 손으로 안장을 잡고 말 등의 오른쪽과 왼쪽을 번갈아 뛰어넘어 땅에 발이 닿는 듯하더니 한 손으로 안장을 잡고 물구나무를 서서 다른 손으로 상대방을 가격한다. 다시 등자에 왼쪽 발과 오른쪽 발을 걸고 말 배에 숨어들기도 한다. 손을 바꾸어가며 왼쪽 앞을 찌르고, 창을 위 아래로 흔들고 오른편으로 휘둘러댄다.

세조는 그들 모두를 내금위에 소속시키고 특히 재주가 뛰어난 두목격인 진소근지, 이산(李山), 맹불생(孟佛生), 오마수(吾馬守)를 겸사복으로 임명하여 임금을 호위하게 했다. 또한 그들의 가족을 모두 서울로 불러올려 광희문 밖에 집단거주하도록 배려했다.

그날 밤 세조는 통 잠을 이룰 수가 없었다. 첫닭이 홰를 칠 때까지 이리 뒤척, 저리 뒤척거리며 생각을 종잡지 못한다. 잠깐 잠든 사이에 여진족이 광풍을 일으키며 국경을 넘어오는 꿈으로 가위눌리기까지 한다.

세조는 새벽 경회루를 낀 연못을 걸으며 생각에 잠겨 있다. 만주 벌판에 흩어져 수십 개의 부족을 형성하고 있는 여진족에게서 불세출의 지도자가 출현한다면 과연 조선의 운명은 어떻게 될 것인가? 저들의 맹수 같은 용맹과 날고뛰는 저돌성을 우리 조선이 감당할 수 있는가? 현재는 명나라가 저들을 견제하고 있다지만 만약 명의 힘이 약해지면 조선의 운명은 바람 앞의 촛불이 아닌가? 그렇다. 싹부터 잘라내야 한다. 발본색원하는 길밖에 없다. 국력을 길러야 한다. 세조는 몹시 화가 난 사람처럼 소리 질렀다.

"당장 남이를 불러들여라."

남이가 꼭두새벽에 경회루에 허겁지겁 들이닥치자 세조가 말했다.

"짐이 어제 향화인들이 펼친 묘기를 보고 느낀 바가 컸도다. 야인들은 말 잔등에서 나서 말 잔등에서 자란 족속 아니던가? 저들은 일당백의 전투력을 가지고 있고, 우리가 가볍게 보아온 야인들이 우리에게 위협적인 존재가 될 수 있음이야. 그런데 우리는 안이하게 태평가를 부르고 있지를 않는가? 짐의 가슴이 하도 답답하여 경을 부른 것이로다. 오늘은 북변에 다녀온 경의 허심탄회한 의견을 듣고 싶구나."

남이가 입을 열었다.

"고구려와 발해가 만주 벌판을 호령할 때는 기마병만도 수십만에 이르렀으나 고려 때 이후 백성들은 반도에만 안주하여 농사를 짓고 있사옵니다. 고려 이후 우리나라는 기마병의 육성에 신경 쓰지 않고 있었사옵니다. 세종 때 김종서가 여진족을 칠 때나 지난 번 북정 때도 여진의 일천여 기마병에 맞서 일만여 군사를 북진시켰사옵니다. 그 중에 기마병은 이천 명에 불과했사옵니다. 기마병을 키우는 것이 급선무이옵니다. 아울러 무기체계도 바꾸어야 합니다. 우리나라의 칼은 환도라, 한 자 남짓한 길이에 불과한데 보병들이 활과 화살을 메고, 무거운 칼을 더불어 차고 행진하는데 무리가 있어 환도를 소지할 수밖에 없었나이다. 이는 보병 위주의 군사정책에 기인한다고 볼 수 있사옵니다. 장검을 제조하는 기술의 개발이 시급하옵니다. 말을 타고 적과 맞붙어 싸울 때는 말의 머리와 꼬리보다 길게 휘둘러야 함으로 장검과 장창이 필수적이옵니다. "

세조는 남이가 비록 젊고 실전경험이 일천하지만 선견지명을 가지고 있음에 혀를 내둘렀다. 세조가 남이의 말에 토를 달았다.

"그러나 수성도 공격만큼이나 중요하도다. 북쪽의 경계선이 무너지면 수성을 해야 하고 특히 만의 하나 일본의 침입에 대비하기 위해서는 해안의 성루에 화포를 설치하는 것이 중요하도다. 화포의 개발 또한 병행해야 하리라."

날이 밝자 세조는 남이를 대동하고 수강궁 쪽으로 말을 몰았다. 따르는 호위군사는 10여 명에 불과했다.

수강궁은 세종이 상왕 태종이 거처할 별궁으로 지은 곳이다. 아침의 떠오르는 태양을 받아 수강궁의 기왓장이 눈부셨다. 세조는 할아버지 태종을 머릿속에 떠올렸다. 왕권확립을 위하여 무자비하게 주변을 정리한 태종, 그는 신권정치를 꿈꾸던 정도전을 제거했고 민무구, 민무질 등 처남들을 죽였으며 아들 충녕대군을 세우면서도 그 장인을 처단한 사람 아닌가. 왕권은 곧 국권이라고 철저하게 믿은 태종을 세조는 너무나 이해하고 있었다.

세조는 수강궁을 지나 마두산에 올라 사방을 둘러보고 있었다. 남쪽으로는 목멱산이 이마에 다가오고 동쪽으로는 북악산에서 뻗어 내리는 성곽이 낙산을 따라 용의 등껍질처럼 홍인지문까지 꾸불꾸불 이어져 있다. 홍인지문 안쪽으로는 훈련관이 보이고 홍인지문 밖으로는 마장(馬場)이 눈에 들어온다. 마두산에서 한 마장 아래에 건덕방 남이의 집이 보인다.

세조는 바위에 걸터앉아 낙산 위로 떠오르는 태양을 한참이나 바라보고 있었다. 한참 동안 골똘히 생각에 잠기던 세조가 침묵을 깼다.

"여기 마두산 산허리에 사대(射臺)를 만들도록 하라. 현재 후원과 모화관에 각각 사대가 있고 인왕산을 끼고 다섯 기의 사대 그리고 목멱산에 두 기의 사대가 있지만 금위군을 위한 별도의 사대가 있어야 할 것이로다. 또한 여기 마두산 정상에 정자를 짓도록 하라."

남이가 고개를 갸우뚱했다.

"정자는 모름지기 경치를 즐기고 시를 지으며 환담을 나누는 사랑방 역할을 하는 곳이 아니옵니까?"

"무인들의 사랑방을 만들자는 것이야. 산허리에 사대가 있고 두어 마장 앞에 훈련관이 있으며 홍인지문 밖에 넓은 마장이 있음이야. 무인들이 무예를 닦은 후 여기에 모여 기개를 키우고 우국충정

의 불을 지필 필요가 있도다. 또한 변방을 지키던 무장들이 여기에
모여 북변의 형세와 무용담을 털어놓을 공동의 장으로 만들 작정
이로다.”

남이는 그 뒤 마두산 정상에 팔각정을 지어 마두정이라 명명하
였다. 마두정의 남향으로 돌계단이 있고 그 밑에는 넓은 마당에
평석을 깔아 무장들을 수행한 수하의 장병들이 쉬며 환담할 수
있도록 했다. 남이의 집에서 마두정까지 마도(馬道)도 닦아 놓았
다.

세조 8년 가을, 남이를 따라온 향화인들의 가족이 멀고 먼 길을
남부여대하여 와서는 광희문 밖에 모였다. 버티고개 밑에 향화인
을 위한 집들이 지어졌기 때문이다. 한양에 먼저 와있던 사람들
이 가족을 얼싸안고 반가워하고 있었다. 진소근지의 아비 진관음
로, 이산의 아비 이자근오미도 섞여 있었다.

일행 중에 보따리를 안고 홀로 서서 두리번거리는 젊은 여인이
남이의 눈에 띄었다. 가족들의 상면 광경을 물끄러미 바라보던
남이가 낯익은 얼굴에 흠칫 놀란 것이다. 그럴 리가 없는데…, 하
며 남이는 자신의 눈을 의심했다. 탁문아였다.

“네가 어쩐 일이냐? 변방의 수령들이 너를 예까지 보내줄 리 만
무하거늘….”

“강순 도절제사에게 눈물로 사정하여 겨우 허락을 받았나이다.
만약 낭군께서 저를 받아주시지 않으면 저는 그 자리에서 자결하
겠노라며 울고 불며 사정을 했습니다.”

아내를 잃고 가슴이 허전하던 차에 그 한 구석을 메울 여인이

불원천리 찾아왔음에 남이는 탁문아를 첩으로 맞아 별채에 기거
하게 했다.

　탁문아는 시어머니를 정성스럽게 받들었고 이제 막 말을 배우
고 있는 남이의 딸 구을금을 친딸처럼 사랑하여 더불어 소꿉장난
을 하기도 하였다. 남이를 따르는 무장들이 사랑에 모이면 술을
따르고 권주가를 부르기도 하고 특기인 검무를 추기도 하였다.
탁문아의 검무 솜씨가 임금의 귀에 들어가자 임금도 가끔 불러
그녀의 춤을 구경하면서 흔쾌히 웃곤 했다.

　병약했던 아내에게서 받아보지 못했던 시중을 받으며, 그리고
방중사의 희열에 빠져들면서 저 세상으로 간 조강지처에 대한 추
억이 남이에게서 멀어져가고 있었다.

11. 대마도

살고지의 기마훈련장을 돌아보던 세조는 가슴이 비어 있음을 느꼈다. 말의 숫자도 만족스럽지 못했고 훈련하는 모습도 형편없었다. 말 잔등에서 태어나 말 잔등에서 먹고 잔다는 저 만주의 여진족, 그리고 남이가 복속시킨 향화인들에 비하면 하룻강아지에 불과했다. 아, 이런 모습이 이 나라의 한계인가? 지금 압록강 이북에서는 야인들이 심히 설치고 있다는데 우리 조정은 미몽에서 깨어나질 못하고 있지 않은가?

세조 8년 봄, 세조는 남이를 교태전으로 불렀다. 임금은 남이를 은근한 눈빛으로 내려다보고 있었다.

"경은 제주도와 대마도를 다녀오도록 하라. 우선 제주도에서 말 사육현장을 샅샅이 살피도록 하라. 또한 작금에 일본이 전국시대를 맞아 혼란스럽고 일본 본토인들이 대마도로 숨어들어온다는 소문이 자자하니 대마도에 가서 그 정황을 살피고 오도록 하라."

남이가 의아해 하며 물었다.

"대마도를 정벌하러 가라는 분부이옵니까? 군사는 몇 천을 데리고 갑니까?"

"원, 성급하긴. 대마도는 조선땅이로다. 세종 1년에 태상왕께서 이종무를 시켜 대마도를 점령하여 항복을 받았고 세종 때에 이르러 경상도의 한 주로 편입시켰다. 우리 땅을 정벌할 수야 없지 아니한가? 혹 그들이 섬을 들어 일본에 바치거나 일본이 대마도를 점령한다면 우리가 한 달음에 나가 정벌할 일이지만…."

세조는 세종실록 제4권을 펼쳐 남이에게 읽게 했다. 세종 1년 7월 17일에 태종이 대마도주에게 내린 교지였다.

대마도는 경상도의 계림에 예속되어 본래 우리나라 국경에 속해 있다. 이는 각종 문적에 실려 있어 분명히 상고할 수 있다. 다만 땅이 작고 바다 가운데 있어 왕래하기 불편하여 우리 백성들이 거처하지 않았을 뿐이다. 그런데 일본에서 쫓겨나 갈 곳 없는 왜인들이 몰려들어 흉악한 짓을 한 지가 몇 년이 되었다.

우리 태조께서 국가를 개창한 이후 국세를 크게 떨치니 무서워서 굴복하지 않는 자가 없었다. 이때 한 낮은 장수를 명하여 대마도를 치는 것은 태산으로 계란을 누르는 것과 같았다. 그러나 우리 태조께서 덕으로 너희를 감싸주었다.

짐 또한 대통을 이은 후에 선왕의 뜻을 따라 덕을 베풀었으나 근래에 너희들이 은혜를 잊고 의리를 거역하여 멸망을 자초하고 있다.

…너희들이 다 항복한다면 너희를 우리 백성으로 대우할 것이
다. 그것이 싫으면 도내(島內)의 무리들을 모두 거느리고 일본으
로 돌아가도 좋다. 만약 돌아가지도 않고 항복하지도 않으면서 도
둑질할 흉계를 꾸미며 섬에 머물러 있다면 마땅히 병선을 띄워 온
섬을 포위하여 공격할 것이니 너희들은 반드시 망할 것이다. 용감
한 군사 십여만을 뽑아 사방에서 공격하면 너희들은 주머니 속의
노리개와 같은 신세가 될 것이다. 이렇게 되면 어린아이와 부녀자
들까지도 까마귀와 물고기 밥이 될 것이 분명하니 어찌 슬픈 일이
아닌가?

남이는 전라도 문폐사(問弊使)로 파견되는 권중희와 합류했다.
문폐사는 민정을 살피고 지방관리들의 횡포를 조사하는 역할을
담당하는 직책이다. 세조 때에 만든 문폐사 그리고 분대어사는
나중에 암행어사로 개편되었다. 두 사람에게는 제주도와 대마도
를 다녀오는 밀명이 떨어졌다.

그즈음 권중희는 군기주무로 재직하면서 무기개발에 각별히
관심을 보이는 남이의 집에 들락거렸다. 권중희는 문관이면서도
검법 등 무예에도 뛰어났다. 특히 남이가 목숨보다 아끼는 철궁
'천둥'과 장검 '벼락'을 늘 감격 어린 눈으로 쳐다보곤 했다.

조영달은 남이와 더불어 하산한 이후 남이의 집에 머물면서 무
예를 익히고 해마다 무과에 응시했으나 불운한 탓인지 몇 번 고배
를 마시다 지난해에 비로소 무과에 합격하여 남이를 따라 북정에
참여할 수 있었다. 남이, 권중희, 조영달은 친형제처럼 지냈다.

남이가 퇴궐하여 집에 돌아오면 셋이서 술자리를 마련하여 어

울리곤 했는데 남이는 무심에게 술상을 보아오도록 했다. 권중희는 남이와 비슷한 시기에 상처를 했었다.

권중희는 술 실력이 별로 세지도 않으면서 무심에게 술 항아리를 더 내오라며 호들갑을 떨었다. 권중희가 무심을 곁눈질하느라 술잔을 몇 번이나 엎을 뻔했고 무심도 권중희에게 간간히 눈웃음을 보냈다.

"이거 무슨 사단이 나겠구먼. 얼른 두 사람을 짝지어 주어야겠어."

남이의 주선으로 권중희와 이무심은 백년가약을 맺었다. 이미 어린 두 아들을 둔 권중희였지만 무심은 마다하지 않았다.

권중희와 남이가 제주도로 떠날 때 부사로 조영달이 뒤따랐다. 명목이 전라도 문폐사이지 그들은 전라도의 일은 대충 훑어보고 제주도와 대마도로 향하라는 임금의 밀명을 받은 터였다.

제주도에 이른 남이는 십여 곳의 국영목장을 돌며 말 사육현장을 돌아보았다. 한라산을 중심으로 넓은 평원이 끝없이 펼쳐져 있고 목장마다 초원에서 한가로이 풀을 뜯는 말들이 눈에 들어왔다.

하나의 목장에 평균 1,000두의 말이 사육되고 있었다. 제주도 전체에서 공식적으로 한 해에 500두 가량의 말이 전국각지로 보내졌다. 그러나 어느 마감(馬監)이 귀띔하기를 공식적으로 보내는 말 외에 조정의 대신들에게 사사로이 뇌물로 보내는 말의 수가 더 많다는 것이다.

그들은 자신들의 전지에서 말을 사육하면서 곡식 운송용으로 심지어는 식용으로 사용하기도 한다고 한다. 제주도에서 군마로 키운 것이 고관들의 집으로 끌려가서 살찌고 게으른 말로 둔갑하는 것이다. 남이는 끓어오르는 분노를 억제할 수가 없었다.

제주도에서 가장 크다는 수산리 목장에 이르니 한 젊은이가 말을 훈련시키고 있었다. 말을 타고 내리고 달리는 솜씨가 흡사 곡마단원 같았다. 등자에 발을 걸지도 않고 말의 갈기를 잡고 달리는 말에 올라타기도 하고, 달리는 말 위에 서서 말을 몰기도 하고 물구나무서기도 한다. 말 위에서 봉을 잡아 휘두르는 솜씨도 압권이다.

남이는 말에서 내려 인사하는 젊은이에게 다가갔다.

"뛰어난 재주를 가졌구나. 이름이 무엇이냐?"

"소인은 문효량(文孝梁)이라 합니다. 제주도에서 태어나 제주도에서 자랐으나 남들이 저를 호랑이 같다고 하여 효량이라 부릅니다."

"그만한 재주를 변방인 제주도에서 썩히긴 아깝구나. 나를 따르라. 성상께 추천하여 한양에서 기마병을 훈련시키는 직책을 맡겨 주리라."

문효량이 쭈뼛쭈뼛하며 선뜻 대답을 못하고 있다.

"왜? 싫으냐? 제주도에서 재주를 썩히는 것이 더 좋다는 게냐?"

"그런 게 아니옵고…."

"답답하구나. 어서 말을 해 보아라."

"쇤네 동생이 하나 있사온데 문치빈(文致彬)이라 합니다. 그 애는 말을 사육하는 기술이 뛰어나 비루마를 명마로 만드는 재주가 있고 한학에도 조예가 깊습니다. 더욱이 왜말에 능통하니 대마도에 가시는 길에 데려가 통역으로 활용하심은 어떤지요?"

제주도에서 여러 날 묵은 남이, 권중희 그리고 조영달은 문효량과 문치빈을 대동하고 대마도로 가는 배에 올랐다.

대마도는 두 개의 섬으로 이루어져 있는데 제주도 넓이의 4분의 1 정도 되는 섬이다. 해안가를 제외하고 대부분의 땅이 바위와 숲이고 농토가 척박하여 농사를 지을 수가 없었다. 대마도인들이 조선의 육지로 몰려와 노략질하는 이유를 알 것 같았다.

남이는 대마도 태수 종성직(宗成職)을 찾아가 임금의 어찰을 전했다. 그러나 남이는 이상한 육감을 떨칠 수 없었다. 태수를 호위하고 있는 무사들의 날카로운 눈빛이 예사롭지 않은데다 태수의 얼굴에 불안한 기색이 역력했다.

다음날 남이 등이 말을 빌려 타고 섬을 한 바퀴 돌고서 숙소에 이를 때였다. 30여 명의 칼잡이들이 남이 일행을 둘러쌌다. 하나같이 긴 칼을 들고 있었으나 그들의 칼은 남이의 것과는 달리 가늘고 길어 가벼운 듯했다. 길이가 7척이나 되고 칼날은 푸른빛이 감돌 정도로 예리했다. 그들의 무예솜씨 또한 만만치 않음을 직감했다.

남이는 7척의 장검 '벼락'을 들고 그들을 꼬나보고 있었다. 문효량과 문치빈은 봉을 휘두르고 있었고 권중희와 조영달은 환도를 뽑아 맞서고 있었지만 그 길이가 2척도 안되어 애당초 상대가 되지 않았다. 여러 명이 칼솜씨가 익숙하지 않은 권중희에게 달려들면 문효량과 문치빈이 봉을 휘둘러 몰아냈다.

남이의 칼에 여러 명이 나가떨어졌다. 두목인 듯한 놈이 남이와 맞섰다. 다른 놈들은 이미 기진맥진한 모습을 보였으나 두목은 지칠 줄 모르고 악다구니로 덤벼들었다. 이윽고 남이의 칼에 두목의 칼이 두 동강이 나 버렸다. 두목이 남이 앞에 무릎을 꿇자

무리들이 덩달아 무릎을 꿇었다.

"너희들은 누구냐? 우리 성상께서 해마다 곡식을 보내 너희들을 구휼했건만 너희들은 조선에 무슨 원한이 있어 이처럼 달려든 것이냐?"

"저희들은 일본에서 쫓겨 건너온 무리로 태수를 협박하여 대마도를 접수했습니다. 소인은 평무속(平茂續)이라 합니다. 본시 대장장이였고 많은 칼을 만들어 영주에게 바쳐왔는데 제가 모시는 영주가 패주하였고 저는 쫓기고 쫓기다가 부하들과 더불어 여기까지 오게 된 것입니다."

"대마도는 대마도 사람에게 주고 너는 나를 따르라. 마침 조선에 이렇다 할 대장장이가 없으니 조선에 귀화함이 어떠한가? 무리들에게도 물어보아 원하는 자만을 데리고 가자."

남이는 평무속 등 20여 명을 조선에 귀화시켜, 그들을 이끌고 서울로 돌아왔다.

남이와 권중희가 임금 앞에 나가 복명하는 자리에는 신숙주가 배석했다. 신숙주는 세종의 명으로 일본을 다녀온 적이 있어 일본에 대한 관심이 많았던 터였다.

"제주도에서 사육하고 있는 말은 험한 산을 다니고 모진 바람과 가뭄에도 견뎌 체력이 강인하고 적응력이 높사옵니다. 그러나 육지에 실려 온 말은 관리가 소홀하여 비루마가 되고 있음이 안타까울 뿐이옵니다. 제주도 말의 수가 개략 10,000여 두가 되고 연간 500여 두를 조정과 지방의 각 관청으로 보낸다지만 실질적으로는 1,000여 두가 육지로 보내지고 있는 실정이옵니다. 이는 이렇게 보내진 말의 절반 이상이 고관대작들에게 뇌물로 바쳐지는 것이며 더욱 안타까운 일은 그렇게 빼돌려진 군마들이 운송용, 또는 식용으로 둔갑된다는 것이옵니다."

세조가 긴 한숨을 토해냈다.

"관리란 모름지기 국가를 최우선에 두는 것이 충의 기본이거늘 사리사욕을 채운대서야 될 일인가? 영의정(신숙주)은 경차관을 각 고을에 보내 실상을 파악하고 사적인 용도로 쓰이는 말 중 필요 이상의 말을 거두어들이도록 하라. 이번에는 죄를 묻지 않지만 차후 말을 뇌물로 받는 일은 엄벌에 처하겠노라."

신숙주가 대답하여 말했다.

"지당하신 말씀이나 그 말들을 어디에 두며 누가 관리하옵니까?"

세조가 미처 대답하기 전에 남이가 말했다.

"애초에 몽고가 말 수송의 불편함에도 불구하고 제주도에 목장을 만든 것은 호랑이의 피해를 막기 위한 것인 줄 아옵니다. 서해의 영종도와 장봉도 등에 나누어서 키움이 좋을 듯하옵니다."

세조는 영종도와 장봉도에 말 사육장을 만들고 대신들의 전지에서 거두어들인 말들을 보내 키우도록 했다.

아울러 남이는 대마도의 실정을 아뢰었다.

"일본은 바야흐로 성주들이 세력다툼을 하고 있는 전국시대이옵니다. 성주들은 각자 뛰어난 무사들을 곁에 두고 벌이는 살벌한 싸움이 죽이고 죽는 지경에 이르렀사옵니다. 당연한 결과로 언젠가 누군가가 영주들을 통합할 때에는 우리나라를 넘볼 수도 있사옵니다. 패주하는 일본 무사들이 대마도에 속속 들이닥쳐 대마도 태수를 위협하고 있는 실정입니다. 그들의 병기는 주로 칼인데 그 다루는 솜씨가 신출귀몰합니다. 사전에 대비하심이 마땅한 줄로 압니다."

아는 체 하기를 좋아하는 신숙주가 쌍지팡이를 짚고 나섰다.

"신은 세종 25년에 서장관으로 일본 본토까지 다녀온 적이 있사옵니다. 그때 겪어보니 왜인들은 도시 어린아이와 같아서 선물을 받으면 해해거리고 받지 못하면 떼를 쓰는 자들입니다. 그들은 그 체구에 걸맞게 도량이 좁고 생각도 작은 자들입니다. 그리하여 조선은 늘 그들을 회유하여 다독거리기만 하면 되옵니다. 지레 겁을 먹고 방비함은 국력만 낭비할 뿐입니다. 전하께서 일본에 대하여 신경을 곤두세우는 것은 지나치십니다. 남이는 기껏해야 대마도를 방문한 것에 지나지 않으니 일본을 다 안다고는 할 수 없사옵니다."

남이가 대들듯 말했다.

"대감께서는 일본에 가서 어리고 힘없는 임금을 만나 성상의 하사품을 전달하고 이빨 빠진 신하들을 만나 선물을 전했을 뿐이며 정작 막강한 힘을 가진 영주들의 동태를 살피지는 못했지요. 그런 마당에 어찌 왜인들을 작은 자들이라고 치부하고 방심하는 것입니까?"

신숙주가 도끼눈을 뜨고 남이를 노려보고 있었다.

"조선에 대마도를 보고 온 사람은 수십 만이네. 일본을 보지 않은 자가 어찌 일본을 안다고 할 수가 있겠는가?"

신숙주가 직접 보았다는데 할 말이 없지 않은가? 남이는 입을 다물었다.

그러나 세조의 생각은 달랐다.

"주변국들은 힘을 키우고 있는데 우리는 태평연월인 듯 착각하며 격양가를 부르고 있지를 않는가? 장차 힘을 키우지 않는다면 조선은 바람 앞에 촛불이며 국가의 존망이 염려스럽도다. 경은 일본에 대하여 지나치게 낙관하고 있는 것이 아닌가?"

세조의 얼굴에는 불안한 기색이 역력했다.

세조는 문효량을 겸사복으로 임명하고 향화한 여진 무사들과 더불어 새로 마련한 말 수련장에서 기마훈련을 맡도록 하고 문치빈을 사복시에 배치하여 말을 키우게 했다.

또 평무속을 겸사복으로 삼아 훈련도감에서 검법을 가르치게 하고 나아가 건덕방에 대장간을 지어 평무속으로 하여금 창칼을 만들도록 했다.

남이는 마두산의 정자에서 젊은 무장들과 어울려 우국충정을 불태우는 한편 활쏘기에 전념했다. 어린 시절 아버지가 칼을 벼리는 일을 보고 자란 터라 남이는 평무속이 칼을 제조하는 일에 끼어들어 참견을 하거나 조언을 하기도 하며 세월을 보냈다.

또한 살고지에 나가 기마병을 양성하는 데 온 힘을 쏟았다. 문효량과 진소근지 등 향화인들의 희생적인 노력으로 기마병의 기예가 일취월장하고 기마병의 수도 날로 늘어갔다.

이 와중에 남이는 황해도·평안도 도체찰사로 가 있는 한명회로부터 부름을 받았다. 세조 9년 10월 초의 일이다.

12. 민족혼

남이가 평안도로 떠나기에 앞서 하직인사차 임금을 알현하였다. 세자가 먼저 와 있었다.

"경은 병법과 진법을 익혔을 뿐만 아니라 각종 무술이 뛰어나고 용맹스럽지만 자신의 힘만 믿고 자칫 오만하기 쉽도다. 앞으로 겸양지덕을 쌓도록 하여라. 경은 지난번에 함길도에 머물면서 귀중한 체험을 하였도다. 금차에는 평안도 지역을 역탐할 기회를 주고자 하였는데, 한명회가 짐의 마음을 읽고 경을 보내달라고 청해 왔으니 다행이로다. 경은 장차 만주를 평정할 나의 뜻에 가장 부합한 장수로다."

세조는 문득 자세를 고치고는 준엄한 목소리로 말을 이어갔다.

"짐이 세자와 더불어 경을 부른 것은 나라의 기틀을 바로 알게 함이로다. 인간에게 혼백이 있듯이 나라와 민족에게도 혼백이 있느니라. 면면히 이어온 민족의 역사와 전통, 그리고 학문은 혼

(魂), 즉 민족혼 내지 국혼(國魂)에 속하며 영토, 제도, 성곽, 무기 등은 백(魄)에 속한다. 혼이 없는 백은 이미 죽은 것이나 다름없느니라. 말하자면 혼이 없는 나라는 언젠가 망하고 만다는 뜻이다. 짐은 민족혼을 고취시키기 위하여 조선 개국 이래 최초로 단군성조, 기자 그리고 동명성황을 국조로 받드는 일을 감행했도다. 나라의 뿌리를 찾고 백성에게 역사를 가르치기 위하여 『국조보감』, 『동국통감』, 『동국여지승람』, 『삼국절요』, 『역대연표』 등을 편찬했으며 정치제도와 군사제도를 확립하기 위하여 『경국대전』, 『병장설』, 『진법』 등을 간행했도다. 그러나 조선 개국 이래 유교를 무조건 숭상하고 명나라의 눈치를 지나치게 살피다 보니 우리나라의 역사를 중국의 역사에 귀속시키는 학자들이 늘고 있어 이를 개탄하지 아니할 수 없도다. 앞으로 경은 세자와 더불어 민족정기를 바로 세워 조선이 중국과 구별되는 훌륭한 국가라는 사실을 백성의 마음에 심어주어야 하리라. 경이 북변에서 압록강을 넘나들다 보면 우리 조상의 위대한 숨결이 느껴질 것이다. 가거라. 가서 많은 것을 보고 느끼고 오너라.”

남이는 임지로 떠나기에 앞서 장인 권남을 찾았다. 권남이 지병이 심하여 공무를 볼 형편이 못 되자 세조는 권남에게 길창부원군을 봉군하고 집에서 쉬면서 『동국통감』을 감수하도록 하였다.

권남은 불편한 몸을 일으켜 자리에 앉았다. 몸이 깡마르고 얼굴에 핏기가 없었으나 선비다운 고매한 기품을 안광에서 읽을 수 있었다.

“평안도와 만주를 편답하기 전에 반드시 조선의 역사에 대한 시전지식을 가져야 하느니…."

"『삼국유사』와 『제왕운기』를 여러 번 읽었습니다."

"장하도다. 자네에게 민족의 뿌리에 대해서 더 일러둘 것이 있으니 명심하여 듣게."

권남은 옛 문헌을 조목조목 열거하면서 말을 이어갔다.

"국조(國祖)이신 단군은 태백산(백두산) 주변의 사람들 위에 황제로 등극하여 수도를 평양으로 정하셨고 아들 부루 대에 요서의 길림으로 천도하였네. 고구려 그리고 발해는 영토를 북경 부근의 패수(조선하)까지 확장하였고, 고구려는 단군신전을 세워 하늘과 단군에게 제사를 지내왔지. 고구려 유민을 모아 발해를 세운 대조영은 동생 대야발을 시켜 13년에 걸친 연구 끝에 『단기고사(檀奇古史)』를 발해어로 저술케 하였고 고구려와 마찬가지로 단군과 기자(奇子)에게 제사를 지냈네. 여기서 일부 학자들은 기자를 중국에서 귀화한 기자(箕子)라고 주장하는데 이는 중국문헌에 의존하기 때문이며 『단기고사』에 기록된 기자(奇子)는 태양의 아들이란 뜻으로 단군의 자손이거나 신민임이 확실하네. 명나라의 일부 학자들이 발해를 중국의 일부라고 주장하는데 이는 근거가 없는 터무니없는 주장이지. 대조영이 『단기고사』를 발간하게 하고 단군에게 제사를 올린 역사적 기록만 보아도 발해는 우리 조선의 뿌리네. 자네도 알다시피 이승휴는 『제왕운기』에서 여러 역사적 기록과 유적을 고증하면서 이를 천명했으며 고조선, 고구려 그리고 발해는 중국과 어깨를 겨루던 대국이었음을 알 것이네. 흔히 사대주의 학자들이 단군왕검, 또는 동명성왕으로 부르는 것은 우리의 역사를 낮추는 작태라 할 수 있지. 그래서 나는 중국의 황제와 마찬가지로 단군성황 그리고 동명성황이라 부르는 것이네."

남이가 고개를 갸우뚱하며 물었다.

"발해어라고 하셨나요. 발해에 문자가 있었다는 말씀은 금시초
문입니다."

"대야발이 편찬한 『단기고사』는 발해어로 되어 있었는데 후에
발해의 대학자 황조복이 한문으로 번역했지. 발해어는 사실상 고
구려어라고 칭해도 될 걸세. 그러나 대부분의 백성이 문맹이라
발해 문자가 널리 쓰이진 못한 것 같네. 더욱이 발해가 망하는 바
람에 발해 문자는 속절없이 사라진 게지. 세종께서 훈민정음을
창제하실 때 발해어를 많이 참조하셨지."

이윽고 권남은 한 권의 책을 펼쳐보였다.

"이 서책은 나의 할아버지(권근)가 지은 시에 내가 주석을 단
『응제시주(應制詩註)』다. 태조 때 할아버지는 명 태조 앞에 응제시
를 지어 바쳤는데 거기에서 할아버지는 조선의 국조가 단군임을
분명히 밝혔고 고조선의 영토가 요동과 요서를 망라하고 있다고
감히 주장했으며 한사군은 평양 부근이 아닌 요하 인근에 설치되
었다고 밝혔으나 안타깝게도 지금도 한사군이 평양 인근에 설치
되었으며 패수를 청천강이라고 주장하는 몰지각한 학자들이 있
지. 패수는 북경 가까운 조선하를 이르는 것이야."

권남은 남이를 뚫어지게 바라보며 물었다.

"매년 정월 15일에 원구단(圓丘壇)에 제를 올리는 천제의(天祭
儀)의 뜻을 알고 있는가?"

남이가 눈을 초롱초롱 뜨고 대답했다.

"천제의를 받드는 행렬에 참여하고 있지만 자세히는 모릅니다.

소상히 일러 주십시오."

"원구단으로 말할 것 같으면…."

권남은 일장연설을 개진했다.

　부여의 영고, 고구려의 동맹 그리고 고려 초의 원구제와 같이 우리나라에서는 고래로 추수가 끝나면 하늘에 감사하는 제를 지냈었는데 고려 말에는 이 의식이 사라져 버렸다. 조선 초기에는 명나라를 의식하여 원구단을 원단(圓壇)으로 개칭하고 기우제를 지내는 의식으로 변질되고 말았다. 명나라에서 하늘에 제사를 지내는 일은 천자만이 할 수 있는 의식이라 하여 사대주의자들이 지레 겁을 먹고 있었기 때문이었다. 도대체 하늘이 어째서 중국만의 하늘이더냐? 오히려 조선은 모름지기 하늘, 즉 하느님을 받드는 민족이었다.

　세조는 즉위한 이듬해 서교(西郊-지금의 망원동)에 천원지방(天圓地方)이라 하여 지붕을 하늘과 닮은 원형으로, 기반을 땅을 의미하는 사각으로 하여 원구단을 지었다.

　원구단의 제례에서는 저 호천상제(昊天上帝) 즉 하느님에게, 그리고 단군, 기자(奇子), 동명성황에게, 또 태조에게 차례로 제사를 지내는 것을 국가의전으로 삼았다. 고구려, 발해에서는 단군성제, 기자, 동명성황을 국조로 받들어 왔었는데 신라를 계승했다고 할 수 있는 고려는 국조에 대한 의식이 명확하지 않았다.

　세종 때에 단군을 국조로 모시자는 의논이 있었으나 결론을 못 내리고 흐지부지되고 말았었다.

　세조 3년부터 원구제를 국가 최대의 의식으로 치렀다. 매년 정

월 보름에 임금과 만조백관이 제향을 받들기 위하여 광화문을 나
와 원구단으로 나아갈 때의 행렬은 대가노부(大駕鹵簿)라 하여 국
가행사 중에서 가장 큰 행렬을 이루었다.

원구단에서는 먼저 하느님에게 제사하고 다음에 단군성제, 기
자, 동명성황 그리고 태조에게 하였는데 말하자면 세조는 발해
이후 단군을 국조로 모신 최초의 임금인 셈이다. 바로 나라의 뿌
리를 확고히 다지고 민족정기를 바로 세우는 것이 세조의 신념이
고 통치이념이었다.

세조의 마음속에는 조선을 동방의 대국으로 만들려는 의지가
깃들어 있었던 것이다. 아니 그것보다는 국가의 이념과 사상체계
를 담는 큰 그릇을 만들려는 취지였다. 조선의 건국이념이 억불
숭유(抑佛崇儒)라지만 이는 단지 조정대신과 사대부들의 정치이
념이지 백성들의 감정은 아니지 않은가?

백성들의 마음에는 기대고 싶은 신념체계가 더 절실하였던 것
이다. 그것이 정녕 유교는 아니었다. 유교가 단군으로부터 뿌리
내린 선(仙)의 사상과 민간신앙으로 오랫동안 뿌리내린 불교를
대신할 수는 없는 것이다.

양녕대군은 정치구도의 골간을 종친·문신·무신의 삼정(三鼎)
으로 역설했지만 세조는 삼정을 정치제도를 뛰어넘어 유불선을
아우르는 민족정기로 승화시키려고 했다. 세조는 유신들의 입장
을 이해하면서도 수백 권의 경전을 인쇄하고 석보를 간행하는 등
친불적인 태도를 보이기도 하고 민속신앙을 한 군데로 결집하여
하느님과 단군을 받들었던 것이다.

조선을 창건한 태조는 경복궁 서쪽에 사직단을 세워 국토에 제

사를 지내고 풍년제를 거행했고 동쪽에 종묘를 지어 조상들에게 제사를 지내는 의식을 거행했다. 세조는 원구제와 더불어 백성의 신앙 뿌리인 도교 또는 선교를 중시하여 경복궁 바로 동편(삼청동)의 삼청관(三淸館)을 국가가 관리하도록 하기 위하여 소격서(昭格署)라는 관청을 두었다. 삼청관에서는 하늘 즉 하느님에게 제사를 지냈다. 바로 세조는 천지인(天地人)을 아우르는 민족의식을 구현하고자 했던 것이다.

후일담이지만 원구제의 의식은 세조 사후 사대주의 유학자들에 의하여 사라져 버렸고 단군을 국조로 인정하는 대신 엉뚱하게도 기자(箕子)를 국조로 섬기는 일조차 벌어졌다. 중국의 사학자들은 중국에서 넘어온 기자가 단군왕조를 무너뜨리고 나라를 세웠다고 주장하고 있었다.

그 후 정조에 이르러 단군이 국조임을 새삼 확인하였고, 고종이 대한제국을 선포하면서 원구단을 소공동에 재건하였다.

권남은 남이에게 술을 따르면서 물었다.

"얼마 전만 해도 자네와 술잔을 나누었으나 지금은 내가 술을 마실 처지가 못 되네. 이 잔은 내가 자네의 장도를 축하하기 위해서 권하는 술이니 들게나. 그런데 휘하 군사는 몇 명이며 어떤 자들이냐?"

"경군 중 기마병 300명입니다."

"야인들이 대규모로 국경을 넘어온 것도 아닌데 기마병을 300명이나 데리고 간단 말이냐? 허기야 성상의 깊은 뜻이 있을 것이지만…."

"주어진 임무는 도체찰사 한명회의 지시를 받고 양정과 합세하여 야인이 준동하는 것을 사전에 방비하는 일입니다."

권남은 무언가 골똘히 생각하면서 불안한 기색을 보였다.

"한명회는 나와는 관포지교의 사이지만 그의 가슴에는 늘 비수가 숨겨져 있느니라. 자네는 자신을 함부로 드러내지 말고 겸손하며 자중자애하게 처신하도록 하라. 내 말뜻을 알겠느냐?"

"명심하겠습니다."

권남은 남이를 찬찬히 뜯어보고 있었다.

"어서 새장가를 가야 되지 않겠느냐? 구을금의 어미가 저 세상으로 간지도 2년이 넘었거늘…."

"그 일이라면 평안도에 다녀온 후 천천히 생각하겠습니다."

권남은 남이의 말을 듣는 둥 마는 둥 깊은 생각에 잠겨 있었다. 이윽고 권남이 사위에게 말을 꺼냈다.

"가는 길에 평양의 영숭전(永崇殿)에 들러 제향을 지내게. 아니 그에 앞서 문화현의 구월산을 먼저 찾아야 하겠지."

"미욱한 저로서는 알아들을 수가 없습니다. 영숭전은 무엇이고 구월산을 찾으라는 말씀은 무슨 연유인지요?"

"자네가 아직 젊고 더욱이 북변에만 있었으니 알 턱이 없지. 구월산에는 국조이신 환인·환웅·단군을 모시는 삼성당이 있다. 자네의 외조부이신 홍여공 어른이 문화 현감으로 있을 때 삼성당에 제사를 지내는 일을 잊지 않으셨네. 홍여공 어른은 그때 영묘한 기운을 받아 축령산으로 들어가신 것이지. 또한 영숭전은 성상께서 서울 근교에 원구단을 건축하시면서 더불어 건축하신 제전이네. 성상께서 3년 전 황해도와 평안도를 순행하실 때 영숭전

180

에서 하느님과 단군성제, 동명성황, 태조께 제향을 받드셨었네. 알겠는가?"

권남은 물러가는 남이의 손을 꼭 잡고 힘주어 말했다.

"자네는 어린 나이에 세상을 움직이는 패기를 지녔고 장차 국가의 동량이 될 것임을 나는 믿어 의심치 않네. 그러나 모난 돌이 정 맞는다고 자네는 수많은 질시와 모략을 받을 것인즉 고난과 시련에서 무릎을 짚고 일어나야만 거인이 될 수 있네. 자네의 행보가 매양 기호지세(騎虎之勢)일 수는 없을 걸세. 타고 달리는 호랑이에게서 도중에 내릴 수도 있고 떨어질 수도 있을 것임이야."

남이는 그 사이 갈고 닦은 300명의 기마병을 이끌고 평양으로 향했다. 기마병들은 그 전에 차고 다니던 환도 외에 장검을 말안장에 매달고 있었다. 여기 기마병들은 남이가 동교의 마장에서 훈련시킨 일당백의 무사들이었다.

황해도 문화현에 이르러 남이는 새벽같이 구월산(九月山)으로 향했다. 구월산은 단군 조선 때에는 아사달산(阿斯達山)이라고 하였고, 신라 때에 이르러 궐터가 있는 산이라 하여 궐산(闕山)이라고 고쳐 부르다가 〈궐〉자를 느린 소리로 발음하여 구월산(九月山)이라고 하였다고 한다. 어느 시대에 세웠는지 알 수는 없으나 산의 중허리에 삼성당(三聖堂)이 있다. 촌로들의 전하는 바에 의하면 이곳에 단군이 첫 도읍지를 세웠고 또 이곳에서 신선이 되어 승천하였다고 한다. 그래서 그런지 삼성당의 안팎에는 까마귀와 참새들이 결코 깃들지 아니하며, 고라니와 사슴도 들어오지 않는다고 한다.

『삼국유사』에 따르면 환웅은 환인의 아들로 하늘에서 땅을 내려다보면서 인간 세상에 뜻을 두었다고 한다. 환인은 아들의 뜻을 알고 환웅에게 천부인(天符印) 3개를 주어 인간 세상에 내려가 다스리도록 하였다. 천부인은 칼, 방울, 거울이라는 설이 있다.

환웅은 풍백(風伯), 우사(雨師), 운사(雲師)와 3,000의 무리를 거느리고 세상에 내려와 곡식, 수명, 질병, 형벌, 선악 등 인간의 360여 가지 일을 주관하며 세상을 다스렸다고 한다.

환웅이 곰과 결혼하여 단군을 낳았다는 이야기가 신화처럼 전해지고 있다. 이는 하늘을 숭상하는 종족이 맹수를 받드는 종족과 혼인으로 맺어진 동맹관계라고 이해하여야 한다. 말하자면 곰과 결혼하였다는 것은 호랑이를 받드는 부족을 제치고 곰을 받드는 부족과의 동맹관계라 할 수 있다. 환웅의 아들인 단군은 우리 민족 최초의 국가인 조선을 창건하였다.

남이는 제물을 갖추어 환인, 환웅, 단군에게 제사를 지냈다. 제례를 마친 남이는 주위를 물리치고 삼성당 앞에서 가부좌하고 명상에 들어갔다. 낮이 지나고 어둠이 깔렸다. 밤이 이슥해졌다. 벌레소리조차 들리지 않는 적막 속에서 남이는 홀로 앉아 무념무상의 경지에 이르고 있었다.

환한 빛에 남이는 눈을 떴다. 세 명의 신선이 피어오르는 안개 위에 앉아 있다. 남이가 자세히 보니 무굴도사와 외조부 홍여공, 그리고 아버지 남빈이다. 남이는 그들의 두런거리는 말소리에 귀를 기울인다.

"홍여공 선사(仙士)는 어디에 다녀오는 길이오?"

"저는 중국을 거쳐 인도, 그리고 더 멀리까지 공중을 훨훨 날아다녔지요."

"남빈 선사는 어디에…?"

"저는 일본을 지나 멀리 바다 위를 날았으나 바다의 끝이 보이지 않아 중도에서 돌아왔습니다."

"그래서 두 분이 느낀 것은 무엇이오?"

"무굴 선사께서 가르쳐 주신대로 천하의 중심은 중국도, 인도도 아니고 조선임을 알았습니다. 다만 지금은 조선의 겨레가 스스로 몸을 낮추고 있으나 언젠가는 조선의 정신이 세계를 향해 우뚝 설 것입니다. 국조 단군성황이 다른 곳을 제쳐두고 여기에서 나라를 일으킨 큰 뜻이 보입니다."

두 선사가 입을 모아 대답한다.

무굴 선사가 한숨을 쉬며 말한다.

"그러나 이 나라에는 천명(天命)을 모르는 작은 자들이 물고 뜯으며 설치는 세상이 한 동안 계속될 것이니 많은 세월을 기다려야 하리. 하늘이 숨겨둔 천장지비의 인재를 내려 보냈으나 헛일이로다. 안타깝고 슬프도다."

이윽고 안개가 자욱이 몰려와 그들을 덮어 버린다.

남이는 혼몽에서 깨어나 세 선사들의 대화를 곱씹고 있었다. 여기 삼성당에서 무굴도사와 홍여공이 단군의 영기(靈氣)를 받았으리라. 단군이 세운 천하제일의 광대한 나라 조선이, 그리고 민족이 다시 고토를 회복하고 민족의 자존과 국격을 재정립하겠다는 심오한 뜻을 그들은 가졌으리라. 신선의 경지에 이른 현인은 시공을 초월하는 천리안을 가질 수는 있지만 천기(天機)를 좌지우지할 수는 없는 법. 그리하여 그들은 천장지비의 남이를 세상에 내보냈으나 다음은 남이 자신이 하늘의 뜻을 알고 개척해 나가야 하는 것이리라.

남이는 장차 자신이 할 일에 대하여 큰 포부를 가지면서도 앞으로 전개될 세상에 대하여 막연한 두려움을 느끼고 있었다.

남이는 평양으로 가는 도중 우선 영숭전을 찾아 단군, 기자 그리고 동명성황에게 차례로 제사를 지냈다.

남이는 생각했다. 3,300년에 걸쳐, 즉 고조선, 고구려, 발해로 이어오면서 나라와 백성의 뿌리이며 조상인 단군을 받들던 일이 왜 고려에 들어오면서, 그리고 조선 초에 이르기까지 폐기되고 말았는가? 고려는 고구려의 재현을 꿈꾸어 국호를 고려라고 하였으면서도 정작 고구려의 땅과 정신을 이어받지 못했다. 국가 차원에서 단군성황과 동명성황을 이 나라의 뿌리로 내세우지 못한 것은 불교라는 종교의 영향인가, 아니면 신라를 계승했다는 소승적 발상에서인가?

그러나 남이는 구월산에서 보았듯이 민초들은 단군을 조상으로 섬겼고 고구려를 흠모하며 민족의 자긍심을 절대로 버리지 않았다고 굳게 믿고 있었다.

남이가 평양에 이르자 한명회는 눈앞에 도열해 있는 수백 명의 기마병을 내려다보며 경악을 금치 못했다. 내가 서울을 떠난 지 일 년여 만에 우리의 군사가 저리도 막강해졌더란 말인가?

그동안 임금은 중국과 일본의 칼 만드는 기술을 부러워해 왔으며 우리의 제조 기술의 후진성을 늘 개탄해 오지 않았는가? 심지어는 일본도 몇 자루를 들고 귀화한 일본인에게 벼슬을 내리기도 했고 그 칼을 용해하여 우리 기술로 칼을 제조하도록 군기시에 지시하기도 하였지 않은가? 무기의 개발은 지지부진하여 전에는 크게 진전이 없었는데 저 젊은 남이가 단숨에 이루어내지 않았는가? 또한 저 말들과 늠름한 기마병의 기운이 하늘을 찌를 듯하지 않은가?

한명회는 20세가 조금 넘은 젊은 장군 남이의 역발산기개세의 연부역강한 모습에 전율을 느꼈다. 그가 젊은 나이에도 용맹과 지략을 겸비했으니 장성하면 고구려의 연개소문 또는 고려의 최영장군처럼 되어 나라와 임금을 손아귀에 넣고 국정을 좌지우지할지도 모르는 일 아닌가?

한명회는 남이를 불러 앉혔다.

"오는 길에 구월산 삼성당과 영숭전을 들러 제사를 지냈다지? 보아하니 자네 장인 권남의 지시렸다?"

"그러하옵니다. 제가 떠나오기 전 장인어른께서는 나라의 뿌리와 혼에 대하여 역설하셨습니다."

"나 또한 자네에게 좀 더 넓은 세상을 경험하게 하기 위하여 부른 것이지. 앞으로 평안도를 두루 다니면서 백성들의 사는 모습을 살피고 나아가 북변과 만주를 골고루 편답하도록 하라."

"명령에 따르겠나이다."

한명회는 예리한 눈초리로 남이를 쏘아보고 있었다.

"자네가 무예와 병법에 뛰어난 젊은 장군임을 천하가 다 알고 있네. 그러나 권남과 나는 금석맹약을 맺은 형제나 다름없으니 자네를 내 친조카라 생각하고 미리 일러둘 것이 있네. 어린 나이에 불과한 자네가 힘과 명성만 믿고 나랏일에 중뿔나게 나서서는 안 되며 불어오는 바람을 자네 몸으로 막아 방향을 틀 생각은 아예 하지 말게나. 잠시 비켜서면 누군가 막아주는 사람이 있을 게야. 나는 칼을 들지 않고 칼 든 자를 제압하며 국가만년대계를 위해서 임금도 갈아치운 전력이 있네. 자네 장인이 그랬던 것처럼 자네가 나에게 힘이 되어주면 나는 자네를 키워줄 것일세.”

“…?”

이건 어찌 보면 협박이 아닌가? 젊은 놈이 함부로 까불지 말라는 것이고 까불면 국물도 없다는 뜻 아닌가? 한명회가 자신을 꼭 집어 보내달라고 요청한 의도와 이 기회에 자신을 시험해 보겠다는 저 노회한 늙은이에게 남이는 울컥한 마음이 들었다.

남이는 곰곰이 씹어 봤다. 그렇다면 세조가 한명회의 요청에 쾌히 승낙한 뜻은 무엇인가? 항상 주변에 대하여 경계를 늦추지 않는 세조의 의중에는 내 측근에 이런 장수가 커가고 있다는 점을 과시하고자 하는 것이리라.

남이는 말없이 물러나와 한명회의 지시에 따라 평안도 도절제사 양정이 머물고 있는 영변산성으로 향했다. 양정은 산성남문의 만노문루(萬弩門樓)에 올라서서 남이의 기마병들이 비호같이 달려오는 모습을 내려다보고 있었다.

영변산성은 원래 고구려 때 쌓은 성으로 높은 언덕에 지형을 따라 꾸불꾸불 조성되어 있다. 동쪽으로는 약산(藥山)에 이어졌고 북쪽으로는 천야만야한 낭떠러지가 매달려 있으며 남쪽으로는 넓은 들판이 내려다보이는 천혜의 요새이다.

남이와 양정은 군사들을 쉬게 하고 성곽을 따라 말을 달렸다. 그리고 남이는 약산 정상에 자리 잡은 서장대에서 감격어린 눈으로 사방을 둘러보았다.

"과연 철옹성(鐵甕城)이라 부를 만합니다. 고구려인의 기상을 읽을 수 있습니다. 적이 이 성을 치기 위해서는 남쪽으로 접근할 수밖에 없고 남향하는 적을 뒤에서 추격할 수 있다는 장점도 있습니다."

양정과 남이는 누구보다도 의기투합하는 사이가 되었다. 남이의 경군 300명과 양정의 국방군 700명을 합쳐 기마병 1,000명은 의주에서 강계까지 압록강 주변을 돌며 또 만주 벌판을 달리며 시위를 벌였다.

남이가 만난 양정은 남이가 평소에 가지고 있던 선입관을 무너뜨리기에 충분했다. 양정은 힘에 의지하고 힘만 쓰는 사람이 아니었다. 그는 백성들에게 다가가 백성들과 거친 음식을 나누어 먹고 백성의 소리를 들을 줄 아는 사람이었다.

"나는 본래 천민출신이지요. 그런 내가 다행히 성상의 하해 같은 은혜를 입어 벼락출세를 한 것이지요. 그러나 내 마음은 항상 서민 속에 있어요. 나는 민초들과 어울릴 때가 가장 행복하답니다."

양정은 남이에게 그렇게 말했다.

남이 또한 백성들과 스스럼없이 어울렸다. 관혼상제에도 찾아다니며 그들의 애환을 들었다. 남이는 그들, 무지렁이 백성들이 조상을 받들고 웃어른을 존경하며 부모에게 지극정성으로 효도하는 아름다운 모습을 보면서 무언가 알 수 없는 기상과 힘이 조상 대대로부터 자손만대까지 이 땅에 면면히 이어옴을 느꼈다.

영변에 머물고 있던 양정이 강계로 남이의 막사를 찾아왔다.

"남 장군, 수고가 많소. 덕분에 많은 야인들이 겁을 집어먹은 것 같소. 그러나 우리의 힘이 약하면 저들은 반드시 등을 돌릴 것입니다. 그러나 허구한 날 많은 병력을 북변에 배치하는 일도 결코 간단한 일은 아니지요."

남이가 만주 벌판을 종횡무진 달리는 자신의 모습을 그려보며 대답했다.

"성상께서는 북정의 원대한 계획을 가진 듯합니다. 요즘 들어 말을 훈련시키고 기마병을 늘리며 무기와 갑옷 제작에 박차를 가하시는 것은 국경을 방비하겠다는 소극적인 전략보다는 적을 선제공격하겠다는 의도가 있음이 분명합니다."

북방의 사정에 누구보다도 밝은 양정이 고개를 갸우뚱하며 말했다.

"만주 야인들의 인구와 부족의 수가 부지기수이고 그들은 이합집산을 거듭하고 있습니다. 대부분이 유목민인 만주족은 북쪽으로는 흑룡강까지 서쪽으로는 요하까지 넘나들고 있으니 그들을 끝까지 쫓아 발본색원하기가 쉬운 일은 아니지요. 우리가 십만 또는 이십만의 군사로 저들을 친다 해도 말입니다."

남이의 귀가 번쩍 띄었다.

"방금 이합집산이라고 말씀하셨나요? 이합집산을 거듭하다 합종연횡을 할 수 있다는 말씀이군요. 그렇다면 저들이 우리의 큰 적이 될 수 있음이 분명하지만 생각에 따라서는 조선이 합종연횡의 중심이 될 수 있지 않습니까?"

양정은 남이의 원대한 꿈에 혀를 내두르지 않을 수 없었다.

"고구려나 발해처럼 말입니까? 그러나 명나라가 팔짱 끼고 두고 보기만 하겠습니까?"

"엄격히 말해서 지금 만주는 무주공산입니다. 전리품은 나누어 가지는 것이 상책이지요. 성상의 구도가 어디까지인지 생각하기는 어렵지만 자신의 생애에 북벌을 감행하겠다는 것이 성상의 뜻 아닌가 합니다."

양정이 먼 산을 바라보며 혼잣말처럼 되뇌었다.

"조선을 부국강병의 나라로 만들겠다는 성상의 원대한 포부와 강력한 영도력을 모르는 바는 아니지만 한번 돌아선 민심은 도통 돌아오지 않습니다. 나도 성상을 옹위하는 데 앞장섰지만 백성의 마음은 왕위를 빼앗고 조카와 형제를 죽인 성상을 마음속에서 용서하지 않아요. 그 점이 안타까울 뿐입니다. 아무리 일을 열심히 해도 백성이 따르지 않는 임금은 성군일 수 없지요."

"그렇다고 백성을 쫓아다니며 사정할 수는 없는 노릇 아닙니까?"

"세월이 약이겠지요. 아니면 후세에나 성군으로 추앙받는 임금이 되든가…."

한명회가 평양을 떠나 영변을 찾았다. 강계에 있는 남이도 영변으로 오라는 전갈을 받았다.

양정과 남이를 마뜩찮은 눈으로 쳐다보던 한명회가 꼴사납다는 투로 말을 던졌다.

"천하의 두 장군들이 요즘 하는 짓거리를 보니 한심한 생각이 드는구나. 자네들에게 군사를 준 것은 북변의 여러 곳을 시위하면서 우리 군사의 위용을 보이게 함이었네. 그것은 비단 여진족뿐만 아니라 평안도의 우리 백성에게도 위압감을 주기 위함이네.

그런데 자네들이 하는 짓이 무엇인가? 무지렁이 백성들과 어울려 먹고 잠자는 일 이외에 한 일이 무엇인가? 세상 물정 모르는 남이는 그렇다 치고, 양정 자네는 본디 천출이니 다시 천민으로 회귀하고 싶어서인가?"

양정이 눈을 동그랗게 뜨고 한명회를 올려다보았다.

"민심수습이란 백성에게 다가가야 가능한 일 아닙니까?"

"그들에게 자네의 공신전이라도 떼어줄 작정인가? 모름지기 관리는 백성 위에 군림하는 것이니 백성과 뒤섞이면 아니 된다는 사실을 모르는가? 천출인 양정은 모르는 모양인데 근본이 있는 남이는 어찌 생각하는가?"

남이가 서슴지 않고 대답했다.

"백성이 없는 나라가 있을 수 있습니까? 농자천하지대본(農者天下之大本)이란 말이 있습니다."

"큰일 낼 놈들이구나. 백성은 배워서도 아니 되고, 알아서도 아니 되느니라. 백성이 나랏일에 벙어리가 되고 귀머거리가 되어야 세상이 편한 것이다. 알았느냐?"

그러나 양정과 남이는 묵묵부답일 뿐이다. 한명회는 혀를 끌끌 차며 자리에서 일어났다.

한명회는 양정과 남이가 배포가 맞아 돌아가는 일을 훤히 꿰고 있었다. 한명회가 남이를 양정에게 합류시킨 것은 그들을 한 그물에 넣기 위한 고단수인지도 모른다.

세조 10년 3월, 한명회가 남이를 평양으로 불렀다. 남이가 이끄는 기병들을 포함해서다.

"내가 병이 들어 한양으로 귀임하고자 한다. 변방의 일은 이제

안정을 찾았다. 그러하니 자네는 부관 조영달과 더불어 평양에 머물며 민생을 돌보도록 하라. 하삼도에서 이주한 백성들이 도통 마음을 못 잡고 있다. 기마병 300명 전원을 내가 데리고 간다. 이들이 여기에 주둔하고 있으니 국방비 지출이 만만치 않구나.”

“제 휘하의 장병들을 데리고 가시겠다니 저더러 양정 도절제사 밑에서 백의종군하라는 말씀이신가요?”

남이가 황당해 하며 묻자 한명회가 정색을 하며 꾸짖듯 말했다.

“통 말귀를 못 알아듣는군. 자네는 양정의 곁에 있지 말고 평양에 남아 민생을 돌보라는 말이네.”

남이는 망연자실하게 앉아 있었다. 수족이 끊기고 매도 꿩도 다 놓친 마당에 무슨 일을 한단 말인가? 남이의 마음 같으면 1,000명의 기마병으로도 만주의 수백만 야인, 수백 개 부족을 다 쓸어버릴 기개를 가지고 있었건만 지금은 적수공권이요 혈혈단신이다. 그저 부관인 조영달이 옆에 남은 것만도 다행이었다.

13. 여인들

한명회가 떠난 후 남이는 평안도 관찰사를 찾아갔다. 그러나 아침에 가도 저녁에 가도 만날 수가 없었다. 태생이 호색가인 관찰사는 조정에 있을 때도 수시로 기생집에 드나들어 임금으로부터 주의를 듣곤 했는데 외지에서야말로 제 세상이었다. 밤새 주지육림에 빠져 기생들과 놀아나고 기생을 불러들여 잠자리를 하고는 해가 중천에 떠서야 게슴츠레한 눈으로 정사를 보는 둥 마는 둥 하다가 초저녁이면 기생집으로 달려가곤 했다.

기생집으로 찾아들어 어렵사리 만난 관찰사는 남이를 거들떠보지도 않았다.

"도체찰사가 버리고 간 사람을 내가 무슨 수로 주워 담는단 말이오. 나는 그대를 보살피라는 지시를 누구에게도 받은 바 없소이다. 이왕 왔으니 술이나 한 잔 하고 돌아가시오."

남이는 더 사정할 것도 없어 관찰사에게서 발길을 돌렸다. 남이는 울분에 차서 혼자 중얼거렸다.

"이 찢어죽일 관찰사 놈아! 백성들은 야인들에게 곡식과 가축을 빼앗기고 더욱이 농토가 척박하여 조석이 간 데 없는데 관찰사라는 자가 백성의 고혈을 빨면서 술에 찌들고 여색에 묻혀 있으니 한심하구나. 에잇, 더러운 놈!"

거처에 돌아온 남이는 갑자기 자신을 자식처럼 아껴주고 국방의 일과 군사훈련에 대하여 늘 의논하던 임금이 생각났다. 그리고 어머니 생각이 간절했다. 또한 탁문아가 그리웠다.

며칠 밤을 잠 못 이루고 이리저리 뒤척거리던 남이가 이윽고 무릎을 짚고 일어섰다. 갑옷을 벗어 던지고 선비 차림새로 집을 나섰다. 남이는 조영달과 더불어 해안을 따라 황해도로 향했다. 다시 내륙을 통해서 평양에 돌아온 다음 대동강을 거슬러 올라갔다. 그리고 산길을 달려 영변까지 이르렀다. 8월인데도 싸늘한 바람이 얼굴을 때린다.

남이는 세종 때부터 실시해온 북방사민정책을 더듬어본다.

세종은 함길도 북방에 육진을 설치하면서 함길도 남쪽의 거민을 두만강 유역으로 이주시키고 다시 비워진 남쪽 땅은 전라도, 경상도 사람들로 채웠다. 6,000호가 함길도 남쪽에서 북쪽으로, 다시 그만한 수가 전라도, 경상도에서 이주한 민족 대이동이었다.

세종에 이어 세조는 여진족의 토착민화 정책을 추구하여 여진족의 일부를 농경지에 정착시키고 조선인과의 결혼을 장려하기도 하였다. 함길도의 사민정책은 상당히 효과를 거두었다. 해안가에 거주하는 거민들은 농업뿐만 아니라 어업에도 종사하고 있었고 두만강 유역, 특히 간도지방의 땅은 비옥하고 넓어서 생필품의 조달에 어려움을 크게 느끼지 않았고 토착여진과도 분쟁이 줄어들고 있었다.

그러나 평안도, 황해도는 함길도에 비하여 기후가 온화하고 대동강, 청천강, 압록강을 끼고 있어 농토 또한 비옥했음에도 불구하고 하삼도의 주민들은 평안도 등으로의 이주를 꺼렸고 강제로 이주시켰으나 상당한 유민이 발생했다. 그러다보니 토지는 황폐해지고 있었다. 남이는 아무리 생각해도 그 이유를 알 수 없었다.

남이는 영변 판관 이숙기를 찾아갔다. 이숙기는 30대 중반의 나이로 날쌔고 재기가 넘치는 무장이었다. 이숙기와 남이는 임금의 측근에서 임금의 수발을 들기도 하고 훈련관에서 같이 근무한 일이 있어 절친한 사이였다. 나중에 남이와 이숙기는 이시애의 난을 평정할 때 나란히 큰 공을 세우게 된다.

"남 장군, 잘 오셨소. 나 또한 가족을 떠나 적적하던 참이었는데 술 한 잔 하면서 회포나 품시다."

두 사람은 우국충정을 토로하기도 하고 백성들의 삶에 대하여 토론을 하면서 밤새는 줄 몰랐다.

남이가 말했다.

"평안도는 대동강, 청천강, 압록강이 흘러 토지가 비옥한데 어찌하여 버려둔 땅이 많으며 하삼도에서 이주해온 사람들 중 왜 많은 유민(流民)이 발생하는 것입니까?"

"여러 가지 이유가 있지요. 첫째로 여진족의 약탈 때문인데 그들은 야밤을 틈타 민가에 난입하여 곡식과 가축을 훔쳐가고 심지어는 백성들을 잡아다가 노예로 삼기도 한답니다. 우리 군사들이 불철주야 지키고 있지만 밤도둑을 잡기란 쉬운 일이 아닙니다. 둘째로 관의 횡포입니다. 중국과 조선에서 왕래하는 사신들이 근년에 들어 부쩍 늘었고 사신들을 수행하거나 접대하는 행렬이 줄을 잇고 있는 실정인데 그 비용과 인력을 이 고장에서 충당하다 보니 백성들의 허리가 휠 지경이지요.”

남이는 이왕 여기 남아 있으니 신세한탄만 하지 말고 미력이나마 그들을 돕고 실상을 파악하기 위하여 주민들에게 다가가기로 마음먹었다.

남이가 대동강 상류지역인 성천을 지나고 있을 때였다. 부유해 보이고 혈색 좋은 백발의 노인이 느티나무 밑에 앉아 있다가 남이를 불렀다.

“남 장군 아니십니까? 장군의 명성은 널리 듣고 있었습니다. 여기 나무 그늘에서 잠시 쉬었다 가시지요.”

남이가 말에서 내리자 그들은 수인사를 나누었다.

“저는 성천에 사는 이 좌수라 합니다. 본디 전라도 순천에서 종의 자식으로 태어났으나 세종 때 북방사민으로 선발되어 이곳에 정착하게 되었습니다. 여기 산 지 20년이 넘었습니다. 전라도에서는 밭 한 뙈기도 가지지 못하고 산지를 개간하여 겨우 입에 풀칠을 하고 살았으나 아들이 여덟이라 앞으로 살아나갈 일이 아득하여 평안도로 이주하기로 결심했었지요. 입이 많으면 그만큼 식량도 많아야 하지만 반면에 일손이 많다는 것이지요. 아들 일곱이 달려들어 산지를 개간하다 보니 지금은 천민신세를 면했을 뿐만 아니라 재산도 늘어 남부럽지 않게 살지요.”

“하삼도에서 이주해 온 사람들의 대부분이 정착을 못하고 심지

어는 유민이 되어 고향에도 못 가고 떠돌이 생활을 한다고 들었
는데 성공사례를 듣고 싶습니다."

"감히 성공사례라고 말씀드리기는 무엇하지만, 살아온 역정을
심심풀이로 여쭙지요. 처음에 마누라와 고만고만한 자식들을 데
리고 여기 성천에 왔을 때는 저기 보이는 저 논밭이 황무지였습
니다. 우리 부부와 자식들은 십여 리 상류에 보(洑)를 막아서 흘러
가 버리는 물을 차단하고 그 물길을 지면으로 돌렸지요. 그리고
황야에 무성하게 자란 나무와 풀을 뽑고 돌을 옮겨 황폐한 땅을
옥토로 만든 것입니다. 아이들 고생이 많았지요. 손발에 피멍이
들고 초근목피로 배를 채우며 우리는 열심히 일했습니다. 저 앞
에 보이는 넓은 평원이 지금은 누가 뭐래도 내 땅입니다."

"자식들은 어떻게 지내고 있나요? 다 슬하에 데리고 계신지?"

"막내아들만 빼놓고 다 장성하여 장가를 갔지요. 손자들이 스
무 명이 넘습니다. 막내아들은 전장에 나가 있습니다. 양정 장군
휘하에 있지요. 남 장군의 명성을 막내로부터 들었지요. 참 여기
에 와서 첩실을 들여 과년한 딸아이를 보았지요. 금년 열다섯입
니다만…."

남이는 성천에 머물면서 성천군수를 독려하고 주민들을 설득
하여 대동강으로 흘러드는 여러 지류에 보를 쌓기 시작했다. 보
쌓기는 크게 성공을 거두어 경작에 큰 도움을 주었다. 한편으로
황폐한 땅을 개간하는 데 앞장섰다. 남이와 조영달은 한동안 이
좌수의 사랑에 머물며 삽과 괭이를 들고 앞장섰다.

이 좌수는 저녁이면 사랑에 들러 남이와 더불어 술잔을 들었
다. 하인들이 어럿 있는데도 이 좌수는 첩실의 딸 덕이에게 술상

을 들고 오게 했다. 덕이는 얼굴이 홍당무가 되어 들어와서 파르르 떠는 손으로 술상을 올리고는 귓불이 빨개서 뒷걸음질로 나갔다.

"딸아이가 제 주제도 파악하지 못하고 장군께 마음을 주는 것 같습니다. 듣자 하니 상처하신 지 오래되었고 객지에서 적적하실 테니 딸아이를 첩실로 두시면 어떠하신지요? 그 애가 첩의 자식이라 어차피 정실로 가지 못하는 터이니 말입니다."

남이 또한 덕이의 눈길과 마음을 읽고 있었고 기회를 보아 이 좌수에게 넌지시 떠볼 생각을 하고 있었던 터였다.

덕이는 키가 작고 몸집이 아담한 처녀로, 작은 눈매에 은빛이 흐르는 콧등, 앵두빛 입술은 어찌 보면 얌전한 티가 나지만 미소를 지을 때마다 따라 웃는 눈웃음은 남자의 마음을 요동치게 했다.

초례를 치룬 날 밤, 후원 별채에 두 자루의 황촉이 춤을 추고 있었다. 남이는 여인을 살포시 품에 안았다. 자그마한 여인의 몸이 거구인 사내의 두 팔에 폭 싸여 가볍게 밀착되었다. 사내의 힘찬 포옹에 여인의 마음이 달뜨며 어깨가 달싹거렸다. 촛불에 비친 여인의 얼굴은 더욱 아름다웠다. 사내의 입술이 여인의 입술에 포개졌다. 사내의 정염이 입술을 통하여 그리고 혀를 통하여 여인의 목구멍을 달구고 뱃속을 덥혔다. 숨이 넘어갈 듯 뿜어내는 가쁜 숨소리가 가벼운 비명으로 이어져 입술 사이로 새어 나왔다. 여인이 숨을 참으려 하면 할수록 몸은 더욱 달궈져 사내를 껴안고 몸부림쳤다. 엉켜 붙은 포말처럼 남녀의 몸은 한몸이 되어 떨어질 줄 몰랐다. 황촉이 밑동까지 타들어가고 있었다.

동이 트기 전에 집을 나선 남이는 해가 뉘엿뉘엿 서산에 질 때면 여느 농부처럼 삽과 곡괭이를 들고 집으로 돌아오곤 했다. 그리고 저녁식사를 마치면 동리 농부들을 사랑채에 불러 다음날의 일을 진지하게 의논하면서 마을의 공동작업을 펴나갔다.

남이가 세상 일을 잊고 개간에만 몰두하면서 덕이와의 사랑에 흠뻑 빠져 있을 무렵 조정으로부터 즉시 귀임하라는 부름을 받았다.

세조 11년 2월, 남이는 한양으로 돌아왔다. 장인인 권남이 임종을 경각에 두고 있었기 때문이었다.

"내가 일찍이 성상을 모시고 이 나라를 부국강병의 나라로 만드는 뜻을 펴고자 하였으나 6년여 동안 병석을 떠나지 못하여 성상을 전심으로 모시지 못했네. 이제 내 명이 다 되었음을 알고 있네. 장차 자네는 나라를 짊어지고 나갈 사람이니 부디 만 권의 책을 읽어 문무를 겸비한 사람이 되어주게. 그러자면 겸손이 최대의 무기이며 충신과 간신을 가려서 사귀게."

권남은 마지막 숨을 몰아쉬며 꺼져가는 눈빛으로 남이를 바라보고 있었다. 눈가에 이슬이 맺혔다. 권남은 힘들어 하면서도 남이에게 마지막 당부의 말을 남겼다.

"젊어서는 아귀(餓鬼)들이 들끓는 조정에 있지 말고 전장에 나가 있어라. 그리고 중년이 되어 조정으로 돌아오도록 하라. 강한 칼은 쉬 부러진다."

권남이 세상을 뜬 지 한 달도 안 된 어느 날 홍부인이 남이를 불러 앉혔다.

"문아도 며느리이긴 하지만 첩실에 불과하다. 모름지기 사대부
는 정실을 집안에 앉혀야 하느니라."

그러나 남이는 탁문아의 품속에서 이만하면 족하다고 생각하
는 것 같았다. 홍 부인은 미적거리는 남이를 끈질기게 설득했다.

"박 대감 가(家) 등 여러 집에서 중매쟁이가 찾아들고 있다. 너
와 상의 없이 내가 그 집에 혼서를 보냈다. 박 대감은 너와 같은
무장이라 너와 배포가 맞을 터이다. 네 생각은 어떠하냐?"

"어머니께서 후취를 얻으라시면 분부를 따르겠습니다. 신부를
간택하는 일도 어머니 뜻대로 하십시오."

남이는 박 대감의 딸 오미(烏美)를 후처로 맞이했다. 박오미는
눈매가 날카롭고 꼭 다문 입술이 고집스러운 인상을 풍기고 있었
다. 그녀는 태어날 때부터 얼굴이 가무잡잡하여 오미라는 이름을
얻었다.

남이의 후처 오미는 정녕 꿰다 놓은 보릿자루 신세였다. 처음
몇 달 동안은 오미의 방에 들곤 했지만 남이의 마음은 탁문아에
게 가 있고 종내에는 보란듯이 첩실의 방에만 들락거렸다. 시어
머니의 태도 또한 오미에게는 싸늘하기만 했다. 시어머니는 탁문
아와는 오순도순 지내면서도 오미에게는 눈길도 주지 않았다. 왠
지 딸 구을금도 새어머니를 따르지 않았다.

"당신은 집안 여물통의 여물을 깨적거리며 마음은 멀리 콩밭에
가 있구려."

잠자리에서도 오미의 몸은 싸늘하게 식어 있고 남이가 안을라
치면 뿌리쳐 버렸다. 그러나 부부싸움이 잦을 수밖에 없었고 남
이는 자다 말고 자리를 박차고 나가기가 일쑤였다. 남이가 정실

인 오미에게서 개 쫓기듯 나오면 홍 부인은 아들을 자기 방으로 들게 했다. 초라한 꼴을 첩실에게 보여서는 안 되는 일이라고 홍 부인은 생각했다. 오미로써는 아들 역성을 하는 시어머니가 남편보다도 미웠다.

투정하는 며느리에게 홍 부인이 타일렀다.

"떡두꺼비 같은 아들만 낳아 봐라. 나도, 네 남편도 너를 신주 모시듯 할 테니."

오미는 빈정거리는 투로 대꾸했다.

"하늘을 봐야 별을 따고 임을 보아야 아이를 낳지요."

"이것아, 눈을 떠야 하늘도 보고, 별도 보지. 거미도 줄을 쳐야 벌레를 잡고, 머구리도 둠벙을 보고 뛰어드는 법. 그렇게 잠자리에서 앙탈을 부리면 팔팔한 네 신랑도 서리 맞은 구렁이 꼴이 되지 않겠느냐?"

투정하는 며느리에게 홍 부인은 그 말 밖에는 더 대꾸하지 않고 고개를 돌려버렸다.

남이가 오미에게 통사정했다.

"내가 장차 나라에 공을 세워 재상의 반열에 오르면 부인은 장차 정경부인이 돼서 온갖 영화를 누릴 수 있고 이 집의 많은 하인들을 수족같이 부릴 수 있는데 무엇이 부족하여 늘 불만에 쌓여 있는 거요? 어디 시원하게 심중을 털어놔 보세요."

오미는 사나운 눈을 치켜뜨고 남편에게 뾰롱뾰롱 대들었다.

"남편의 사랑을 저 되지도 못한 첩년이 독차지하는데 부귀영화는 뭐 말라죽은 귀신입니까? 저년을 내쫓으세요."

"첩 정은 삼년이요, 본처 정은 백년이라 했소. 첩이란 원래 문서 없는 종이라오. 거기에 괘념치 마세요."

그러나 오미는 막무가내로 남이의 손을 뿌리치며 발악했다.

14. 정족

권남이 세상을 뜨자 세조의 상심은 땅이 꺼질 듯 컸다. 비록 왕과 신하의 관계였지만 두 사람은 목숨 걸고 맺은 문경지우(刎頸之友)였으며 천하를 경륜함에 있어서 뜻을 같이 했던 사이였다. 세조는 수일간 식음을 전폐하고 슬픔에 잠겨 있더니 급기야 병이 나고 말았다.

평소의 지병인 피부병이 재발할 뿐만 아니라 온몸에 신열이 나고 병석에 누워서 헛소리를 자주 하며 온몸이 땀으로 범벅이 되곤 하였다. 세조의 몸은 나날이 수척해지고 몰골은 보기에 초췌했지만 매일 상참을 열어 조정의 대소사를 챙기고 경연에도 빠지지 않고 참석하며, 북변의 일까지 세세하게 챙기는 등 조금도 정사를 게을리 하지 않았다.

세조 12년 5월 한명회와 신숙주가 임금을 찾았다. 한명회가 먼저 말을 꺼냈다.

"신 등이 그윽이 생각하건대 양정을 불러들일 때가 되었나이다. 양정은 함길도, 평안도 도절제사로 거의 12년을 북변에서 보냈사옵니다. 따라서 조선의 군권을 그가 거머쥐었다고 해도 과언이 아니옵니다. 이제 바꿀 때가 된 듯하옵니다."

신숙주가 거들었다.

"신이 함길도 도체찰사로 임명을 받아 북정을 할 때도 양정은 군령을 어긴 적이 있사옵니다. 군령은 왕명이나 다름없습니다. 또한 상당군(한명회)이 평안도 도체찰사로 평양에 있을 때도 여러 핑계를 대며 부름에 응하지 않은 예가 있사옵니다. 통촉하소서."

한명회와 신숙주의 주청에 세조는 신경질적으로 물었다.

"짐은 양정의 충성심을 의심한 적이 없소. 더구나 양정을 대신할 사람도 없소. 그 주청은 안 들은 것으로 하겠소이다."

한명회는 물러서지 않았다.

"양정은 그 지역의 민초들과 더불어 거친 음식을 먹으며 민심을 얻고 있사옵니다. 양정이 조선에 복속시킨 여진족 또한 수만 명에 이르며 그들은 양정에게 빌붙어 의기투합하면서 무엇인가 얻어내고 있습니다. 혹 지금 전하께서 병환 중임을 기화로 양정이 딴 마음을 먹는다면 조정에서는 대처할 방법이 전혀 없습니다."

신숙주가 옛날 일을 떠올리며 세조를 설득하러 나섰다.

"고려 고종 때 조휘는 함길도를 들어 원나라에 바쳤고, 원종 때 최탄은 평안도를 원나라에 바친 예가 있습니다. 이는 조정에서 그자들의 거짓 충성을 믿고 방치하였기 때문에 일어난 국가의 비극이었습니다. 또한 김종서의 당류였던 이징옥(李澄玉)이 국가와 성상을 배반하고 함길도 백성과 여진족을 묶어 감히 대금제국을 세우고 황제라 사칭한 예가 있습니다. 양정의 충성심을 신들도 의심하는 바는 아니지만 그를 변방에 오래 두면 누군가의 꼬드김으로 역심을 품을 수 있다는 것이옵니다. 양정은 태생이 사대부가 아니고 천민 출신이라 무지렁이 백성들과 스스럼없이 지내고 있습니다. 그래서 백성들의 인기를 독차지하고 있는 실정이옵니다. 통촉하소서.”

세조는 묵묵히 앉아 생각에 생각을 거듭하고 있었다.

“경들은 양정을 해임시키는 일이 이다지도 급하다고 생각하는 것인가? 작년에 경들의 주청을 따라 함길도 도절제사 강순을 불러올렸고 그 후임으로 허종을 보냈으나 허종이 부친상을 당하여 지금 서울에 머물고 있는 실정이오. 이렇듯 한꺼번에 북변을 비워둘 수는 없지 않은가?”

그러나 한명회는 고집을 꺾지 않았다.

“연전에 신숙주가 두만강 이북의 야인들을 토벌했고 신이 평안도 도체찰사로 있을 때 방비책을 든든히 해놓았기 때문에 야인들의 준동은 당분간 일어나지 않을 것이옵니다.”

세조는 하나도 아닌 두 사람의 중신이 끝까지 물고 늘어지자 자신의 주장을 꺾고 그들의 말에 따르기로 했다.

“양정의 후임으로는 누가 적당한고?”

“호조참판 김겸광(金謙光)은 평안도 관찰사로 있었으니 그를 평안도 절도사로 삼음이 좋을 듯합니다.”

한명회는 자신의 심복인 김겸광을 적극 추천했다.

“김겸광은 문신이지만 무예에도 뛰어나고 충성심도 있음을 짐도 잘 알고 있소. 그러나 그는 지나치게 주색을 탐하고 있어 변방

에 오래 둘 수가 없소. 경들의 생각대로 양정을 불러올리되 후임
은 무신으로 정해야 할 것이오. 지금 마땅한 사람이 없으니 우선
김겸광으로 정하겠네마는….”

내친 김에 신숙주는 허종의 후임을 이 자리에서 결정해야 한다
고 생각했다.

“함길도 도절제사도 하루 바삐 정하셔야 하옵니다.”

“후임으로는 누가 적임자라고 생각하는가?”

“강효문(姜孝文)은 신이 북정할 때에 부사로 대동하였고 지금
함길도 순찰사로 함길도에 머물고 있으니 강효문을 임명하심이
옳을 듯하옵니다.”

신숙주 또한 자신의 심복을 추천하고 있었다.

“또 문관인가?”

세조는 찜찜해 하면서도 신숙주의 추천을 거절하지 않았다. 그
러면서도 진작 무신을 키우지 못한 사실을 새삼스럽게 자탄하고
있었다.

갑작스럽게 해임통보를 받은 양정은 후임으로 부임하여 온 김
겸광을 보고 다짜고짜 물었다.

“그대가 문관이면서 활줄이나 당겨 봤다고 변방을 지키러 왔는
가? 변방을 지키는 일이 어디 동네 지키는 일인가? 개가 웃을 일
이로다. 그대와 같이 주색을 탐하는 인간이 여기는 왜 왔는가? 누
가 그대를 성상께 천거한 것인가? 한명회인가? 병조판서인 그대
의 형 김국광인가?”

“대감, 말씀이 지나치십니다.”

양정은 화가 풀리지 않은 낯빛으로 또 물었다.

"허종 후임으로 누가 함길도 도절제사로 제수 받았는가?"

"강효문입니다."

"동네 개가 합창하여 웃을 일이로다. 강효문은 신숙주에게 산삼을 선물하다가 말썽을 일으킨 자가 아니던가? 분명히 신숙주가 천거한 것이로구나."

해임되어 서울로 달려가는 중에 양정의 머릿속에서는 만감이 교차되고 있었다.

국경을 지키는 중차대한 자리를 일개 문관에게 맡기며 자신을 급히 불러올리는 이유는 무엇인가? 임금의 환후가 위중하여 판단력을 잃은 틈을 타서 한명회와 신숙주가 인사를 좌지우지하고 있는 것이구나. 그들은 인재를 적소적재에 등용하는 것이 아니라 자기 사람, 자기에게 아첨하는 사람을 쓰고 있지 않은가? 그렇다면 큰 걱정이 아닌가? 아직 나라의 기틀이 잡히지 않았는데 무슨 변고라도 생기면 나라의 장래는 어떻게 되는가? 한명회와 신숙주의 세상이 되는 것이 아닌가? 양정은 갖은 의혹을 품으면서 머리를 절레절레 흔들었다.

세조 12년 6월 8일 양정이 임금을 알현하니, 임금이 사정전에 나아가서 양정을 인견하고 세자와 신숙주, 한명회 등 재추들을 불러서 잔치를 열었다. 양정이 오랫동안 변경에 있었다고 하여 술자리를 베풀어서 그를 위로하는 자리였다.

술자리가 끝나자 세조는 잠시도 쉬지 않고 곧 경연을 개설하도록 지시했다.

종부시첨정 최호원과 관상감첨정 안효례를 불러서 혼원(昆元—

천문)을 논란하게 하니, 둘 다 꿀 먹은 벙어리처럼 앉아 있을 뿐이었다.

"고금 천하에 임금이 묻는데 신하가 대답하지 않는 경우가 있단 말인가?"

세조가 버럭 화를 내며 두 사람을 힐책하고 그들을 하옥시키라고 명하였다.

양정은 세조의 용안을 찬찬히 살폈다. 오랫동안 병을 앓고 난 후라 그런지 얼굴은 늙고 초췌해 보였다. 평정심을 잃고 작은 일에도 화를 내는 세조가 전과 같지 않음을 느꼈다.

양정은 앞으로 나아가 끓어 앉아서 아뢰었다.

"전하께서 이렇듯 작은 일까지 과도하게 챙기시니 옥체를 상할까 심히 염려가 되옵니다."

임금이 양정을 흘깃 쳐다보며 대답했다.

"모름지기 군주는 만기(萬機)를 모두 다스려야 하느니. 어찌 작은 일인들 근심하며 부지런하게 챙기지 않을 수가 있겠는가?"

양정은 매우 애석한 마음이 들어 눈물을 흘리고 있었다. 이윽고 양정은 임금을 똑바로 쳐다보며 차마 못할 말을 꺼냈다.

"전하께서 등극하신 지 어언 12년이 흘렀사옵니다. 그동안 국기를 바로잡고 부국강병과 국리민복에 힘을 쏟으셨습니다. 그러나 지금 올려다 뵈니 전하께서는 불편한 몸을 이끌고 국정에 노심초사하시어 용안이 많이도 상하셨습니다. 바야흐로 강구연월(康衢煙月)의 시대가 내도하고 있으니 모든 근심을 잊으시고 안일하게 여생을 보내심이 마땅할 것이옵니다."

"경은 시방 짐더러 이르기를 사시지서(四時之序)에 따라 뜻을 이

룬 사람은 물러가라, 즉 왕위를 후대에 물려주고 떠나라는 것인
가?"

좌중이 웅성거리기 시작했다. 한명회가 양정에게 달려들어 멱
살을 움켜쥐었다.

"이놈이 변방에서 오랑캐들과 더불어 보내더니 너 또한 오랑캐
가 되었구나. 내 일찍이 너의 버릇없음을 간파하여 불러들이도록
성상께 간하였던 소위가 이제야 드러났구나. 신하된 자가 감히
성상께 퇴위를 권하는 것이 대역죄인 줄 모르느냐?"

"미천한 내가 일찍이 대감의 천거를 받아 성은을 입었고 오로
지 우국충정 하나로 변방을 지켜왔습니다. 지금 대감은 교묘한
술책으로 임금께 아첨하고 밑으로는 실권을 장악하고 있습니다.
대감은 사실상 일인지하 만인지상에 위치하며 세상에서는 조선
이 한명회의 나라라고 비아냥거리고 있습니다. 나의 진언은 성상
께서 태종을 본받아 보령이 유충하신 세자에게 왕위를 물려주시
고 주변을 정리하여 왕권을 강화하자는 것입니다. 태상왕이 되시
어 나무를 보시지 말고 숲을 보시라는 것입니다. 내가 역성혁명
을 하겠다는 것이 아니지 않습니까?"

한명회를 뿌리치며 양정이 다시 말을 하자 이번에는 신숙주가
나서서 꾸짖었다.

"태종대왕께서는 국가의 만년대계를 위하여 스스로 태상왕이
되시겠다고 결심하신 것이다. 모름지기 신하는 왕위를 논할 수
없음을 어리석은 너는 모른단 말이냐?"

임금이 제지하고 나섰다.

"상당군(한명회)과 고령군(신숙주)은 물러서 계시오. 이 문제가

나와 독대한 자리에서 거론되었으면 좋았을 것이지만 이미 경연의 자리에서 나온 말이니 짐이 양정의 뜻을 좀 더 헤아릴 필요가 있소. 양정은 짐이 묻는 말에 솔직하게 대답하라. 짐이 근래 몸이 불편하여 병석에 있었던 것은 사실이니라. 그래서 경은 짐이 짐의 동년배인 한명회나 신숙주보다 일찍 죽는다고 생각하여 후일을 염려한 것인가?”

“인명은 재천이라 했는데 어찌 인간이 천기를 알 수 있습니까? 다만 만의 하나를 가정할 수 있을 따름이옵니다.”

“짐은 경을 포함하여 짐을 보좌하는 공신들이 나를 배반할 것이라는 생각을 추호도 가진 적이 없도다. 설사 짐이 일찍 죽어 어린 세자가 보위를 잇는다고 해도 지금의 훈구대신들이 더욱 심기일전하여 받들 것이라고 생각하고 있을 뿐이로다. 짐은 세자가 영민하여 지금이라도 보위를 이어받으면 짐 이상의 성군이 되리라고 생각해 왔도다. 경은 짐과 생각을 달리하고 있다는 뜻인가?”

“아뢰옵기 황송하오나 저 노회한 훈구대신들이 역성혁명을 일으키지 않는다 해도 차세대 임금을 허수아비로 만들고 권력을 전횡할까 두렵사옵니다.”

“그렇다면 다시 묻겠노라. 경은 함길도 그리고 평안도에서 민초들과 어울려 지내온 바 민심이 짐을 저버렸다고 생각하는가?”

“민심이 전하를 떠난 것이 아니라 무지렁이 같은 백성들도 국가의 장래와 종묘사직을 염려하고 있습니다.”

이윽고 세조가 만조백관을 둘러보며 쩌렁쩌렁한 목소리를 발했다.

“경들은 짐이 양정과 논쟁한 사실을 들었을 것이다. 양정은 오로지 충성심에서 짐이 보위를 물리고 태상왕으로 앉기를 권한 것이다. 짐 또한 왕위에서 물러나 편안한 마음으로 살기를 바란 지 오래였도다. 짐은 이 시각에도 왕위에 연연하지 않는 사람이다. 쇠뿔도 단김에 빼라 했다. 짐이 평소에 가진 생각을 지금 당장 결행하여 왕위를 세자에게 물려주겠노라. 도승지 신면(申㴐)은 즉시 옥새(玉璽)를 대령하라.”

신면은 신숙주의 아들이다. 신면은 섬돌 아래에서 부복하고 울면서 꼼짝도 하지 않았다. 한명회와 신숙주는 어탑(御榻)으로 달려 올라가 용포를 부여잡고 눈물을 흘리며 만류했다.

“전하, 어명을 거두어 주시옵소서.”

세조는 막무가내로 고집을 부렸다.

“짐은 이미 총기가 사라지고 덕이 없어 민심이 나를 떠나버렸도다. 그러나 세자는 강건하고 현명하여 능히 나라를 다스릴 만하다. 양정은 심지가 곧고 정직한 사람이라 짐에게 그 사실을 일깨워주었도다. 사정이 이러한데 짐이 어찌 왕위에 연연하겠는가? 도승지 신면은 듣거라. 짐이 아직은 임금이거늘 너는 왕명을 거역할 셈인가?”

신면은 마지못하여 옥새를 보관하는 상서원으로 가서 옥새를 부여안고 눈물을 흘리고 있었다. 신면이 나타나지 않자 세조가 다시 좌승지 윤필상을 시켜 옥새를 가져오도록 했다.

신면과 윤필상은 옥새를 끌어안고 앉아서 이구동성으로 말을 하였다.

“우리가 비록 죽임을 당한다 해도 임금께 옥새를 바칠 수는 없는 노릇 아닌가? 차라리 왕명을 어긴 죄를 달게 받겠네.”

그들이 돌아오지 않자 임금은 여러 승지들을 보내며 재촉했다.

"태종께서 왕위를 양위할 때도 신하들이 옥새를 바치지 않았지만 태종은 옥새와 관련 없이 양위를 단행하셨도다. 이미 큰 일이 정해졌는데 옥새 따위가 대수던가? 잔꾀 부리지 말고 속히 대령하라."

임금은 귀성군 그리고 사위 정현조(정인지의 아들)를 보냈다. 가는 족족 함흥차사라 마침내는 세자를 상서원으로 보냈다. 세자는 상서원으로 들어가지 않고 상서원 문밖에서 서성거릴 뿐이었다.

양정은 그들이 왕명을 거역하는 것을 보면서 고래고래 소리를 질렀다.

"성상께서 시키시는 일에 모두 거역을 하느냐? 어서 옥쇄를 갖다 바쳐라. 승지들이 말을 안 듣고 종친들이 따르지 않으면 재추들이라도 달려가서 옥쇄를 들고 올 일 아닌가?"

시간은 흘러가고 있었다. 어느덧 삼경이 되었다. 신숙주와 한명회가 슬피 울면서 머리를 조아렸다. 그들은 어떻게든 이 사태를 모면할 구실을 찾고 있었다.

"전하의 원대한 뜻을 받든다 해도 오늘의 성급한 교지는 절차에 하자가 있사옵니다. 후일에 날을 잡아 종묘와 사직에 고함이 앞서야 하옵니다."

그때서야 임금은 마음이 풀려서 말없이 내전으로 들어갔다. 신하들이 다 집으로 돌아간 후 한명회와 신숙주는 사정전 뜰에 남아 양정을 어떻게 할 것인가를 밤새도록 의논했다.

다음날부터 영의정 정창손(鄭昌孫)의 상소문을 시작으로 의정부와 충훈부 그리고 사헌부, 사간원에서 상소문이 답지했다. 양정을 중형에 처하자는 내용이었다.

밤늦게 임금이 정창손, 신숙주, 한명회와 윗동서인 한계미 등을 사정전으로 불렀다.

"대소신료들이 눈물로 말리니 짐은 양위의 뜻을 뒤로 미루겠소. 그렇지만 양정은 우직한 마음에 짐을 걱정하여 한 말에 불과할 뿐이니, 양정을 책하지 않는 것이 좋겠소. 하물며 나라의 공신에게 어찌 차마 죄를 줄 수가 있겠는가?"

정창손이 머리를 조아리면서 다시 아뢰었다.

"양정의 언동은 천지간에 용납할 수 없는 대역죄에 해당합니다. 그런데도 죄 주지 않는다면 나라에 법이 없는 것이나 다름없사옵니다."

정창손 등이 3일에 걸쳐 끈질기게 졸라댔다. 거듭되는 상소에 임금의 마음이 동요하기 시작했다.

"경들의 의론이 정 그렇다면 양정을 원지에 유배시키시오."

임금이 주저하는 낌새를 알아차린 중신들이 벌떼같이 몰려들어 악다구니로 졸라댔다.

이튿날 밤 세조는 밤새 뒤척이며 잠을 이루지 못했다.

이런 때 쾌도난마(快刀亂麻)처럼 명쾌하게 답을 내놓던 양녕대군이 생각났다. 양녕대군은 이미 4년 전에 세상을 떴다. 또 항상 근계(近計)에 앞서 원려(遠慮)의 마음으로 눈앞의 실마리를 풀어 사단을 해결할 줄 아는 권남이 그리웠다. 이때 그들이라면 어떤 답을 내놓을까?

세조는 모친상을 당하여 벼슬을 내버리고 고향에 머물고 있는 홍윤성을 불러 올렸다.

"아무래도 경이 양정을 조용히 만나보아야 하겠네. 전날 양정이 멀리서 오느라 피곤하기도 했고 또 취중이라 망발을 한 것 같으니 경이 양정의 진심을 알아보게. 경과 양정은 동갑내기로 호형호제하는 사이 아닌가?"

홍윤성은 두문불출하고 있는 양정의 집 대문을 두드렸다. 문은 굳게 잠겨 있었다.

"아무도 들이지 말라는 분부가 있었습니다."

청지기가 대문을 빠끔히 열면서 말했다. 홍윤성이 대문을 밀치고 들어갔다.

"천하의 주객 홍윤성이가 목이 컬컬하여 찾아왔는데 문전박대할 생각인가? 어서 술 한 동이 내오게."

두주불사인 홍윤성이 술동이를 단숨에 비우고 입을 열었다.

"자네와 나는 어깨동갑이고 목숨을 걸고 계유정난에 동참한 동지 아닌가? 우리가 둘 다 무장인데 그 후 나는 조정에서 편안한 삶을 살아왔고 반면에 자네는 오랫동안 변방에서 고군분투했지. 그 점에 대하여 늘 미안한 생각을 갖고 있네."

"나는 힘만 있지 일자무식인데 조정에 있으면 뭘 하겠나? 차라리 변방에서 나라를 지키는 것이 내가 나라에 충성하고 성상의 은혜에 보답하는 일이지."

홍윤성은 우선 뜸을 들이고 나서 할 말을 해야겠다고 생각했다.

"내가 고향에서 들으니 자네가 취중에 망언을 했다고 하는데…?"

"망언이라니…? 내가 무식한 사람이라고 해서 똥오줌도 못 가리는 분별없는 사람으로 보이는가?"

양정은 얼굴에 핏대를 세우며 홍윤성을 쏘아보고 있었다.

"그렇다면 성상께 퇴위를 권한 것이 잘한 일이며 법도에 어긋나지 않는다고 생각하는가?"

"그 점은 내가 근래에 줄곧 생각한 것이고 이 일을 건의할 수 있는 사람은 오직 나뿐이라고 자부했네."

"그렇다면 성상의 병환과 수고로움을 고려해서 퇴위를 권한 것인가?"

"답답하군. 내 말 좀 들어보시게나."

양정은 장광설을 늘어놓았다.

"나는 12년 동안 백성들과 고락을 같이 했고 백성들에게 다가가 민초들의 애환을 들을 수 있었네. 말없는 백성들이지만 그들의 가슴속에는 성상의 정통성을 인정하지 않았네. 그들은 조카를 왕위에서 몰아내 죽이고, 죄 없는 동생들까지 제거한 성상에게 정통성을 부여하려 하지 않지. 조정에서 갖가지 방법으로 백성들을 회유해도 그들은 마음속에서 절대 수용하지 않는다는 것이지. 이미 엎질러진 물이어서 도로 주워 담을 수가 없음에도 백성들은 비아냥거릴 뿐이네. 이제 와서 대안이 없다는 것을 백성들도 잘 알지. 죽은 단종에게 후사가 있는 것도 아니니 말일세. 따라서 정통성을 기대한다면 세자가 왕위를 물려받을 때이겠지. 임금이 정통성을 가질 때 나라와 민족이 정체성을 가질 수 있는 것이 아닌가?"

"그러나 성상께서는 백성을 위하여 불철주야 애쓰고 계시지 않은가? 국가의 정체성을 확립하기 위하여 역사서와 법전을 편찬하고 백성들의 의식주를 해결하기 위하여 대신들까지 휘몰아 황무지를 개간하고 목화재배와 양잠을 장려하시며 또한 무기를 개발하고 병력을 키우고 있지 않은가? 그런 임금더러 뒷전에 물러나 쉬시도록 하는 것은 국가대계를 위해서도 좋은 일은 아니지 않는가?"

양정은 얼굴이 벌겋게 변하며 탁자를 내리쳤다.

"자네는 성상의 총기가 전과 같지 않다는 것을 못 느끼는가? 시방 한명회와 신숙주 같은 간신들이 언로를 차단하고 임금 앞에서는 감언이설로 말을 맞추고 관리들에게는 자신들에게 줄서기를 시키고 있음을 모르는가? 따라서 내 생각으로는 성상이 멀리 서서 대신들을 관찰하는 것이 옳다고 보네."

홍윤성도 양정의 말에 공감하고 있었다. 일찍이 정인지와 정창손도 세조가 태상왕으로 물러앉을 것을 은근히 권한 일도 있었다. 그만큼 조정의 일각에서는 세조가 작은 일에도 시시콜콜 관심 쓰는 일로 인하여, 작은 일에 매달려 큰일을 놓치는 것이 아닌가 걱정하는 터였다. 더욱이 세조는 병마에 시달리고 있지 않은가? 그러나 홍윤성은 고개를 절레절레 흔들었다.

"임금이 환후에 있건 총기가 떨어지건, 왕위에 대하여는 임금 자신 외에는 누구도 왈가왈부할 수가 없음을 자네는 왜 모르는가?"

"나는 진심으로 성상을 아끼기에 누구도 말하지 못하는 것을 아뢰었을 뿐이네. 목숨을 걸고 한 직언이란 말일세."

"자네는 대역죄로 몰려 자네뿐만 아니라 삼족을 멸하는 참형을 각오하고 한 말인가? 그러지 말고 지금 당장 한명회에게 가서 고두사죄하게. 나하고 같이 감세."

"방금 자네 입에서 한명회를 거론했네. 말하자면 신료들의 생사여탈권을 한명회가 가지고 있다는 뜻 아닌가? 전날 신숙주는 북벌을 한답시고 함길도에 와서 다년간 북변을 지킨 나를 군령을 어졌다는 이유로 가두고 나중에는 해임시켰네. 한명회는 평안도에 머물며 별로 뚜렷한 공을 세운 바 없이 지내다가 나를 위험 인물로 만들어 해임시켰네. 그들은 국방에는 관심이 없고 무사안일과 일신의 영화를 생각하는 사람들이지. 신숙주는 한명회와 사돈지간이어 그런지 한명회가 노래를 부르면 장단을 맞추고 그걸 고담준론으로 포장하고 있지. 노회한 한명회는 이미 임금을 바꾼 사람이고 만약에 성상의 힘이 기울거나 성상의 유고 시에는 무슨 짓이라도 할 사람이야. 지금 평안도 도절제사와 함길도 도절제사를 재주도 없고 능력도 없는 자신들의 사람으로 채운 것을 보면 알 수 있지 않은가? 나는 한명회의 개가 되느니 차라리 죽음을 택하겠네.”

홍윤성은 양정의 논리에 빠져 들어가고 있는 스스로를 느끼며 이러다가는 자신도 애먼 죄를 뒤집어쓸까봐 전전긍긍하고 있었다.

“답답해서 미치겠군. 술이나 한 동이 더 내오게.”

홍윤성은 술동이를 기울여 바닥까지 비우더니 자리에서 벌떡 일어섰다.

“나는 가네. 아직 모친의 상중이니 고향으로 돌아가겠네.”

양정이 홍윤성의 뒷모습을 보며 말했다.

“나라에 문은 있으되 무는 없네. 장차 문무를 겸비한 남이를 밀어주게. 이 말이 내 유언이라고 생각하게.”

홍윤성은 그 길로 한명회를 찾아갔다.

“양정을 어찌 할 작정이십니까?”

홍윤성은 자리에 앉자마자 다짜고짜 물었다.

“성질도 급하군. 술이나 한 잔 하며 얘기하시게나.”

"술은 양정의 집에서 마셨습니다. 대답해 주세요. 양정을 어찌할 것입니까?"

한명회의 입가에는 냉소가 돌고 있었다.

"자네도 양정과 한 통속인가? 아니면 양정에게 설득 당하고 오는 길인가? 그래서 부화뇌동하는 건가? 그것도 아니면 양정이 살려달라고 빌던가?"

"그렇다면 양정을 죽이겠다는 것입니까?"

"사직의 안녕과 국법을 공고히 하기 위해서는 다른 방도가 없지를 않은가?"

"대감, 양정을 포함해서 우리는 동맹의 결의를 맺었고 목숨을 걸고 성상의 창업을 도운 사람들입니다. 그 정리를 헌신짝처럼 팽개칠 작정이십니까?"

"인정보다 사직이 중요하다는 것을 자네는 모르는가?"

어느새 부릅뜬 두눈이 붉어진 채 묵묵히 앉아 있던 홍윤성은 뜨거운 눈물을 흘리고 있었다.

'아아, 한 세대의 영웅이 가는구나…!'

이윽고 홍윤성은 자리를 박차고 나와 임금을 알현하지도 않고 낙향하였다.

대신들이 매일 같이 졸라대자 임금이 마침내 결심한 듯 중신들을 불러 자신의 소회를 피력했다.

"경들은 짐의 말을 명심하여 들으시오. 임금인 아비가 비록 늙었더라도 중병이 없는데 갑자기 아들에게 왕위를 전위하게 된다면, 장차 왕자들이 앞을 다투어 아비를 왕좌에서 끌어내리려는 단초를 만드는 일이 벌어질 수도 있노라. 짐은 덕이 없으면서 왕위에 있게 된 바 하늘을 두려워하고, 땅을 두려워하고, 귀신을 두려워하고, 백성을 두려워하면서 편안히 거처할 여가가 없었노라. 그럼에도 불구하고 양정의 말처럼 짐이 후선에 물러서 편안한 여생을 보낼 수는 있도다. 그러나 사직이 지극히 무거운데 짐이 어찌 일신의 편안함만을 찾겠는가? 따라서 경들이 주청하는 바를 깊이 생각하고 곱씹어 살펴보니 양정은 대역을 저질렀음이 확연하도다. 그간 양정이 짐을 도와 나라를 안정시켜 이름이 훈록에 오르고 변경을 지킨 지도 몇 해가 되었도다. 짐은 그의 노고를 칭찬하고 존중하여 변방에서 불러 중앙의 요직에 중용하고자 했었도다. 그러나 그는 성품이 본디부터 경망하고 우매하여 짐이 일시적으로 몸이 쇠약한 것을 빌미로 짐을 왕위에서 물러나도록 권유하였도다. 이제 여러 중신들과 종친들이 하나같이 양정에게 죄줄 것을 주청하니 그러한 짐의 생각은 공의가 아니라 사정이었음을 깨달았노라. 그러나 그는 공신의 반열에 올라 있으니 참형은 피하고 멀리 지방에 유배함이 어떻겠는가?"

6월 11일 한명회, 신숙주, 한계미가 밤늦게 임금의 침전으로 찾아왔다. 한명회가 조리 있게 설명해 나갔다.

"양정은 전하뿐 아니라 저와도 혈맹의 동지였습니다. 그러나 그는 전하를 왕위에서 물러나라고 직언을 했사옵니다. 그것도 독대한 자리가 아닌 경연에서의 일입니다. 그를 용서하거나 가벼운 벌을 내리시면 앞으로 이와 같은 망극한 일이 되풀이 되더라도 벌줄 수는 없사옵니다. 그렇다면 앞으로 이 나라에 법도가 없고 왕권이 설 자리가 없사옵니다. 그를 참수하는 것이 마땅한 줄로 아옵니다. 신 또한 전하만큼이나 마음이 아픕니다."

다음날 오후 양정은 오라에 묶인 채 광희문 밖으로 끌려 나갔다.

장맛비가 주룩주룩 내리고 있었다. 세조는 마음이 심란하여 정무를 폐하고 강녕전 마루에 홀로 앉아 술잔을 기울이고 있었다. 취기가 오르자 꾸벅꾸벅 졸고 있었다.

세조가 운길산을 오르고 있다. 안개가 온몸을 휘감는다. 안개는 사방으로 퍼져나간다. 수종사 삼정헌이 높은 누각처럼 구름 위에 떠 있고 거기에 양녕대군과 권남이 신선처럼 앉아 있다. 세조의 몸이 둥둥 떠올라 삼정헌에 이른다. 양녕대군이 노기에 찬 얼굴로 손을 들어 어딘가를 가리킨다. 솥(鼎)이다. 그 순간 솥을 받치고 있던 세 발 중 하나가 뚝 떨어져 나가고 솥이 한쪽으로 기울더니 엎어져 나뒹군다. 귀신의 소리인지 군사들의 함성인지 요란한 소리가 귀를 찢는다.

"안 돼!"

꿈이었다.

세조는 급히 환관을 불렀다.

"너는 즉시 광희문 밖으로 달려가 양정의 참수를 중단시켜라."

환관이 광희문에 이르니 이미 양정의 머리가 땅에 뒹굴고 있었다.

양정이 형장의 이슬로 사라진 후 세조는 가슴이 텅 비어 있음을 절감했다. 다시 지병이 재발하여 세조는 병석에 눕고 말았다. 내가 무슨 짓을 한 것인가? 내 가슴만큼이나 북쪽 변방이 텅 비어 있지 아니한가?

15. 배반의 세월

세조가 우려한 대로 터질 것이 터지고 말았다.

세조 14년 봄부터 함길도에서 임금에게 올리는 장계가 연일 끝없이 답지하여 승정원에 산더미같이 쌓이고 있었다. 대부분이 절도사(도절제사) 강효문을 탄핵하는 내용들이고 장계를 올리는 자들은 지방의 호족이나 토관들이었다.

함길도의 호족과 토관들은 대대로 향리에 살면서 조정으로부터는 만호 또는 참봉 등의 명예직을 얻고 서울에서 부임해 오는 관리들에게 협조하면서 실속을 차리고, 백성들에게는 거들먹거리는 부호들이었다. 그들이 나라에 대한 충성심이 극진한 것은 아니지만 나라에서는 그들을 통하여 북방 야인들에 대한 정보를 얻고 그들을 앞세워 야인들을 회유하기도 하기 때문에 늘 후한 대접을 하였다. 그러나 강효문이 절도사로 부임한 후로는 그들에 대한 대접이 전과 같지 않았다. 그들은 오히려 백성들을 착취하는 앞잡이 노릇을 강요받아야 했다.

함길도 절도사 강효문은 정사를 보아야 하는 관아에다 기생들을 불러놓고 풍악을 울리며 마시고 노는데 여념이 없었다. 연회에는 각 고을의 수령들이 뇌물을 바리바리 싣고 와서 합석하기 마련이었다. 강효문은 자신이 신숙주와 한명회의 신임을 두터이 받는 인물임을 대놓고 자랑했다. 연회에 참석하는 부류 중에는 장사꾼들도 많았다. 연회는 거의 매일 열리는데 열릴 때마다 소를 두 마리 넘게 잡았고 수백 동이의 술을 해치웠다.

강효문은 북변을 지키는 군사들을 풀어 산삼을 캐어오게 하고 호랑이, 표범, 곰 등의 맹수를 잡아오게 하였다. 실적이 적은 군관들에게 매질을 하거나 쫓아내는 한편, 뇌물을 받고 관직을 팔아먹기도 하였다. 호피와 표피 그리고 웅담과 곰발바닥은 한양의 고관대작들에게 뇌물로 바쳤다. 그것도 모자라서 강효문은 장사꾼들에게 만주의 담비 가죽을 사들이거나 상납 받아 한양으로 보냈다. 조정의 웬만한 대신들은 강효문의 뇌물을 받지 않은 자가 없을 정도였다.

군사들의 사기는 땅에 떨어져 있었다. 무기를 들고 나라를 지켜야 할 군사들이 진상품이나 찾으러 다니고 절도사를 수행하는 일에만 전념했으니 그럴 수밖에 없었다. 결국 백성들과 군사들의 원망은 조정으로 비화되고 있었다.

세조는 정인지, 신숙주, 한명회, 구치관 등 재추들을 사정전으로 불렀다. 세조는 노기등등한 목소리로 말했다.

"짐이 지난해에 정신이 혼미하여 대부분의 정사를 경들에게 위임하였도다. 그런데 결과는 어떠한가? 국방의 막중한 책임을 진

절도사라는 자가 변방을 지키는 군사들을 풀어 산삼을 캐게 하고 맹수들을 잡아 가죽을 벗겨 조정의 대신들에게 진상하는가 하면 장사꾼들에게 만주의 담비 가죽을 사들여 대신들에게 뇌물로 보내고 있다. 그것도 모자라 백성들을 착취하고 고혈을 빨아 날마다 기생들을 불러 주지육림에 묻혀 헤어나지 못한다 하니, 백성들은 과도한 부역과 굶주림에 시달리는데 관아에서는 풍악소리가 울려 퍼지고 있도다. 강효문이 본시 뇌물을 좋아함을 알고 경들이 그를 함길도 절도사로 추천했을 때 짐은 찜찜한 생각이 들었었도다. 그러나 경들이 그를 적임자라며 거듭 천거하였고 당시 짐의 심신이 몹시 고달플 때라 깊은 생각 없이 건의를 받아들였음에 과연 지금 우려한 일이 벌어지고 있도다. 조정 대신 중 강효문에게서 담비 가죽을 받지 않은 사람이 얼마나 되랴? 더욱 한심한 일은 이러한 사실을 뻔히 알고 있는 관찰사 오응은 절도사를 응징하는 장계를 올리기는커녕 절도사 강효문과 배가 맞아, 더불어 여색과 주지육림에서 헤어나지 못하고 있는 실정이니 함길도 백성들에게 조정의 영(令)이 서겠는가? 백성들은 지금쯤 짐을 얼마나 원망하겠는가?"

대신들은 말을 잃었다. 강효문의 뇌물을 받고 희희낙락하던 자신들의 몰골이 부끄러울 뿐이다. 더욱이 강효문을 추천했던 신숙주는 얼굴을 들지 못했다.

끓어오르는 화를 삭이느라 한참을 식식거리던 세조의 입에서 불호령이 떨어졌다.

"형조와 의금부에서는 즉시 군사를 보내 함길도 관찰사 오응을 체포하여 끌고 올지어다."

그때 성질 급한 정인지가 조바심을 내며 여쭈었다.

"강효문을 체포하여야 하지 않사옵니까? 누구를 보내실 작정이십니까?"

"그 점에 대하여 짐이 깊이 고심하고 있소. 섣불리 사람을 보내면 강효문이 휘하의 장수들과 더불어 반역을 꾀할 수도 있고 두만강을 건너 만주로 도망칠 수도 있소."

세조는 재추들의 의견을 들어 함길도 관찰사로 신숙주의 아들 신면(申㴐)을 임명했고, 신숙주의 손위처남 윤자운(尹子雲)을 함길도 체찰사로 임명하여 함길도의 민심을 수습하도록 했다. 세조가 윤자운에게 말했다.

"경은 곧바로 강효문에게 달려가지 말고 우선 방황하는 백성들을 안정시키는 일에 힘쓰면서 강효문에게 접근하도록 하라. 그리고 기회를 보아서 강효문을 사로잡아 한양으로 압송하여 오라."

함길도의 호족 출신인 이시애(李施愛)는 관찰사 오응이 체포되어 한양으로 압송되고 있다는 소식을 들었고 뒤이어 강효문이 해임될 것을 예견하고 있었다.

그는 조상 대대로 길주에 살면서 무관직의 벼슬을 두루 거쳤고 회령 절제사를 끝으로 관직에서 물러나 길주의 본가에 머물러 있었다. 그는 북방의 호족들뿐만 아니라 여진족에게도 영향력을 미치는 사람이었다. 이시애는 외사촌 형, 3등 좌익공신 최유(崔濡)를 통해서 조정에도 줄을 대고 있어 한양의 소식 또한 누구보다 먼저 알고 있었다.

5월 초, 이시애는 동생 이시합과 매부 이명효를 사랑방으로 불렀다.

"이 틈에 우리 함길도 사람들이 강효문을 응징해야 한다. 나는 지금 국가의 정세를 꿰뚫어보고 있다. 북방을 지키던 양정이 사형 당했고 노령의 강순이 서울로 돌아가 한직에 머물고 있으며, 허종(許琮)마저 함길도를 떠나지 않았느냐? 강효문의 횡포와 착취가 극에 달해 있으니 민심은 우리 편이다. 더욱이 북방은 비어 있는 것이나 다름없고 매관매직으로 장수가 된 자들은 아첨에만 정신을 빼앗기고 있으니 변방의 군사들은 우리의 거사에 쌍수를 들고 합류할 것이다. 한양은 어떠한가? 정예병이라 해도 기껏해야 경군 3,000명이 도성을 지킬 뿐이다. 때가 농번기라 조정에서 당장 군사를 징집해도 많은 시간을 요한다. 반면에 우리가 거사를 하면 대번에 3만에서 5만의 군사를 일으킬 수 있고 여진의 올량합이 합세할 수 있다. 또한 신숙주가 북정을 단행한 이후 쓸 만한 무기는 모두 함길도에 남겨져 있어 우리 차지가 된다. 강효문과 그 도당들을 처치하고 일거에 도성까지 쇄도해 들어갈 계책이 나에게 있다."

그들은 한밤중 초조한 기색으로 누군가를 기다리고 있었다. 이윽고 밖에 인기척이 나더니 이극지가 장정 한 사람을 데리고 들어왔다. 이극지는 길주 관아에서 군관으로 봉직하고 있지만 이시애의 둘도 없는 심복이었다.

"이 자는 길주목의 정병 최자지(崔自池)입니다. 저와는 목숨을 바꿀 만한 친분을 갖고 있습니다."

최자지는 얼굴이 온통 수염에 덮혀 있는 9척 장신에 장검을 차고 있었다.

"최자지라고 합니다. 저는 나리를 위하여 목숨을 내놓을 각오
가 되어 있습니다. 마침 강효문은 지금 길주에 머물고 있습니다.
오늘밤 놈의 목을 가져오겠습니다."

"네 말이 사실이렸다."

최자지가 자신 있게 말했다.

"강효문은 함흥을 떠나 임지인 경성으로 가기에 앞서 길주에
머물고 있습니다. 오늘밤 길주 목사 설정신이 성대한 연회를 열
어줄 예정입니다. 강효문은 길주의 기생 산비를 무척 좋아하여
이런 저런 핑계로 길주에 자주 들르고 있는 터입니다."

"누구에게서 들었느냐?"

"바로 산비에게서 들었습니다. 산비는 욕정이 넘쳐 가끔 찾는
강효문으로는 만족할 수 없는 여인입니다. 그래서 제가 상대해
주고 있습니다. 기둥서방이라 할 수 있지요. 이미 구워삶아 놓았
습니다."

설정신이 배설한 연회에는 강효문을 비롯하여 강효문의 심복
여럿이 참석하여 모두 기생들을 끼고 앉았다. 강효문 옆에는 당
연히 산비가 바짝 다가앉아 교태를 부리고 있었다. 풍악이 울리
고 기생들의 춤사위가 이어졌다. 모두 몸을 가누기 어려울 정도
로 취해 있었다.

연회가 파하자 강효문은 산비의 부축을 받으며 영빈관으로 들어
갔다. 다른 사람들도 기생들을 하나씩 꿰차고 숙소로 사라졌다.

강효문은 다짜고짜 산비의 배에 올라탔다. 정력에 좋다는 것이
라면 모조리 거두어 먹은 강효문은 지칠 줄 모르고 식식거렸다.
광란의 정사를 끝내고 강효문은 산비의 배 위에서 골아 떨어져

드르렁드르렁 코를 골기 시작했다.

강효문이 깊이 잠든 것을 확인한 산비는 살며시 몸을 일으켜 후원으로 나왔다. 담 밑 그늘 속에서 최자지가 기다리고 있었다. 만일의 사태를 대비하여 수십 명의 장졸들이 담을 넘어와 있었고 담 밖 풀숲에는 이시애 형제와 이명효가 숨어 있었다.

최자지가 속삭이듯 물었다.

"어느 방이냐?"

산비는 눈짓으로 강효문이 자고 있는 방을 가르쳤다.

"너는 쪽문으로 빠져나가거라."

최자지는 장검을 비껴들고 소리없이 장지문을 열었다. 엎어져 자고 있는 강효문의 등을 단번에 칼로 찍었다. 그러나 칠흑 같은 어둠 속이라 칼끝이 약간 빗나가고 말았다.

"게 아무도 없느냐?"

강효문은 사력을 다해 벌거벗은 채로 뛰어나가며 소리쳤다. 그러나 이미 방 밖으로는 이시애의 무리가 둘러싼 채 기다리고 있던 터였다. 최자지가 쫓아나와 장검을 휘두르자 강효문의 머리가 땅바닥에 뒹굴었다.

이시애의 무리들은 관아의 모든 방을 뒤져 기생들을 끼고 널부러져 잠들어 있던 강효문의 측근들을 모조리 베었다. 설정신을 비롯하여 이웃고을의 수령, 판관, 군관들이 참살 당했다. 이시애는 이들을 남문 밖에 효수하였다.

이시애는 그를 따르는 수백 명의 무리를 성 안의 요소요소에 배치하고 목사관에 자리를 잡았다.

"지필묵을 대령하라."

일단 성을 점령하자 준비된 거사의 계획은 순식간에 진행되었다. 우선 이극지를 시켜 임금의 가짜 밀지를 작성하게 하고 미리 마련한 위조 옥새를 찍었다.

강효문이 백성의 재물을 함부로 착취하여 조정의 권문에 뇌물로 줌으로 함길도 백성의 원성이 극에 달했도다. 이에 짐은 이시애에게 밀지를 내리노니 강효문을 잡아 죽여라. 이 일이 성사되면 경에게 절도사직을 맡기노라.

이윽고 이시애는 친필로 임금에게 보내는 장계를 써서 이극지에게 주고 즉시 한양으로 향하게 했다. 이시합은 즉시 육진으로 달렸다. 각 진영에는 이미 하급무장들을 포섭한 상태였다. 이시합은 손쉽게 육진을 접수하고 수령들을 죽이거나 항복을 받는 데 성공했다.

이명효는 군사들을 이끌고 절도사 관아가 있는 경성으로 달렸다. 부절도사 황기곤이 완강히 버티었으나 강효문의 학정에 치를 떨던 성안의 백성들이 대부분 이명효의 편에 섰다. 이명효는 황기곤을 잡아 죽이고 함길도 군사들의 이름이 적힌 발병부(發兵符)를 손에 넣었다. 발병부는 군사동원령을 내리는 신표이다.

이시애는 발병부를 근거로 각 고을 수령들에게 파발마를 띄워 군사동원령을 내렸다. 발병부를 믿고 달려온 군사들, 그리고 호족과 토관들이 길주관아를 메웠다.

이시애가 동헌 뜰에 높이 서서 가짜 임명장을 흔들어 보이며 외쳤다.

"본관은 임금으로부터 함길도 절도사의 직임을 받았으며 임금의 밀명으로 탐관오리 강효문과 그 도당들을 처형했다. 응징은 이것으로 끝나지 않는다. 앞으로 강효문의 잔당과 함길도 백성들의 고혈을 빨던 탐관오리들을 모조리 색출하여 죽일 것이다. 여러분들은 동참하겠는가?"

환호성이 하늘을 진동시켰다.

이극지는 한양에 당도하여 이시애의 외사촌형인 최유의 안내로 임금을 알현했다. 그 자리에는 구치관과 도승지 윤필상이 배석하고 있었다.

…지금이 한창 농사철인데도 불구하고 강효문이 육진의 군사들을 동원하여 길주로 내려왔습니다. 강효문이 제장들에게 말하기를 '그대들이 협력한다면 한양의 여러 대신들도 협조하여 대사를 이룰 수 있다. 또 내가 함길도의 군사들을 끌고 상경할 때 한명회와 신숙주가 한양에서 내응할 것을 약속 받았다.' 고 하였습니다.

강효문은 한명회, 신숙주의 철석같은 약속을 믿고 반역의 마음을 품기에 이르렀습니다. 강효문이 육진의 군사는 물론 길주 이북의 군사들을 더 징발하여 길주에 진을 치고 있었습니다. 이에 신은 비분강개하여 강효문과 그 일당을 잡아 죽였습니다. 신은 길주에 머물면서 충성스러운 동지들과 더불어 강효문의 잔당을 색출하고 있는 바 전하의 하교를 기다립니다.

세조의 얼굴에 핏기가 가시며 온몸이 부르르 떨리기까지 하였다. 세조의 머릿속에 만감이 교차되고 있었다.

신숙주와 한명회가 국가의 간성이라 할 수 있는 강순을 해임하고 양정을 해임시키도록 종용하더니 끝내 양정을 죽음에 이르게 하지 않았는가? 신숙주는 자신의 심복인 강효문을 함길도 절도사로 추천했고 강효문은 많은 뇌물로 조정대신들의 마음을 사로잡았다. 그도 모자라 오응의 후임으로 신숙주의 아들을 함길도 관찰사로 보냈고 신숙주의 처남이 강효문을 응징하러 함길도 체찰사로 간 사실은 무언가 석연치 않은 구석이 있지 않은가?

구치관이 세조의 생각을 눈치 채고 말했다.

"신숙주와 한명회를 의심하시옵니까? 지나친 처사가 아니시온지…?"

"우선 이시애의 보고에 의하면 그들의 반역이 거론되었고 설사 그렇지 않다 해도 백관의 장으로 있으면서 인구(人口)에 회자(膾炙)되고 있다는 사실은 그들의 처신에 문제가 있는 것이니라. 설사 그들이 반역한 것은 아닐지라도 임금을 배반했다는 의혹을 불러일으킨 것은 그들이 자초한 일이로다. 짐이 비록 어리석고 부족하여 일국의 왕으로 위엄을 갖추고 있지 못한 처지에 있다 하더라도, 재상들마저 백성들의 손가락질을 당하고 있으니 이는 짐의 수치로다. 짐이 백성들의 생각을 외면하고 백성들의 소리에 귀를 기울이지 않는 것은 옳은 일이 아니로다. 진위가 밝혀질 때까지 신숙주와 한명회를 잡아가두도록 하라."

구치관이 임금에게 매달렸다.

"전하. 이는 이시애가 모반하여 강효문을 죽이고서는 한 발 더 나아가 조정을 속여 내분을 유도하고 있는 것으로 의심되옵니다. 좀 더 추이를 관망하심이 좋을 듯합니다."

"모든 것이 의혹투성이구나. 우선 이극지를 의금부에 가두어라."

이날 세조는 일단 판단을 유보하고 이 사실을 비밀에 붙이라고 당부하였다.

그런데 다음날 함길도 체찰사로 간 윤자운한테서 장계가 올라왔다.

신이 함흥에 이르러 함길도의 인심을 살펴보니 강효문이 반역을 꾀한 사실이 분명합니다. 이에 이시애가 분연히 일어나 강효문 일당을 죽이고 길주에 머물면서 조정의 조치를 기다리고 있습니다. 제읍의 군관들이 이시애의 지휘를 받아 강효문의 잔당들을 잡아 죽이고 있는 실정이라, 백성들이 우왕좌왕하며 불안과 공포에 떨고 있습니다. 바라옵건대 조정의 종친이나 대신들에게 명하여 전하의 유시를 받들고 와서 제읍군관들의 허물을 용서하여 백성들을 위무하고, 이시애에게는 반역을 토벌한 공로로 상을 내려주십시오.

더욱이 토관들과 호족들에게서 강효문의 비리와 이시애의 의거를 칭송하는 보고가 연이어 들어왔다. 물론 이시애의 사주에 의한 것이다.

그러나 한편으로는 이시애가 반란을 주도했고 육진의 군사들을 이끌고 남침하고 있다는 각 고을 수령들의 급보가 계속해서 날아들었다. 세조는 머릿속이 실타래가 얽혀있듯 도시 종잡을 수가 없었다. 이로 볼 때 강효문의 폭정과 비리는 틀림없는 사실이나 과연 이시애가 의인인가, 역도인가에 대한 판단이 어려웠기 때문이다.

세조는 강순과 허종을 입시하도록 했다. 강순은 연전에 함길도 절제사를 허종에게 넘기고 서울에서 한직인 중추원사로 있으면서 임금에게 자문하는 역할을 하고 있었고 허종은 함길도 절제사로 있던 중 부친상을 당하여 상중에 있었다.

"이는 필시 이시애의 반역이 틀림없습니다. 신들이 겪어본 바에 의하면 이자는 교활한 자입니다. 필시 반간계(反間計)를 써서 조정을 혼란시키면서 조정에서의 대처를 늦추는 계략을 꾸미고 있는 듯합니다."

강순과 허종이 이구동성으로 말하였다.

"짐이 방만하여 북변을 비워두었구나. 함길도, 평안도를 편안하게 지켜주던 양정을 죽인 내가 어리석었구나. 또한 경들도 저간의 사정으로 북변을 떠나 있었으니 방비가 얼마나 허술한가? 이시애가 반역을 했다면 이시애에게 동조할 군민이 기하급수로 번창할 것이 확실하도다."

세조는 이시애를 치기에 앞서 조정을 장악할 필요를 절실히 느꼈다. 혹 있을 수도 있는 내부의 적을 사전에 차단해야 하는 것이다.

세조는 내금위장 임자번을 급히 불러들였다.

"이시애의 장계에는 의심 가는 점이 한두 군데가 아니나 윤자운은 강효문이 반역을 했으며 이시애가 반역도당들을 처치했다고 장계를 올렸다. 이 또한 흘려 넘길 수가 없는 일이다. 짐은 평소에 신숙주와 한명회를 고굉지신(股肱之臣)으로 여겨왔다. 그러나 그들의 이름이 구설수가 되고 있는 마당에 그들을 방치할 수는 없다. 임자번은 즉시 군사를 풀어 신숙주와 그 아들 신찬, 신정, 신준, 신부 등을 체포하여 옥에 가두어라. 한명회는 종기로 인하여 앓아누웠으니 군사 30명으로 감시하여 집에 연금하고 그 아들 한보와 사위 윤반은 잡아다 의금부에 가두어라."

세조는 도승지 윤필상에게 명령을 내렸다.

"날쌘 군사 수백 명을 함흥으로 보내 신면을 잡아오고 윤자운은 체찰사직을 그만두고 상경하도록 조치하라."

신숙주는 닭이 홰를 치고 있을 때까지 한숨도 못자고 몸을 뒤척이고 있었다. 조정에서 무언가 분주하게 돌아가는데 늘 곁에 불러 대소사를 의논하던 임금이 통 부르지를 않는다. 강효문이 반역을 도모했다는 소문이 들려온다. 일전에 강효문이 함길도 백성들을 구박하고 착취하여 뇌물을 대신들에게 진상한 사건으로 임금은 신숙주를 빗대어 불만을 터뜨렸는데 아직 임금의 분이 풀리지 않은 것인가? 무언가 불길한 느낌을 떨쳐버릴 수가 없었다.

새벽, 밖이 어수선하더니 내금위 군사들이 문을 부수고 들이닥쳤다. 내금위장 임자번이 앞에 나섰다. 임자번은 제주도 출신 무장으로 계유정난 때 안평대군 저를 습격하여 체포한 공으로 3등 정난공신을 책봉 받는 등 세조의 총애를 받고 있는 인물이었다.

"역적 신숙주는 당장 나와 오라를 받아라."

"야밤에 무슨 일이냐? 더욱이 역적이라니⋯?"

"죄인 신숙주가 함길도 절도사 강효문과 결탁하여 나라를 뒤엎으려는 행보가 만천하에 드러나, 반역죄로 체포하라는 어명이오."

하루아침에 역적이 되어 의금부로 끌려가는 신세가 된 신숙주
는 자신이 처한 상황을 미처 깨달을 새도 없었다. 오라에 묶인 채
감옥 가까이 이르러 자신을 부르는 소리에 돌아보니 어느새 네
아들들까지 오라에 묶여 끌려 오고 있었다.

"아버님…!"

"아니, 너희들까지…!"

미처 한마디 말을 주고 받을 사이도 없이 아들들은 어디론가
끌려갔다. 영문도 모르고 생애 처음으로 감옥에 갇힌 신숙주의
머리 위로 큰칼(항쇄)이 씌어졌다. 이 모든 일이 순식간에 닥친 일
인지라 변명할 방법도 누구에게 하소연할 길도 없었다.

세종의 총애를 받아 훈민정음 창제에 혁혁한 공을 세웠고 항간
의 비난을 외면하고 세조를 좇아 승승장구하여 영의정에까지 이
른 지난 30년간의 세월이 주마등처럼 머리를 스쳤다. 늘 승승장
구하며 거칠 것 없이 영화를 누리던 자신에게 역적의 누명이라
니…. 신숙주는 참담한 심정을 가눌 수 없었다.

신숙주에게 채워진 항쇄는 목을 옭죄고 있다. 음식도 넣어주는
이 없고 물도 마실 수 없어 목구멍이 타들어가고 있었다. 신숙주
는 가는 신음소리만 내고 있었다. 이틀인가 지나서 감옥을 지키
는 군관 남용신이 다가왔다. 신숙주는 남용신에게 죽어가는 음성
으로 목을 축일 물 한 모금만 입속에 떨어뜨려 달라고 손짓으로
사정을 했다. 남용신은 측은한 마음이 들어 항쇄를 느슨하게 풀
어주고 물을 입에 넣어 주었다. 남용신은 신숙주의 아들들에게도
그렇게 했다. 갈라지는 목소리로 신숙주가 물었다.

"나와 내 자식 외에 나에게 연좌되어 갇힌 사람이 있는가?"

"한명회 대감이 집에 연금되어 있고 그의 아들과 사위가 옥에 갇혀 있습니다. 또한 함길도 관찰사 신면을 체포하러 의금부 군관들이 떠났습니다."

신숙주는 한숨만 몰아쉬고 있었다.

"고맙네. 그러나 자네가 나로 인해 화를 당할지 모르니 다시 항쇄를 조여 주게."

그러나 남용신은 그대로 사라졌다.

환관 안중경을 시켜 신숙주의 동태를 살피게 한 세조는 안중경의 보고를 듣고 노발대발했다.

"신숙주를 면회 온 대신들은 아무도 없었으나 누군가 신숙주의 항쇄와 차꼬를 느슨하게 풀어주었습니다."

"짐의 추상같은 명령을 어기고 신숙주에게 아부한 자가 있더란 말이냐? 아니면 신숙주가 일신의 편안함을 구하여 옥리를 감언이설로 꼬인 것이 아니냐? 어느 경우나 다 항명이로다. 다시 항쇄를 옭죄고 그 짓을 저지른 옥리를 색출해 옥에 처넣어라. 그리고 한명회의 집은 어떻더냐?"

"한명회의 집을 방문한 사람은 아무도 없었습니다."

세조는 정인지, 구치관을 돌아보며 말했다.

"다른 때 같으면 그들의 지위가 높건 낮건 대신을 역모죄로 가두면 대간을 비롯하여 여러 신하들이 그들의 여죄를 낱낱이 고하여 벌줄 것을 청하기 마련이며 그들에게 죄가 없다면 그들을 풀어주어야 한다는 상소가 있게 마련이로다. 그러나 신숙주와 한명회의 경우에는 모두가 소경과 벙어리가 되어 보고도 못 본 체, 듣고도 모른 체 모두 이번 일을 소 닭 보듯이 하는구나. 이는 정녕 짐이 망령이 들었거나 변덕을 부리고 있다고 생각하는 것이로다.
과연 내 주변에 사람이 있다고 하겠는가?"

그때서야 정인지가 맞장구를 치고 나섰다.

"남용신을 중벌에 처해야 하옵니다."

세조는 일벌백계를 위해서도 남용신을 거열형(사지를 찢어 죽이
는 형벌)에 처했다. 조정의 분위기는 살벌했다. 신숙주의 항쇄를
풀어준 것이 그렇도록 큰 죄악인가? 다만 임금의 실추된 권위를
되찾기 위한 조치 아닌가?

신숙주는 더욱 낭패감이 들고 마음이 처연하기만 했다. 항쇄를
풀어준 군관이 처형되는가 싶더니 아들 신면이 역도들의 손에 죽
었다는 소문도 들려왔다.

한편 몸에 단종(丹腫)이 나서 수감은 면했으나 자신의 집에 연
금되어 있는 한명회는 빙그레 웃고 있었다. 아내가 답답하다는
듯이 물었다.

"당신은 연금되어 있고 신숙주 대감은 감옥에 갇혀 고생하는데
어찌 그리 유유낙낙이오?"

"종기로 인한 휴가가 더 길어지고 있을 뿐이네."

"무슨 뚱딴지같은 소리를 하세요?"

"이시애를 평정하기 위하여 경군이 도성을 비웠다면 바깥보다
는 안을 다스리는 것이 당면한 조치이고 그럴 경우 원로인 나와
신숙주가 경계의 대상이겠지. 시간이 해결할 일."

한편 5월 15일 함흥에 도착한 함길도 관찰사 신면은 사태가 심
상치 않음을 느꼈다. 으레 인사차 미리 와서 기다리는 지방관이

나 호족들이 코빼기도 보이지 않고 아전들만이 주춤거리고 있다. 이시애의 첩자들이거나 그에게 호응하는 관리들이 우글거리고 있는 실정임을 알 수 있었다.

이틀 후 강효문을 체포할 사명을 띠고 수백 명의 군사를 이끌고 함흥에 당도한 윤자운은 아연실색하지 않을 수 없었다. 강효문은 이미 도륙 당했으니 윤자운은 이시애를 상대로 전열을 가다듬어야 할 처지였다.

윤자운은 여장을 풀 사이도 없이 신면과 더불어 토벌대를 조직하여 함흥을 방어할 준비를 하고 있었다. 그러나 이 사실은 이시애에게 역이용되어 이시애의 도당들은 함길도 전역에 유언비어를 퍼뜨리고 있었다.

"조정을 장악한 신숙주와 한명회가 임금을 연금하고 아들 신면과 매부 윤자운에게 남도의 군사를 주어 함길도 백성을 모두 쓸어버린다더라."

윤자운과 신면이 징발한 함길도 군사들은 대부분이 이미 이시애의 편에 서 있었다. 함흥성에 숨어들은 이시합은 윤자운이 도착한 당일 밤에 함흥성을 포위하고 공격을 개시했다. 워낙 중과부적이라 관군은 사정없이 도륙당하고 신면은 칼에 맞아 최후를 맞이했다. 윤자운은 미처 손쓸 사이도 없이 체포되어 객사의 별실에 갇혔다.

윤자운은 이시합의 협박에 못 이겨 이시애의 공을 인정하여 상을 주라는 거짓 장계를 쓰고 자필서명하게 된 것이다. 며칠 후 윤자운은 부하들의 도움으로 구사일생으로 한양으로 달아났다. 한양에 도착한 윤자운은 자신이 고문에 못 이겨 거짓장계를 올린 일에 대하여 임금 앞에서 석고대죄했으나 임금의 용서를 받았다.

함흥을 점령한 이시애의 반군은 함길도의 모든 군현을 피 한 방울 흘리지 않고 접수했다. 군사들뿐만 아니라 함길도의 모든 백성들이 남녀노소 무론하고 이시애의 편에 섰다. 농민들은 삽, 낫, 곡괭이 등 무기가 될 만한 것을 들고 달려왔다.

"한명회를 타도하라!"

"신숙주를 타도하자!"

"남도의 군사들을 무찌르자!"

"가자, 한양으로!"

함길도의 방방곡곡에 요원(燎原)의 불길처럼 무서운 기세로 전운이 감돌았다.

"세상에 믿을 놈이 하나도 없군."

세조는 밤잠을 이룰 수 없었다. 강효문을 적극 추천해 이 난리의 단초를 제공한 신숙주와 한명회를 용서할 수 없었다. 더욱이 대소신료들이 그들의 수족이 되어 있음에 정작 임금인 자신이 그들의 뜻대로 움직여 준 모양새가 된 것에 생각이 들자 사지가 부르르 떨렸다.

새벽 첫닭이 울자마자 세조는 벌떡 일어나 어둠이 가시지 않은 희붐한 새벽, 경회루 뜰을 홀로 걸으며 여러 가지 구상과 계획을 짜고 있다.

이시애가 군적을 가진 함길도 장정을 모두 모은다면 3만 내지 5만의 군사가 될 수 있고 더욱이 함길도 백성이 모두 봉기한다면 무서운 세력이 될 것이다. 만약에 이시애가 야인들의 힘을 빌리면 조선은 바람 앞의 등불이다. 더욱이 신숙주가 북정을 하기 위해 함길도로 가져갔다가 남겨둔 화약과 무기의 숫자도 엄청난 양이었다.

그들이 파죽지세로 한양을 향하여 진군한다면 속수무책이다. 지금은 보리수확철이라 많은 경군이 휴가를 얻어 하향했고 징병 또한 신속히 이루어지기 어렵다. 반군이 한양으로 쳐들어오지 않는다 해도 함길도는 험준한 곳이라 그들을 소탕하기도 쉽지 않은데다 중앙군만으로는 저들을 토벌하기에는 중과부적이다. 또한 중앙군을 모두 전장으로 보낸다면 도성은 무주공산이다. 그렇다면 도성에서 역심을 품은 자가 일어날 수도 있지 않은가.

징병을 한다 해도 하삼도에서 한꺼번에 군사들이 들이닥칠 때 역심을 품은 자가 하삼도의 군사들을 손아귀에 넣는다면 사태는 더욱 심각한 것이 아닌가. 또 바다 건너 일본을 주시할 필요가 있지 않은가. 남이의 보고에 의하면 일본이 전국시대라지만 30만의 군사를 갖고 있는 일본이 이 틈새를 이용하여 군사를 몰고 바다를 건너오거나 더욱이 경상도 일부 군사들과 합세한다면 국가의 존폐가 위협 당할 수도 있는 일이다. 조정대신들 중에 일본에게 경각심을 갖는 자가 있었더란 말인가?

이 시점에서 누구를 믿고 쓸 것인가? 소위 정난공신과 좌익공신들은 이미 노쇠하여 문제의식을 갖기는 커녕 그동안 누렸던 부귀영화를 놓칠새라 자신들의 사리사욕에 눈이 멀어 있다. 조정의 요직에 있는 신료들조차 공신들의 자식들이 대부분임은 말할 것도 없다. 자신이 즉위한 후 10여 년 넘게 인재를 발탁했으나 그들은 공신들의 갖은 방해와 기세에 밀려나 있는 실정이다. 근래 들어 창창한 젊은이들이 기지개를 켜고 있으나 그들은 너무 어리다. 종친들 역시 모두 늙거나 나약하다.

누구를 보낼 것인가? 주변에 관운장과 장비 같은 충성스럽고 용맹한 장수가 없단 말인가? 나라의 간성이던 양정은 죽었고 강순은 늙었다. 노련하고 용맹한 무장은 눈을 씻고 찾아봐도 없다. 아니 여기에 내가 있지 아니한가. 내가 진두지휘하리라. 경우에 따라서는 내가 직접 전장으로 나가 친정(親征)하리라.

세조는 도승지를 불러 긴급히 조참을 열도록 지시하고 오위의 군사들에게 비상을 걸어 광화문 앞에 도열하도록 했다.

세조 13년 5월 18일 새벽 문무백관들이 품계에 맞추어 근정전에 도열해 서 있다. 무신들은 모두 갑옷 차림이었다. 임금이 갑옷 차림으로 어탑에 나타났다. 낌새를 차리지 못한 문신들은 무슨 영문인지 몰라 우왕좌왕 불안한 눈빛이 역력했다. 근정전 밖에는 군사들이 속속 모여들고 있었다.

세조는 대소신료들을 둘러보고 나서 엄한 어조로 입을 열었다.

"임금은 말하노라. 함길도에서 반란이 일어났도다. 도적의 괴수 이시애가 도성을 향하여 쳐들어오고 있다. 도성에서 내응하는 무리도 있음직하다. 따라서 이제부터 모든 작전은 짐이 진두지휘하고 필요하다면 짐이 친정하겠노라. 짐의 명령에 누구든지 이론(異論)을 다는 자는 참수를 면치 못할 것이다."

세조는 큰 기침을 하고 좌중을 향하여 목청을 돋운다.

"반역도당을 섬멸하기 위한 대장군으로 귀성군 이준을 발탁하여 함길도·강원도·평안도·황해도 4도 병마도총사(兵馬都摠使)로 발령한다. 그리고 좌찬성 조석문(曹錫文)을 부총사로 임명한다."

대소신료들 사이에 웅성거리는 소리가 들린다. 귀성군은 한 번도 전장에 나가 실전을 겪어보지 않은 28세의 젊은이 아닌가? 더욱이 조석문은 무기를 잡아보지 않은 백면서생 아닌가? 둘 다 세조의 총애를 받고 있는 것은 사실이지만 전쟁은 어린아이 장난이 아니지 않는가? 그러나 누구도 일언반구 이론을 달지 못한다.

세조는 귀성군과 조석문을 강녕전으로 불러 명령을 내린다.

"귀성군은 비록 무재는 부족할지라도 늘 안팎에서 짐을 수발했느니라. 그래서 짐은 경을 잘 안다. 경은 짐의 말을 거역하거나 멋대로 해석해서 엉뚱한 길로 나가지 않을 사람이로다. 전장에 나가서도 짐의 지시에만 충실히 따르라. 조석문은 비록 문관이지만 사리에 밝으니 귀성군을 성실히 보좌하리라 믿는다. 내일 출정하라."

세조는 강순을 진북장군으로 삼아 평안도 북변인 만포로 달려가 만포절도사 김교, 판관 이숙기와 더불어 국경을 지키는 3,000명의 군사를 이끌고 함길도의 허리인 영흥으로 달려가도록 했다. 또 허종을 강효문을 대신하여 함길도 절도사로 삼아 병마도총사에 앞서 안변으로 떠나도록 지시했다.

신숙주와 한명회가 갇힌 다음날인 5월 19일, 병마도총사 이준은 3,000명의 경군을 인솔하여 보무도 당당히 서울을 출발하였다. 남이는 세조의 특명을 받아 임금의 친위부대인 사자위 100명을 이끌고 앞장서서 나아갔다.

16. 출정

병마도총사 귀성군이 이끄는 토벌대가 도성을 출발할 때는 기세가 하늘을 찌를듯하더니 철령 마루에 주둔하고는 한 발자국도 전진하지 않았다. 강원도 군사가 합류하여 군사의 수가 5,000명이 넘어도, 권중희가 무기와 군수물자를 실은 치중대를 끌고 도착했어도 움직일 기색을 보이지 않았다.

평안도에서 3,000명의 군사를 이끌고 영흥에 도착한 강순이 귀성군에게 파발을 띄워 귀성군의 진공을 재촉했으나 귀성군은 묵묵부답일 뿐이었다.

"귀성군은 구중궁궐에서 자란 하룻강아지에 불과하군. 저런 겁쟁이를 총사령관으로 내세운 임금을 도통 이해할 수가 없어."

강순은 한심한 생각이 들어 멀리 임금에게 장계를 띄웠다. 조정의 대신들도 임금에게 채근해 마지않았다.

"짐은 전권을 도총사에게 맡겼노라. 앞으로 가든, 뒤로 가든 도총사가 알아서 할 일이니 경들은 너무 염려하지 말라."

물정 모르는 조정의 관리들이 수군거리고 있었다.

"귀성군을 총대장으로 시킨 일이 애당초 잘못된 일이야. 귀성군은 겁쟁이에 불과해. 이시애 같은 조무래기를 단숨에 물리칠 일만의 군사를 가지고도 망설이고만 있다니."

안변에 머물고 있는 절도사 허종이 도총사에게 서간을 보내 재촉했으나 어디서 불어오는 바람소리냐 하는 식이었다.

도총사의 진군명령을 받지 못한 터라 보름 가까이 허송세월만 보내고 있던 남이가 답답한 마음을 가눌 길 없어 도총사를 찾았다.

"금강산 더덕술을 얻었기에 들고 왔습니다."

"거기 앉으시게. 남 장군 또한 본관을 책하러 왔는가?

남이는 도총사를 올려다보고 입을 열었다.

"도총사는 지략이 있으나 어리고 실전경험이 없으며 부총사는 책상물린 유생이라 겁부터 내고 있다는 소리가 조정과 군진에서 들려오고 있습니다."

"본관도 잘 알고 있네만…."

남이가 말을 계속했다.

"지금 관군이, 강순과 허종의 군사를 합치면 일만 명 가까이 되고 대부분 정예부대라 할 수 있습니다. 그에 반하여 적군은 그 수효와 관계없이 오합지졸에 지나지 않습니다. 적군은 길주와 갑산 등지에서 고산준령을 넘어 북청에 속속 모여들고 있습니다. 시간이 가면 갈수록 적의 숫자는 늘어만 갈 것입니다. 시간을 지체하지 말고 저들을 일망타진하여야 할 것입니다. 적군의 수효가 이만 내지 삼 만이라고 하나 저들은 관군이 밀어닥치면 쥐구멍을 찾을 것입니다. 속히 진군명령을 내리시지요."

그러나 귀성군은 묵묵부답일 뿐이었다. 남이는 계속하여 밀어붙였다.

"듣자 하니 아직은 여진족이 이시애에게 붙고 있지 않으나 그들이 마음만 먹으면 이시애와 세를 합하여 대군이 될 수 있습니다. 초전박살을 내야 합니다. 오늘 당장이라도 함관령을 넘어 북청으로 쳐들어가야 합니다."

말없이 앉아 있던 도총사가 드디어 입을 열었다.

"지금으로서는 관군의 숫자가 너무 적고 무기 또한 부족하오. 하삼도의 군사가 당도할 때까지 기다려야 하오. 시간이 더 필요하다는 것을 남 장군은 정녕 모른단 말이오? 또한 군량미가 턱도 없이 부족하오. 함길도의 모든 곡물을 이시애가 거두어갔기 때문에 현지조달은 꿈도 꾸지 못하는 형편이오. 더욱이 반군들은 연전에 신숙주가 두고 온 강한 무기를 몽땅 가지고 있어요. 아군이 함관령을 넘을 때 저들이 높은 데서 화포를 쏘아대면 아군의 인명만 상할 것이오. 하삼도의 군사와 추가의 무기가 도착할 때까지 기다려 봅시다."

남이가 주먹으로 자신의 가슴을 치며 대꾸했다.

"우리가 지원군을 기다리는 동안 저들은 전력을 가다듬어 막강한 세력을 구축할 것입니다. 바야흐로 함길도의 민심이 이반되고 있음이 몹시 염려됩니다. 그렇다면 이시애를 토벌한다 해도 백성들은 산속으로 숨어들어 유격대나 산적으로 돌변할 수 있습니다. 저들을 장시간 방치할 수는 없습니다."

생각에 생각을 거듭하던 도총사가 드디어 용단을 내렸다. 6월 1일을 기해 관군이 철령을 넘어 함길도 초입인 안변으로 진공하기로 결정한 것이다. 거기서 강순과 허종과 합류하여 함흥으로 진군할 생각이었다.

"소장을 첨병으로 보내주십시오. 저희 사자위 일백 명을 말입니다. 소장은 함길도 지리에 밝고 실전경험이 있습니다. 소장은 함길도 민중 속에 깊이 파고들어 민심을 안정시키고 나아가서 흉적의 소굴에 들어가서 전열을 교란시키겠습니다."

남이가 본진의 출전에 앞서 첨병을 자처하고 나섰다.

남이가 진중으로 돌아와 출정 채비를 하고 있을 때 한양의 어머니로부터 전갈이 왔다. 탁문아가 정실인 박오미의 구박에 못 이겨 집을 나갔는데 말을 훔쳐 타고 홀연히 사라졌으며 이어서 박오미도 친정으로 가버렸다는 것이다.

남이는 출정에 앞서 친정으로 가버린 아내를 통사정하여 집안에 눌러 앉혀 놓았었다. 남이는 착잡한 마음을 금할 길 없었으나 이 막중한 시기에 집안일을 신경 쓸 마음의 여유가 없었다.

남이와 사자위의 군사들은 농사꾼으로 혹은 봇짐장수로 가장하여 함길도 여러 촌락으로 숨어들었다. 그리고 함관령을 넘어 적지인 북청에 도착했다.

남이는 허름한 농사꾼 차림으로 북청의 객줏집에 들어갔다. 군데군데 술판이 벌어지고 있었다. 남이는 졸개 두 사람과 더불어 술과 국밥을 시키고 앉아 있었다. 옆자리에서 들려오는 소리가 가관이었다.

"이 술은 이시애 절도사 나리가 내린 술이네. 오늘은 배터지게 마시세. 이시애 장군의 말에 의하면 전라도, 경상도의 수군이 바다를 통하여 함길도 해안을 공격하고 경기도, 충청도 군사가 육로로 들어와 함길도 백성을 남녀노소 가리지 않고 모조리 주살하여 씨를 말릴 것이라고 하더군. 이 기회에 우리 함길도 사람들이 똘똘 뭉쳐 본때를 보여주어야 하네."

남이가 조용히 앉아 그들의 말에 귀를 기울이고 있을 때 어떤 이가 말을 걸어왔다.

"형씨는 일찍이 본 일이 없는 사람인데 어디 사는 누구시오?"

"나는 단천에서 온 농부외다. 장에 들렀다가 출출하여 들렸소."

"말을 들어보니 외지사람이 분명하군. 혹 첩자 아니오?"

"내 얼굴과 손을 보시오. 얼굴이 햇볕에 그을렸고 손등이 갈라져 있지 않소. 나는 본디 충청도 태생인데 북방사민으로 여기에 정착한 지 오래요."

함길도 전역에 유언비어가 난무하고 있었다. 유언비어는 날이 갈수록 부풀려져 꼬리에 꼬리를 물고 퍼져나갔다.

남이는 많은 함길도 인민을 접촉하면서 이들이 이토록 쉽게 이시애의 편에 드는 것이 이시애의 명망이나 협박에 의한 것만은 아니라는 생각을 하게 되었다. 전날에 김종서가 함길도에 오래 머물러 있으면서 백성들의 인심을 얻었지만 김종서가 죽임을 당한 후 그들의 흉중에는 세조에 대한 원망이 가시지를 않았다. 이징옥이 반란을 일으켜 스스로 황제라 일컬은 적도 있었다. 그때 많은 함길도 인민과 여진족이 합세했다. 그 후 조정에서는 함길도 사람들에게 벼슬길을 열어주지 않았을 뿐 아니라 그들이 굶주리고 있을 때도 방치한 일이 많았다. 함길도 인민들은 군역을 담당할 뿐만 아니라 군사들의 식량을 대는 데 허리가 휠 지경이었다. 더욱이 강효문은 가렴주구를 일삼아 왔으므로 백성들의 원망이 극에 달하고 있었다. 이시애가 난을 일으키자 저들이 대거 호응한 일은 결코 우연이 아니었다고 남이는 생각했다.

남이는 여러 고을의 수령을 만나 그들의 진의를 알아보고 그들의 마음을 돌릴 필요를 절감했고 그들이 협박에 의한 것이라면 그들을 보호해야 한다고 생각했다.

남이는 이시애 패거리들이 홍원 현감을 암살할 흉계를 군관 오자선에게서 듣고 홍원으로 되짚어 달렸다.

홍원 현청에 숨어든 남이는 담을 넘거나 담 밖에서 어슬렁거리는 놈들을 모조리 잡아 결박했다. 그 중 관노이면서 주인을 배반한 세 놈의 목을 베고 나머지는 풀어주었다.

남이는 오자선을 대동하고 마운령을 넘어 이시합이 수천의 군사들을 진두지휘하고 있는 단천으로 향했다. 적진을 염탐하러 나갔던 오자선이 헐레벌떡 달려왔다.

"한 떼의 북쪽 군사들이 마천령을 넘어오고 있습니다. 회령과 종성에 사는 정휴명과 차운혁이라는 사람이 이끌고 있습니다. 그들은 백여 명의 민병대를 조직하여 이시애의 반군을 뒤에서 칠 모양입니다."

"누구라고 했느냐? 정휴명, 그리고 차운혁…? 그들은 내가 종성에 있을 때 나와 의형제를 맺은 사람들이고 더불어 백두산을 올랐었다. 서둘러라. 그들을 도와야겠다."

남이는 마천령 계곡에서 정휴명과 차운혁을 만났다. 민병대 중에는 안면이 있는 사람들이 꽤 있었다.

"자네들이 백여 명의 군사로 수천의 적군들을 맞아 싸우겠다는 것이냐? 마치 제 분수도 모르고 달려드는 당랑거철(螳螂拒轍)의 형국이구나."

"저희들이 어찌 무모한 짓을 벌이겠습니까? 이시애와 이시합은 회령에서 자랐습니다. 평소 우리와 절친히 지내던 때도 있었습니다. 거짓으로 그들의 편에 선 다음 이시합을 잡을 작정입니다. 여기 민병대들은 이시합을 호송하여 북쪽으로 달릴 사람들입니다. 남쪽이 아니라 경계가 허술한 북쪽을 통해 평안도로 갈 작정입니다."

정휴명과 차운혁이 이시합을 만났다. 이시합은 자칭 우후(虞侯)라며 관복을 걸쳐 입고 거드름을 피우고 있었다.

"늦게 찾아뵈어서 미안합니다."

"바쁜 일이 있었겠지. 지금이라도 늦지 않았네. 자네들도 우리를 도와 공을 세우면 수령 한 자리는 얻어 걸릴 걸세. 술이나 한 잔 하세나."

취기가 오르자 이시합은 주절주절 너스레를 떨고 있었다. 정휴명과 차운혁은 맞장구를 치면서 머릿속에는 이시합을 체포하여 마천령을 넘는 일을 떠올리고 있었다.

둘은 서로 눈짓을 보내기가 무섭게 다짜고짜 달려들어 이시합을 묶고 말에 태워 달렸다. 거기까지는 성공이었다. 그러나 얼마 못 가 숲속에서 군사들이 튀어나왔다. 반대로 잡은 자가 잡히는 신세가 되고 말았다.

민병대와 더불어 초조하게 기다리던 남이는 도리어 정휴명과 차운혁이 잡혔다는 소식을 듣고 작전을 서둘렀다.

남이는 강순 장군이 함관령을 넘어 진격할 것이라는 소문을 듣고 사자위를 이끌고 북청으로 돌아와 산간에 숨어들었다.

한편 병마도총사 귀성군은 강순, 허종 등의 성화에 못 이겨 안변을 떠나 본진을 함흥으로 옮겼다. 거기에서도 귀성군은 지원부대가 오기만을 기다리며 머뭇거리고 있었다. 강순과 허종의 마음은 조급하기만 했다. 함관령을 속히 넘자는 것이었다. 강순의 고집은 꺾이지 않았다. 강순과 허종 그리고 뒤늦게 한양에서 달려온 어유소가 일만 명의 군사들을 휘몰아 함관령을 넘었다. 도총사의 본진은 함흥에 남기로 했다.

6월 24일 강순과 허종은 맹패장 이숙기를 선발로 하여 함관령을 넘었다. 의외로 적의 저항이 미미하였다. 저녁 무렵 북청에 도착한 강순은 언덕에 올라 사방을 둘러보았다. 쥐새끼 한 마리도 보이지 않고 불빛도 없이 고요하기만 했다. 강순은 제장들을 돌아보며 가가대소했다.

"역적들이 천하의 강순 이름만 들어도 줄행랑을 친 모양이구려. 이참에 길주까지 한 달음에 내달아 역적 이시애의 목을 벱시다. 꼭지에 피도 안 마른 젊은 도총사의 겁내는 꼴이라니…."

북청에서 강순과 허종은 진영을 설치하는 문제로 논쟁을 벌였다. 강순이 논밭에 진을 치자고 하자 허종이 말렸다.

"지금은 벼가 자라고 있습니다. 논밭에 진을 치면 어린 벼가 모두 짓밟혀 죽을 것이니 백성들의 원성이 높을 것입니다. 강변에 쳐야 합니다."

"대사를 위해서는 작은 것이 희생되는 것은 어쩔 수 없는 일이오. 논밭에 쳐야 나무를 베어다 말뚝을 쉽게 박아 목책을 세울 수 있소.”

이시애는 관군이 강변에 진을 칠 것을 예상하고 상류에 둑을 쌓고 기다리고 있었다. 바로 이와 같은 계략을 꾸미고 관군이 함관령을 넘는 것을 수수방관하고 있다가 한꺼번에 들이닥칠 참이었다. 강순의 뜻대로 강변에 진을 치지 않은 것만으로 우선은 관군이 물귀신이 되는 것을 막을 수 있었다.

그날 밤 용변을 보기 위하여 진중을 빠져나간 병사들의 목이 잘려 개골창에 박히고 혹은 피투성이가 되어 돌아왔다. 반군은 아군진영의 주위를 에워싸고 관군의 일거수일투족을 탐지하고 있었다. 한밤중에 이시애의 반군 일만 육천 명이 관군의 진영을 겹겹이 포위했다.

어유소가 지키던 서문이 뚫리더니 이숙기의 남문이 뚫리고 허종의 동문마저 적의 공격을 받았다. 강순의 북문만이 겨우 지탱하고 있었다. 적의 유격대들이 진중을 헤집고 다니더니 적의 불화살이 날아들어 온통 불바다가 되었다. 적이 상류를 막는 바람에 강물이 말라 불을 끌 수도 없었다. 잠을 자던 군사들이 우왕좌왕하고 누가 적인지 분간을 못하여 서로 베고 찔러대는 아수라장이 되었다.

그때였다. 서쪽 적진에서 횃불이 어지럽게 움직이더니 말발굽소리가 요란하게 들렸다. 적의 후면에서 적들이 썩은 나무 등걸처럼 쓰러지고 있었다. 서쪽 군사는 남이가 이끄는 100여 명의 사자위였다. 남이는 멀리서 강순에게 손짓하여 기별하고 귀신같이 사라졌다.

강순은 자신의 용맹만 믿고 조급하게 서두른 일을 후회하면서 자괴감에 떨었다. 강순은 휘하의 많은 군사가 북청에 죽치고 있으면 어디서 어떤 방법으로 공격을 받을지 모를 것이란 생각을 했다. 길주로 곧장 치고 올라가자니 본진과는 거리가 멀어지는 것이라 그럴 수도 없는 노릇이었다. 사방에 있는 농민들도 밤이면 적군이 되고 있음을 깨닫고 강순은 자신의 군사가 사면초가에 놓여 있음을 실감했다. 며칠간의 고민 끝에 강순과 허종은 후일을 기약하면서 퇴각명령을 내리지 않을 수 없었다.

연일 원병과 군수물자를 실은 치중대가 함흥에 도착하고 전국 각지에 징집된 일만여 군사를 합쳐서 모두 2만 명의 군사가 함관령 초입, 신원에 진을 치고 있었다.

한편 이시애는 자신의 심복들을 함길도 모든 군현에 현감 이하 관리들을 임명하고 군현마다 수백 명의 지원군을 확보하고 있었다. 이시애 자신은 이시합, 이명효 등과 더불어 2만 명을 거느리고 함관령을 지키고 있었다. 또한 함관령 너머 북청, 이성(利城)에는 함길도 각처에서 몰려온 수만의 반군들이 운집하고 있었다.

7월 14일 1차 결전의 날이 왔다. 이시애 군은 함관령 남쪽 능선과 골짜기에 겹겹이 목채를 두르고 목채 뒤에는 궁병들이 화살을 겨누고 있었다. 또한 산 중턱에는 화포를 설치하고 있었다. 무려 2만의 적군들이 방패와 창칼로 무장한 팽배군(彭排軍)을 앞세우고 벌떼 같이 벌판으로 쏟아져 나왔다. 그들은 관군을 단번에 휩쓸어버릴 기세였다. 땅이 울리고 흙먼지가 날고 함성이 하늘을 찔렀다.

진북장군 강순이 이끄는 1진 5,000명이 그들을 향하여 장사진을 치고 있었다. 님이의 사자위는 모두 기병내로 중앙에 위치하고 이숙기의 맹패위 600명이 양옆에 도열하고 다음에 보병, 그리고 양 끝에는 기마병들이 늘어서 있다.

어유소가 2진으로 그 뒤에, 귀성군이 3진으로 최후의 보루를 받쳐주고 있었다. 온갖 나팔과 북소리, 징소리가 진동하고 깃발이 휘날렸다. 장사진이 앞으로 서서히 나아가기 시작했다.

진 한가운데 남이의 사자위가 앞으로 무섭게 돌진할 즈음 양쪽의 아군진용이 맥없이 무너진다. 적군은 물러서는 보병들을 쫓아 깊숙이 들어오고 있다. 그때 이숙기가 앞으로 돌진하며 적을 사정없이 찌르고 육박해 들어간다.

사자위의 남이는 한 마장이나 앞질러 질풍노도같이 달리며 마상에서 몸을 좌우로 돌려 사정없이 칼을 휘둘러 팽배를 부수고 적군을 찌르고 벤다. 적군의 잘려진 머리가 땅에 뒹굴고 피가 하늘로 솟구친다. 적이 쏜 화살이 하늘을 덮는다.

목채 뒤에서 적이 쏘는 무수한 화살이 남이를 향하여 날아들었다. 남이는 칼을 휘둘러 화살을 막으며 목채를 뛰어넘어 깊숙이 적진으로 들어갔다. 이숙기의 군사는 남이를 따르며 목채를 쳐부수고 있었다.

적의 화살이 남이의 갑옷을 뚫었다. 다섯 개의 화살이 피부 속으로 파고들었으나 남이의 얼굴색은 조금도 변하지 않았다. 본진에서 남이의 활약을 지켜보던 진북대장 강순이 남이가 화살에 맞는 모습을 보고 북을 울리게 하여 퇴각명령을 내렸다. 화살을 매단 채 진중으로 돌아온 남이는 무슨 일이 있었냐는 듯 태연하게 말에서 내렸다.

"장군, 어찌하여 군사를 물리십니까? 내친 김에 함관령까지 짓쳐 올라가야 했거늘."

"적은 앞에만 있는 것이 아니네. 옆에도 뒤에도 있어 협공을 당할 수 있네. 더욱이 자네는 수 개의 화살을 맞은 몸 아닌가. 어서 치료를 서두르게."

도총사가 제장들을 이끌고 달려왔다. 도총사 이준은 남이를 위문하고 겸사복 유자광을 시켜 남이의 공적을 임금에게 주달하였다.

이 소식을 들은 세조는 뛸 듯이 기뻐하며 남이를 당상관인 행호군(行護軍)으로, 이숙기를 행사직(行司直)으로 제수했다.

함관령은 함흥과 북청의 경계를 이루고 있는 고개로 골이 깊고 경사가 급하고 굴곡이 많았다. 적은 함관령 산속으로 숨어들었다. 이 전투를 예상했는지 이시애는 산 중턱에서 정상에 이르도록 나무를 베어 목채를 겹겹이 쌓고 자신의 주변에 팽배군을 빽빽하게 세워두고 있었다.

도총사는 군사들을 배불리 먹이고 여러 날 휴식을 취하게 한 후 군사를 나누어 진용을 새로 짰다. 강순, 김교, 어유소, 허종 등의 장수가 거느리는 일만 명의 군사를 제 1진으로, 한계미, 박형, 민발이 거느리는 오천 명을 제 2진으로, 도총사가 거느리는 오천의 군사를 제 3진인 본진으로 만들었다.

사기충천한 군사들이 도총관의 진군명령을 기다리고 있었다.

세조 13년 7월 22일 새벽, 2만의 군사가 함관령 초입에서 전열을 가다듬고 있었다. 관군은 함관령을 향하여 일시에 총공격을 단행했다. 남이의 사자위와 이숙기의 맹패위가 선봉에 나섰다.

남이가 장검 '벼락'을 휘둘러 목채를 부수고 맨 앞에서 전진했다. 따르는 군사들은 쇠망치와 큰 도끼로 목채를 작살내고 있었다. 많은 군사들이 산을 기어오르는 모습이 개미떼를 방불케 했다.

적군들은 남이의 투구만 보아도 혼비백산하여 산을 넘어 도망갔다. 미처 피하지 못한 사람들이 쉽게 항복했다. 관군의 지휘관들은 단순가담자로 여기고 그들을 그 자리에서 방면하였다.

후진까지 고갯마루에 이르자 남이는 도총사와 제장을 동쪽의 산봉우리로 안내하였다. 그곳에는 이성계가 고려 공민왕 때 몽고군을 물리치고 쌍성총관부를 되찾은 사실을 기념하기 위한 승전기적비(勝戰記跡碑)가 세워져 있었다. 제장들은 기념비 앞에서 승전의 맹세를 하고 함관령을 넘었다.

관군은 승승장구 진격하여 저녁나절에는 북청을 점거하기에 이르렀고 다음날 도총사의 본진이 도착하여 북청은 북새통을 이루었다.

그러나 북청에서 이성(利城)에 이르는 곳곳에 적이 수천 명씩 떼를 지어 격전을 벼르고 있고 밤이 되면 기습공격이 잦아 진중에는 불안한 기운이 역력했다. 병사들은 안절부절 못하고 사기는 땅에 떨어지고 있었다. 전선은 소강상태였지만 한 치 앞도 내다볼 수 없는 긴장감이 감돌고 있었다.

그때 설상가상으로 함흥이 다시 적군의 손아귀에 들어갔다는 소식이 들렸다. 이시애는 관군으로 하여금 함관령을 넘게 하여 북청으로 유인하고, 대신에 이명효를 시켜 함흥을 점령함으로써 보급로를 끊고 관군을 독 안의 쥐로 만든 것이다. 또한 함관령에서 방면된 사람들이 다시 함흥에 모여든 것이다.

크게 당황한 것은 도총사 귀성군이었다. 귀성군은 너무 서둘러 본진을 끌고 함관령을 넘었던 것이다. 귀성군은 어유소를 불렀다.

"귀관은 군사 3,000명을 인솔하고 함관령을 되넘어가서 함흥을 탈환하시오. 반드시 필승을 거두도록."

어유소가 떠난 후 작전회의가 열렸다. 마운령을 넘어 단천으로 밀고 올라가자는 의견과 당분간 북청에 주둔하여 주변의 적들을 소탕한 후 마운령을 넘자는 의견이 팽팽하게 맞서고 있었다.

그때 한 소년이 찾아와 남이를 만나고 싶어했다. 옷이 찢겨져 살이 드러나고 얼굴에 긁힌 자국이 선명했다. 소년은 품속에서 봉서를 꺼내 남이에게 건넸다. 뜻밖에 탁문아가 보낸 서한이었다.

낭군이 전장으로 떠난 마당에 소첩은 집안에 들어박혀 안일하게 보낼 수 없었습니다. 따라서 단기로 함길도까지 달려왔습니다. 소첩은 관기로 가장하여 이성에 머물며 이시합에게 수청들고 있습니다. 작금에 이시합은 가짜 수령들을 모아놓고 연일 연회를 열고 있습니다.

그들의 이야기를 들어보니 이 달 25일에 이시애가 5천 명을 이끌고 단천으로부터 마운령을 넘어온다고 합니다. 이들이 합세하여 25일 아니면 26일에 북청의 관군에게 총공세를 펼 계획이라고 합니다.

또한 아뢰올 말씀은 북청에서 이성에 이르는 중도의 다보동이

라는 곳에 임시로 엮은 초막이 즐비한데 적도들이 아닌 아녀자들
을 방패삼아 숨겨놓은 곳입니다. 죄 없는 아녀자들을 살상하여 백
성의 원성을 듣게 될까 염려되옵니다. 유념하시옵소서.

　소첩은 나라와 낭군을 위하여 신명을 바쳐 일하고 적지에서 죽
을 것입니다. 역도들을 소탕한 후 서방님이 손수 소첩의 눈을 감
겨 주시옵소서.

17. 적개공신

예상하지 못한 탁문아의 서신을 들고 작전회의장에 들어오는 남이의 눈시울이 붉어져 있다. 좌중이 숙연해졌다.

"이시애가 대군을 이끌고 총공세를 펴기 전에 우리가 선수를 쳐서 이성을 침이 어떠하오?"

도총사가 좌중을 돌아보며 말을 꺼냈다.

"아닙니다. 우리가 먼저 이성을 친다면 이시애가 마운령을 넘다가 되돌아가 버릴 것입니다. 우선 이성으로 통하는 요새인 산개령을 점령하여 적의 예봉을 꺾은 다음 이시애 무리를 일망타진함이 옳은 줄 압니다. 소장이 선봉이 되겠습니다."

남이의 말에 모두 찬성하였다.

24일 밤 자정에 강순은 남이와 이숙기를 선봉으로 산개령을 공격하였다. 남이가 먼저 목채를 부수고 공격해 올라가고 이숙기가 도망가는 적병들을 쫓아 혹은 살육하고 혹은 사로잡으면서 산 위에 올라 많은 군량미를 빼앗았다.

이시애는 결전을 각오하고 수만의 군사를 고사리포와 거산역 그리고 바닷가까지 수십 리에 걸쳐 포진시켜 기치를 휘날리며 방패를 든 팽배군을 즐비하게 세워두고 관군을 위협하고 있었다.

8월 4일 첫닭이 울 때 관군 2만 명 중 어유소의 3,000명을 제외한 모든 군사들이 총공격에 나섰다. 전각소리와 북소리가 천지를 진동하고 군사들의 함성이 산야를 뒤흔들었다. 적진을 향하여 화살이 나르고 포탄을 터뜨리며 수많은 군사들이 산을 기어오르고 있었다. 그러나 적의 저항 또한 만만치 않았다. 크고 작은 돌들이 굴러떨어지고 화포를 쏘아대는 바람에 밤이 새도록 일진일퇴를 거듭하면서 한 발짝도 앞으로 나아가지 못하고 있었다.

새벽 어스름에 남이는 애마 '바람'에 올라타고 적군을 향하여 돌진했다. 남이가 휘두르는 장검 '벼락'에 적의 머리가 추풍낙엽처럼 땅에 떨어져 뒹굴었다. 순식간에 수백의 목이 달아났다. 남이가 적군을 닥치는 대로 베면서 봉우리를 점령하자 적은 혼비백산하여 도망가기에 바빴다.

함흥을 탈환한 어유소가 3,000명을 이끌고 해안을 거쳐 달려와서는 적진의 후미와 동쪽 측면을 공격하기 시작하였다. 당황한 적이 우왕좌왕하는 틈에 이시애를 비롯한 적장들이 간신히 몸을 빼어 이성으로 달아났다.

아군이 다보동에 이르니 백성들이 서둘러 도망치며 버리고 간 노인들과 아이들이 셀 수 없이 많았다.

"젊은 처자와 어린 자식을 버리고 자신들만 살 궁리를 하다니 천륜을 거역하는 자들 아닌가?"

조석문의 분노에 찬 호령에 한 노인이 대답을 했다.

"이명효가 퇴각하는 길에 들러서, 색에 굶주린 하삼도 군사들이 여인들을 겁탈할 것이라며 모두 데리고 갔습죠."

관군이 이성으로 향하여 내달으니 이시애는 다시 잔당을 이끌고 마운령을 넘어 도망가 버렸다. 남이가 수하들을 풀어 탁문아를 수소문하자 그녀와 더불어 있던 한 기생이 말하기를 탁문아는 이시합을 따라 마운령을 넘었다는 것이다.

거산역 싸움에서 이미 예봉이 꺾이고 많은 적병이 귀순하거나 혹은 뿔뿔이 흩어져 이시애가 이끄는 군사는 3,000여에 지나지 않았다.

남이, 이숙기, 어유소가 정예 기마병 3,000명을 휘몰아 마운령으로 적의 뒤를 바짝 쫓아갔다. 남이의 마음은 탁문아로 인하여 조급하기만 한데 높이가 칠천 척이나 되는 마운령을 넘기는 쉬운 일이 아니었다. 말들이 헐레벌떡거리며 사람신세를 지고 있었다.

단천에 가까이 이르자 강 건너에는 불기둥이 하늘로 치솟고 있었다. 가까이 다가가 보니 군량미 창고가 타고 있었고 팽배와 궁시 등이 버려져 있었다. 또한 여기저기에 목이 잘린 시체가 널려 있었다. 이시애가 자신을 따르지 않거나 미적거리는 사람들을 무참하게 살상한 것이다.

군사들을 시켜 여기저기 널려 있는 시체를 수습하는 한편 부상자들을 옮겨 치료를 서두르는 중에 2구의 시체가 말뚝에 박혀 있다는 보고가 들어왔다. 시체의 얼굴이 온통 피범벅이 되어 형체를 알아보기 어려웠다. 얼굴을 닦아내니 정휴명과 차운혁이었다.

이시애 등은 그들을 이리저리 끌고 다니다가 무참하게 죽인 것이었다. 군사들 모두 이시애의 만행에 분개하며 통곡하였다.

옷이 갈기갈기 찢기고 아랫도리가 피범벅이 된 젊은 여인이 냇가에 버려져 신음하고 있었다. 그 여인은 남이를 알아보고 모깃소리만 한 소리로 입을 열었다.

"저는 소선이라 하는 기생인데, 탁문아와 더불어 일을 도모하다가 본색이 들통나 저는 이렇게 무참하게 당했고 탁문아는 몸을 피했으나 그 생사를 알 수 없습니다."

남이는 탁문아의 종적을 찾을 길 없어 안타까움을 금할 수 없었으나 손을 쓸 방도가 없었다.

강순은 전날의 패배를 만회하겠다는 생각으로 71세의 노장답지 않게 말에 올라 마천령을 넘자고 했다. 남이가 앞장을 섰다. 마천령은 높이가 8,000척이고 오르는데 60리 길이요 내려가는데 60리 길이다. 상상봉은 하늘에 맞닿은 듯했고 길은 공중에 걸리고 머리 위에 바위가 층층이 쌓여 떨어질 듯, 무너질 듯했다. 절벽으로는 다래넝쿨이 매달려, 밟고 있는 곳이 땅인지 공중인지 분간이 되지 않았다.

마천령을 오르내리는 동안 적은 그림자조차 보이지 않았다. 이시애는 길주마저 포기하고 패잔병을 이끌고 경성으로 빠져나간 후였다. 이시애에게 가담했던 사람들이 하나둘 빠져나가 이시애가 거느린 군사는 수백 명에 불과했다. 관군의 장수들은 포로로 잡은 사람들이 일시적으로 이시애의 감언이설 또는 협박에 의한 가담이었음을 감안하여 대부분 방면하였다.

남이는 사자위를 휘몰아 길주산성으로 짓쳐 들어갔다. 거센 반항을 예상했는데 의외로 성문이 활짝 열려 있었다. 길주 목사 허숭도(許崇道)가 남이의 입성을 반겼다.

허숭도는 본시 대대로 함길도에서 토호로 있으면서 만호 벼슬을 세습하고 있었고 백성들의 존경을 받아온 인물이었다. 이시애가 난을 일으킨 후 그는 이시애에게 불려가 길주목사로 임명되었다. 이시애가 가짜 절도사임을 모를 리 없는 허숭도였지만 이시애의 청을 뿌리칠 수가 없었다. 거절하면 자신과 가족뿐 아니라 죄없는 많은 사람들이 살아남을 수 없다는 것을 잘 알고 있기 때문이었다.

남이가 군사들을 휘몰아 길주산성으로 쳐들어온다는 소식이 전해지자 허숭도는 급히 아들 허유례(許惟禮)를 불렀다. 허유례는 기마와 칼솜씨가 뛰어나 한때 길주의 군관으로 있었고 이시애가 길주를 점령하자 아버지와 더불어 그의 막하에 있었다.

"아들아, 내 말을 잘 듣거라. 우리 집안은 조상 대대로 조정의 은혜를 입어 편안하게 살아왔다. 헌데 이시애가 반역을 도모하고 나를 가짜 목사로 앉혀 놓다 보니 이 자리가 늘 바늘방석 같았다. 그러나 작금에 이시애의 동태를 보니 나라의 장래가 크게 염려된다. 이시애가 북청 싸움에서 크게 패한 후, 길주를 거들떠보지도 않고 경성으로 급히 빠져나간 일이 영 수상쩍다. 사실 이시애가 험산준령인 마운령과 마천령을 사생결단의 각오로 지킨다면 관군이 더 이상 치고 올라오기가 어려웠을 것이다. 곰곰이 생각하건대 이시애가 여진의 여러 부족과 연합하여 재기를 모색하려는 의도가 분명하다. 이리되면 우리 집안 또한 죽느냐 사느냐의 고빗사위에 놓이게 됨은 물론이려니와 이 나라 조선이 존망지추의 위기를 맞게 된다. 이시애를 따르면 관군에게, 관군을 따르면 이시애에게 죽게 된다는 말이다. 그러나 명심할 일은 이시애를 따르다가 죽는 것은 개죽음이며 반역의 오명을 쓰게 된다. 바야흐로 나라를 위해 네가 할 일이 있느니라.”

“예, 아버님. 소자, 나라를 위해 죽을 각오가 되었습니다.”

남이를 관아로 안내한 허숭도가 남이 앞에 꿇어 엎드려 눈물을 흘렸다.

“저희 집안은 조상 대대로 조정의 은혜를 입어 영화를 누리며 살아왔습니다. 헌데 작금에 이시애가 반역을 도모하고 소인을 가짜 목사로 앉혀 놓았습니다. 소인은 개만도 못한 목숨을 부지하기 위해 이시애 도당에게 합류하고 말았습니다. 그러나 지난 일을 크게 후회하면서 남 장군이 오신다는 풍문을 듣고 주위를 설득하여 길주산성을 바치기로 결심했습니다.”

허숭도 곁에서 젊은 장정 서너 명이 머리를 조아리고 있었다.

“이 아이는 제 자식 놈이고 저들은 제 수하의 군관 이주, 이운로, 황생입니다. 이들은 근래에 장군의 용맹과 명성을 듣고 장군을 흠모하여 왔습니다. 또한 나라를 위해 한 목숨 바치겠다는 결의를 다지고 있습니다.”

남이는 그들의 손을 굳게 잡아주었다. 허숭도가 남이의 손을 끌고 한적한 곳으로 가서 은밀히 속삭였다.

“저에게 간적을 사로잡을 계책이 있습니다.”

허숭도의 설명을 듣자마자 남이는 그를 데리고 본진으로 달렸다. 허종의 군사가 마천령을 넘어오고 있었다. 허종은 허숭도의 계책을 듣고 희색이 만면하여 일을 서둘렀다.

"이는 초급을 다투는 일이니 도총사께는 나중에 보고해도 상관없다. 당장 실행에 옮기도록 하여라."

남이와 더불어 길주로 돌아온 허숭도는 지체하지 않고 아들 허유례와 군관 이주, 이운로, 황생을 불러 앉혔다.

"그대들이 이번 거사에 성공한다면 한양으로 불리어 큰 상급과 벼슬을 받을 것이고 실패한다면 나와 더불어 불귀의 객이 될 것이니라. 목숨을 버릴 각오가 되었느냐?"

네 사람은 허숭도 앞에서 손가락을 끊어 혈맹을 하고 경성으로 급히 말을 몰았다. 남이는 사자위와 더불어 변복을 하고 멀리 숨어서 그들을 따랐다.

동생 이시합과 더불어 머리를 맞대고 앉아 있던 이시애가 인기척을 듣고 방문을 열었다. 허유례는 문 앞에 무릎을 꿇고 아버지가 보낸 봉서를 바쳤다. 이시애는 선 채로 봉서를 뜯었다.

　…소관은 절도사 나리의 하해 같은 은혜를 입어 늘 감읍할 따름입니다. 그러나 시방 늙고 병이 들어 나리를 수행하지 못한 것이 부끄러울 뿐입니다. 다행히 저에게 나리를 존경하고 따르며 나리를 위해 한 목숨 바치겠다는 아들과 장정 몇 사람이 있습니다. 우선 그들을 나리께 보내니 어떤 하명이라도 따를 것입니다. 곁에 두고 쓰시옵소서.

불리해진 전세에 조초하던 이시애는 허숭도의 충성어린 글을 읽기가 무섭게 무장해제도 시키지 않은 채 네 사람을 방안으로 불러들였다. 순간 허유례를 비롯한 네 무사가 동시에 칼을 뽑았다. 그들은 쉽게 이시애와 이시합을 제압하여 결박하는 데 성공했다.

"역적의 괴수 이시애와 이시합을 체포했다!"

그 소리를 신호로 매복해 있던 남이가 부하들을 이끌고 담을 넘어 순식간에 나머지 도당들을 제압했다. 허유례 등은 앞뒤, 좌우에서 남이의 사자위가 호위하고 있는 가운데 이시애 형제를 말에 태우고 보란 듯이 도총사의 본진이 입성해 있는 길주로 달렸다.

성문에 이르자 남이가 몸을 돌이켰다. 줄곧 남이를 수행하던 조영달이 볼멘소리를 했다.

"이시애를 잡는 데 공이 없지 않은 장군께서 어찌 돌아서십니까?"

"지금은 공을 다툴 때가 아니다. 아직도 이명효와 이시애의 다른 동생 이시욱, 이시백이 잔병을 이끌고 고성산으로 숨어들었다. 어서 가자."

남이는 뒤도 돌아보지 않고 서둘러 길을 재촉했다. 도총사 귀성군이 잡혀온 이시애를 문초하기 시작했다.

"죄인은 듣거라. 너는 나라의 녹을 먹는 절도사 강효문과 많은 관리들을 무참하게 주륙했다. 중죄인이라 해도 국가권력만이 형벌을 가할 수 있음에도 불구하고 네가 사사로이 사형(私刑)을 가하여 사람을 죽였으니 이는 살인죄에 해당한다."

이시애가 고개를 빳빳이 세우고 대답했다.

"강효문은 함길도 인민의 피를 빨고 착취를 일삼았으며 함길도

전역을 도탄에 빠뜨렸소. 우리는 여러 요로를 통해서 강효문을 응징하고 탄핵하는 장계를 조정에 올렸소. 그러나 강효문에게서 뇌물을 받은 조정의 관리들은 묵묵부답이고 오히려 그를 옹호해 왔소. 따라서 나는 정의의 칼을 뽑아 강효문과 그의 도당들을 척살한 것이오. 조정에서는 정녕 나의 공로를 인정하고 상을 내려야 마땅한 일 아니오?"

"너는 나라의 훈구대신인 한명회와 신숙주를 모함하여 반역을 꾀했다고 거짓 상소했고, 백성들에게도 거짓말을 퍼뜨렸다. 또한 죄없는 양민을 수없이 죽이기까지 하였다."

"이 나라의 공신이란 자들은 일신의 영달과 부귀영화에만 급급하여 상감의 귀를 틀어막고 백성 위에 군림하여 백성들의 고초와 나라의 장래를 조금도 생각하지 않고 있소. 따라서 나는 상감의 귀를 번쩍 뜨게 하여 그들을 친히 다스리도록 획책했던 것이오."

"너는 무지몽매한 백성들을 선동하여 세상을 어지럽힌 혹세무민의 죄를 저질렀으며 백성들로 하여금 감히 나라와 관군에게 반기를 들게 했다. 이는 명백히 대역죄에 해당하느니라."

"생각해 보시오. 도총사 양반. 조선의 임금은 함길도를 그 뿌리로 두었소. 그러나 조정은 함길도 인민을 괄시하여 등용의 문을 열어주지 않았고 함길도 인민이 굶어죽을 지경에 이르러도 구휼미를 보내는 데 인색했소. 함길도 인민은 오랫동안 압박과 설움에서 살아왔소. 그들은 뼈저린 한이 있었기에 남녀노소 무론하고 창칼, 심지어는 농기구를 들고 열화같이 일어난 것이오. 내가 무슨 재주로 일시에 5만 명의 군사를 모집하겠소."

"너와 함길도 인민이 총궐기하여 조선의 왕업에 정면으로 저항

한 섯이로다. 네가 나라를 빼앗으려 한 의도가 분명하구나."

"나는 조선의 변방인 함길도 인민을 사랑하고 있소. 그래서 나는 새로 나라를 세워 우리 함길도 인민이 따뜻한 옷을 입으며 배불리 먹고 살게 할 생각이었소. 내가 한양에 입성하면 다행이지만 단지 철령만이라도 방비하면 조선의 군대가 만만이라도 함길도에 발을 들이기가 쉽지 않을 것이라 생각했소. 그러나 이제는 만사휴이요. 이제 그만 나를 죽여주시오. 마지막으로 부탁하니 민심은 천심이라고 했듯이 우리 함길도 인민을 절대 버리지 말라고 상감께 전해 주시오."

도총사는 이시애가 나라를 두 동강 내겠다는 말에 주먹을 부르르 떨며 벌떡 일어섰다.

"당장 이시애, 이시합의 사지를 찢어 죽여라!"

그때 유자광이 앞으로 나섰다.

"저들을 서울로 압송하여 성상께 무릎을 꿇린 후, 만백성 앞에서 죽이도록 함이 좋을 듯합니다. 제가 책임지고 저 두 놈을 끌고 가겠습니다."

허종이 손사래를 쳤다.

"함길도에는 아직도 저놈을 맹목적으로 따르는 자가 많소. 서울로 압송하는 중에 괴수의 잔당이 나타나 도주시키거나 민란의 가능성이 있으니 당장에 처형해야 하오."

도총사가 명하여 이시애, 이시합의 사지를 찢어 육진에 보내고 임금에게 승전소식을 고했다. 때는 8월 12일, 동족끼리 서로 죽이고 죽는 장장 3개월의 지루한 싸움이 끝이 났다.

한편 싸움터에 나간 군사들이 집으로 돌아가기 위하여 짐을 싸고 있을 때 남이는 1,000명의 기마병을 이끌고 6진으로 달려갔다. 이시애의 잔당을 소탕하고 두만강을 넘어 여진족에 귀부(歸附)하는 무리를 차단하고, 이때다 싶어 조선 땅을 넘보는 야인들을 물리치기 위한 것이다.

이명효와 이시애의 형제들은 수백의 잔당을 이끌고 북변으로 도망치고 있었다. 경성을 지나 고성산에 숨어 있다는 정보를 듣고 급히 달려온 남이는 산과 계곡을 이 잡듯 뒤졌다. 그러나 고성산은 높고 험하여 도망친 잔당을 찾는다는 것은 모래사장에서 바늘을 찾는 것처럼 쉬운 일이 아니었다.

남이가 경성에 이르렀을 때 마현손(馬賢孫)이란 자가 남이를 찾아왔다. 마현손은 회령 사람으로 정휴명, 차운혁과 더불어 이시합을 체포하러 나섰다가 도리어 잡힌 바 되었는데 이명효에 매수되어 목숨을 부지했으며, 등을 돌려 아군의 편으로 돌아선 사람들을 색출하러 다니던 인물이다.

"네가 변절했다는 사실을 모르는 사람이 없는데 무슨 낯짝으로 나를 보자고 하는 게냐?"

"지난 일을 후회하고 있습니다. 목숨만 살려주신다면 이명효를 잡아다 바치겠습니다. 이명효는 고성산의 동굴에 숨어 있으며 소인을 심복으로 알고 있어 소인이 드나들며 식량을 대주고 있습니다."

"네가 이명효를 체포한다면 지난 일을 용서할 뿐만 아니라 성상께 상소하여 관직을 주고 큰 상을 내리리라."

남이는 수십 명의 군사를 이끌고 마현손을 따라 고성산 깊숙이 들어갔다. 동굴을 막고 이명효를 잡는 것은 식은 죽 먹기였다.

남이는 바흰손으로 하여금 도총사에게 이명효를 입송도록 했다.

그때까지도 탁문아는 감감무소식이었다. 남이는 잡혀온 자들이나 귀순한 사람들에게 탁문아의 행방을 수소문하였으나 아는 이가 없었다. 지아비와 조국을 위해 한몸을 던져 충성을 바친 탁문아가 너무도 그리웠다. 날씨는 점점 추워오는데 변방에서 수자리를 지키는 남이는 더욱 걱정스러웠다.

해가 서산에 뉘엿뉘엿 질 무렵 함길도 최북단 온성의 성루에서, 지는 태양을 바라보며 피리를 불고 있는 남이의 눈에 두만강에 떠 있는 쪽배 한 척이 보였다. 배는 넘실거리는 물결에 따라 가볍게 춤을 추며 온성 쪽으로 방향을 잡고 있었다.

쪽배에는 한 여인이 노를 젓고 있었다. 남이는 볼 일이 있어 강을 넘나드는 여느 사람이거니 하며 시선을 돌렸다. 그러나 언뜻 보니 여인은 성루를 향하여 언덕을 오르며 남이를 향해 손을 흔들고 있었다. 태양빛으로 인해 여인의 형체를 알아보지 못하고 무심히 성루를 내려오는 남이에게 성문을 지키는 병사가 마주 올라오고 있었다.

"어떤 여인이 막무가내로 장군을 뵙자고 떼를 쓰는 바람에…."

남이는 혹시나 하여 급히 성문으로 달려갔으나 일면식도 없는 중년의 여인이 서 있었다.

"누구시기에 나를 보자는 거요?"

여인의 행색을 뜯어보며 남이가 물었다.

"장군의 피리소리가 낯설지 않다기에…."

여인은 숨을 몰아쉬며 말을 계속했다.

"저는 쪽배로 사람들을 실어 나르는 여자 뱃사공인데 저 건너편 강변에서 젊은 여인이 피리를 부는 사람이 혹 남이 장군인가 알아봐 달라는 부탁을 하여 건너왔습니다. 앞에 계신 분이 과연 천하를 호령하신 남아이십대장군 남이 장군이신가요?"

"그렇소만 나를 찾는 여인이 대체 누구라는 거요?"

여인은 말을 잃고 감탄과 흠모의 눈으로 남이를 올려다본다.

"탁문아라면 아실 것이라 했습니다."

"무어라 했는가, 탁문아…?"

남이는 앞뒤 가릴 것 없이 말에 올라탔다. 말은 모가지까지 차는 강물을 휘저으며 강을 건넜다. 남이는 마주 달려오는 여인을 낚아채듯 부둥켜안고 오랜 입맞춤을 했다. 탁문아의 등어리가 마른 장작처럼 메말라 있었다. 마른 장작에 불이 붙으면 활활 타오르는 법. 탁문아가 뜨거운 입김을 쏟아내며 자신의 몸을 남이의 가슴에 밀착시키자 남녀는 한 덩어리가 되어 풀숲에 뒹굴었다. 풀숲이 짓이겨지고 땅거미가 대지를 감싸고 있었다. 두 사람이 풀밭에 벌렁 누워 해진 후의 여광을 바라보다가 문득 탁문아는 잔잔한 음성으로 지난 일을 더듬었다.

이시애의 동생 이시합은 정작 난을 주도한 이시애보다 더 큰 야욕을 가진 위인으로 그는 함길도 원주민과 여진족을 아우르는 나라를 세우려는 흑심을 가지고 있었다. 뱃심이 두둑한 그는 자신의 군사가 관군에 밀리고 있을 때에도 후선에 느긋하게 앉아 기생들을 끼고 풍악을 즐기고 있었다. 탁문아는 그를 유인하여 적당한 시기에 죽일 생각을 했지만, 이시합의 눈에는 경계의 눈치가 역력하여 기회가 쉽사리 잡히지 않았다.

관군이 마운령을 넘을 때도 이시합은 기생들과 잔치를 벌이고 있었다. 탁문아는 이시합에 안겨 갖은 교태를 부리고 있었다.

"쉰네 나리를 흠모하여 왔습니다."

"그렇다면 오늘밤에는 자네가 수청을 들겠는가?"

"어찌 하해 같은 은혜를 마다할 수가 있겠습니까?"

탁문아는 연신 술을 따라 바쳤다.

"쉰네 소선과 더불어 나리께 춤을 보여 드리겠습니다. 쉰네의 특기인 검무는 보는 이로 하여금 정기를 살린다고 하였습니다. 보시면 힘이 불뚝불뚝 솟을 것입니다."

소선은 그녀의 아비가 반군에 의하여 처형되자 원수를 갚겠다며 기방으로 뛰어든 여인으로 탁문아와 의기투합하고 있었다.

"암, 암. 여체의 몸놀림을 우선 감상하는 것이 순서겠지."

두 여인의 춤이 현란하게 펼쳐지고 이시합은 몽롱한 눈으로 술에 취하고 춤에 취하고 여체에 취하고 있었다. 순간 탁문아는 이때다 싶어 목검을 던지며 이시합이 벽에 걸쳐둔 칼을 집어 들었다.

"이년이 감히…!"

이시합이 교자상을 들어 메치는 바람에 탁문아가 손에서 칼을 놓치고 말았다. 칼은 이시합의 손에 들어갔고, 그가 휘두르는 칼에 소선이 맞았다. 탁문아는 돌아볼 겨를도 없이 몸을 빼어 줄행랑을 친 후, 마천령을 넘고 개마고원을 지나 삼수갑산으로, 그리고 두만강을 건너 만주로 피신했었다.

"저는 나으리께서 여기까지 오신 줄을 까맣게 모르고 있었습니다."

"적군의 잔당을 섬멸하기 위해 예까지 온 것이오. 다행히 이명효는 잡았으나 아직도 두만강 저쪽에 잔당들이 은거하고 있는 실정이라 때를 보아 두만강을 넘어 본때를 보일 작정이오."

남이는 온성을 근거지로 두고 육진을 오가며 백성들을 다독거리고 군사들의 사기를 진작시키고 있었다. 이시애 도당은 어디에서도 보이지 않았다. 남이가 막사에 오면 탁문아가 따뜻하게 맞이하여 변방에서나마 행복한 나날을 보내고 있었다.

9월 21일, 병마도총사 귀성군이 개선하여 돌아오자 세조는 창덕궁 선정전에 나아가 크게 잔치를 베풀고 승전을 축하하였다. 그 자리에 남이는 없었으나 이미 그의 용맹이 장안에 퍼져, 증폭되고 증폭되어 남이의 명성은 하늘로 치솟고 있었다.

이시애의 난을 평정한 공으로 이준, 조석문, 강순, 어유소, 박중선, 허종, 윤필상, 김교, 이숙기 그리고 남이 등 10명을 1등 적개공신(敵愾功臣)으로 봉했다. 또한 27세의 남이에게 의산군(宜山君)의 작위가 내려지고, 23인을 2등 적개공신으로, 13명을 3등 적개공신으로 봉했다.

세조는 남이에게 다음과 같이 치하했다.

임금은 이르노라. 적을 토벌하고 적개(敵愾)하는 데는 반드시 훌륭한 장수의 용력과 재주에 힘입는 것이다. 이제 경에게 충성을 기려 책훈하고 성대한 상급을 내리는 전례(典禮)를 거행함은 공의에 의함이요 사사로운 은혜를 따르는 것이 아니다.

생각건대 경은 지식이 육도(六韜)를 갖추었고 기운이 만인의 무리를 제압하였다. 어려서부터 효건(驍健)한 재예(才藝)를 자부하였고, 일찍이 금위군의 행렬에 끼였었다. 전번에 적신(賊臣) 이시애가 역적의 모계(謀計)를 부려서 간사하게 속이고 흉악한 기염을 선동하여 부엉이가 날개를 벌리듯이 하였다.

이에 짐이 4도 병마도총사에게 명하여 토벌을 감행토록 하고 경을 수행케 하였다. 경이 선두에 서서 진군하니, 오직 진군하여 죽는 것이 영화인 것을 알고 항상 전장에 나가는 것이 남에게 뒤질까 저어하였다. 소매를 걷어 올리며 남 먼저 오르는 용기를 떨치고 몸을 빼쳐서 홀로 달려갔다. 친히 시석(矢石)의 교차되는 것을 무릅쓰고 시호(豺虎)의 소굴을 바로 쳤도다. 흉도를 세 화살로 죽였고 요기를 한번 호령하는 사이에 쓸어버렸다.

이에 경을 적개 일등공신으로 책훈하니, 수령할지어다. 아아! 황하가 띠와 같이 되고 태산이 숫돌같이 되도록 금일의 아름다움을 잊을 수가 있겠는가? 가물 때는 장마가 되고 내에는 배가 되어, 뒷날 공효에 더욱 힘쓰기를 바라노라.

18. 여진 정벌

세조 13년 9월 15일, 남이가 온성에서 신혼 같은 단꿈을 꾸고 있을 때 조정으로부터 급보가 날아들었다. 남이로 하여금 휘하 장병을 이끌고 평안도 만포로 달려가라는 유시였다. 길주에 머물고 있던 어유소 또한 같은 명령을 받았다. 남이는 탁문아를 서울로 보내고 1,000명의 기병을 이끌고 강계로 달렸다.

이시애의 난을 평정하고 조정이 안도의 한숨을 쉬고 있을 때였다. 8월 17일 세조는 명 황제의 자문(咨文-외교문서)을 받았다.

중국은 건주 3위의 우두머리에게 대대로 관직을 주어 일신을 영화롭게 하였고 토지와 거처를 주어 평안하게 살도록 해주었도다. 그럼에도 불구하고 근자에 이르러 그들은 천도를 패역하고 여러 번 요동의 변경을 침범하여 노략질을 일삼고 있도다.

이에 정로장군 무정백(武靖伯) 조(趙)로 하여금 8월 5일, 8만의 군사를 통솔하여 요하를 건너게 하였도다. 여진의 소굴을 쳐서 그 족속을 멸망시킴으로써 천신의 노하심을 위로하고 생령들의 분함을 달래주려 함이로다. 다만 염려되는 것은 건주의 후미가 조선의 변방과 맞닿아 있어 잔적이 패하여 도주하다가 귀국의 변방으로 숨어들어 목숨을 건질까 우려되는 바로다.

조선은 예의지국이고 예로부터 중국 조정에 공경하는 마음을 가져왔도다. 조선이 잔적들의 후미를 끊으면 조만간에 진실로 적의 항복을 받을 수 있을 것이로다. 우리 진군의 길이 실로 아득히 멀고 적이 길을 차단하니 일시에 달려가기가 쉽지 않도다. 바라건대 귀국에서도 군사를 일으켜 대응하기 바라노라. 그리하여 양국의 군사가 서로 도와 적의 소굴을 소탕하도록 준비하기 바란다.

세조는 병조판서 이극배, 우참찬 윤필상 그리고 도승지 권맹희를 교태전으로 불렀다. 이시애의 난을 겪으면서 대소사에 임금의 시중을 들던 윤필상이 우참찬으로, 좌부승지 권맹희가 도승지로 승진해 있었다.

세조는 주안상을 내오라고 하더니 술 한 잔을 단숨에 들이키고 길게 한숨을 지었다.

"여진은 본래 우리 백성이었던 것이 지금은 그 사이가 점점 멀어져 원수지간이 되는 지경에 이르렀도다. 짐의 시대에 그들을 복속시키지 못하면 후대에 화근을 남겨주게 될 것이니라. 짐이 군사를 훈련하고 부국강병책을 쓰는 것이 바로 이를 후대에 물려주지 않고자 함이로다. 그러나 작금 우리에게는 진퇴양난의 어려움이 있도다. 여진을 칠 기세면 여진이 명에 붙고 여진을 회유하자면 명이 여진을 회유하는 형국이로다. 여진은 이런 사정을 잘 알고 있기 때문에 양국의 변방을 노략질하며 어디에도 귀속되기를 꺼려하고 있도다."

"전하, 그렇다면 지금이 호기회인 듯하옵니다. 다행히 명이 원군을 청하고 있지를 않사옵니까?"

권맹희가 세조의 의중을 알아차리고 말했다.

"도승지의 말이 옳도다. 옳다마다. 그러나 우리가 이시애를 평정하면서 모든 기운을 써버렸다. 그러나 다행히 이번에 발굴한 명장들이 있어 걱정은 하지 않노라."

윤필상이 거들었다.

"전하, 남이와 어유소를 이르시옵니까?"

"당연한 말이로다. 그런데 강순은 어디에 유둔하고 있는고?"

이극배가 대답했다.

"진북장군 강순은 평안도 군사 3,000명을 이끌고 함흥을 떠나 평양으로 향하고 있사옵니다. 하지만 강순의 군사는 지칠 대로 지쳐 북정에 나가기 어려울 듯 사료되옵니다."

"도총사 귀성군은…?"

"귀성군은 관군 본진과 더불어 함길도에 있고 아직은 그곳 백성들을 위무할 때이며 그 휘하의 장병들이 피곤하여 북정에 합류하기가 곤란합니다."

이극배의 말을 들은 세조의 마음은 천근만근이었다.

"그렇다고 이 기회를 놓칠 수는 없다. 답답하구나. 어디 의견들을 내놓아 보라."

잠시 침묵이 흘렀다. 이윽고 윤필상이 눈을 반짝이며 권맹희를 돌아보더니 입을 열었다.

"귀성군이 길주를 점령하고 다시 마운령을 넘을 때 이미 이시애가 쇠진해 도망침으로 권맹희가 징집한 충청도, 전라도 군사 3,000명을 한양으로 불러 올렸습니다. 그들은 휴식도 취할 만큼 했으니 그들을 보냄이 가한 줄로 압니다. 그렇게 되면 남이의 기마병 1,000명, 어유소의 기마병 1,000명을 합하여, 도합 5,000명이니 과연 보낼 만합니다."

"짐이 듣기로는 이만주와 그 아들들이 3,000명, 동창과 범찰이 각각 1,000명을 지휘하고 있으며 그들 모두 기마병이니 아무리 남이와 어유소에게 일당백의 효용이 있다하나 중과부적이라 할 수 있도다. 또한 명나라는 조선에 일만 명의 청병을 했도다."

세조는 느닷없이 술잔을 들어 권맹희에게 권했다.

"공의 아비(권개)가 와병중이라 들었는데 병세가 어떠한고?"

"더 하지도 않고 덜 하지도 않고 기만 쇠할 따름이옵니다."

"그렇다면 경이 황해도와 평안도로 떠나게. 거기서 5,000명을 징발하여 강순에게 넘기도록 하라. 그리고 경은 후방에 남아 전황을 속속 보고하고 짐의 유시를 강순에게 전달하도록 하라."

세조는 강순을 주장으로 임명하고 어유소를 중추부지사로 올려 좌상대장으로, 남이를 중추부동지사로 올려 우상대장으로 삼았다. 윤필상은 3,000명의 보병을 인솔하여 평안도 만포로 떠났다. 주장 강순에게 군사를 인계하기 위함이다. 한양에서 만포는 천리 길이라 행군은 더디기만 했다. 더욱이 식량과 군수품을 실은 치중대는 소걸음이었다.

권맹희는 동생 중희와 더불어 한양을 출발했다.

"사안이 급한 만큼 나누어서 모병하도록 하세. 나는 곧장 평안도로 갈 것이니 중희는 황해도로 가게나."

이 지역의 농민들은 지겹도록 야인들에게 당한 터라 의외로 권맹희 형제의 모병에 호응하는 사람들이 많았다. 야인들에게 식량을 탈취당한 사람들, 경작에 없어서는 안 되는 소를 빼앗긴 사람들, 심지어는 아버지가, 혹은 아들이 저들에게 잡혀가 뜻하지 않게 이산가족이 된 사람들도 부지기수였다. 농민들은 비록 활과 창검은 없었으나 너도나도 도끼나 갈고리 등 손에 짚이는 대로 들고 나섰다. 나이 많은 사람들도 가겠다고 나서자 뜯어말리느라 진땀을 빼야 했다. 함길도에 나갔다 방금 돌아온 이들까지 쉴 틈도 없이 무릎을 짚고 일어섰다. 그들은 정녕 울분이 있었기에 결코 오합지졸이 아니었다.

북정군의 주장으로 임명받은 강순은 방금 군대를 해산시킨 뒤라 다시 그들을 불러 모을 수가 없어 평양에서 윤필상이 이끌고 오는 군사를 기다릴 수밖에 없었다.

평안도 북변 만포로 달려가 압록강을 건너 진격하라는 명령을 받은 남이는 우선 진소근지, 맹불생, 이산, 오마수 등 휘하의 향화인 10여 명을 불러 밀명을 내렸다.

남이는 군사들을 재촉해 평안도로 떠날 준비를 하고 있었다. 군관 노경손이 볼멘소리로 불평을 늘어놓았다.

"도성의 군사가 만포에 도착하자면 20일은 족히 걸릴 것이고 어유소가 경성, 길주, 함흥에 흩어져 있는 기병들을 모아 만포에 당도하는 것도 많은 시일이 필요할 것입니다. 그러나 우리의 기마병이 개마고원을 지나 낭림산맥을 넘어 만포에 이르자면 사나흘이면 족한데 이렇듯 서두르심은 어인 연고이십니까?"

"자네가 평안도 북변을 가보았는가? 압록강을 건너보았는가? 보지 않은 자가 아는 체를 더 한다더니…."

압록강을 끼고 있는 만포에 도달한 남이는 강순의 주력군이 도착하기 전에 휘하 장병들을 풀어, 주변의 나무를 베어 뗏목을 만들고 여러 개의 뗏목을 밧줄로 묶어 부교(浮橋)를 만들었다. 압록강의 물은 살얼음이 얼고 있고 수심이 깊어 기마병과 보병이 건너갈 형편이 못되었다.

부교가 완성될 즈음, 오마수, 이산, 맹불생 등이 헐레벌떡 나타났다. 남이는 그들을 막사로 불러들였다. 부관 조영달과 군관 노경손이 배석했다.

"다녀왔는가? 자네들이 보고 느낀 바를 상세히 보고하게. 그런데 진소근지는 왜 안 보이는가?"

"저희들은 장백산 줄기를 타고 곧바로 말을 달려 파저강(婆猪江−지금의 혼강渾江)에 이르렀고 다시 파저강을 건너 고음한(古音閑−지금의 환인)에 이르렀습니다. 압록강에서 북쪽으로 200리쯤 되는 곳입니다. 거기에서 진소근지와 헤어졌습니다. 그는 올라산성으로 잠입한 것 같습니다. 고음한에는 야인들에게 잡혀온 조선인과 중국인이 농사를 짓고 있었고 평온해 보였습니다. 저희가 안면이 있는 사람에게 물으니 이만주의 기마병은 3,000명인데 고음한에 머물러 있고 철옹성인 올라산성(고구려의 도읍지 졸본성, 지금의 오녀산성)을 뒤로 하고 있습니다. 또한 서북쪽 150리 지점에서 동창이 1,500명의 군사를 데리고 명의 요동군과 대치하고 있다고 합니다. 범찰과 그의 아들 보하토는 올라산성 북쪽 30리 즉

파저강 상류의 올미부에 진을 치고 있습니다. 보하토가 거느리는
군사는 대부분 마적 출신으로 그 수를 알 수 없습니다. 1,000명,
혹은 2,000명, 혹은 3,000명이라 합니다. 그들은 야수와 같아서
들고나는 것이 신출귀물하다고 합니다.”

조영달은 남이의 깊은 뜻과 치밀한 계략에 혀를 내둘렀다.

9월 21일 강순과 윤필상이 보병 3,000명과 치중대를 이끌고 만
포에 이르렀다. 어유소는 이틀 늦게 도착했다. 권맹희와 권중희
는 압록강을 건너기로 한 9월 25일까지 5,000명을 이끌고 만포와
강계에 당도했다.

윤필상은 강순, 남이, 어유소 그리고 도열한 장병들 앞에서 임
금의 어찰을 읽어 내려갔다.

임금은 북정의 주장 강순, 좌대장 어유소, 우대장 남이에게 유
시하노라.

금차의 용병은 마치 그림자를 잡는 것과 같도다. 모름지기 용병
술이란 진퇴를 거듭하다가 홀연히 변화하여 형세가 일정하지 않
게 하는 것이로다. 따라서 허실을 깊이 살피고 기회를 엿보아 승
리를 이끄는 것이다.

경들에게 난적을 괴멸한 수훈을 갚지도 못하고 다시 전장에 내
보낸 점이 매우 미안할 따름이로다. 그러나 힘들다고 기회가 왔는
데도 움직이지 않고 하늘이 준 기회를 취해 국가의 위엄을 천하에
떨치지 않을 수가 있겠는가? 손자병법에 이르기를 견주어보아야
남거나 부족한 것을 안다고 했도다. 짐이 막중한 책임을 위임한
뜻을 알지어다. 적을 친 후에 다시 그 소굴이 되살아나거든 다시

군사를 들어 공격하여, 시간이 걸리더라도 반드시 건주를 진멸하
여 씨를 말리도록 하라.

군사들의 함성이 하늘을 메웠다. 사기가 하늘을 찌를 듯했다.

9월 25일 남이와 어유소의 군사가 압록강을 건넜다. 남이는 만
포를 출발하여 노령산맥을 넘고 파저강을 건너 고음한으로 향했
다. 어유소는 강계의 고사리포에서 출발하여 평원을 지나 올미부
로 향했다. 주로 보병이 위주인 강순의 본진이 남이의 후방에서
진군하고 있었다.

깎아지른 듯한 준령을 넘을 때는 길이 좁고 좌측에는 까마득한
낭떠러지, 우측에는 칼날 같은 바위가 솟아 있어 기마병들은 한
줄로 진군할 수밖에 없었다. 험한 산을 넘을 때는 기마병이나 보
병이나 그 속도가 매양 마찬가지였다. 남이의 기마병이 만포에서
고음한까지 200리 길을 가는 데 꼬박 5일이 걸렸다. 다행히 적의
저항은 별로 없었다. 파저강가에 진을 친 남이의 군사는 새벽, 침
묵 속에서 강을 건넜다.

고음한의 초입에 당도하니 3,000명이나 되는 적의 기병이 기다
리고 있었다. 1,000명에 지나지 않는 아군은 그 숫자에 놀라 지레
겁을 먹고 있었다. 남이는 군사들을 숲속에 숨기고 해가 중천에
떠도 꼼짝하지 않았다. 뒤이어 달려온 강순이 채근하였다.

"남 장군은 저 3,000명의 적군에게 겁을 집어먹었는가? 저들은
오합지졸이고 여자들도 섞여 있지를 않나? 천하의 남이 장군이
진군할 생각을 하지 않고 왜 머뭇거리는가?"

남이가 태연자약한 모습으로 대답했다.

"손자병법에 이르기를 병사들의 아침의 기(氣)는 날카로우나 한낮부터는 기가 풀어지고 저녁의 기는 그야말로 기진맥진한다고 했습니다. 소장은 일찍이 아비로부터 구름처럼 피어오르는 기를 멀리서 보고 정황을 판단하고 길흉을 점치는 망기(望氣)의 술법을 배웠습니다. 적진의 운기를 보니 붉고 푸른 기운이 하늘로 뻗치고 있습니다. 저들은 지금 사기가 충천합니다. 저들의 기가 스스로 꺾이기를 기다리고 있을 뿐입니다."

저녁나절 남이가 적진을 바라보니 운기(雲氣)가 희푸르고 창백한 색을 띠면서 불 꺼진 재처럼 사방으로 흩어지는 기색이 역력했다. 천문과 지리에 도통한 남이의 눈에는 그렇게 보였다.

"진군하라!"

남이의 호령이 쩌렁쩌렁 울렸다. 진군을 알리는 북소리와 나팔소리 그리고 병사들의 함성이 지축을 울렸다. 남이는 군사들을 독려하며 앞장서서 나아갔다. 남이는 '벼락'을 높이 들고 무서운 기세로 적진을 향해 돌진해 나갔다.

그때 적진에서 젊은 장수가 장창을 비껴들고 썩 앞으로 나섰다.

"나는 대추장 이만주의 손자이고 일전에 조선에서 돌아가신 도독 이두리(李斗里)의 아들 이보라충(李甫羅充)이다. 꼭지에 피도 마르지 않은 남이의 목을 쳐서 아버지의 원수를 갚고자 한다. 남이는 앞으로 나와 일대일로 겨루자."

남이가 응수했다.

"네 아비는 우리 조선이 죽이지 않았다. 너희가 노예로 만든 중국인이 암살한 것을 모르느냐?"

이두리는 이만주의 장남인데, 그는 평안도에서 자신이 노예로 삼은 중국인 왕중무 부부에게 도끼로 살해되었지만 이만주는 이 일이 조선이 사주해서 일어난 일이라고 강변하며 왕중무를 자신에게 넘겨달라고 요청해 왔었다. 조선에서는 조선이 알 바 아니라며 왕중무를 오히려 중국에 넘긴 사건이 있었다.

"듣기 싫다. 조선이 사주(使嗾)한 것이 틀림없다. 남이는 앞으로 나오라."

이보라충은 상대가 되지 않았다. 남이의 기합소리가 들리는가 싶더니 이보라충의 머리가 땅에 떨어져 나뒹굴었다.

남이는 멈추지 않고 앞으로 나갔다. '벼락'이 바람을 가를 때마다 사방에서 비명소리가 터지고 적군의 붉은 피가 하늘에 솟구쳤다. 남이의 진격하라는 한 마디에 분기탱천한 기병들이 뽀얀 흙먼지를 일으키며 적을 사정없이 몰아붙였다. 적의 머리가 여기저기서 추풍낙엽처럼 떨어져 뒹굴었다. 적의 놀란 군마들이 제풀에 날뛰며 뒷걸음질치고 있었다.

멀리 올라산성 성루에서 이 광경을 내려다보던 이만주가 북을 울려 퇴각명령을 내렸지만, 아군 진영에서 진격을 재촉하는 나팔소리와 징소리가 적의 북소리를 압도했다.

적군은 올라산성으로 퇴각하여 성문을 걸어 잠그고 움쩍도 하지 않았다. 아군이 지칠 때까지 기다릴 요량인 것 같았다.

올라산성은 고구려 동명성황이 나라를 세우면서 첫 도읍지로 정한 곳(졸본성)인데 산의 높이가 2,700척에 달하고 700척에 이르는 절벽 위에 성벽이 둘러져 있는 천연의 요새이다. 다만 동남쪽으로 완만한 경사지를 이루고 있어 성문이 거기에 있다. 산 정상에는 남북으로 5,000척, 동서로 1,000척의 평원이 형성되어 있다. 가운데에 천지라고 부르는 호수가 있는데 이 호수는 수천 년간 마른 적이 없다고 한다. 이 평원에서는 농경을 하고 있고 고음한 에서 거둬들인 곡물로 인하여 수개월 또는 한 해 동안도 버틸 수 있는 곳이다.

남이의 군사가 성을 에워싸고 있으나 전혀 속수무책이라 군사들은 성 주위를 빙빙 돌고 있을 뿐이었다. 적군들은 성루에 올라 야유를 퍼붓고 돌과 불화살을 날리고 있었다.

남이가 강순에게 고개를 갸웃거리며 말했다.

"올라산성은 철옹성이라 도저히 손을 쓸 수가 없습니다."

답답해 하는 남이에게 강순이 그럴듯한 대안을 내놓았다.

"우선 수천 명의 군사가 성채를 에워싸고 편전을 날려 적의 군사가 성루에 오르지 못하게 하시오. 그리고 성문 앞에 산성보다 높은 토성을 쌓은 후, 우리 군사가 토성에 올라 화살을 날려 공격합시다."

"세종 때에 그런 작전으로 성을 함락시킨 적이 있음을 저 또한 알고 있으나 그때는 성 안의 군사가 300명에 지나지 않았습니다. 그러나 지금은 성안의 군사가 너무 많아 크게 저항을 받을 것임으로 토성조차 쌓을 수 없을 것입니다."

"그렇다면 무슨 뾰족한 대책이라도 있는 거요?"

"두고 보시면 알게 될 것입니다."

9월 29일 새벽, 남이는 기병을 이끌고 성문으로 짓쳐 들어가고 있었다. 그러나 올라산성 성루에 적군이 새까맣게 몰려나와 아군을 향해 화살을 날리고 돌을 굴려 아군들이 돌에 맞고 화살에 맞아 아수라장이 되었다. 이만주와 아들 이고납합(李古納合)이 성문의 높은 누각에 서서 진두지휘하고 있었다. 남이는 쏟아지는 화살들에 아랑곳 없이 철궁 '천둥'에 화살을 먹였다. 이만주 부자와는 상거가 1,500보쯤 되었다. 화살은 천둥소리를 내며 세차게 바람을 가르자 이만주가 화살에 정통으로 맞고 고꾸라졌다. 곧이어 활시위를 떠난 화살이 이고납합의 심장을 꿰뚫었다.

그때였다. 육중한 성문이 안에서부터 열리더니 성루에서 진소근지가 깃발을 들어 신호를 보내고 있었다. 남이의 군사가 기다렸다는 듯이 성안으로 물밀듯 쇄도해 들어갔다. 남이는 여러 소굴을 뒤져 군사 20여 명을 칼로 베고 이어서 이만주의 아내와 부녀자들을 포함하여 200여 명을 포로로 사로잡았다.

그때 진소근지가 남이 앞에 무릎을 꿇었다.

"저들을 다 죽일 작정이십니까? 그럴 줄 알았으면 제가 먼저 와 성문을 열지 않았을 것입니다. 저들은 저의 동족입니다. 따지고 보면 조선인과 동족이라 해도 과언이 아닙니다. 여진족은 고구려 사람이었으며 발해 사람이었습니다."

남이의 생각에도 올라산성에 있던 적병들은 일부를 제외하고는 싸우지도 못하고 항복한 사람들이거늘 이들을 죽일 수는 없는 것이 아닌가.

어유소가 올미부에서 올라산성으로 달려왔다.

"소장은 고사리를 출발하여 이번다회 평원을 지나 곧바로 올미부로 달렸습니다. 올미부는 파저강 상류인 오모수(吾毛水) 변에 위치하는데 보하토는 군사를 집결하지 않고 여러 산채에 복병을 두어 아군에게 유격작전을 펼쳤습니다. 치고 빠지는 수법이 능수

능란하여 토벌이 쉽지 않았습니다. 우리 또한 기습작전을 펼쳐 100여 산채를 불살랐고 70여 명을 참하였습니다. 그러나 보하토를 잡지는 못했습니다. 그는 어느 결에 잔병을 이끌고 도망치고 말았습니다."

강순, 남이, 어유소는 올라산 정상으로 올라가 주위를 둘러보았다. 강순이 감개무량하여 말하였다.

"고구려인의 웅혼한 기상이 느껴지오. 겨레의 얼이 여기 만주 강토에 살아 숨 쉬고 있구려."

남이가 긴 호흡을 하며 대답했다.

"그렇습니다. 동명성황이 고구려를 세울 때는 그 시작은 작았으나 고구려인의 웅혼한 기상은 남으로는 한강으로부터 서쪽으로는 요하를 넘어 북경의 바로 코앞인 조선하(朝鮮河—패수 또는 지금의 조하)까지 호령하고 있었지요. 수양제가 그 서슬에 꼬리를 내렸고 당태종이 혼비백산하여 도망갔습니다. 그러나 우리 겨레는 고려시대 이래 작아지고 있습니다. 우리의 생각도 포부도 좁고, 빼앗긴 강토만큼이나 겨레의 기상이 쇠진하고 있음이 안타까울 뿐입니다. 저는 지금 말을 타고 만주 벌판을 달리는 상상을 하고 있는 중입니다."

"내 나이 일흔이 넘었소. 내 생전에 이룰 수 없는 꿈이지만 장차 혈기 방장한 남아이십대장군 남이 장군의 꿈이 이루어질 것임을 믿어 의심치 않소. 성상께서도 그러한 꿈 즉 원려(遠慮)를 가지셨기에 남 장군을 신임하는 것이오. 그나저나 성상께서 장수하셔야 그 꿈을 이룰 수 있는 것입니다. 나를 보시오. 오래 살면 그 기간만큼 많은 일을 할 수 있다오."

강순이 남이와 어유소에게 말했다.

"대체 27일이나 28일에 만나자는 명나라의 요동군은 어찌 소식이 없는 것이오?"

"동창의 1,500 기병이 여기서 이틀 거리인 수허산성을 지키고 있어 움직이지 못하고 있습니다."

강순이 조급한 마음을 달래며 말했다.

"요동군을 만나려면 부지하세월이겠군."

강순이 어유소를 돌아보자, 어유소가 말했다.

"보하토를 추적해 잡는 일도 때를 기약할 수 없습니다."

강순은 단 아래 모여 있는 제장들을 하나하나 뜯어보며 결론을 내리려했다.

"바야흐로 우리 북정군이 조선개국 이래 전무후무한 전과를 올렸고 날씨도 추워지니 이쯤에서 회군하고자 하오. 제장들의 생각은 어떠하오."

남이가 벼락같은 소리로 반대하고 나섰다.

"하늘이 준 기회를 저버리다니요? 우리는 명이 허가한 전쟁을 하고 있습니다. 우선 수허산성으로 달려가 동창의 후미를 쳐야 하고 올미부를 넘어 보하토를 잡아 죽여야 후환이 없을 것입니다."

"동창은 명나라의 요동군에게 맡겨도 별 문제가 없을 것입니다. 그들에게도 기회를 주어야지요. 보하토의 기병은 마적이나 다름없으니 우리의 기병이 만주 벌판을 다 뒤져도 잡기가 어려울 것입니다."

어유소가 남이의 의견에 반대하고 나섰다. 결론이 나지 않자 강순은 임금의 유시를 받들자고 했다. 강순은 즉시 장계를 올렸다.

　건주의 땅은 아군이 짓밟아버린 뒤 그 잔당들이 산림에 몸을 숨겼사옵니다. 이제 군마를 정돈하여 다시 치면 섬멸할 수가 있사옵니다. 성상께서 전장의 일을 신의 어리석은 계획에 맡기신 바, 신의 생각은 그들을 다 섬멸하지 못할지라도 아군의 위엄을 떨칠 수가 있으니 그들은 스스로 피폐할 것이라 확신하옵니다.
　그러나 지금 전장의 형편으로 보아 북정을 계속함이 불가하옵니다. 준령과 산길에 송곳니 같고 갈고리 같은 바위가 길게 줄지어 있어 말을 쓸 수가 없는 것이 그 불가함의 첫째요, 눈은 깊고 풀은 말라 말을 먹일 수 없으니 불가함의 둘째요, 천리에서 식량을 공급하기 어렵고 현지에 있는 곡식은 일만 명 군사의 한 달치 양식도 지탱할 수가 없으며 군량을 적에게 의지하고자 해도 이미 창고가 분탕되었으니 군사들이 굶주려 강한 적을 만나면 어린 강아지가 범을 잡으려는 것과 다름이 없으니 불가함의 셋째요, 싸우고 있는 병졸을 풀어서 조선의 쌀과 콩을 운반하게 한다면 노고와 피폐가 극심할 것이니 불가함의 넷째입니다.
　신이 그 폐단을 알면서 억지로 북정을 계속한다는 것은 성상의 위명을 손상하고 성상을 보좌하는 방도가 아닙니다. 따라서 신의 어리석은 계책은 내년 4월에 다시 북정을 감행할 경우 그때에 하늘이 주시는 기회를 얻을 것입니다. 작금의 사정으로 부득이 군사를 파하고자 하오니 윤허 바랍니다.

세조는 강순의 장계를 받아보고 북정한 군사들이 추위와 배고픔에 고생하는 것이 안타까워 철군을 명하지 않을 수 없었다.

전일에 경에게 재차 정복하라고 유시하였으나 지금 이미 이만주의 건주는 멸망시켰으니 반드시 진군할 필요는 없을 것 같도다. 다만 잔적을 경홀히 할 수 없으니 그 자리에서 방비를 굳게 하고 일을 마친 후에 제장과 더불어 돌아오라. 하삼도의 군사는 먼저 보내라. 또한 어유소의 부친 병환이 위중하니 어유소가 먼저 하삼도의 군사를 이끌고 출발하도록 하라.

강순과 남이는 올미부에서 명의 요동군을 기다리고 있었으나 약속한 날짜를 열흘이나 넘기도록 요동군은 나타나지 않았다. 남이는 요동군을 기다리는 동안에라도 보하토를 끝까지 추격하자고 졸랐으나 강순은 남이가 아직 어려서 소양배양 날뛸 뿐 추위를 견뎌가며 굶주리고 있는 군사들엔 아랑곳없다며 꾸짖을 뿐, 제자리걸음하는 병사처럼 앞으로도 뒤로도 움직이지 않았다.

10월 10일 강순은 아름드리 회나무를 베어 반으로 쪼갠 다음, 거기에 다음과 같이 써서 땅에 깊숙이 박아놓고 올미부에서 철수했다.

조선의 북정대장군 강순, 좌장군 어유소, 우장군 남이는 건주를 멸하고 돌아가노라.

한편 팔만 명을 이끌고 온 요동군의 무정백은 군사들이 장도에 피곤한데다 동창의 강력한 제지로 많은 시간을 소비해야만 했다. 무정백이 동창을 죽이고 올미부에 당도했을 때는 황량한 벌판만이 쓸쓸히 기다리고 있었다.

안타깝도다! 후일에 보하토는 승승장구하여 모든 여진족을 규합하였고 그의 손자 누루하치에 이르러서는 만주를 통일하고 나아가서는 명나라를 멸망시키고 청나라를 세워 중국을 통일하였다. 청이 조선을 치니 삼전도에서 조선왕이 무릎을 꿇고 항복을 하는 국치의 일이 발생했다.

19. 남아이십대장군

　강순이 군사를 수습하여 철군 채비를 하는 동안 남이는 끓어오르는 울분을 애면글면 억누르며 막사에서 두문불출하고 있었다.
　어느 날 강순이 찾아왔다.
　"내가 그대의 뜻을 모르는 바가 아니네. 지금이 여진족의 잔당을 섬멸할 수 있는 좋은 기회인 것도 알고 있네. 그러나 뼈가 굵고 그 뼈가 부서질 지경에 이를 때까지 나는 북변에서 세월을 보낸 사람이네. 만주의 동장군이 얼마나 매서운지 그대는 아는가? 온 땅이 꽁꽁 얼고 삭풍이 몰아닥치면 산짐승까지 굴속으로 숨지 않으면 살아남지를 못하네. 오줌을 누면 오줌이 땅에 닿기도 전에 고드름이 되고 똥을 누면 땅에 닿기 전에 얼음기둥이 되는 실정에서 보하토의 잔당들은 익숙한 굴에 숨어버릴 것이고 적을 찾아 헤매던 아군은 얼어 죽은 시체가 되고 말 것이네. 그대의 효용과 기백을 나는 늘 흠모해 왔으나 용기만 가지고 될 일은 아니란 것이오. 이번에는 아쉬움을 안고 돌아가고 내년 4월 눈이 녹으면 다시 거병하도록 하세. 그때의 일은 젊은 그대의 몫이네.”

“장군께서 철군하시면서 저에게 딸린 1,000명의 군사만 남겨주십시오. 반드시 땅끝까지라도 저들을 쫓아가 뿌리를 뽑아버리겠습니다. 그리고 조선 최북단의 땅, 공험진을 회복하겠습니다.”

“답답한 소리를 하고 있네. 자네 휘하의 군사도 나의 군사이네. 나는 허락할 수가 없네.”

“그렇다면 장군의 군대는 장군께 드리고 저는 후일을 기약하면서 백두산을 오르겠습니다. 몇 명만 데리고 말입니다.”

남이는 부관인 조영달, 노경손 그리고 향화인 진소근지, 맹불생, 이산, 오마수를 데리고 백두산으로 향했다.

강순의 말대로 북변의 초겨울은 추웠다. 살을 에이는 삭풍을 거스르며 그들은 백두산 등정에 올랐다. 땅은 온통 얼어 있고 냇물조차 두꺼운 얼음으로 변했다. 폭포수는 밑에 닿기 전에 고드름이 되어 매달려 있고, 푸른 소나무도 얼음을 뒤집어쓰고 있어 희게 보였다. 전번처럼 말을 타고 오르는 것은 아예 불가능했다. 그들은 미끄러져 내리면 다시 오르고 몸이 얼면 잔가지를 주어 불을 피워 녹이며 강행군을 계속했다.

멀리 흰 두건을 쓴 백두산 봉우리가 보였다. 과연 형언할 수 없을 만큼 아름답고 신비로운 영산이었다. 그들은 천신만고 끝에 백두산 정상에 올랐다. 세상은 온통 흰데 천지만이 흑요석 같은 빛을 띠우고 있었다.

남이는 천지를 두른 바위에 시 한 수를 써 각인했다.

白頭山石磨刀盡 (백두산석마도진)

頭滿江水飮馬無 (두만강수음마무)

男兒二十未平國 (남아이십미평국)

後世誰稱大丈夫 (후세수칭대장부)

백두산의 돌은 칼을 갈아 없애고
두만강의 물은 말을 먹여 없애리.
남아 20세에 나라를 평정하지 못하면
후세에 뉘라서 대장부라 부르리오.

　적군이 패퇴한 뒤 병사들이 고음한의 들녘에서 휴식을 취하고 있을 때 유자광만이 몇 명의 졸개들을 데리고 바쁘게 여기저기 휘젓고 다녔다. 유자광은 적군의 사상자, 포로 등의 숫자를 헤아리고, 전리품의 물목을 적기에 바빴다. 그는 특유의 뛰어난 필치로 전황을 기록하고 그 밑에 자신이 조사한 물목을 적어 임금에게 장계를 올렸다. 늘 임금의 귀에 솔깃한 글을 올리는 유자광이 아닌가.

　세조가 도승지 권맹희를 강녕전으로 불렀다.

　"경은 즉시 평안도로 떠나라. 북정에서 돌아오는 장병들을 위로하고 여러 사람에게 두루 물어 멸북록(滅北錄)을 작성하라. 이는 후세에 귀감이 되게 함이로다. 굳이 멸북록이라 함은 세종 때의 서정록(西征錄) 및 신숙주의 북정록과 구분하기 위함이라. 이번의 쾌거에 정(征)자를 붙이기보다는 멸(滅)자를 붙임이 합당할 것이며 아울러 명나라에 주달할 승전보를 작성하라. 전적으로 경에게 위임한다. 다만 경은 관직에 머무른 지가 일천하니 신숙주에게 문장의 형식에 대한 자문(諮問)을 받도록 하라.”

권맹희는 강계와 만포로 달려가서 개선하여 돌아오는 장병들을 회견하고 전투상황을 들어 기록하였다. 병사들은 자신들의 무용담을 실감 있게 피력하고 특히 남이의 용맹을 입에 침이 마르도록 칭찬하길 마지않았다. 권맹희는 어유소와 강순을 만나 보았고 마지막으로 백두산에서 내려오는 남이를 만나서 적들을 발본색원하지 못한 안타까운 회한을 듣기도 하였다.

남이가 죽은 후 「멸북록」은 누군가의 손에 의하여 자취를 감췄다. 권맹희가 명나라에 주달한 자문은 대략 아래와 같다.

조선팔도에서 징집된 일만여 군사는 오로지 원수를 물리치겠다는 일념을 불태우고 있었습니다. 수십 년에 걸쳐 여진족들은 조선에 들어와 노략질하고 아녀자를 끌고 갔으며 많은 생명을 죽이기도 했기에 군사들은 이번이 여진족을 응징할 좋은 기회라고 입을 모았습니다.

9월 25일 강계와 만포에 집결한 일만 명의 군사들은 부교를 설치하여 압록강을 건넜습니다. 북정의 대장군은 강순, 좌장군은 어유소, 우장군은 남이였습니다. 강순 장군의 총지휘하에 두 장군은 길을 나누어 어유소 장군은 올미부를, 남이 장군은 고음한을 진격해 들어갔습니다. 강순 장군의 본진이 뒤를 받쳐주고 있었습니다. 어유소 장군이 올미부에서 일백여 산채를 불사르고 70여 명을 죽였으며 사로잡은 자는 부지기수였습니다.

남이 장군은 고음한에서 일천 명의 군사로 삼천 명의 적군을 상대하여 싸우며 이만주의 손자 이보라충을 칠 척의 장검으로 단칼에 목을 베고 적군을 짓밟았습니다. 적의 시체가 산을 이루고 피가 내를 이루었습니다. 패잔한 적군들은 올라산성으로 물러가 성문을 닫고 버텼습니다. 그러나 남이 장군은 1,500보 거리에서 200근의 철궁을 들어 성루에 있던 이만주를 명중시켜 죽이고 곧이어 이만주의 아들 이고납합의 심장을 꿰뚫었습니다. 드디어 올라산성과 올미부가 조선의 손에 들어왔습니다. 조선의 북정군은 요동군과 약속한 날짜까지 올미부에서 기다렸으나 약속한 기일이 열흘이나 지났고 올량합도 도망친 자들을 제외하고는 대부분 소탕한 터라 귀국길에 올랐습니다. 죽인 자는 이만이만이며 부상자는 저만저만입니다. 노획한 가축, 무기와 장비 등의 물목을 첨부합니다.

그리고 강순 장군, 어유소 장군, 남이 장군은 올량합에게 포로가 되어 농사를 짓거나 노예가 된 중국인 수천 명을 후히 대접하여 고향으로 돌아가게 하였고 조선인으로 포로가 된 자는 안동하여 조선으로 데려왔습니다.

권맹희가 작성한 「멸북록」과 자문을 읽은 세조가 권맹희에게 칭찬을 아끼지 않았다.

"문체가 유려하고 문질(文質)이 빈빈(彬彬)하도다. 경의 아비 권개가 정란 시에 짐을 도와 좌우에서 분주히 뛰었고 그 장자인 경이 도승지로서 짐을 측근에서 보필하니 이 또한 짐의 복이라. 그윽이 생각하니 귀성군은 종친의 장(長)이요, 남이는 무의 장이며, 장차 경은 문의 장이 될 것임을 의심치 않는도다."

옆에서 이 말을 듣던 한명회는 이미 자신의 시대가 가고 있음을 알아차리고 무슨 수를 써서라도 자신의 권좌를 절대 놓지 않으리라는 다짐을 하며 앞일을 획책하고 있었다.

10월 24일 세조는 개선하여 돌아온 강순, 어유소, 남이를 강녕전으로 불러 크게 잔치를 베풀었다.

"경들이 두 차례에 걸쳐서 크게 승전고를 울렸으니 크게 찬사를 보내노라. 경들은 이시애를 토벌하여 이미 적개공신 일등에 봉해졌으니 거듭하여 공신의 칭호를 주면 포상을 남발한다는 소리를 들을 것이다. 그러나 이번의 장거에 논공행상을 아니 할 수가 없다. 특히 이번의 장거는 우리나라뿐만 아니라 그 명성이 중국을 진동시키고도 남음이 있도다."

세조는 다시 남이를 내려다보며 말하였다.

"특히 그대의 용맹은 뭇사람의 칭송을 받는도다. 다만 당부할 것은 스스로의 공을 자화자찬하지 말라."

남이가 얼큰히 취해서 집에 돌아오니 어머니 홍 부인을 비롯해서 모든 가솔들이 반갑게 맞이했다. 딸 구을금이 품에 안겼다. 그러나 부인 박오미는 남편이 원지에서 돌아왔음에도 대문에 나와 반기기는 커녕 아예 코빼기도 보이지 않았다.

홍 부인이 남이를 안방으로 조용히 불렀다.

"네 처가 만날 작은집들을 불러 벌을 세우고 매질까지 했단다. 그러나 시어미가 차마 아들의 첩실 편을 들 수는 없는 터라 네가 개선하여 돌아오기만 기다렸다. 집안이 편해야 장부가 입신양명하는 법. 네 댁 한 사람 때문에 온 집안이 뒤숭숭하고 바람 잘 날이 없구나. 이 집안에서 내치는 것이 어떠냐?"

"어머니, 아니 될 말입니다. 제가 박복하여 조강지처를 잃었고, 또한 덕이 모자라 후처라고 맞이한 사람이 저 모양이지만 그녀를 내치면 주위에서 손가락질을 할 것입니다. 제가 첩실에 다가가는 것을 삼가면 마음이 돌아설 줄 누가 알겠습니까?"

홍 부인은 입에 담기 어려운 이야기를 털어놓았다.

"이 일은 너에게 숨기려고 했다마는 하인들까지도 쑥떡거리고 있는 실정이니 네게 말을 아니 할 수가 없구나. 저 애가 네게는 석녀(石女)처럼 굴었지만 네가 전장에 나갔을 때 밤마다 하인 한 놈을 방에 끌어다 온갖 추한 짓을 해왔었다. 내가 그놈을 조용히 내보냈지만 소문은 꼬리를 물고 하인들 사이에 퍼지는구나. 그 행실을 보면, 시어미에게 불순종하고 첩실을 투기하고, 더욱이 음행을 저질렀으니 칠거지악에 해당하지 않느냐?"

칠거지악(七去之惡)이란 조선 초기부터 대명률(大明律)을 반포하여 아내를 내쫓을 죄목을 정한 것인데, 첫째 시부모에게 순종하지 않는 일, 둘째 자식을 낳지 못하는 일, 셋째 음행을 저지르는 일, 넷째 질투하는 일, 다섯째 악질에 걸렸을 때, 여섯째 수다스러운 언행, 일곱째 도벽이 있을 때 등이었다.

남이는 이혼할 마음을 굳히고 그 길로 임금을 독대했다.

"아내가 부모 모시기를 거절하고 첩실을 투기하니 아내를 버리겠나이다."

임금은 이미 소문으로 듣던 터라,

"그 일은 칠거지악에 속하지만 임금이 사대부 집의 사사로운 일에 관여할 일은 아니다. 경의 뜻대로 하라."

임금을 독대하고 돌아온 남이는 박오미를 내쳤다. 박오미는 슬프거나 억울하다는 기색 없이 이를 부드득 갈며 획하니 나가버렸다.

인생은 새옹지마인가? 나중에 남이가 참변을 당할 때 집안이 풍비박산되는 와중에 이미 남이의 식구가 아니었던 박오미는 목숨을 구할 수 있었다.

군공을 결정함에 강순과 윤필상에게는 1등급으로 2자급(資級)을 올리고 노비 10인을 하사했고, 남이와 어유소에게는 2등급으로 1자급, 노비 8인을 하사했다. 권맹희도 3등급에 포함되어 1자급, 노비 6인을 받았다. 권맹희는, 자신은 별 한 일이 없다며 상급을 사양하면서 아울러 자신을 따라 자원입대하여 공을 세운 천민들을 속량해 줄 것을 건의하여 관철시켰다.

명 황제는 강옥(姜玉)과 김보(金輔)를 사은사로 삼아 강순, 남이, 어유소를 크게 칭찬하고 금은, 비단 등 후한 상을 내렸다. 강옥과 김보는 둘 다 조선 사람으로 명나라에 건너가 출세하여 중앙관직에 발탁된 인물이었다.

세조는 모화관에 나가 사은사를 접견하는 자리에 강순, 남이, 어유소를 불렀다. 강옥과 김보가 남이의 늠름한 자태를 감격어린 눈으로 올려다보더니 즉석에서 남이로 하여금 이만주 부자를 쏘아 맞힌 활솜씨를 보여 달라고 졸라댔다. 남이가 곤혹스러워하자 세조가 남이에게 눈짓을 보냈다.

"남 장군은 왜 망설이는가? 짐 또한 새삼스럽게 경의 솜씨를 보고 싶도다."

남이가 마지못해 '천둥'을 높이 들어 1,500보 앞의 과녁을 맞히니 좌중이 환호작약했다.

강옥이 극구 칭찬하여 마지않았다.

"과연 소문대로 남아이십대장군(男兒二十大將軍)이십니다."

김보가 남이의 소매에 매달리며 사정을 했다.

"저 화살을 과녁에서 뽑아 저에게 주십시오."

"이미 활에서 떠나 날아간 화살을 무에다 쓰시겠습니까?"

"기념품으로 중국에 가져가 뭇사람들에게 보여 자랑하고 싶습니다."

임금이 흐뭇한 미소를 띠며 남이에게 고개를 끄덕거렸다. 강옥이 세조에게 다가가 머리를 조아리며 말했다.

"천하에 얻기 어려운 훌륭한 장수를 곁에 두고 계시니 전하께서는 세상에 무엇이 두려우시겠습니까?"

강옥이 침을 꿀꺽 삼키더니 남이 곁에 놓인 철궁에 손을 가져갔다. 그러나 젖 먹던 힘을 다해도 철궁을 들어 올릴 수가 없었다. 얼굴이 벌겋게 달아오른 강옥이 남이에게 채근했다.

"남이 장군이 건주위를 멸망시킨 저 200근의 철궁을 저에게 주십시오. 본국으로 돌아가 관아에 전시하여 뭇사람에게 보이고 싶습니다."

남이가 고개를 설레설레 저었다.

"이 철궁 '천둥'은 나의 아버지가 평생을 바치고 당신의 혼을 실어 만든 것이며 나의 분신이자 목숨과 같은 것이거늘 나 말고는 천하의 어떤 이도 가질 수 없습니다."

세조가 남이와 강옥을 번갈아 보며 껄껄 웃었다.

"짐이 어찌 남 장군의 분신을 떼어 강옥 대인에게 주라고 할 수

있겠는가? 연전에 경의 집에서 보니 그에 버금가는 200근의 철궁
이 여러 개 걸려 있는 것을 보았도다. 대인이 괜찮으시다면 다른
철궁을 드리도록 하게나."

남이의 무용담은 중국 북경의 장안에 일파만파로 퍼져나가 남
이의 이름을 모르는 사람이 없었다. 특히 중국 관아에 전시한 남
이의 철궁을 보고 또 남이의 무용담을 들은 중국의 장병들은 간
담이 서늘했다고 한다.

20. 유자광

이시애의 난을 평정하기 위하여 4도 도총사 귀성군이 함길도를 향하여 떠난 후 앞으로도, 뒤로도 가지 않고 제자리걸음을 하고 있을 때이다.

세조 13년 6월 14일, 남보다 일찍 입직하여 산더미같이 쌓인 각종 상서와 장계를 뒤적이던 좌승지 권맹희는 두툼한 두루마리에 눈이 갔다. 모든 서류를 임금에게 올릴 수 없어 사전에 검열해야 하기에 권맹희는 두루마리들을 하나하나 훑어보고 있었다. 그 중에 문체가 정연하고 문장이 유려한 하나의 상서가 눈에 띄었다. 그러나 상서의 장본인은 듣도 보도 못한 일개 갑사였다.

도승지 윤필상이 두루마리를 유심히 살피고 있는 권맹희에게 다가갔다.

"그것이 무엇이기에 공은 그토록 열심히 읽고 있소?"

"일개 갑사가 올린 상서인데 임금께 올릴까 여부에 판단이 가지 않습니다."

"우선 그 자의 신분을 확인해 봐야겠지요."

"상서를 올린 유자광(柳子光)은 건춘문(경복궁 동문)의 문지기로 유규(柳規)의 얼자(孽子-첩의 자식)입니다."

두루마리를 받아 읽어가던 윤필상이 결단을 내렸다.

"근래 성상께서는 귀천을 가리지 않고 사람을 쓰고 있으니 올려보십시다."

세조가 윤필상이 들고 온 상서를 읽기 시작했다.

신이 잠시 휴가를 얻어 남원에 내려가 있다가 늦게야 이시애의 반란 소식을 듣고서는 식사하다가 수저를 던지고 남원군 관아로 달려갔나이다. 거기서 신은 징병문권에 이름을 올렸사옵니다.

신은 본디 궁검을 익힌 사람이라 선뜻 출전을 자원하였고, 칼을 갈고 말을 조련하면서 여러 날 차출되기를 기다렸습니다. 그러나 관아에서 진군할 날짜를 정하였다는 기별이 오지 않았습니다. 신은 분을 못 이겨 밤새도록 자지 못하고 생각에 생각을 거듭하였습니다.

'국가가 전국에 계엄령을 내리고 강제로 군사를 징발한다 하지만 어찌 사방의 병사를 다 징발한 연후에야 일개 이시애를 토평할 수 있겠는가?

신은 이미 갑사에 이름이 올라 항상 전장에 나가 공을 세우고 나라를 위하여 이 한몸 죽으려고 하였는데, 하물며 국가에 반란이 일어난 시점을 당하여 신이 어찌 막연히 징병의 차례나 기다리며 원방에서 편안히 자고 먹고 있겠사옵니까? 따라서 신은 이달 초

남원으로부터 발정하여 하루에 갑절의 길을 뛰고 걸어서 한양으로 달려가고 있었습니다. 도중에 사람들에게 물으니, 모두 이르기를 역적 이시애는 아직도 굴혈을 지키고 있으며 죄 없는 백성들을 죽여 함길도 전체가 아수라장이 되었다고 합니다. 조선의 장병들이 어째서 일개의 반적을 한달음에 나아가 죽이지 못하고 전하의 치국평천하에 누를 끼쳐서야 되겠습니까?

살피건대 전하께서는 벌써 장군들을 뽑아 1진, 2진, 심지어는 3진, 4진에 이르도록 군사를 나누어 토벌을 명하셨다고 하는데, 그렇다면 어찌 이제까지 한 장군도 이시애의 머리를 참하여서 전하께 바치는 이가 없사옵니까?

만약 즉시 토벌하지 못하면 반적 이시애의 흉악한 횡포는 더욱 극심할 것이고 세월만 허비하게 되어 함길도 수십 주의 죄 없는 백성이 진실로 가련하게 될 것입니다. 또 이시애의 악랄함이 극에 달하면 그가 이르는 곳마다 관청을 불사르고, 병기를 탈취하고, 나중에는 함길도의 군졸들을 강제로 끌고 만주로 도망하여 들어간다면, 장차 변경의 근심을 당할 수 없을 것이니 전하께서 어찌 근심하지 않겠습니까?

신이 망령되이 이르거니와, 무릇 장수가 된 자는 성은을 입어 부귀영화를 누려 왔는데, 작금 그들이 죽고 사는 것을 두려워하여 세월만 보내면서 진격하지 않고 변명만 늘어놓고 있는 실정입니다.

'때는 여름철이라 아교가 녹아 활시위를 당길 수 없고 홍수로 인해 계곡에 물이 넘치고 길이 막혔으며 초목이 무성하여 산천이 험하니 경솔하게 진격하여 싸울 수가 없습니다' 하면서 말입니다.

신이 용렬하여, 달리는 자세히 알지 못합니다마는, 적은 아무렇지도 않고 아군만 여름을 맞고 궁력이 해이하여지며, 아군만 홀로 홍수에 막히고 산천이 험하겠습니까? 비유하건대 두 쥐가 굴속에서 함께 다투면 힘이 있는 쥐가 이기는 것입니다. 전하께서는 어찌 무장들로 하여금 급히 날을 정하여 진공하게 함으로써 앙화가 깊기 전에 적을 일망타진하지 않으십니까?

손무(孫武)는 말하기를, '병법에 졸속함은 들었어도 오판하는 것은 듣지 못하였다'고 하였으니, 대저 옛 사람의 용병하는 것은 모두 인의(仁義)로서 체(體)를 삼고, 권술(權術)로써 용(用)을 삼지만, 더욱 중요한 것은 신속하게 행동하는 것입니다. 무장들이 장시간 진지에 머물면서 진격하지 않는 것은 옳은 전법이라 할 수 없을 것입니다.

공자는 불이인폐언(不以人廢言)이라고 하였습니다. 즉 사람의 꼴을 보고 그 사람의 말을 판단하지 않는다고 했습니다. 엎드려 생각하건대, 전하께서는 신의 신분이 미천하다 하여 버리지 마소서. 신은 비록 한미(寒微)한 가문에서 얼자로 태어났지만 갈고 닦은 무예만큼은 타의 추종을 불허한다고 자부하고 있습니다. 부디 신을 전장의 일각에 보내시어 일도양단(一刀兩斷)으로 이시애의 머리를 참하여 성상께 바칠 기회를 주시기를 간곡히 원합니다.

임금이 유자광의 상서를 읽으면서 빙그레 웃다가 큰소리로 웃기도 하고 가끔은 무릎을 치면서 경탄해 마지않았다. 읽기를 끝마친 세조는 윤필상에게 물었다.

“이 글을 올린 자가 누구인고?”

“황해도 관찰사를 사직하고 남원에 머물고 있는 유규의 얼자로 건춘문 문지기로 있으나 최근 이복형의 상을 당하여 고향 남원에 머물고 있습니다.”

“그렇다면 유규의 적자 유자환(柳子煥)의 서제(庶弟)란 말인가? 유규가 본디 무관 출신이고 유자환은 정난 시에 짐을 도운 공로로 3등 정난공신에 이른 자가 아니던가?”

유규가 한 때 관직을 내놓고 남원에 머물 때의 일이다. 어느 날 밤 세 개의 높은 산봉우리를 삼킨 꿈을 꾸고는 길몽이라 생각되어 자고 있는 아내를 깨어 동침을 요구했다. 그러나 아내는 몸이 아프다며 남편이 졸라대는 데도 불구하고 몸을 허락하지 않았다. 유규는 상서로운 꿈을 헛되이 저버릴 수가 없어 밖으로 나와 사람을 불렀다. 그때 젊은 종년이 달려 나왔다. 유규는 급한 마음에 앞뒤 가릴 것도 없이 여종을 헛간으로 끌고 갔다.

그래서 낳은 아들이 유자광이다.

유규는 건너편 산자락에 집을 지어 여종에게 따로 살림을 마련해 주고 수시로 드나들었다. 그러나 유자광에게는 비천한 첩의 태생이라 아버지라 부름을 허락하지 않았고 본처 자식들과의 접촉도 엄격히 금지시켰다.

유규가 첩실에 가까이 이르렀을 때 안에서 책 읽는 소리가 낭랑하게 들려왔다. 열 살인 자광의 목소리가 분명했다.

유규는 자광을 불러 앉혔다.

“네가 읽는 책이 무엇이냐?”

“『대학(大學)』입니다.”

“『대학』은 치세의 학문이거늘 종의 자식이 그 책을 읽는단 말이냐? 너는 태생이 천출이라 글을 알아서는 안 된다. 종살이로 평생 살아야 할 주제에 책을 손에 잡을 수는 없다.”

“제 어미가 종이라고 해서 제가 종이 될 수는 없습니다. 저는 당당히 양반의 피를 지니고 태어났습니다. 저는 장차 재상이 될 것입니다. 그러면 어머니는 정경부인이 될 것입니다.”

“이놈…! 네가 역적이 되겠다는 것이냐?”

유규는 자광의 방을 뒤져서 책이란 책은 모조리 끌어냈다. 『논어』, 『맹자』, 『중용』 등 사서와 각종 병서들이 책장에 꽂혀 있었다. 유규는 이들 책을 남김없이 불살라 버렸다.

첩실에게 드나들 때마다 유규는 자광의 행동거지를 보면서 불안감을 감추지 못했다. 마당에서 동네 아이들을 모아 무술놀이를 하고 있었다. 죽도를 만들어 휘두르는 모습이 예사롭지 않았다. 동네아이들은 유자광을 대장이라고 불렀다. 유규는 저 첩의 자식에게 섬뜩한 느낌이 들었다.

“저놈이 장차 큰일을 낼 놈이군. 내 집안에서 역적이나 간신이 날 징조야.”

유규는 자광을 없애버릴 생각을 하고 있었다. 하루는 큰 홍수가 나서 하천이 범람할 정도였다. 유규는 자광에게 내를 건너 메밀밭에 가서 메밀에 피해가 없는지 살피고 오라고 하였다. 내를 건너다가 물에 빠져 죽을 것을 기대한 것이다.

자광은 흔쾌히 아버지의 영을 받아 하천으로 나갔다. 유규가 몰래 자광을 뒤따라 가 내려다보니 자광은 나뭇가지를 얽어매어 그것을 타고 큰물이 난 하천을 유유히 건너가는 것이었다. 집에 돌아온 자광에게 유규가 메밀이 잘 자라더냐고 물으니, 자광은 메밀이 날 데는 안 나고 안 날 데에 나서 무성히 자라더라고 빗대어서 얘기했다.

유규의 본처가 먼저 세상을 뜬 후 평안도 도사(都事), 이어서 황해도 관찰사로 부임하면서 유규는 첩을 데리고 다녔고 유자광도 어머니를 따라 나섰다. 유규는 자광을 늘 옆에 두고 글 읽는 일과 무술 연마하는 일을 엄격히 금지시켰다. 그러자 유자광은 홀연히 집을 나가 버렸다.

한편 유자환은 무과에 급제하여 내금위에 소속되었고 계유정난 때 대궐에 입직하여 세조를 도운 일로 3등 정난공신이 되었다. 서울에 나타난 유자광은 이복형을 졸라 건춘문을 지키는 갑사로 취직을 했다.

체구는 크지 않으나 무술이 뛰어나고 날쌘 유자광은 어느 새 병졸들을 손아귀에 넣고 장군처럼 행세했다. 다른 병졸들에게 문을 지키게 하고 자신은 성루에 앉아 장기나 바둑을 두기도 하고 병서를 읽고 있었다. 미천한 신분인 주제에 시문과 병서를 읽고 있는 되바라진 꼴을 비웃는 사람들도 많았다. 그러나 지체 높은 사람들이 문에 접근하면 눈 깜짝할 사이에 기어 내려와 문 앞에 서 있곤 했다.

비번일 때는 장안의 껄렁패들을 몰고 다니며 아녀자를 희롱하고 점포를 돌며 마치 제 물건인 양 들고 가는 일이 비일비재했다.

남이가 장병들에게 군사훈련을 시키고 집에 오니 유자광이 밖에서 기다리고 있었다. 남이가 그냥 지나치려 하니 유자광이 매달렸다.

"남이 장군, 저도 군사훈련에 참가하고 싶습니다."

"너는 누구이며 무엇하는 사람이냐?"

"저는 유규의 얼자이며 유자환의 이복동생입니다. 마침 성상께서는 귀천을 안 가리고 무사를 뽑고 있으니 천출이라고 해서 제외시킬 수는 없는 것 아닙니까?"

"천출이라도 무과에 입격하여야 되느니라. 물러가라."

"물러가라시면 물러가겠습니다. 그러나 오늘은 온 김에 술 한 잔 대작하고 싶습니다."

남이는 유자광을 데리고 사랑으로 들어갔다. 술상을 들고 온 하녀가 남이에게 어머니의 전갈을 갖고 왔다. 남이가 안채에 들어가 어머니를 뵈었다.

"네가 사람을 좋아해서 아무하구나 어울리는 것을 말릴 생각은 없다. 그러나 저 자의 관상을 얼듯 보니 반골(反骨)의 기질을 타고났다. 앞으로 저 자를 집에 들이지 말거라."

세조가 중신들에게 유자광의 상서를 돌려 읽게 하고 의견을 물었다.

"경들은 유자광을 어떻게 생각하는가? 비록 서출이나 비범한 구석이 있지 아니한가?"

양성지가 먼저 말하였다.

"문장은 유려하나 진실성이 없고 흰 소리만 치는 것에 불과합니다."

구치관은,

"일면 기개에 찬 소리이긴 하나 간교하고 사특한 음모가 숨겨져 있을 법합니다."

라고 대답했다.

한명회는 자신이 경덕궁지기로 있을 당시 세조를 만나 희떱게 큰소리치던 생각이 나서 속웃음을 웃었다.

세조는 호탕하게 웃고 있었다.

"이 자야말로 진실로 짐의 뜻에 합당한 인물이로다. 바로 짐이 찾던 인물이다. 비록 그 신분이 미천하나 짐이 친히 그의 효용을 시험해 보고 그의 말과 같이 학문과 무예가 출중하면 신분을 묻지 않고 중용할 것이니라."

보름 후 세조는 종친들과 신숙주, 한명회, 구치관, 최항 등 중신들과 더불어 후원을 거닐다가 문득 유자광이 생각나서 불러들였다.

중신들이 도열해 있는 한 복판으로 걸어 들어오는 유자광은 보무도 당당했다. 모든 일이 사필귀정(事必歸正)이라 내 이럴 줄 알았지 하는 표정이었다.

"네가 유자광이냐?"

"황공하옵니다, 전하."

"네가 올린 상서를 짐과 여기 있는 중신들이 모두 읽었느니. 너를 전장에 보낸다면 네 말대로 이시애의 목을 베어 오겠는고?"

"신에게 정병 300명만 내리신다면 이시애의 목을 베어 궐 아래 바치겠나이다."

좌중에 폭소가 터졌다. 무력이라면 타의 추종을 불허하는 왕년의 거장 홍윤성이 비아냥거렸다.

"미관말직인 갑사를 따라나설 병사가 어디 있다는 말이냐? 더욱이 실전 경험이 없는 하룻강아지가 범 무서운지 모르는 형국이로다."

세조가 호탕하게 웃었다.

"하하하, 네 말이 허풍인 것을 누가 모르겠느냐? 그러나 기개야말로 영웅호걸을 닮았도다. 오늘 너의 실력을 보고자 한다. 유감없이 실력을 과시해 보거라."

유자광이 느닷없이 돌아서더니 호흡을 가다듬고 있었다. 유자광은 한 발자국에 섬돌 세 개씩을 뛰어 달리더니 저 앞의 아름드리나무를 원숭이처럼 기어올랐다. 순식간의 일이다. 멀리 사방을 두리번거리더니 서너 길이나 되는 나무 아래 땅바닥으로 사뿐히 내려앉았다.

보는 이들 모두 말을 잃고 혀만 내두르고 있었다.

"네 용력과 재주는 과히 남이 흉내 내기 어려운 압권이로다. 무예 또한 그러한가?"

세조는 말을 대령시키고 마로(馬路) 중간에 하나의 과녁을 설치하게 했다. 화살은 10개가 준비되었다.

유자광은 말에 오르기가 무섭게 박차를 가하면서 달렸다. 달리는 말 위에서 앞으로 비스듬히 쏘고 몸을 옆으로 돌려 쏘고 다시 몸을 뒤틀어 쏘아 5개의 과녁을 명중시키는가 싶더니 되돌아 달릴 때는 주마가편하여 쏜살같이 달리며 다시 5개의 과녁을 모두 명중시켰다.

"장하도다. 그대를 당장 겸사복으로 임명한다. 매일 입시하여 짐의 곁에 있도록 하라. 짐이 귀히 쓸 일이 있도다."

벼락출세를 하게 된 유지광은 기리를 휩보하면서 으스내고 나
녔다. 같은 껄렁패들이 부러워하면 유자광이 너털웃음을 웃었다.

"이놈들아, 내가 기껏 겸사복으로 만족한다면 태어나지도 않았
다. 나는 곧 임금의 명을 받아 이시애의 목을 갖다 바쳐 일등공신
이 될 것이고 나아가 천하를 주무를 재상이 될 것이다. 앞으로 나
라의 일이 내 손에서 좌지우지될 것임을 미천한 너희들이 가늠이
나 할 수 있는가?"

친구들은 갖잖다는 표정으로 비웃었다.

"네가 출신도 모르고 큰소리치는구나. 문득 한 꾀를 내어 발탁
되고 보니 세상에 보이는 것이 없는 모양이구나."

"내 말만 믿고 너희들이 내 똥구멍을 닦아주면 나중에 은혜는
잊지 않으마."

유자광이 상서를 올려 벼락출세를 했다는 사실이 장안에 알려
지자 어중이떠중이들이 나서서 기발한 계책이라도 되는 듯 상서
를 올리는 바람에 승정원은 눈코 뜰 새 없이 바쁜 시간을 보내야
했다.

세조는 조참에 유자광을 참석시켜 병법을 강하게 하였고 항상
이시애 토벌에 관한 방략을 물었다. 유자광은 임금의 의중을 훤
히 읽고 있어 말마다 임금의 뜻을 맞추니 임금의 총애는 더욱 깊
어갔다. 임금이 전장에 나가 있는 귀성군에게 유시를 내릴 때도
유자광에게 초를 쓰게 하고는 만족하여 몇 번이고 읽어 내려가면
서 감탄사를 연발했다.

7월 1일 오자경이 경군 1,000명을 이끌고 이시애 토벌군이 진
을 치고 있는 함흥으로 달려왔다. 경군 중에 유자광이 합류했다.

　도총사가 그들 경군을 사열하고 여러 장수들과 막사에 들어오니 유자광이 먼저 와서 기다리고 있었다.

　"네가 누구관대 나를 기다리느냐?"

　"소인은 겸사복 유자광입니다. 어명을 받자와…."

　"바로 자네가 이시애의 목을 베겠다고 호언장담하던 자로구나. 그렇다면 이시애의 머리를 가지러 왔단 말이냐?"

　도총사 귀성군은 가소롭다는 듯 유자광을 거들떠보지도 않고 빈 말로 물었다. 장수들이 한 바탕 웃어댔다.

　"저에게 정병 300명을 내려주시면 할 수 있습니다."

　"썩 물러가거라. 너의 세상 물정 모르는 소리를 들을 만큼 한가롭지 않다."

　그러나 유자광은 꼿꼿이 서서 오만한 태도로 도총사를 올려다보더니 품속에서 봉서를 꺼냈다.

　"도총사께서는 남향 사배(四拜)하고 어찰을 받으시오."

　상황이 반전되고 있었다. 귀성군은 의아해 하며 어찰이 든 봉투를 열었다. 어찰의 말미에 다음과 같은 글귀가 적혀 있다.

　"자세한 방략은 유자광의 입을 통하여 전하니 주위를 물리치고 그의 말을 들을지어다."

　도총사 귀성군은 유자광의 말에 귀를 기울이지 않을 수 없었다. 유자광이 임금의 의중을 잘 안다니 그의 말이 임금이 이른 것이건 유자광의 사견이건 상관없이 유자광의 말을 배척할 수 없었다.

　며칠 후 유자광은 임금에게 전선의 정황을 보고하겠다며 한양으로 돌아갔다. 조정에 나타난 유자광은 자신이 함길도의 대치상황을 누구보다 잘 아는 것처럼 행세하며 임금에게 점수를 따고 있었다.

도총사가 총공격의 시점을 조정에 알리자 유자광은 임금에게 엎드려 종군하겠다고 졸랐다.

"신에게 일천여 군사를 주시옵소서. 신이 비호같이 달려가 이시애를 사로잡겠습니다."

"짐이 경의 효용을 알고 장수를 시키고 군사들을 붙여주고 싶은 마음은 간절하나 경은 출신이 미천하여 따르는 군사가 없을 것이다. 이제부터 경에게 벼슬길을 열어 허통하게 할 것을 선포하며 종4품의 선략부호군(宣略副護軍)으로 임명하니 홀로 전선으로 달려가 도총사에게 현지의 군사를 받으라."

유자광이 함흥에 도착한 때는 도총사가 2만의 군사를 독려하여 총공세를 준비하고 있을 때였다. 모든 장수가 임전의 태세에 들어가고 있었다. 그러나 유자광에게는 출전명령이 떨어지지 않았다. 한양에서 돌아온 유자광이 도총사 앞에 나가 무릎을 꿇었다.

"소인에게도 군사를 나누어 주십시오."

"그대가 앞을 내다보기 어려운 전황을 알지도 못하면서 세 치 혀로 임금에게 흰소리를 친 자로다. 지금도 그대가 이시애의 목을 매어 끌고 오겠다고 호언장담하겠느냐? 그렇다면 삼백이 아니라 삼천의 군사라도 주고 싶다."

도총사는 귀찮은 듯 돌아섰다. 부총사 조석문이 도총사의 귀에 대고 속삭이자 도총사가 유자광을 돌아보며 말했다.

"그대가 한양에서 오는 길에 몇 명을 대동하고 왔느냐?"

"혼자 왔습니다."

“네 세 치 혀로 한양의 군사를 빌릴 능력이 없었단 말이냐? 그대는 하루아침에 몇 품계를 뛰어 선략부호군이 되었으니 여기 출진한 천인들 중에서 50명을 주고 그대를 파적위장(破敵衛長)으로 임명하니 전투에 참여하라.”

유자광은 천인으로 조직된 파적위를 인솔하여 한적한 곳으로 갔다.

“이놈들아, 본관으로 말할 것 같으면 유규의 얼자로 한 달 전까지만 해도 경복궁 문지기에 불과했다. 그러나 하늘은 진흙 속에서도 진주를 발견하여 빛을 발하게 한다. 나는 성상의 은혜를 입어 짧은 기간에 승진을 거듭하여 지금은 종4품에 이르렀다. 이번에 자네들이 내게 복종하여 공을 이루면 천인을 면하게 하고 벼슬길도 열어주마.”

언제나처럼 유자광이 졸개들에게 큰소리는 쳐놓았으나 처한 현실은 답답하기만 했다. 함관령을 지키고 있는 적군은 수만에 이르고 관군의 장수들은 모두 수백 내지 수천의 군사를 지휘하고 있는데 고작 창검을 들고 있는 보병 50명이 어느 구석을 메운단 말인가? 유자광은 고심 끝에 남이를 찾아갔다.

“자네의 명성은 들었네. 자네는 사자위 100명을 지휘하고 있으니 내가 지휘하는 50명의 파적위를 자네의 부대에 편입시켜 주게나.”

남이는 기가 막혔다. 남이가 도성을 드나들 때만 해도 궁지기로 보초를 서면서 눈알조차 움직이지 않던 놈이 불현듯 나타나 임금을 팔고 다니며 지금은 벼락출세한 것을 빌미로 맞먹자고 하는 게 아닌가.

"사자위는 비록 수는 적으나 일당백의 무징들이고 또한 기병이네. 자네 졸개들이 이 틈에 끼어들어 무슨 일을 하겠는가? 혹 말고삐라도 잡고 따라다닐 작정인가?"

유자광은 여기저기 장수들의 진용을 기웃거렸으나 반기는 사람이 없었다. 유자광은 휘하 군사를 훈련시킬 생각은 하지 않고 군사를 풀어 각 진영을 두루 살피게 하고 멀리 적군의 진용까지 염탐하게 하였다. 어느 군사가 궁금하여 물었다.

"곧 총공세를 펼칠 기세인데 우리는 이렇게 허송세월을 해도 되는 겁니까?"

"이 무식한 놈들을 보았나? 한나라의 조충국(趙充國)은 전략을 짜기 전에 먼저 전장으로 달려갔다. 백문이 불여일견(百聞不如一見)이라면서 말이다. 여러 소문을 들어도 직접 본 것만 못하다는 뜻이다. 손자병법에는 지피지기는 백전불태(知彼知己百戰不殆)이라 했다. 잔소리 말고 시키는 대로 따라라."

유자광은 엉뚱한 생각을 가지고 있었다. 휘하의 50명의 병사, 그것도 천인계급의 보병으로는 혁혁한 공을 세우기보다는 대군의 말발굽에 밟힐 뿐이라고 생각했다. 예나 지금이나 묵묵히 행하는 자보다는 보고를 잘하는 사람이 윗사람의 신임을 받는 법. 유자광은 붓을 들어 임금에게 수시로 전황을 보고해 올렸다.

이렇듯 유자광은 세조의 신임을 받는 방법을 알고 있었다. 사람이 늙으면 감언이설에 솔깃해지는 것이 인지상정. 세조는 오랫동안 병석에 있어 몸이 쇠약해가고 있고 정신이 혼미하여 이미 예단(叡斷)을 잃고 있었다.

이시애가 잡혀죽고 난이 평정될 때였다. 그렇다할 전적을 못

올리고 최후의 수단으로 이시애의 남은 가솔들을 찾아다니던 유자광은, 장수들이 회합을 갖는다는 소문을 듣고 몹시 당황해 하고 있었다. 이는 필시 이시애 토벌의 군공을 논하기 위한 일임직한데 유자광 자신은 흰소리를 떠벌리고 왔으나 아직 이렇다 할 실적이 없지 않은가.

유자광은 발을 동동 구르고 있었다. 소낙비는 오려 하고, 똥은 마렵고, 꼴짐은 넘어지고 소는 콩밭으로 들어가는 형국이었다. 유자광은 남이의 막사로 달려갔다.

남이가 귀성군과 조석문, 그리고 여러 장수들과 더불어 장병들의 논공행상에 대하여 축조심의를 마치고 돌아오는 길이었다. 유자광이 막사 앞에서 기웃거리고 있었다.

"이시애의 잔당을 쫓아다녀야 할 사람이 왜 여기 서 있는 거요? 이왕 왔으니 어서 들어오시오."

술상을 받은 유자광이 술잔을 밀어놓고 자못 볼이 메어 씨근거렸다.

"자네는 이시애의 난에 관련된 공신의 등급을 정하는데 참여한 줄 아는데 도대체 일등공신은 누구이고 또, 이등, 그리고 삼등은 누구인가?"

"국가 막중대사에 자네가 무슨 자격으로 밑두리콧두리 캐고 있는 건가?"

"그렇다면 이번의 논공행상에서 제외시킬 작정인가?"

"누구를 말인가?"

"몰라서 묻는 겐가? 이시애의 난을 평정할 때 내가 50명의 파적위를 이끌고 목숨을 바쳐 싸운 일을 잊으셨는가? 더욱이 나는 함길도를 이 잡듯 뒤져 이시애의 권속들을 쫓고 있지 않은가? 비록 큰 공을 세우지 못했으나 동분서주하고 있지 않은가?"

"자네는 그래서 서자출신인데도 벼슬길이 열리지 않았나?"

"관직을 받는 것과 공신의 반열에 오르는 것은 확연히 다르지. 관직은 일시적인 것이고 공신은 영구한 것이야."

"전장에 나간 사람 모두가 전공이 있게 마련이네. 작은 일에 공을 자처하지 마시게."

남이는 단호했다. 오히려 기회를 악착같이 이용하려는 유자광의 얼굴에 침을 뱉어주고 싶었다.

"호랑이도 개에게 물릴 날이 있네. 항우도 댕댕이 넝쿨에 넘어졌다고 하네."

"무슨 뚱딴지같은 말을 주절거리고 있는 것인가?"

"두고 보시게. 나는 반드시 쟁취할 것이야. 공신에 추록하도록 말이야."

유자광은 문을 박차고 나왔다.

유자광은 자신이 이시애의 난을 평정할 때 아무런 공도 인정받지 못한 일에 불만을 가지고 있었다. 머리가 잘 돌아가는 유자광은 장차 평안도의 북변에서 무슨 일이 일어날 것인지 예측하고 만회할 기회를 엿보고 있었다. 유자광은 자신을 상대해주지 않는 젊은 장수들보다는 강순 같은 노장이 훨씬 호락호락할 것이라고 생각하여 강순을 따라 평안도로 향했다.

강순을 따라온 유자광은 남이가 고음한에서 이만주의 적군을 쓸어버리자 벌판을 뒤져 시체들에서 괵(馘-죽은 사람의 귀)을 잘라 모아서는 자루에 담고 있었다. 적병의 시체에서 괵을 자르는 것은 죽인 사람의 수를 파악하여 보고하기 위한 수단이었는데 왼쪽 귀만을 잘라 소금에 절이는 것이 불문율이었다.

유자광이 자른 괵의 숫자는 강순이 승전보에서 보고한 숫자보다 많았다. 유자광은 오른쪽 괵까지 잘라 숫자를 불림으로써 자신의 공을 내세우는 터무니없는 짓을 하고 있었다. 그러나 소금에 절여 자루에 담은 괵을 뒤적이며 숫자를 세는 사람이 어디 있겠는가? 병사들은 유자광의 얕은꾀를 훤히 알고 있었다. 조선왕조실록은 이렇게 쓰고 있다.

유자광이 건주위에서 와서 괵을 바치니 오른쪽 귀가 거반이었다.

여진 정벌의 논공행상에서도 제외된 유자광이 시큰둥해하고 있을 때 세조가 강녕전으로 불러들였다.

"도시 경을 추천하는 사람이 없구나. 그렇다고 짐이 나서서 이래라저래라 할 수는 없는 일이로다. 경은 군사를 씀에 있어서 남거나 모자라는 곳을 잘 아는 혜안을 가지고 있도다. 따라서 경을 병조정랑으로 삼으려 하니 지난 일은 잊고 서운한 마음을 가지지 말라."

병조정랑은 병조의 사무를 총괄하는 정5품의 요직이다. 여기저기서 대소신료들의 반대가 들끓었다. 그러나 정작 말려야 할 한명회나 신숙주는 가타부타 말이 없다. 대사헌 양성지(梁誠之)가 다음과 같이 상소하였다.

병조정랑의 직은 소임이 가볍지 않으니 반드시 재주와 능력이 있는 자를 골라서 써야 할 것이고, 또 구례에도 문무과 출신이 아닌 자는 임명하지 않았습니다. 유자광은 유규의 얼자인데 단지 종군하여 작은 공이 있다고 하여 갑자기 병조정랑으로 임명하였습니다. 유자광이 첩의 아들이며 행실이 가볍고 용렬한데 비록 전일에 벼슬길을 열어주었다고 하여 오늘에 정랑으로 임명하는 일은 적절치 못하며 천부당만부당한 일입니다. 장병들도 그를 따를 자가 없을 것입니다. 엎드려 바라옵건대 명을 거두시어 조정의 권위를 높이시고 국법을 공고히 하옵소서.

그러나 세조는 고집을 꺾지 않았다. 유자광은 갑사에서 몸을 일으킨 지 3개월 만에 파격적인 인사로 정3품의 병조정랑이 된 것이다.

유자광의 아버지 유규는 노년에 고향인 남원으로 낙향하여 여생을 보내고 있었다. 조강지처가 세상을 버렸고 듬직했던 아들 자환도 젊은 나이에 저 세상으로 갔으니 처연한 마음을 달랠 길 없는 유규였다.

유규는 자광을 첩의 아들이라 괄시를 했었으나 그래도 말년에 그에게나마 기대고 있었다. 그러나 자광조차도 이시애의 난에 함길도로 떠난 후 통 무소식이라 유규는 외로운 나날을 보내고 있었다.

여진을 정벌했다는 소식이 들려오고 있었다. 유규는 자광이 귀환하는 병사들 틈에 끼어서 돌아올 것이라 기대했건만 자광은 나타나지 않았다.

어느 날 첩의 무릎에 누워 가는 코를 골고 있을 때였다. 멀리서부터 풍악소리가 들려왔다. 창밖을 내다보니 뜻밖에도 유자광이 삼현육각을 잡히며 말에 높이 앉아 다가오고 있다. 유규는 반갑기도 하였지만 장난꾸러기 자광이 헛멋을 부린다고 생각했다. 그러나 그를 따르는 군사가 수십 명에 이르는 것을 보고는 꿈인가 생시인가 어리둥절하고 있었다.

이윽고 유자광이 말에서 내려 방에 들더니 큰절을 한다.

"소자 병조정랑 인사 여쭙니다."

유규는 목침을 들어 자광에게 던지려 한다.

"얼자요 천인인 네가 그런 장난을 하면 관가에 끌려가 치도곤을 맞는 줄 모르느냐?"

유자광에게서 자초지종을 들은 유규는 서울을 향하여 멀리 임금에게 사배를 올렸다.

22. 이십만 양병

이시애의 난과 건주위정벌이 마무리되자 세조는 한편 안도의 한숨을 쉬면서도 다른 한편 마음속에는 막연한 불안감이 깃들기 시작했다.

세조의 병세는 단지 피부병으로만 치부되던 것이 근래에 들어와서는 몸속까지 곪아터져 걷잡을 수 없이 되고 있었다. 세조의 병에는 백약이 무효였다. 그래서 세조는 온천욕에 가느다란 희망을 걸고 충청도 온양, 강원도 고성, 황해도 배천의 온천에 행궁을 마련하고 수시로 행차했다. 그러나 온천욕이 그때뿐이지 세조의 병을 완전히 씻어주는 것은 아니었다. 세조는 전국에 명을 내려 온정을 찾도록 하고 심지어는 온정을 발견하는 자에게는 5품계를 올려주겠다고 공언하기도 하였다.

세조의 병은 깊어가고 몸은 마르고 정신은 혼미하여 정상적인 판단력을 잃고 있었다. 세조 10년 6월부터 11월까지 자리에 눕게 되자 세자에게 왕명을 전달하게 한 일도 있었고 12년 2월부터는 다시 자리에 눕게 되어 변방에서 돌아온 양정이 임금의 초췌한 모습을 보고 양위를 건의했던 것이다.

그해 10월에는 병이 깊어 아예 정무를 보지 못하고 세자가 대리청정하면서 한명회와 신숙주가 모든 의사결정을 했는데 그때 신숙주가 천거한 강효문이 이시애의 난에 대한 빌미를 제공하고 말았던 것이다.

두 전쟁을 겪고 난 세조는 문득 자신의 세계가 끝나가고 있음을 감지하고 있었다. 그리고 왕권을 물려줄 세자의 면면을 돌아보았다. 부모가 늘 생각하듯이 나름대로 엄격한 교육을 시켜왔기에 임금의 자질로서는 문제가 없다고 생각했다.

몇 번이나 왕위를 세자에게 양위하고 자신은 뒷전에 물러나 있겠다고 다짐을 했지만 중신들의 반대로 뜻을 못 이루었는데 만약에 세조 자신이 덜컹 쓰러져 죽으면 세자는 누구와 정사를 논하며 누구에게 의지할 것인가?

세조는 계유정난 이후 자신을 받들어온 훈구대신들을 하나하나 꼽아보고 있었다. 그들은 이미 늙었고 세자와는 30년 이상의 세대차이가 난다. 그들은 막강한 권력을 휘두르면서도 버금가는 인재를 키우지 않았고 고작해야 자신들의 자식들을 자리에 앉히기에 혈안이 되었다. 세조가 근래에 보아오고 발굴한 국가의 동량들은 20대, 그리고 30대 초반에 있고 실제로 30대 후반 및 40대에는 이렇다 할 인재가 없다. 세자를 보좌할 일을 50대의 훈구대신에게 맡긴다? 세조는 세차게 머리를 흔들었다.

세조는, 때는 늦었지만 이제부터라도 서둘러 신진을 기용해야 한다고 생각했다. 솥의 세 발 역할을 다시금 떠올렸다. 세자가 임금이 되었을 때 온갖 간신과 불순세력으로부터 세자를 보호할 무(武)의 역할은 남이, 그면 족하다. 귀성군은 비록 학문이 깊지 않고 무예도 능하지 않으나 대범한 자질을 갖추었으니 그면 종실의 장자임이 틀림없다. 문(文)의 역할은 훈구대신들 말고 누가 있는가?

세조는 유자광을 떠올렸다. 이미 예지와 판단력이 떨어진 세조는 유자광의 출신이 미천하고 문이나 무에서도 제일가는 인재는 아니었지만 유자광의 하는 짓에 매료되고 있었다. 그러나 만인의 존경을 받기에는 부족한 인물임을 세조도 잘 알았다.

세조는 권맹희를 떠올렸다. 그의 부친 권개는 경기도, 황해도, 전라도, 경상도, 강원도 관찰사를 두루 역임했고 권맹희는 아버지를 따라다니다 보니 백성의 고충을 잘 파악하고 있다. 그는 이시애의 난 때 전라도 군사를 모병했고 여진 정벌 때는 황해도, 평안도 군사를 모으기에 전력을 다했다. 그의 폭넓은 인간관계와 높은 학문은 대소신료들도 알아주지 않는가. 경륜은 일천하나 그는 귀성군, 남이와 의기투합하는 사이 아닌가.

세조 13년 12월, 세조는 정계개편을 단행했다.

영의정에 조석문, 우의정에 강순, 병조판서에 박중선, 호조판서에 어유소, 그리고 공조판서에 27세의 남이를 임명했다.

영의정 조석문은 이시애를 토벌할 때 병마도총사 귀성군의 부사로 혁혁한 공훈을 세워 일등 적개공신에 올랐었다. 우의정 강순은 71세의 노장으로 한 번도 중앙조직에 끼어보지 못하고 변방에서만 살았었다. 병조판서 박중선은 33세의 나이로 그의 딸을 세조의 장손자 월산군에게 시집보냄으로써 세조와 사돈관계이다. 34세의 어유소는 호조판서로 앉은 직후 부친상을 당하여 하향하였다.

또 세조는 중앙군의 총수인 오위도총관의 자리에 귀성군을 앉혀 군권을 장악하도록 했다. 의정부와 육조 이외에도 그 하위의 당상관과 외각의 수령들이 두 전쟁의 공신들로 메워졌다.

특히 윤필상의 뒤를 이어 도승지가 되었던 권맹희는 등과 후 3년 만에 길창군(吉昌君)으로 봉해지고 경기도 관찰사로 부임하여 그 형제들과 더불어 장안의 '뜨는 별'이란 화제를 낳았다.

남이와 귀성군은 임금의 곁에 더욱 가까이 머물면서 국정에 관한 세조의 훈계에 늘 귀를 기울였다. 자연스럽게 세자와 어울릴 기회가 많아지기도 하였다. 세조가 귀성군과 남이에게 당부하곤 했다.

"요사이 세자가 부쩍 장성하고 학문도 높은 경지에 이른 것은 매우 다행한 일이로다. 이는 짐과 훈구대신들이 세자를 가르침에 모든 정성을 쏟은 때문이로다. 그러나 그것으로는 미흡하다. 세자가 구중궁궐에서 환관과 아녀자들만 접하니 세상 물정에 어둡고 백성들의 고충을 알지 못하고 더욱이 국방과 외교에 밝지 못한 점이 매우 아쉽도다. 남이와 귀성군은 세자와 더불어 격구와 활쏘기를 하고 틈틈이 세상사를 논하여 바깥세상을 알게 하라."

세조는 슬하에 의경세자(懿敬世子-덕종), 해양대군(海陽大君) 그리고 의숙공주(懿淑公主)를 두었는데 의경세자가 20세에 요절하자 10세의 해양대군이 세자로 책봉되었었다. 의숙공주는 정인지의 며느리가 되었다.

해양대군은 세조 6년에 한명회의 큰딸과 결혼하였는데 세자빈은 아들 인성대군을 낳자마자 세상을 떠났고 인성대군 역시 어린 나이에 죽었다.

세자 해양대군과 귀성군, 춘양군, 영순군 등은 20대의 젊은 종친으로 세자와 4촌 또는 6촌 형제이고 남이는 왕가의 피를 물려받은 터라 그들은 서로 호형호제하며 가까이 지냈다. 세조는 그들의 두터운 우정을 눈여겨보면서 특히 귀성군과 남이가 세자를 보필할 국가의 간성임을 믿어 의심치 않았다.

세조는 듬직한 조카들에게 술자리를 베풀며 말했다.

"대저 나라를 다스리는 도는 안팎이 서로 도와야 치평(治平)을 이루는 것인즉 안은 비고 밖이 건실해도 좋지 않으며 안이 튼실하고 밖이 비어도 좋지 않은 것이다. 그러므로 종실의 친인척을 내외에 포진시키고 국정에 고루 참여토록 하는 것이 국가를 유지하고 왕권을 확립하는 방법이다."

소위 신공신들이 조정의 요직을 대부분 차지하게 되자 그때까지 세조의 총애를 받으며 권력을 좌지우지하던 구공신들이 뒷전으로 물러날 수밖에 없는 것이다.

이 일은 세조의 개혁 의지와 용단이 없었다면 불가능한 일이었다.

하루는 세조가 종친과 재추들과 더불어 잔치를 벌인 자리에서 가사를 지어 기생들에게 주며 노래를 부르게 하였다.

"누가 대장군인가? 귀성군이로다. 누가 천하를 평정하였는가? 귀성군이로다. 누가 천하의 인물인가? 귀성군이로다. 누가 내 아들인가? 귀성군이로다. 누가 대훈(大勳)인가? 귀성군이로다."

세조는 다시 한명회의 술을 받으며 기생들에게 노래하게 하였다.

"누가 원훈(元勳)인가? 한명회로다. 누가 구훈(舊勳)인가? 한명회로다. 누가 신훈(新勳)인가? 귀성군이로다."

그때부터 세상에서는 정난공신 및 좌익공신을 구공신이라 부르고 적개공신을 신공신이라고 부르기 시작했다.

세조 14년 초부터 소위 구공신은 정무를 논하는 자리에서는 배제되고 국가의 의례적인 행사에나 초청을 받을 정도가 되어 세조는 늘 곁에 두던 한명회, 신숙주 등을 찾는 일이 거의 없었다.

한명회는 홀연히 조정을 떠나 한가로운 시간을 보내고 있었다. 그는 두무개 건너편의 한강 가에 서둘러 정자를 짓고 압구정이라 이름 지었다. 압구(狎鷗)란 세상 일 다 버리고 강가에 살며 갈매기와 친하게 지낸다는 뜻이다. 압구정은 옥골의 높은 언덕에 자리하여 한강이 내려다보이고 마루 둘레에 난간을 돌리고 팔각지붕을 올린 그림 같은 정자였다.

임금의 온양 행차에 수행했던 신숙주가 압구정으로 한명회를 찾았다. 신숙주는 맥이 빠진 채로 앉아서는 투덜거렸다.

"인생이 마침내 여기에서 끝나고 마는가?"

"무슨 일이 있었기에 그토록 낙심하는가?"

"글쎄, 내 얘기를 들어보게나. 하도 기가 막혀 말이 안 나오네만…."

신숙주는 목이 탔던지 한명회가 따라주는 술을 여러 잔 연거푸 마시고 나서 답답한 심경을 털어놓았다.

세조 14년 2월, 세조가 온친욕을 위해 온양으로 행치했다. 세조의 특별한 요청으로 신숙주도 따라갔다. 병조정랑 유자광이 임금의 행차를 호위하고 있었다.

유자광은 목에 힘을 주고 거드름을 피우고 있었지만 따르는 자가 없었다. 임금을 호위하는 병사들은 유자광을 보면 슬슬 피하고 저희들끼리 뒤에서 수군덕거리기가 일쑤였다. 유자광이 동분서주하며 바쁘게 움직여도 도무지 영이 서질 않아 혼자만 땀을 뻘뻘 흘리고 있을 뿐이었다. 그런 사정을 세조가 모를 리 없었다. 세조가 자애로운 음성으로 유자광에게 말했다.

"짐이 연전에 경을 허통시켜 벼슬길에 오르도록 하였도다. 그러나 경은 문무과 어디에도 과거를 본 적이 없어 다른 신료들과 어깨를 나란히 하고 있지 못함이 매우 안쓰럽구나. 짐이 온양에 도착하면 문무의 초시를 열 것이니 경은 응시하라."

온양에 도착하자 세조는 신숙주를 불렀다.

"짐이 온양에 거처하는 길에 문무 초시를 보게 할 것이니 방을 부치도록 하라. 유자광은 등과한 일이 없이 당상관에 이름을 올렸으니 그에게도 초시에 응시할 기회를 줄 것이니라."

신숙주가 올린 합격자 명단에 유자광이 빠진 것을 보고 임금이 물었다.

"유자광의 답안은 왜 여기 없는가?"

"유자광의 답안은 지나치게 고사를 인용했고 문법 또한 허술하여 뺐습니다."

임금은 유자광의 답안지를 가져오게 하고 그를 장원으로 뽑았다. 그야말로 위인설관(爲人設官)이요 유자광을 위한 시험이었다.

그만큼 유자광은 세조의 총애를 한몸에 받았다.

세조는 즉석에서 유자광을 정3품의 병조참지로 올렸다. 정5품의 병조정랑에서 대번에 두 단계를 뛰어오른 것이다.

"지금까지 어느 임금도 시험관의 채점을 뒤집은 적은 없었네. 유자광의 알량한 시폭(試幅-시험지)을 장원으로 하는 뜻이 무엇인가? 석학을 자처하는 내 체면이 말이 아니지 않는가? 근래 정국이 돌아가는 꼴을 보게나. 학문과 경륜이 없는 어린 것들을 높이 앉혀 위계질서가 무너졌네. 영의정, 우의정 그리고 공조판서뿐만 아니라 그 아래 직책과 외직도 모두 신공신을 임명하여 그들이 정권과 군권을 장악했네. 귀성군과 남이가 세자를 싸고도는 꼴은 눈뜨고 보기가 민망할 정도야. 더욱이 아무런 공도 없는 유자광을 고속 승진시키고 있으니 될 말인가?"

한명회는 신숙주의 불평을 듣는 듯 마는 듯 실눈을 뜨고 석양을 바라보고 있었다.

"상심하지 말게. 지금은 세인들의 눈을 피하고 있어야 하네. 신공신들은 백성들의 생각을 좇아 개혁을 단행하려 하네. 그러니 한 발 뒤로 빼고 굿구경이나 함세. 인생은 새옹지마(塞翁之馬)라 하지 않던가?"

"자네는 유자광의 눈빛을 보았는가? 그 간사하고 음흉한 눈 말일세. 눈알을 굴리는 것이 꼭 생쥐가 쥐구멍에서 머리만 내밀고 요리조리 주위를 살피는 수서양단(首鼠兩端)의 모습 아닌가? 그러나 임금 말고는 유자광을 좋아하는 사람은 없지. 구공신이건 신공신이건 어디에서나 따돌림을 받고 있지 않은가?"

한명회가 갑자기 배를 잡고 웃었다. 무엇이 그리 재미있는지 웃음이 그치질 않았다. 한명회는 사레들린 사람처럼 재채기를 쏟아내더니 신숙주를 건너다보고 있었다.

"구공신은 군자연하며 유자광을 발가락의 때만큼도 여기지 않고, 신공신은 유자광을 보면 벌레 씹은 얼굴을 하면서 아예 무시하고 있지. 수서양단의 다음 순서는 무엇인가? 유자광은 마지막에 어디를 보고 행동하겠는가? 유자광이 어디를 선택할 것인지 두고 보면 알게 될 게야. 머지않아 유자광이 압구정을 찾아올 걸세."

세조 14년 5월, 남이는 전후의 복구작업을 독려하고 민심을 위무하기 위하여 함길도와 평안도를 두루 살피고 돌아왔다. 임금을 배알한 자리에 세자와 강순, 귀성군이 자리를 같이하였다.

"전하, 전날 올미부에서 보하토를 끝까지 추적하여 잡아 죽이지 못한 것이 너무 분하고 안타까울 뿐입니다. 북변을 돌아보니 이만주의 남은 자식들이 보하토 휘하로 들어가 아비의 원수를 갚겠다고 칼을 갈고 있으며 보하토는 올량합의 잡류인 모련위와 해서위의 야인들을 결집하고 있사옵니다. 지금이라도 올라산성에 진을 설치하여 우리 군사가 지키게 하셔야 하옵니다."

강순이 쌍지팡이를 짚고 나섰다.

"전하께서는 즉위하자마자 여연·자성·무창·우예의 4군을 철폐한 적이 있었습니다. 이는 땅을 차지하기는 쉬우나 지키기는 어려워서 고육지책으로 한 것입니다. 신의 생각으로는 우선 군사를 길러 부국강병을 만드는 것이 급선무라고 생각합니다."

남이가 발끈하여 달려들듯이 강순을 쏘아보고 있었다.

"전날 올미부에서 철수할 때 공은 금년 4월에 다시 군사를 일으키자고 장계를 올렸고 저에게도 그렇게 약속했습니다. 그런데 지금 일신이 편안하니까 그 말을 잊으셨군요. 공의 얼굴을 보니 요사이 살결이 희멀겋고 살집이 오른 것 같습니다. 공은 한 입으로 두 말을 하고 계시지를 않습니까?"

세조가 얼른 남이의 말을 막았다.

"경의 말은 짐을 질책하는 것 같이 들린다. 사실 짐도 그때는 북정의 군사들이 강추위에 떨고 있어 퇴각에 동의했고 금년 4월 땅이 풀릴 때 다시 군사를 일으킬 생각을 하고 있었도다. 그러나 아직은 여진의 잔당이 지리멸렬하고 조선의 백성들도 지쳐있는 터라 이런 시기에는 전열을 가다듬고 양병을 하는 것이 급선무라 생각하여 후일을 도모할 구상을 하고 있도다."

세조가 얼굴을 돌려 귀성군의 의견을 물었다.

"신의 생각도 그러하옵니다. 변방의 오랑캐가 근심거리가 된 것이 어느 시대인들 없었겠습니까? 신은 북변의 경계를 소홀히 하지 말고 지키기만 하면 나라가 태평하리라 생각합니다."

세조는 세자의 생각을 넌지시 떠보았다.

"세자의 생각은 어떤고? 사리판단을 할 나이가 아닌가?"

19세의 세자가 대답했다. 그의 목소리는 매우 당돌했다.

"조정의 대신들은 옛것을 지키기만 하면 태평세월에 백성들이 강구연월을 읊으며 살 것이라고 생각하는 듯합니다. 그러나 방심할 때는 아니라고 생각합니다. 만사 튼튼, 남이를 북변에 보내심이 옳은 줄 압니다."

세조는 세자의 말에 흐뭇해하고 있었다.

남이가 세자의 말에 용기백배하여 말했다.

"전하, 신은 어려서부터 뜻이 오랑캐를 평정하는 데 있어 왔사옵니다. 근자에 전하의 은혜를 분에 넘치게 입고 있사오나 이 자리를 떠나 북변으로 달려가고 싶은 마음뿐입니다. 요즘 북변이 수상하니, 신은 밤에 편히 잠을 못 자고 칼을 어루만지고 있을 뿐입니다. 다시 북정할 기회를 주시옵소서."

"경은 만주를 경략하여야 한다고 끈질기게 주장을 펴 왔지. 그 점은 짐의 필생의 꿈이기도 하도다. 그러자면 어느 정도의 군사를 양병해야 한다고 생각하는가?"

"성상의 원대한 계책을 받들기 위해서는 20만을 양병하여야 한다고 봅니다. 그리하면 가히 천하를 횡행할 수 있을 것입니다."

(若奉聖算 得二十萬衆 可以橫行天下-세조실록)

세조는 자신의 생각을 들킨 것 같아 움찔 놀라며 먼저 사관(史官)의 눈치를 살폈다.

"경의 말이 너무 지나친 것 같다. 안 들은 것으로 하겠다."

남이는 말을 계속 이어갔다.

"신은 어려서부터 북방에서 싸웠사옵니다. 그동안 느낀 점은 여진을 비롯한 북방민족의 세력이 만만치 않다는 것입니다. 역사를 더듬어보아도 거란이 당을 무너뜨리고 요를 세웠으며, 몽고족이 원을 세워 천하를 차지했사옵니다. 지금은 북방민족이 하찮은 좀도둑에 불과하지만 그 중 걸출한 맹주가 나와서 흩어져 있는 부족들을 연합한다면 큰 세력이 될 수 있음을 의심치 않습니다. 고조선, 고구려, 발해가 그랬듯이 조선이 선수를 쳐서 그 맹주의 역할을 하여야 한다고 생각합니다."

남이는 자신의 주장에 세조가 귀를 기울이고 있음을 알자 계속 밀어붙였다.

"전하, 아울러 일본을 주목하여야 하옵니다. 근래 무력통일을 이룬 쇼군(將軍)이 장원영주와 농민들의 항쟁으로 인하여 무력화되자 막부(幕府)가 둘로 나눠져 서로 길항(拮抗) 관계를 유지하고 있사옵니다. 가쓰모토(勝元)가 이끄는 동군과 모치토요(持豊)가 이끄는 서군이 근자에 무력충돌을 일으켜 싸움이 치열해지고 있습니다. 동군은 16만, 서군은 11만이라고 합니다. 지금 전쟁터인 교토는 전란으로 인해 황폐화되었고 영주를 잃은 무사와 승려들이 지방으로 유랑하고 있는 지경입니다. 싸움에는 승자가 있게 마련이니 승자에 의하여 통일이 되면 막강한 세력을 갖추게 될 것입니다. 말하자면 전쟁터에서 갈고 닦은 30만의 군대를 가지게 되는 것입니다. 그들이 천하무적의 군사를 가지면 천하통일을 꿈꿀 수도 있사옵니다. 천하의 중심이라는 중국을 넘볼 가능성도 있사옵니다. 그 꿈이 망상에 지나지 않는다고 생각하지 않는 바는 아니지만 조선은 항상 이에 대비하지 않으면 아니 되옵니다."

세조는 벌린 입을 다물지를 못했다. 남이의 원대한 꿈에 그저 놀랄 뿐이었다. 세조는 문득 세자를 돌아보며 말했다.

"세자는 짐의 말을 귀담아 듣거라. 우리나라는 4천 년 전 단군 성조가 나라를 세운 이래 수없이 외적의 침입을 받아 왔으나 명맥이 끊어진 적이 없었도다. 그 이유는 우리의 국력이 강해서라기보다는 우리 민족에게는 폐부에 살아 숨 쉬는 얼이 있고 위급할 때는 민족정기가 화광처럼 되살아나기 때문이니라. 짐이 생각하기에는 앞으로 일백 년이 국가흥망의 중대시기이다. 왜냐 하면 우리 조선이나 중국의 명나라가 힘을 잃으면 만주족이 힘을 키울 것이고 바다 건너 일본도 만만하게 볼 상대는 아니기 때문이다. 짐은 이미 늙어 짐의 생전에 국가만년대계의 기틀을 마련할 시간이 없다. 부디 세자는 짐의 뜻을 이해하여 장차 조상에게 부끄럽지 않은 현군이 되어야 하느니라."

세조는 여러 날 동안 밤잠을 설치며 고민을 하고 있었다. 남이의 말이 비록 당돌하나 허황된 꿈이 아님을 세조는 알고 있었다. 고려 말, 조선 초기까지만 해도 조선의 군사가 10만을 능가하고 있었고 바야흐로 여진족이 통합의 기미가 보이며 일본이 큰 세력을 이룬다고 가정하면 20만의 군대를 양성하는 것이 급선무라고 세조 또한 생각하고 있었다.

머칠 후 세조는 남이를 교태전으로 불렀다. 교태전은 왕비의 침전이라 사관이 따라붙지 않고 둘만의 비밀이야기를 할 수 있는 장소이기 때문이다.

"경이 20만의 군사를 양성하자고 주장한 데는 이유가 있겠지만 어떤 식으로 군사를 뽑아 키울 것인가도 생각해 보았는가?"

"전하께서 호패법(號牌法)을 만들어 인구를 조사하고 유민을 방지하며 군사동원의 기틀을 마련하신 일은 길이 청사에 남을 것입니다. 신은 이 기회에 전하께서 각 도에 영을 내리시어 군적(軍籍)을 만들 것을 상언합니다. 지금 우리나라의 인구는 600만 명입니다. 그 중에서 젊고 건장한 청년을 군적에 포함시키는 것은 어렵지 않다고 봅니다. 전하께서는 각 도에 거진(巨鎭)을 설치하여 도합 61개의 거진에 병마절도사를 두고 각 도에는 도절제사를 두고 있사옵니다. 군적에 오른 자들은 평소에는 생업에 종사하지만 농

한기에는 소속된 진영에서 군사훈련을 받도록 하는 것입니다. 또한 백성 중에는 할 일 없이 놀고먹는 한량, 향교생도, 향리(鄕吏), 역졸, 양반이면서 궁색하여 머슴노릇을 하는 사람, 공사노복, 그리고 부역을 피하고자 중이 된 사람들이 수십만에 이르고 있사옵니다. 그들 중 젊고 건장한 사람들을 수시로 훈련하여 잡색군(雜色軍-예비군)을 만드는 것입니다. 그들까지 고려한다면 군사 20만 명을 양성하는 것은 문제가 안 된다고 생각합니다.”

“경의 생각에 일리가 있으나 또한 난점이 있도다. 첫째는 군사를 양성하기 위해서는 백성이 세금을 더 내야 하고, 둘째 이시애의 난에서 보았듯이 군사를 가진 자들은 제 힘만 믿고 역심을 품을 수 있네. 허기야 구더기 무서워 장을 안 담글 수는 없지.”

“전하, 이 대사는 첫째 혹 있을 지도 모르는 외적의 침입에 대비하는 것이고 둘째 태종께서 획정하신 공험진까지의 우리 영토를 명실공히 확보하여 야인을 물아내거나 복속시키는 일입니다. 물론 군왕이 군통수권을 확실히 장악하는 것이 무엇보다 중요합니다.”

“짐이 반드시 실행에 옮기리라.”

세조는 주먹을 불끈 쥐어 보였다. 이윽고 세조가 입을 열었다.

“경은 일본이 위협적인 존재라고 보는가? 전에 일본을 다녀온 신숙주는 일본이 무지몽매한 자들이라 바다를 건너올 엄두를 못 낼 것이라고 하였거늘…”

“못 미더우시면 통신사를 보내심이 어떠하신지요?”

“지난 날(세조 6년) 송처검(宋處儉)을 일본에 통신사로 보냈었는데 중도에서 해풍으로 인해 수백 명이 죽은 일이 있었도다. 그 누가 나서서 가겠다고 하겠는가?"

세조 14년 6월 초, 세조는 대소신료들을 불러 사정전에서 경연을 열었다. 세조가 결의에 차서 준엄한 목소리로 말하였다.

"작년에 조선은 두 전쟁을 치렀도다. 잃은 것도 많았지만 얻은 것도 많았도다. 잃은 것은 첫째 많은 백성이 싸우다가 죽거나 추위와 굶주림에 죽은 것이고 둘째 이 나라의 많은 물자와 시설물을 잃은 것이로다. 그러나 우리는 귀중한 체험을 통해서 많은 것을 얻었도다. 첫째로 군사들의 사기를 높이고 많은 장수들을 발굴한 것이며 둘째로 건주위를 공격하여 주변국의 간담을 서늘하게 만든 것이며 셋째는 모든 백성들이 일치단결하여 충성심을 발휘한 것이로다. 짐은 이에 이르러 우리의 꺼질 줄 모르는 국혼을 읽었으며 나라의 자존이 고양되고 있음을 느꼈다. 단군성황과 동명성황의 웅혼한 정신을 이어받은 민족정기는 세세만년 면면히 이어갈 것임을 의심치 않는다. 그러나 정신이 원대하고 꿈이 크더라도 힘이 없으면 다른 나라에 짓밟히고 마는 것이 국가이니라. 힘을 길러야 하느니."

세조는 목이 타는지 얼음물을 벌컥벌컥 들이키고 나서 말을 계속했다.

"짐은 여러 해에 걸쳐 호패법을 완성하였도다. 이를 기초로 팔도의 관찰사에 지시하여 군적을 만들어 조정과 거진에 비치하고자 한다. 만드는 것에 그치지 않고 각 진의 병마절도사로 하여금 군사훈련을 실시하도록 할 작정이로다."

좌중이 술렁거리고 있다. 윤필상이 한계미에게 눈짓을 보냈다. 세조의 윗동서여서 세조와 친분이 있는 한계미가 나서야 할 때라고 생각한 것이다. 한계미가 앞으로 나섰다.

"전하, 지금은 때가 아닌가 합니다. 작년에 두 전쟁을 치러 백성들이 고달파하고 아직 전쟁의 악몽에서 벗어나지 못하고 있사옵니다. 더욱이 금년의 보리농사가 흉년이라 백성들이 한숨을 짓고 있는 실정입니다. 통촉하시옵소서."

오위도총관 귀성군이 차분한 어조로 말했다.

"전하, 군적을 만든다고 소문이 나면 젊은이들이 당장 전쟁이 터지지 않나 하는 위기감을 갖게 되어 어떤 이들은 야밤에 남부여대하여 고향을 버리고 떠나고, 어떤 이들은 머리를 깎고 출가할까 저어됩니다. 우선 호패법을 강화하여 유민을 방지할 대책을 세우심이 마땅한 줄 압니다."

귀성군의 말이 끝나기가 무섭게 남이가 나섰다.

"오늘의 고통이 있어야 내일의 탄탄대로가 보장됩니다. 우리가 여진족을 쳐서 크게 전과를 올렸으나 그들의 씨를 말린 것은 아닙니다. 씨가 싹이 터서 자라기 전에 잔당을 마저 소탕해야 합니다. 당장 실행에 옮김이 마땅합니다."

병조판서 박중선이 거들었다.

"신 또한 공조판서 남이의 의견에 전적으로 동의합니다. 그러나 군적을 만드는 시기를 벼농사의 추수가 끝나는 시기로 늦추는 것이 좋을 듯합니다."

그때 세조가 버럭 소리를 질렀다.

"군적을 만들고 군사를 양성하는 것이 하루아침에 되는 일은 아니다. 바야흐로 백성의 사기가 높을 때 시작하여야 한다. 윤자운을 팔도군적사(八道軍籍使)로 제수하노라. 경은 짐을 대신하여 팔도관찰사에게 보내는 유시를 작성하라."

세조가 이윽고 말문을 열었다.

"여진족도 여진족이지만 지금 일본의 움직임이 수상하다. 짐은 일본에 통신사를 보낼 예정이다. 경들은 적당한 인물을 추천하라."

갑자기 좌중이 꿀 먹은 벙어리들이 되었다. 추천하는 사람도 없고 자천하는 사람도 없었다. 송처검의 불상사를 겪은 지 몇 년이 되지 않았는데 그 위험한 바다를 건너겠다고 할 사람이 누구이며, 일본은 심각한 내전중이라는데 그 아수라장을 뚫고 갈 사람이 누구란 말인가? 그때 말석에 있던 행호군 권각(權恪)이 앞으로 나섰다. 권각은 권맹희의 숙부다.

"성상의 고민을 덜고 나라를 위하는 일인데 이 한몸의 죽고 사는 것이 무에 그리 중요합니까? 신을 보내주시옵소서."

"과연 장하도다. 경은 부사와 서장관, 그리고 항해에 뛰어난 자들을 선발하여 적당한 때에 떠나라."

말을 마치고 세조는 강녕전으로 향하면서 남이와 유자광을 입시하도록 했다. 세조는 남이를 가까이 오라 하여 손을 잡았다.

"군사가 20만이라 해도 가르치지 않으면 실전에 임하여 우왕좌왕하고 적군의 방귀소리에도 놀라 줄행랑을 칠 것이다. 많은 장정을 군적에 올려도 훈련이 정교하지 않으면 오합지졸에 지나지 않는다. 잡색군만 해도 그렇다. 놀고먹는 자들을 불러다 나라에서 한 술 더 떠주는데 불과할 수가 있어 그 제도 또한 유명무실하게 될까 저어된다. 경들은 짐의 말을 알아들었느냐?"

세조는 침을 꿀꺽 삼키고 남이를 바라보며 다음 말을 이어갔다.

"장용대(壯勇隊)에는 활쏘기, 말달리기, 그리고 힘센 무사들이 귀천을 가리지 않고 소속되어 있다. 지금 장용대가 125명으로 이루어져 있는데 그 숫자를 600명으로 늘려라. 그들을 새로 뽑기보다는 지난 두 번의 싸움에서 무예가 뛰어난 무장들을 발탁하라. 경은 공조판서로 있으면서 아울러 겸 오위도총관을 맡고 주로 장용대를 이끌어라. 모름지기 장용대는 가장 뛰어난 무장들로 가끔 각 도와 거진에 파견되어 정병(正兵)은 물론 군적을 가진 모든 자들과 잡색군의 훈련을 도맡을 것이며 변방에 오랑캐들이 준동하면 제일 먼저 달려가 제압할 역할을 할 것이로다."

유자광이 임금의 눈치를 살피며 끼어들었다.

"신은 두 싸움에 참전하여 파적위를 이끌었사옵니다. 파적위는 보병입니다. 장용대는 주로 기병으로 구성되어 있으나 전쟁에는 어느 시기에나 보병 또한 중요합니다. 파적위의 숫자 또한 장용대와 버금가게 하시고 신에게 파적위를 이끌게 하소서."

"파적위라면 경이 이끌 만한가?"

"파적위는 주로 공사천인(公私賤人)으로 구성되어 있어 신이 부릴 만합니다."

"짐은 경을 장차 크게 쓸 작정이거늘 경의 포부는 짐의 생각을 못 미치는구나. 경이 말을 꺼냈으니 그대로 하라."

600여 장용대원들은 우국충정으로 불타고 있었으며 장차 북벌에 참여할 꿈과 의지를 가지고 있었다. 남이를 중심으로 하여 장용대는 똘똘 뭉쳤고 깊은 교분을 가지고 있었다. 그러나 나중에 장용대의 무사 대부분이 남이에게 연좌되어 몰살을 당할지 누가 알았으랴?

22. 병조판서

세조 14년 7월 초, 임금이 위독하여 병석에 누웠다. 임금의 병세는 시간이 갈수록 더욱 위중하여 회복의 기미가 보이지 않았다. 이번에는 몸이 쑤시고 아프기보다는 의식이 왔다 갔다 하고 정신병의 증세까지 나타났다.

밤이면 단종의 어머니 현덕왕후가 꿈에 나타나 '이놈, 네가 내 아들을 죽였으니 내가 너를 죽여 구천에 사무친 원한을 풀겠다'고 저주를 하는가 하면 단종이 목에 감긴 놋줄을 움켜쥐고 살려 달라고 애원한다. 안평대군과 금성대군이 냉랭한 미소를 띠며 쏘아보는가 싶더니 김종서가 눈을 부릅뜨고 달려든다. 화들짝 놀라서 몸을 일으키지만 몸은 가위에 눌려 꼼짝도 하지 않고 번연히 눈을 떴는데도 귀신들이 눈앞에 희끗거린다. 이윽고 세조는 외마디소리를 지르며 벌떡 일어난다.

"구천에 떠도는 원귀들이 내 몸을 뜯어먹으러 왔다. 내 저놈들을 갈기갈기 찢어 죽여야지."

강녕전에서 잠을 자던 세조가 벌떡 일어나 갑옷을 입고 칼을 들고 뒤뜰로 나가더니 공중에 칼을 흔들어댄다. 사육신의 머리 없는 귀신들이 세조에게 악다구니 같이 달려들고 있다는 환각으로 세조는 미쳐 날뛰는 것이다.

투구가 벗겨지고 갑옷이 흙투성이가 되고 온몸에 땀이 흥건하여 식식거리는 세조가 이마를 닦아주던 왕비에게 애원을 한다.

"남이를 불러 짐 가까이 두시오. 남이는 귀신을 제압하는 기운을 가지고 있지를 않소. 또한 귀성군을 불러 수발을 하게 하면 짐의 마음이 한결 편안할 것이오."

귀성군과 남이가 밤샘을 하며 세조 곁을 지키고 세자가 조석으로 찾아와 떠나지 않는다.

종친들과 대신들이 찾아와 병문안을 했다. 세조는 뻔질나게 드나드는 정인지, 한명회, 신숙주, 최항 등을 보면 탄식을 한다.

"천지망아(天地亡我)라! 하늘이 나를 죽이는구나."

이윽고 세조는 돌아가는 중신들의 뒷모습을 보며 느닷없이 의심을 품는다.

세자가 왕위를 물려받을 때 저 노회한 자들이 자신들의 생존을 위해 왕좌를 노릴 수도 있지 않은가? 저들이 작당 모의한다면 임금을 갈아치우는 일은 식은 죽 먹기 아닌가?

7월 17일, 병세가 약간 호전되자 세조는 부랴부랴 귀성군을 영의정으로 올려 조정을 장악하게 하고 남이를 오위도총관으로 앉혀 군권을 맡기고 임금을 호위하게 했다. 귀성군의 아버지 임영대군이 불편한 몸을 이끌고 임금을 알현하였다.

"제 자식놈은 나이도 어리고 미련하며 사리를 분별할 줄 모르는 숙맥이니 영상을 맡기에는 매우 부족합니다. 영을 거두어 주옵소서."

"귀성군은 학문이 높고 무예와 병법에 있어서 타의 추종을 불허하며 이시애의 난을 평정한 후 백성들의 존경을 한몸에 받고 있도다. 나이가 무슨 상관이란 말인가?"

29세의 귀성군이 영의정의 자리에 오르고 28세의 남이가 사실상의 군권을 장악하자 구공신들은 긴장하기 시작했다.

이틀 후인 7월 19일, 세조는 귀성군과 한명회, 신숙주, 최항, 조석문 등을 불러 왕위를 세자에게 전위할 뜻을 밝혔다.

"전하, 지금은 때가 아니옵니다. 세자는 아직 보령이 유충합니다. 곧 털고 일어나셔서 국가의 기반을 더욱 튼튼히 하셔야 합니다."

중신들이 이구동성으로 말렸다.

"짐이 아프건 안 아프건 상관없다. 돌이켜보면 전날 양정이 퇴위를 권한 일은 충정에서 나왔음을 나중에 깨닫고 짐은 양정을 죽인 일을 몹시 후회해 왔도다. 어서 전위의 절차를 밟도록 하라."

한명회는 난감하기 짝이 없었다. 온 세상이 자신들을 저주하고 있음에도 세조가 버팀목이 되고 있었는데, 당장 세자가 보위에 오르면 자신들의 권세가 낙동강 오리알처럼 땅에 떨어지고 신공신이 정권을 잡게 될 것임을 그는 너무나 잘 알고 있었다. 세자는 한명회의 사위라지만 딸이 요절하여 근래 세자와 이렇다 할 끈끈한 관계를 갖지 못했기에 한명회는 더 불안했다.

한명회는 세조의 옆에서 병구완을 하고 있는 정희왕후에게 눈짓을 하여 응원을 청했다.

"주상께서는 전일에도 자리에 누웠던 적이 한두 번이 아닙니다. 그러나 심령이 강건하시어 자리를 털고 일어나시곤 했습니다. 이 나라에는 주상께서 직접 나서서 할 일이 산더미같이 쌓여 있습니다. 북방에서는 여전히 오랑캐들이 준동하고 있습니다. 그들을 응징할 분은 주상 말고는 없습니다. 곧 쾌차하실 것이니 양위에 관한 말씀은 거두어 주십시오. 대신에 당분간 세자에게 대리청정을 시키심이 좋을 듯합니다."

세조는 중전의 의견을 따랐다.

세자는 대리청정을 맡자마자 사정전으로 대신들을 불렀다.

"감옥에 갇히거나 유배된 죄인들을 석방하는 것이 어떻겠소? 부왕의 병을 치료하기 위하여 죄인들에게 사면령을 내리자는 것이오."

신숙주가 고개를 갸우뚱했다.

"단 계유정난 때의 난신과 사육신 등에 관련된 자들에 연좌된 죄인들을 제외시켜야 합니다."

세자는 볼멘소리를 했다.

"임금과 조정에 원한을 품은 사람들을 풀어주지 않는데서야 어찌 하늘을 감동시킬 수 있겠소?"

세자는 사실 계유정난과 사육신에 관련된 사람들을 염두에 두고 있었다. 그러나 이제 막 힘을 얻은 세자로서는 대신들이 극구 만류하자 옴츠러들었다. 결국 반역죄에 해당하는 죄인들을 제외한 모든 죄인들을 사면하는 데 그쳐야 했다.

세자가 대리청정을 하자마자 서두른 일이 대사면령이고 이는 반역죄인을 염두에 두고 있음을 알고 있는 한명회는 빨리 손을 쓰지 않으면 안 된다는 생각을 했다. 세자와 귀성군, 그리고 남이가 늘 붙어 있으면서 머리를 짜내고 있으니 그들을 떼어놓지 않으면 안 되는 일이었다.

한명회가 교태전으로 정희왕후를 찾아갔다.

"세간에 경복궁에 원귀들이 들끓고 있다는 소문이 파다합니다. 남이가 요괴를 쫓는 영묘한 힘이 있다고 해도 인간에 지나지 않으며 성상께서 여전히 불안해하시니 다른 곳으로 피어(避御)하심이 좋을 듯합니다."

세조는 정희왕후의 뜻을 받아들이면서 피어장소로 효령대군 저를 선택했다.

"큰아버님은 젊어서부터 세상사를 잊고 평정한 마음으로 살아서 그런지 73세의 노령에도 불구하고 정정하시다. 짐 또한 참인간으로 돌아가서 큰아버님의 품에 안기고 싶구나."

세조는 큰아버지 효령대군 댁으로 옮겨가면서 세자는 경복궁에 남아 정사를 보도록 지시하였다. 한명회가 펄쩍 뛰었다.

"부모가 병환에 계시면 밤낮으로 곁에서 모시는 것이 자식된 도리이거늘 전하께서 궁 밖으로 피어하시는데 세자가 모시지 않는 것은 인정이 아닙니다. 통촉하옵소서."

"궁궐을 무주공산으로 만들 수는 없는 노릇 아닌가? 정 그렇다면 세자가 경복궁에 머물되 매일 조석으로 문안하게 하라. 아울러 오위도총관 남이는 경복궁을 경비하라."

세자와 귀성군, 그리고 남이를 떼어놓으려는 한명회의 생각이 수포로 돌아간 것이나 다름없었다.

세조가 효령대군 저를 택한 것에는 또 다른 이유가 있었다. 만일의 경우를 생각해서 세조와 동갑이고 충성심이 강한 보성군과, 무재가 뛰어난 젊은 춘양군(보성군의 셋째아들)에게 세자를 부탁하고 싶었기 때문이다.

"보성군은 강순과 가깝고 아들 춘양군은 남이와 형제같이 지내니 자네들은 남이와 더불어 세자를 지켜주게."

효령대군 댁에서 열흘 남짓 피접하던 세조가 문득 왕비의 손을 잡으며 피어처를 옮기자고 제안한다.

"먼저 저 세상으로 간 의경세자의 숨결을 느끼고 싶고, 또 홀로 된 며느리 수빈을 위로하고 싶소."

세조의 큰 며느리 수빈 한씨는 세조가 수양대군 시절 살았던 잠저를 지키고 있었다. 세조의 장남 의경세자가 왕위를 이어받지 못하고 20세에 죽자 수빈은 세조의 잠저에 머물면서 두 아들을 키우고 있었다. 장남 월산군(月山君)은 15세로 병조판서 박중선의 딸과 결혼했고, 차남 자을산군(者乙山君)은 12세로 한명회의 둘째 딸과 결혼하였었다. 세조는 며느리의 극진한 간호를 받으며 손자들의 손을 어루만지면서 잠시 아픈 것을 잊었다.

세조가 왕비와 수빈에게 말했다.

"자을산군은 그 자질과 그릇이 태조를 닮았구려. 더욱이 학문이 일취월장하니 장차 큰일을 맡길 만하군."

그 말을 전해들은 한명회가 화들짝 놀랐다. 자을산군은 한명회의 사위 아닌가. 이 말이 새어나가면 한명회의 목이 수백이라도 어찌 감당한단 말인가. 한명회가 급히 세조에게 달려가 졸라댔다.

“전하, 소신의 집으로 옮기시지요. 세인의 오해가 있을까 두렵습니다.”

한명회가 임금을 연화방 자신의 집으로 피접시키는 데는 음흉한 의도가 숨어 있었다. 귀성군, 남이 등 신공신으로 쏠리는 임금의 마음을 얼른 돌려놓기 위함이었다. 또한 아무 거북함 없이 중전을 만나 세조 사후의 제반사를 의논하고 자신의 입지를 다지기 위한 것이다. 19세의 세자는 누구보다도 어머니의 말에 순종하고 있었기 때문이다.

그러나 세조가 한명회의 집으로 피접하는 일에 흔쾌히 응한 까닭은 다른 데 있었다. 그야말로 동상이몽이었다.

한명회가 문안차 방에 들어오니 세조가 몸을 반쯤 일으켰다.

“전하, 문후 여쭈옵니다. 그냥 누워계시지요?”

“오늘은 좀 쾌차한 듯하오. 오랜만에 경과 대화를 나누고 싶소.”

세조는 한명회의 얼굴을 뚫어져라 들여다보더니 또렷한 어조로 말문을 열었다.

“짐을 도와 왕업을 창건케 한 여러 동지들 덕분에 왕권이 확립되었고 국정이 안정되었소. 짐은 그 보답으로 훈구대신들에게 많은 재물과 노비를 하사했지. 양정 말고는 지금쯤 모두 일신의 영화를 누리고 있다고 생각하오.”

“전하, 성은이 망극하옵니다.”

“국권을 다졌으면 다음 일은 국리민복과 부국강병을 지향하여야 한다고 생각하고 짐은 장래가 촉망되는 젊은 일꾼을 발굴하여 일대개혁을 단행할 작정이었소. 그래서 짐은 귀성군과 남이 그리고 유자광을 중용하기에 이르렀소.”

세조는 가벼운 기침을 두어 번 하고 한명회의 손을 잡았다.

"이제 살아갈 날이 얼마 남지 않았다는 것을 짐은 알고 있소. 그래서 경에게 마지막으로 당부하고 싶소. 경은 더 이상 욕심을 부리지 말고 후진을 양성해 주시오. 짐의 은혜가 그만하면 족하지 않소?"

그 말을 듣는 순간 한명회는 뜨끔했다. 그러나 애써 심기를 감추고 있었다.

"신의 뜻 또한 그러하옵니다. 그래서 압구정이라는 정자를 짓고 유유자적 여생을 보낼 생각입니다."

세조는 한명회의 손을 더욱 힘 있게 쥐었다.

"경은 솥 정(鼎)자의 의미를 아시오? 이는 짐의 정신적인 지주이신 큰아버님이 짐에게 가르쳐준 치세의 도였소."

"문과 무, 그리고 종친이 버텨줘야 국가가 바로 선다는 의미 아닙니까? 그러나 역사적으로 볼 때 무가 강하면 왕권이 불안했습니다."

"경은 태조(이성계)를 두고 하는 말이오?"

"아닙니다. 더 거슬러 올라가서 고구려의 연개소문이나 고려 때 정중부 등의 무신정치를 떠올린 것입니다."

"무가 약하면 국가의 존망이 우려되는 것이 아니겠소?"

"종친이 막강한 힘을 가지면 누군가 엉뚱한 욕심을 가질 수 있지 않습니까?"

"경은 짐을 두고 하는 말이오?"

"아니옵니다. 중국의 역사를 보면 그런 예가 얼마든지 있습니다."

"무신은 강직, 단순하지만 문신들은 공리공론을 앞세우면서도 지략이 뛰어나서 의외로 문신들이 근심의 씨앗이 될 수 있음을 경은 왜 모르는가? 그래서 짐이 삼정으로 하여금 견제와 균형을 유지하도록 하자는 것이오. 짐의 간곡한 부탁이니 세자와 귀성군, 남이를 키워 주시오. 그들은 짐이 꿈꾸던 넓은 의미의 민족, 말하자면 고구려와 발해의 옛 족속을 포함한 동방의 통일을 이룰 것이오. 한반도는 통치하기엔 너무 작소. 이대로 안주한다면 대국에 굴종하는 역사가 되풀이될 뿐이오. 명심하시오. 짐은 지하에서도 경을 지켜볼 것이오."

세조를 알현하고 나온 한명회는 뒤뜰에 망연히 앉아서 석양을 바라보고 있었다. 세자의 곱지 않은 눈이 자신을 옭죄는 것 같아 마음이 불안했다. 남이의 부릅뜬 눈이 자꾸 떠올랐다. 묘책이 없을까?

한명회는 머리를 짜내고 있었다. 한명회의 머리에 번쩍 띄는 생각이 났다. 왕비, 정희왕후가 일시 거처하는 별실로 달려갔다.

"왕비마마, 9년 전 의경세자가 승하하자 10세의 해양대군을 서둘러 세자로 책봉했었습니다. 그때 너무 서두른 감이 없지 않습니까?"

"대감께서는 무슨 말을 하고 싶은 겝니까?"

"왕위계승을 장자승계의 원칙으로 논한다면 의경세자의 아들, 월산군이 적장자라 할 수 있지를 않습니까?"

"대감께서는 폐세자를 염두에 두고 하시는 말씀입니까?"

"꼭 그렇다기보다는…."

"알아들었습니다. 지금 대감의 얼굴에 불안한 기색이 역력합니다. 젊은 개혁세력이 똘똘 뭉치면 한 대감이 머리를 둘 곳은 대명 천지에 없지를 않습니까? 저 세상이라면 몰라도…. 백성들의 여론도 한 대감에게 불리하게 작용할 것은 뻔하지요. 내 운명도 달라지겠지요. 아무도 찾지 않는 후원 구석의 별궁에서 추한 버커리가 되어 쓸쓸히 늙어 가겠지요. 그러나 시기적으로 늦었어요. 주상의 마음은 절대 바뀌지 않을 것이며 주상이 세상을 하직하기 전에 세자인 해양대군을 보위에 앉힐 것은 명약관화한 일입니다. 만약 양위를 하지 않고 훙어(薨御-임금의 죽음)하시면 몰라도…. 그렇다 해도 왕실의 대들보인 귀성군이 해양대군을 임금으로 세우는 데 앞장설 것입니다. 그 편이 귀성군의 입지를 살리는 데 유리하니까요."

한명회는 생각했다. 자신의 논리를 반박하면서 펄펄 뛸 줄 알았던 왕비가 솔깃해 있지를 않는가. 이미 권력의 맛을 아는 정희왕후가 야욕을 드러내고 있지 않은가. 한명회는 내처 몰아붙였다.

"해양대군의 보령이 19세입니다. 따라서 왕비마마가 수렴청정(垂簾聽政)을 하게 되면 세상이 웃을 것입니다. 19세의 건장한 임금 뒤에서 발을 드리우고 섭정을 할 수는 없습니다. 그러나 월산군은 15세이고 자을산군은 12세입니다. 그러니 그 경우는 다르지요."

"대감께서 느닷없이 차남인 자을산군을 들척이는 까닭은 무엇입니까?"

"무심코 튀어나온 말입니다. 다만 자을산군에게 '큰일을 맡길 만하다' 고 말씀하신 성상의 말씀이 생각나서…."

"대감의 역발상도 정론이라 할 수 있지요. 누가 뭐래도 월산군이 장손임은 틀림없으니까요. 그러나 귀성군은 절대 그 논리를 받아들이지 않을 것입니다."

"왕비마마께서는 귀성군에게 너무 겁을 내고 있는 것 아닙니까? 그를 견제할 세력은 정녕 없는 것입니까?"

"귀성군을 견제하려면 남이를 끌어들이는 것이 상책이겠지요. 이이제이(以夷制夷)란 말이 있지 않습니까? 오랑캐로 오랑캐를 치게 하자는 것이지요. 세자는 남이를 두려워하고 있습니다. 또 남이는 임금이 귀성군을 편애하는 것을 마뜩치 않게 생각하고 있어요. 귀성군과 세자는 찰떡궁합이고요. 일단 남이를 손안에 넣으면 일이 술술 풀려나갈 것입니다."

"남이를 한번 떠보겠습니다. 그러나 호응하지 않는다면…?"

"그렇다면 남이를 권력의 핵심에서 멀리 두어야지요. 얼마든지 방법이 있지 않습니까? 북변으로 보낸다든가…."

정희왕후는 세조가 김종서 등을 죽이고 안평대군과 금성대군을 죽이는 것을 지켜보았고 왕위를 찬탈한 후 사육신 등을 찢어죽이고 조카 단종을 교살하는 현실을 목격했다. 정희왕후 윤씨도 세조와 더불어 줄곧 악몽에 시달려야 했다. 큰아들 의경세자가 요절하고 같은 해 정희왕후의 어머니가 죽자 백성들은 살육의 업보라며 수군거렸다.

해양대군은 10세에 세자에 책봉되고 12세에 한명회의 첫째 딸과 결혼했으나 세자빈은 아들을 낳자마자 바로 죽었다. 아들인 성대군도 3세의 나이에 요절했다. 이미 끈 떨어진 매의 신세가 된 한명회는 장차 임금의 장인인 국구(國舅)가 될 꿈을 접을 수밖에 없었다. 그러나 한명회의 둘째 딸이 세조의 손자이며 의경세자의 둘째 아들인 자을산군(후에 성종)과 혼인을 맺게 되니 두 딸은 자매이면서 시숙모와 조카며느리가 된 꼴이다. 결국 한명회는 왕실과의 끈을 놓지 않았다.

세조가 정신이 몽롱하여 누워있는 마당에 왕실의 최고실력자 정희왕후와 권력의 핵심에 있는 한명회가 의기투합하기에는 거칠 것이 없었다. 세조가 없는 세상은, 그 둘이 검은 색을 흰색이라 하면 흰색이고 귀에 걸면 귀고리이고 코에 걸면 코걸이가 되는 세상이다. 그러나 그들 앞에는 귀성군과 남이라는 장애물이 가로 놓여 있었다.

세조는 8월 15일 한명회의 집을 떠나 창덕궁으로 이거하면서 세자에게 왕위를 물려주고 자신은 태상왕으로 앉을 마음을 굳혔다.

또한 자신의 운명을 예견하고 있는 세조는 8월 23일 남이를 병조판서로 임명하였다.

"전하, 신은 아직 나이가 어리고 경륜이 짧습니다. 일찍이 신의 장인 권남 대감께서는 신의 나이 중년이 되기까지는 변방을 지키고 중앙직을 맡지 말라고 당부하셨습니다. 거두어 주시옵소서."

세조가 자별한 눈으로 남이를 내려다보며 말했다.

"지금은 어린 세자를 보필하는 것이 더 중요하다. 왕권이 확립되지 못하면 주위의 신하들이 승냥이가 되는 것이다. 너는 모름지기 주위를 예의주시하도록 하라."

23. 음모

한명회가 남이의 집을 찾아왔다. 원로인 한명회가 신참의 집을 찾는 것은 드문 일이었지만 명목은 남이가 병조판서에 취임한 일을 축하하기 위함이었다. 이미 전작이 있다며 취한 체하면서도 한명회는 술을 청했다.

"대감께서 누추한 소생의 집에 어인 발걸음이십니까?"

"성상께서 아직도 할 일이 많은데 저렇게 누워계시니 하도 애통하여 한 잔 하였소이다. 무례함을 책하지 마시게. 마음이 통하는 남 판서와 한 잔 더 하고 싶네. 남 판서의 장인인 권남은 나와 의형제를 맺었으니 남 판서는 나의 조카사위 아닌가?"

"이르다 말씀입니까? 제 잔을 받으시지요."

한명회는 술잔을 들면서 남이의 표정을 곁눈질로 살피더니 조심스럽게 입을 열었다.

"남 공, 차마 못할 말이지만 큰일이 나면 정말로 큰일이에요.

세자는 아직 세상 물정 모르는 어린 아이이고 그렇다고 왕실에
어른이 있는 것도 아니니….”

“큰일이라면 국상을 의미하십니까? 종친 중에 귀성군 같은 걸
출한 인재가 있고 조정에는 대감과 같은 충신들이 있지 않습니
까?”

“우리 구공신들은 이미 한물 간 사람들이지. 오히려 남 공이 후
대 임금의 곁에 있어줘야 하겠지요.”

“소생은 충의지사(忠義之士)일 뿐 정치를 모르는 하룻강아지에
불과합니다. 소생은 다만 북변으로 달려가 외적을 물리치는 일에
전념하고 싶을 뿐입니다.”

“그건 안 될 일이지요. 우선 후대 임금을 바로 세우고 정국이 안
정되는 것을 보고난 연후에 훌쩍 북변으로 떠나도 늦지를 않지요.”

“후대 임금은 이미 정해져 있지 않습니까? 소생은 통 알아들을
수 없습니다.”

남이는 이 노회한 늙은이가 무슨 일을 꾸미는가 싶어 한명회를
싸늘하게 쳐다보고 있었다.

“남 공, 성상께서 일전에 내 집에 피접하실 때 중전마마와 내게
누구를 적장자로 할지 의론하도록 하였는데 그 의중을 모르겠소
이다. 성상께서는 중국의 요(堯)임금이 자식을 제치고 일개 도부
(陶夫–독 짓는 사람)인 순(舜)임금을 후계자로 정한 고사를 예로 들
기도 했고 귀성군을 적장자(嫡長子)라 부르면서 친아들 이상으로
사랑했지요. 귀성군이 혹 왕위를 넘볼까 저어됩니다. 엄격히 말
하면 왕가에 적장자라면 귀성군이 아닌 임금의 장손 아닙니까?”

“대감께서는 월산군을 지목하고 계십니까? 괜히 평지풍파를 일

으키지 마세요. 후계자를 정하는 것은 임금의 고유권한이며 해양 대군을 세자로 책봉한 것은 후계자를 예정한 것 아닙니까? 어찌 귀성군과 월산군을 입에 담으며 이 시점에서 적장자를 논하십니까? 이는 신하들이 왈가왈부할 일이 아닙니다."

남이는 벌떡 일어나서 문을 걷어차듯 열어젖혔다. 한명회는 본전도 못 찾고 쫓기듯 사라졌다.

남이의 집을 나선 한명회는 한계미의 집으로 향했다. 마침 한계미, 한계희, 한계순 삼형제가 자리를 같이 하고 있었다.

"늦은 밤에 형님 대감께서 기별도 없이 웬 일이십니까?"

"내가 조정의 대소사에 여념이 없어 자네들에게 너무 소홀했지? 우리는 재종간 아닌가."

한명회와 한계미 동기들은 판후덕부사 한수(韓脩)의 증손자이며 한계미의 할아버지 한상경은 영의정을 지냈고 아버지 한혜는 함길도 절제사를 역임했다. 한명회의 할아버지 한상질은 한상경의 동생으로 예문관직제학을 지냈다. 한계미는 세조의 윗동서로 당시 우찬성의 자리에 있었고 한계희는 중추부지사, 한계순은 우부승지를 맡고 있었다.

"자네들은 임금이 와병 중에 귀성군을 영의정으로, 남이를 병조판서로 정한 일을 어찌 생각하는가?"

삼형제가 이구동성으로 대답했다.

"우리끼리 하는 말이지만 임금이 망령든 듯합니다. 어찌 세상물정을 모르는 어린 것들을 막중한 자리에 앉힌단 말입니까? 임금의 창업을 도운 훈구대신들은 어디에도 발을 붙일 수 없게 되었질 않습니까?"

"임금의 수(壽)가 경각에 달렸네. 세자가 등극하면 저 젊은 것들이 정국을 좌지우지할 것은 불 보듯 뻔한 일이지. 마음이 급해진 임금은 귀성군, 영순군, 춘양군 그리고 남이의 결속을 다지고 있네. 귀성군은 원래 우유부단하여 큰일을 낼 인물은 아니지만 남이는 웅대한 포부를 가지고 있지. 남이의 눈에는 조선이라는 땅덩어리가 좁게 보이지. 장차 이 나라를 전쟁터로 만들지나 않을까 우려되네. 남이는 병조판서로 앉자마자 임금에게 전국의 장정수를 파악하여 군적(軍籍)을 만들자고 건의했네. 백성 모두가 군병이 되는 국민개병(國民皆兵)을 시도하자는 것이지."

"지금까지 정국을 주도해온 훈구대신들이 보고만 있겠습니까?"

한계희가 물었다.

"남이는 먼저 훈구대신을 치겠지. 무지몽매한 백성들이 우리 훈구대신들을 증오하고 있으니 반드시 명분을 찾을 걸세."

"무슨 방도가 있습니까?"

"우리 훈구대신들은 산전수전을 겪은 사람들이야. 지략으로 말하면 저들의 머리꼭대기에 있지. 반간계를 써서 귀성군과 남이 그리고 세자와 남이를 떼어놓는 일이지. 왕비마마는 우리와 생사고락을 같이 한 분이네. 그분은 우리의 손을 들어줄 거야."

6촌 동생들의 생각을 떠본 한명회가 그들의 손을 힘껏 잡았다.

"이런 때일수록 우리가 친형제처럼 힘을 합쳐야 하네. 내 수족이 되어주게."

9월에 접어들자 나라 안에 불길한 일이 잇따라 일어났다. 경상도지방에서 황춘 떼가 수확을 앞둔 들판을 습격했다. 이 벌레들은 벼이삭을 빨아먹고 온갖 채소를 갉아먹어 농토가 초토화되었다. 또 밤하늘에 혜성이 연일 나타나자 민심이 흉흉해지고 있었다.

대신들로 하여금 원각사와 효험이 있다는 명산대천에 나누어 보내 기도를 하게하고 내전에 불상을 앉히고 승려들을 불러들여 예불을 하게 하였으나 세조의 병환은 차도가 없었다. 다급해진 세자는 자신과 속말을 주고받을 수 있는 귀성군과 남이를 불렀다.

"만 가지 약을 쓰고 천지신명에게 그리고 나중에는 부처에게도 끊임없이 빌었건만 아바마마의 병환은 더욱 위중하지 않습니까? 무슨 방도가 없겠소?"

세자는, 부왕이 왕위를 찬탈하면서 죽인 혼령을 떠올리며 괴로움의 세월을 겪는 사정을 잘 알고 있었다. 그 업보를 풀어 하늘을 감동시키고 혼령들을 위로하면 부왕의 병이 나을 수 있다는 실낱같은 희망을 가지고 있었다.

세자는 9월 2일 조참하는 자리에서 대신들에게 이 문제를 다시 꺼냈다. 그러나 구공신들의 반대를 예견했는지 말 속에 망설임이 역력했다.

"나는 지금 부왕의 업보를 풀고 싶소. 이 일이 내가 할 수 있는 마지막 수단이오. 계유년 난신들 그리고 병자년 사육신에 연좌된 사람들과 난신의 가족들을 풀어줌이 어떻겠소?"

정인지, 신숙주, 홍윤성, 최항, 김질 등이 한 목소리로 반대했다. 한명회는 올 것이 왔다고 생각하며 침묵으로 일관했다. 한동안 침묵이 흘렀다. 이윽고 정창손이 입을 열었다. 그는 사육신 사건을 고변한 김질의 장인이었다. 정창손은 자신과 사위로 인해 사육신이 처참한 죽임을 당한 사실로 괴로워하고 있었다.

"임금의 쾌차를 위해서는 신하된 도리로 무슨 일은 못하겠습니까? 그들 모두를 방면하심이 좋습니다."

그러자 홍윤성이 게거품을 물고 정창손을 노려보며 말했다.

"어지러운 정국에 조정에 원한을 품은 사람들을 풀어주면 어쩌란 말입니까? 그들이 작당하여 조정에 칼을 들이댈지 누가 알겠습니까? 부녀자들은 나라가 공신에게 내려준 사유재산입니다. 따라서 그 주인은 노비들의 생사여탈권(生死與奪權)을 가지고 있습니다. 말하자면 그들을 죽이건 살리건 구워먹든 삶아먹든 자유자재로 할 수 있는 것입니다."

남이가 벌떡 일어나며 씨근거렸다.

"공들은 백성들의 원성이 아니 들립니까? 장차 보위에 오르실 세자께서 은전을 베푼다면 하늘도, 땅도, 백성들도 감읍할 것입니다. 임금의 병환이 위중한데 난신의 부녀자들을 사유재산 운운하며 반대하는 사람들이 과연 충신입니까?"

세자도 신경질적인 반응을 보였다.

"죽은 자들의 처첩과 여식을 방면하지 않고서야 어찌 하늘의 감응을 바랄 수 있겠소?"

구공신들은 침묵의 시위를 하고 있었다. 세자는 명확한 결론을 내리지 못하고 있었다. 그때 귀성군이 세자의 귀에다 속삭이듯 말했다.

"난신들의 처첩과 딸들은 혹은 자살한 사람도 있지만, 몸이 가면 마음도 가듯이 공신들의 첩이 되어 희희낙락하는 여인도 있습니다. 반대로 공신들의 성 노리갯감이 되기도 했으며 심지어는 노비들의 노리갯감으로 전락되기도 했습니다. 늙은 여자들은 공신들의 전지에 끌려가 마소처럼 일하고 있습니다. 그들의 아들들은 15세에 이르러 죽임을 당했거나 변방의 노비로 화하여 근본조차 모르고 있습니다. 지금 그들을 풀어주면 갈 곳이 없는 거지신세가 됩니다. 난신들의 처첩과 딸의 석방에 대하여는 후일로 미루심이 좋을 듯합니다."

세자는 귀성군의 건의를 따랐다.

"우선 연좌된 난신의 친인척을 풀어주시오. 그리고 의정부에서는 난신의 처첩도 죄의 경중을 따져 석방할 자를 고르시오."

한명회는 세자가 결코 호락호락한 인물이 아니라며 사지를 떨었다.

9월 7일 임종을 예견했는지 세조는 훈구대신을 부른 자리에서 예조판서에게 당장 전위할 준비를 갖추라고 지시했다. 한명회, 신숙주, 정인지 등이 반대하자 세조가 크게 꾸짖었다.

"명운이 떠난 영웅은 자유롭지 못하거늘 경들이 이 지경에 이르러서도 내 뜻을 어기려고 하느냐? 이는 내 죽음을 재촉하는 것일 뿐이로다."

세조는 왕위를 물려주어 당일에 즉위하도록 하였다.

예종이 즉위식을 끝내고 왕태비(정희왕후)에게 문안하였다. 거기에는 한계미, 한계희, 한계순 형제가 왕태비를 위로하고자 먼저 와 있었다.

"경하 드리오, 주상. 지금은 내우외환(內憂外患)이 한 치 앞을 내다보기 어려우니 주상은 신하들의 의견을 들어 정사를 보기 바라오. 다만 걱정되는 것은 북변이 심상치 않은 것이오. 이만주의 살아남은 아들들과 보하토가 손을 잡았고 올량합은 다시 올적합과 연합전선을 펴고 있다 하오. 함길도 절도사의 장계에 의하면 외적들이 두만강을 건너 함길도를 침범하는가 싶더니 다시 압록강을 건널 준비를 하고 있다 하오. 유념해 두시오."

중추부지사 한계희가 덧붙였다.

"북변을 꿰다시피 잘 아는 사람은 남이밖에 없습니다. 그러나 남이는 조정에 앉아서 국방을 총괄하고 있습니다. 남이를 해임하여 오로지 외적의 침입에 대비하도록 하심이 좋을 듯합니다."

예종이 즉위하자 맨 처음 한 일은 남이를 해임시키는 것이었다. 이어서 병조판서로 앉은 박중선은 즉시 팔도에서 군적을 작성하고 있는 일을 중단시켰다.

예종의 즉위식에 참석하고 경복궁으로 향하고 있는 남이를 급히 부르는 소리가 뒤에서 들렸다. 돌아다보니 도승지 권감이었다.

"남 판서께서는 경복궁으로 가실 필요가 없어졌소이다."

"무슨 말씀이오? 병조판서가 궁궐을 지키는 일은 당연한 것 아니오?"

"그게…."

권감은 더듬거렸다.

"해임되셨소. 곧 북변을 맡을 책임이 주어질 것이라 하오."

남이는 놀라는 기색이 없이 태연자약하게 대꾸했다.

"오히려 잘된 일이오. 내가 바라던 바요. 그렇다면 후임은 결정되었소?"

"박중선입니다. 박중선은 취임 일성으로 군적을 폐기하라고 각도에 지시했답니다."

"그야 정국이 안정될 때 내가 재개하도록 건의하면 될 일이오."

하릴없이 집으로 돌아온 남이는 그날 밤 삼경(밤 11시에서 1시 사이)에 마음이 울적하여 마두정에 혼자 올라 하늘을 바라보고 있었다.

그때 일진광풍이 목멱산 서남쪽에서 불기 시작하더니 검은 기운이 마치 수만 마리의 말들이 달려오듯 하늘을 덮었다. 천둥번개가 치는가 싶더니 이내 하늘이 맑아지고 혜성이 긴 꼬리를 달고 나타났다. 혜성의 꼬리는 흰색으로 변하더니 바람처럼 흩어졌다.

"아아! 한 시대의 영웅이 사라지도다."

남이는 속으로 흐느꼈다. 머릿속으로는 지난날의 일들과 세조의 파란 많은 역정(歷程)이 주마등처럼 스치고 지나갔다.

인간적으로 보면 겨우 10여 세월의 권좌를 누리고자 그 많은 충신들을 역적으로 몰아 죽이면서 왕위를 찬탈하고 조카와 형제를 죽였단 말인가?

그러나 그동안의 치적으로 보면 한 임금이 짧다면 짧은 세월에 그만한 일을 해낼 수 있다는 것이 경이로웠다. 세조는 국리민복을 위하여 농사와 양잠을 장려하고 산지와 황무지를 개간하여 농토를 넓히고 버려진 땅이나 다름없는 북쪽지방에 남쪽의 농민을 이주시켰다.

세조는 왕권의 확립과 나라의 기강을 확립하기 위하여 호패법을 시행하고 경국대전 등을 편찬하여 제도를 완비하였고 많은 서

적을 출간하였다.

세조는 감히 원구단을 설치하여 하느님, 그리고 단군성제와 동명성황을 받듦으로써 민족의 뿌리를 찾고 민족정기를 바로 세우려 했다. 중국은 천제는 천자만이 지내야 한다며 주변국가의 임금이 천제를 지내는 일을 금하고 있었다.

세조는 부국강병을 도모하기 위하여 군사를 양성하고 병법을 연구하고 무기를 개발했으며 천민들도 기량만 있으면 과감히 채용하여 면천을 단행했다. 특히 여진족이 가장 왕성하던 시대에 건주위를 정벌하여 국위를 만천하에 선양했다. 그가 살아서 왕성한 기운을 가지고 있다면 어디까지 뻗쳤을까? 우리의 세력이, 우리의 영토가…?

그러나 세조는 한때 자신의 창업을 도운 자들을 버리지 못하여 부패와 만용의 온상을 만들었고 그 온상에는 세조가 존재하지 않을 때에는 억센 잡초들만 무성하여 나라를 지옥으로 만들 것이리라. 인사는 만사라 했거늘 세조가 문득 정신을 차렸을 때는 잡초를 제거하기에 너무나 늦은 것이다. 세조가 사정(私情)과 보상심리에 이끌려 인사를 그르친 것은 아닐까? 내가 장차 젊은 임금을 보좌하여 세조가 못다 한 일을 바로잡으리라.

남이는 문득 장검 '벼락'을 빼어 허공을 향하여 뻗어 올렸다.

"먼저 간신을 베고 북변으로 달려가 오랑캐를 치리라. '벼락'아, 아느냐? 사나이 가슴을…, 끓어오르는 충정을…."

세조는 왕위를 물려준 다음날인 14년(1468년) 9월 8일 한도 많고 말도 많은 인생에 종지부를 찍었다. 향년 52세였다. 창덕궁에 태상왕의 빈전이 차려졌다.

예종은 왕태비의 의견을 좇아 신숙주, 한명회, 구치관, 최항, 홍윤성, 박원형, 조석문, 김질, 김국광을 원상(院相)으로 삼았다. 영의정 귀성군은 아버지 임영대군의 병이 위중하므로 사직상서를 올리고는 병구완을 하고 있었다. 그러나 태상왕의 상중임에 후임이 정해지지 않은 터라 상징적인 존재로 남아 있었다.

역사는 되풀이 되는가? 원상들이 임금의 측근에 있으니 다시 신권이 강화되는 형국인 것이다. 세조가 염려하던 일, 즉 임금이 꼭두각시로 둔갑하는 일이 바야흐로 일어나고 있었다. 남이와 귀성군이 떠난 자리에는 정녕 젊은 일꾼, 즉 신진 개혁세력이 썰물처럼 사라져, 근처에 얼씬거리는 사람을 구경하기가 어려웠다.

원상들은 오십 줄 내지 육십 줄에 든 노인들이었다. 당시로 말하면 죽음을 바라보는 노년이고 손자, 증손자까지 본 사람들이었다. 김질은 사육신의 모의를 고자질하였다 하여 백성들의 비난을 받아온 터이고 백성들이 무서워 지방 나들이조차 하지 못하는 사람이었다.

원상들은 넓고 웅장한 경복궁을 버리고 비좁은 창덕궁의 인정전(仁政殿)에서 밀실정치를 하고 있었다. 세조 시에 경복궁의 근정전이나 사정전에서 정무를 보던 경우와 사뭇 달랐다.

의정부 그리고 육조는 허울뿐이고 원상들은 옥상누각에 앉아 정치를 좌지우지했다. 육조의 판서들은 원상, 아니 한명회의 하수인에 불과했다. 이미 한명회는 원상들을 손아귀에 넣고 있었고 새로 앉은 임금조차도 자신의 목소리를 내지 못하고 있었다.

의식이 있는 사람들은 국정의 되어가는 꼴을 개탄하고 있었으나 아무도 대놓고 불평하는 사람들이 없었다. 그러나 남이는 달랐다.

남이가 이화방 한명회의 집 대문을 두드렸다.

"노구(老軀)를 이끄시고 나라의 대소사를 혼자서 감당하시다니 고충이 많으시겠습니다."

남이가 대뜸 비아냥거리는 말투로 입을 열었다.

"무슨 말을 하고자 함인가? 산전수전 겪은 원상들이 즐비하게 있는데 어찌 나 혼자서 한다고 말하는가?"

"원상들이 가마니로 있어도 그들은 노쇠한 나귀와 같아서 대감의 눈치를 보고만 있을 사람들 아닙니까? 창덕궁은 태종의 별궁으로 지어져 협소한데다가 임금의 침전과 태왕비의 침전이 가까이 있고 세조를 모시는 빈전(殯殿)이 더불어 있습니다. 더욱 안타까운 것은 빈전 옆에 불사를 마련하여 부처를 모시는 일이 궁중에서 자행되고 있습니다. 원하옵건대 불사를 폐하시고 어서 임금을 경복궁으로 옮기게 하시어 만조백관들의 소리를 들어야 합니다."

"그 말을 하고자 왔는가? 자네가 원상들이 하는 일에 감 놓아라 대추 놓아라 할 수는 없네. 원상들이 알아서 할 것이니 참견 마시고 돌아가게나."

남이는 아무리 떠들어봤자 통할 리가 없음을 깨닫고 풋감 씹는 표정으로 발길을 돌렸다. 그러나 남이는 한명회가 엮어가는 음모의 단초조차 알아차리지 못하고 있었다.

24. 차도살인

　병조판서에서 해임된 터라 발언권도 없는 남이이지만 세조의 묘역을 꾸미는 일에 무관심할 수가 없어 산릉을 찾았다. 묘역작업을 진두지휘하고 있던 유자광이 남이에게 은근히 접근하더니 저녁에 자기 집에서 술이나 한 잔 하자고 권했다.

　"근자에 공이 한명회의 집을 방문했다는 이야기를 풍문에 들었네."

　"그렇기는 하다만…."

　"자네는 임금을 창덕궁에서 경복궁으로 옮기자고 주장을 했다는데…?"

　"그렇다네. 임금이 세자 시절에는 구중궁궐에 머물러 많은 대신들의 면면을 알지 못했는데 보위에 올라서도 좁은 창덕궁에서 왕태비의 치마폭에 묻혀 있고 더구나 원상이라는 노대신들의 감언이설에 귀를 기울이고 있으니 어찌 대업을 수행하겠는가? 내가 임금을 독대해서라도 이궁을 단행하겠네."

"일인지하 만인지상에 있는, 아니 임금의 상투 위에 있는 한명회가 공의 말을 들을 것 같은가?"

"한명회라고 대의를 저버리겠는가? 그렇다면 위해가 한명회에게 닥칠 수도 있지."

"어떤 수단을 써서라도 한명회를 응징하겠다는 말로 들리네. 그렇지 않은가?"

"넘겨짚지 말게. 어서 술이나 침세."

유자광은 문득 책상에 놓여진 『자치통감강목』을 펴 보였다. 『자치통감강목』은 사마광이 쓴 『자치통감』을 주자가 연대기별로 편찬하여 주석을 단 역사서이다. 세종은 이를 수백 권 인쇄하여 대신들의 필독서로 삼았다.

"근래에 혜성이 나타나 사라지지 않고 있네. 이 책에 의하면 혜성이 나타나고 그 꼬리가 희면 역적이 나타난다고 했네. 자네는 어찌 생각하는가?"

"그것은 역사적 사실과 자연의 이치가 우연히 일치한 것일 뿐이네. 군이 의미를 붙인다면 한 시대를 풍미하는 영웅이 사라진 때와 혜성이 나타난 때가 동시에 발생한 경우도 있지. 세조가 붕어하셨지 않나?"

남이는 유자광의 말을 시답지 않게 여기며 술잔만 기울였다. 유자광이 야릇한 웃음을 흘리며 남이 곁으로 바싹 다가앉았다.

"문제는 그 후에도 한 달 가까이 혜성이 머무르고 있으니 역적이 나타날 징조 아닐까?"

"괜히 헛된 망상을 말게나. 혜성은 태종 때도, 세종 때도, 그리고 세조 때도 수시로 출현했네. 그런데도 역적은커녕 아무 일도 없었네."

남이는 유자광이 살살 웃으며 따라주는 술을 넙죽넙죽 받아 마시고 대취하여 돌아갔다. 남이는 무슨 말을 했는지 기억이 나지 않았다. 그러나 아무 뜻도 없이 주고받은 이 대화가 나중에 불행의 불씨가 될 줄 누가 알았던가?

남이는 그저 담담한 마음으로 자택에 머물며 장용대를 중심으로 북벌의 판을 짜고 있었다.

당대의 내로라하는 무사들이 다시 남이의 집으로 몰려들었다. 이시애의 난을 평정할 때, 그리고 압록강을 건너 만주를 칠 때 남이와 합류했던 사람들이다.

남이와 더불어 자라고 생사고락을 같이한 조영달은 줄곧 남이의 부장(副長)으로 남이를 그림자처럼 붙어 다녔고, 민서, 장익지, 신정보는 세조의 창업을 도운 원종공신일 뿐만 아니라 남이와 더불어 북정에 나선 무사들이다.

이철주는 세조가 아끼던 명궁으로 활솜씨에는 그를 따를 자가 없었다. 진소근지, 맹불생, 이산, 오마수 등 향화인도 달려왔고 남이가 제주도에서 발굴한 기마의 달인 문효량과 그의 동생 문치빈도 늘 남이의 곁에 있었다.

이지정은 강순이 함길도 절제사로 있을 때 판관으로 강순의 사람이었는데 강순의 허락을 얻어 수십 명의 휘하 장졸을 이끌고 나타났다. 그들 모두 만주의 여진족을 단숨에 쓸어버리겠다는 기개에 차 있었다.

남이의 어머니 홍 부인은 부산하게 움직였다. 매일같이 무사들에게 술과 음식을 대접하고 그들을 격려하는 데 바빴다. 무사들은 홍 부인을 친어머니처럼 따르고 있었다. 그런데도 홍 부인은 성질이 괄괄하고 사나워서 게으름을 피우거나 비겁한 짓을 하거나 술주정을 하는 사람들을 호되게 꾸짖기도 했다.

10월 초, 강순이 남이의 집에 들렀다.

"노장군께서 저희 누옥을 찾으시다니 뜻밖입니다."

"요 앞으로 지나다가 술 한 잔 생각이 나서 찾아들었네. 요사이는 가끔 산릉에 가는 일 외에는 별로 할 일도 없어 거리를 배회하고 있네."

"우의정 대감께서 이 막중한 시기에 할 일이 없으시다니요?"

"정사는 원상인가 뭔가 하는 작자들이 거머쥐고 있으니 이 늙은이는 꿔다놓은 보릿자루에 불과하네. 우리 같은 무반들은 이제 쓸모가 없어졌지. 세조는 말년에 자네를 오위도총관, 그리고 병조판서에 임명하고, 나를 겸 오위도총관으로 삼아 우리 두 사람이 군권을 장악했었네. 그러나 예종이 즉위하자 자네를 병조판서에서 밀어내고 힘없는 박중선으로 교체했네. 박중선이 부임하기가 바쁘게 한 일이 무엇인가? 군적 만드는 일을 중단시킨 일 아닌가? 그것이 박중선의 판단에서 나온 것일 리는 없고 한명회의 복안이라고 생각이 되네. 이미 무반은 설 땅이 없어졌네. 그러나 우리 무관들은 나라의 큰 은혜를 입었으니 기회가 주어진다면 세조의 유지를 받들어 오랑캐의 난을 평정하여 보답해야 할 일만 남았지. 나는 늙었고 자네는 젊고 용맹무쌍하니 앞으로 자네가 할 일이 막중하이."

강순은 손자 같은 남이의 손을 다정스럽게 잡으며 말을 계속했다.

"내가 요사이 산릉에서 새 임금을 만나 뵈니 임금이 재상들에게 질문하고 판단하는 능력이 뛰어나고 두뇌가 명석하시더군. 그러나 한편 경륜이 짧고 성미가 급하셔서, 저 노회한 원상들에 휘말려 정사를 그르치지나 않을까, 세자 때 꿈꾸던 개혁의 의지가 꺾이지 않을까 하는 걱정이 되네."

"그래서 저는 성상께서 창덕궁을 박차고 나오셔서 대명천지에 우뚝 서시라고 하는 것입니다."

"간신들이 우글거리며 틈을 노리는 마당에 세조의 큰 은혜를 입은 우리 무신들은 절대 딴 마음을 먹지 말고 힘써 임금을 받듭시다."

"여부가 있겠습니까? 제가 여진을 몰아낸 후 임금의 곁에서 어린 임금으로 하여금 세조가 못다 한 일을 완수하도록 하여 임금을 현군으로 만들고 나라를 반석 위에 올려놓는 일에 일조할 것입니다."

강순은 서쪽 하늘을 물끄러미 바라보더니 혼잣말처럼 중얼거렸다.

"혜성이 한 달 여, 사라지지 않고 밤하늘에 나타나는 것이 괴이하군."

"세조가 홍어할 조짐이었겠지요."

"세조는 이미 세상을 떠나셨네. 기우이겠지만 나는 밤하늘에 나타나는 성변(星變)을 보면서 간신이 때를 타서 난을 일으킬 징조가 아닐까 염려를 하고 있네. 그렇다면 제일 먼저 세조의 은혜를 입은 우리 무신들이 화를 입을 것이 분명하구먼."

"공께서는 저 간악한 한명회를 이름이십니까? 문약(文弱)한 자들이 연부역강(年富力强)한 무신들에게 어찌 선수를 치겠습니까?"

"간신의 세 치 혀는 장수의 칠척장검보다 무섭다네. 속단과 방심은 금물이네. 우리는 한명회를 예의주시하여야 할 걸세."

강순이 돌아간 뒤 남이는 섬쩍지근한 느낌이 들어 주역과 풍수지리에 밝은 최연원을 불러 물었다.

"혜성이 나타나 사라지지 않으니 무슨 징조인가?"

"황공하오나 영웅이 해를 입을 징조입니다."

"영웅이라면 누구를 말함인가?"

"이 시대의 영웅은 두 사람 뿐입니다. 세조와 남이 장군입니다."

"세조는 이미 붕어하셨거늘 혜성은 왜 아직도 조선의 하늘에 남아 있는가?"

최연원은 관상을 보듯이 남이의 얼굴을 한참 뜯어보더니 느닷없는 한 마디를 남기고 돌아갔다.

"장군, 몸조심하소서."

남이는 최연원의 말이 꺼림칙하긴 했지만 그 생각은 털어버리고 궁궐을 수비하는 일에 생각을 옮겼다. 궁궐을 지키는 군사들이 대부분 세조의 산릉에 나가 있는데 만의 하나 비좁은 창덕궁에서 임금을 해치는 자가 있다면 속수무책 아닌가? 더욱이 왕태비는 세조의 명복을 빌고 궁궐에 떠돌아다니는 원귀들을 쫓는다며 궐내에 불상을 모시고 승려와 잡인을 궁 안에 함부로 출입시키지 않는가?

왕태비 윤씨는 강원도 낙산사의 승려들을 불러다 빈전에 법석

(法席)을 차려놓고 매일 불공을 드리게 했다. 종친들과 대신들이 정사는 제쳐두고 앞을 다투어 불공에 참여하여 왕태비의 눈에 들고자 애쓰고 있었다. 그들은 힘의 중심이 왕태비라는 사실을 읽고 있었다. 한계희는 아예 불당을 떠나지 않았다.

어느 날은 빈전 옆에 차린 불사(佛事)에서 부처님의 사리가 수백 개로 분신하여 나타나는 현상을 보았다고 하고 어느 날은 석가여래가 영롱한 빛을 발하며 빈전에 현신했다며 야단법석들이었다. 왕태비는 임금을 재촉하여 불공에 참여한 대신들에게 내구마(內廐馬-임금의 행차시에 쓰던 말)를 하사하기도 하였다.

왕태비는 승려들을 궁궐에 자유자재로 드나들게 하고 아예 후원의 부용지(芙蓉池)를 끼고 있는 광연루(廣延樓)를 숙소로 정해주고 부용각에서 노닐게 했다. 부용지와 광연루는 태종이 만든 연못과 연회장이었다.

승려들이 궁궐을 자유롭게 왕래하는 것도 처음 있는 일이오, 더욱이 유학자들이 부처에 절하는 일도 보기 어려운 일이었다.

왕태비는 승려들이 강원도의 사전(寺田)은 척박하니 기름진 전라도 땅을 내려달라고 하자 백성들의 땅을 싹둑 잘라 승려들에게 나누어주었다. 전라도에서는 민심이 흉흉하고 민란의 조짐까지 보였다.

남이는 왕태비의 행각을 개탄하면서 붓을 들어 상소문을 썼다.

창덕궁은 본래 태종께서 거처로 쓰시던 별궁입니다. 지금 창덕궁에 세조의 빈전을 모시고 있으며 세조가 붕어하신 지 한 달이 다 되어가는데 전하께서 아직도 창덕궁에서 정사를 보심은 어인 일입니까? 성인이 되신 전하께서 왕태비와 같은 거처에 머물고 계심은 어인 일입니까? 또한 창덕궁의 인정전은 협소하여 몇몇의 원상들로도 꽉 차는 형편이고 경비 또한 허술합니다. 전하께서는 속히 경복궁으로 이어하시어 근정전에서 만조백관들을 만나시고 사정전에서 중신들과 정사를 논하시어 전하의 체통을 살리시옵소서.

또한 조선은 개국 이래 억불숭유의 정책을 써 왔고 유교를 국시로 삼고 있습니다. 작금에 이르러 빈전 옆에 불사를 차리고 승려들을 무시로 출입하게 하심은 어인 일입니까? 심지어는 유학자라 자처하는 대신들이 부처에 절하는 일이 아무렇지도 않게 행해지니 개탄하지 않을 수 없습니다. 더욱이 승려들의 교언영색(巧言令色)에 휘둘려 전라도 신민의 전지를 앗아 강원도의 절에 나눠주는 것은 천부당만부당합니다. 통촉하소서.

남이의 상소문을 받아든 환관 전균은 임금에게가 아닌 왕태비에게 가지고 갔다.

"괘씸한 것 같으니…. 내가 힘을 잃었다고 해서 불상 앞에서 명복을 비는 일을 못하게 하겠다고? 더욱이 임금 주변의 호위를 강화하라며 임금에게 불안감을 조성하고 감히 임금의 거처를 옮길 것을 건의하다니. 원상들이 알아서 하는 일에 어린 것이 무얼 안다고 왈가왈부하는가? 이는 필시 남이가 복직을 하여 임금 곁에 있으려는 의도가 분명한 게야. 이 상소문을 임금께 전하지 말고 당장 찢어 버리게."

자신의 상소에도 불구하고 임금의 주변이 허술하고 승려들의 궁 출입이 예나 다름이 없다는 사실을 알고 남이는 이 모든 일이 한명회의 장난이라 생각하고 있었다. 남이는 문효량과 단둘이 술을 마시는 자리에서 자신의 심경을 털어놓았다.

"태상왕을 발인하는 날 한명회를 베어야겠어. 그러나 내가 데리고 있는 군사는 감시를 당하고 있으니 움직일 수가 없네. 강순 휘하에 있는 충청도 군사를 데려오기에는 절차가 복잡하니 자네가 데리고 있는 제주도 군사를 쓸 생각이네. 때가 되면 말일세."

우쭐해진 문효량이 대취하여 돌아갔다.

문효량이 몇 달 전 이수붕의 집에서 술을 마시고 있을 때였다. 술시중을 드는 여종에게 반해서 그날 밤 문효량은 이수붕을 졸라서 그 여종을 품었다. 문효량은 집안의 눈도 있고 하여 그녀를 집에 들여앉히지 않고 이수붕의 집을 들락거리며 그녀와 밀회를 해왔다. 이수붕은 평양판관을 지낸 사람인데 강순이 이시애의 난을 토벌할 때 강순의 휘하에서 싸웠고 그 후에도 강순의 집에 무시로 드나들었다.

문효량이 술에 취하여 들어오니 이수붕이 꼬치꼬치 캐물었다. 문효량은 술김에, 그리고 이수붕을 동지라고 철석같이 믿고는 남이가 한 말을 발설하고 말았다. 이수붕은 유자광이 몰래 심어놓은 사람이었다. 이수붕은 다음날 새벽 말을 타고 유자광이 작업을 독려하고 있는 산릉으로 달렸다.

"남이가 강순과 결탁하여 태상왕을 장사지내는 날 한명회를 칠 계략을 꾸미고 있습니다. 제가 남이의 휘하에 있는 문효량에게서 똑똑히 들었습니다."

유자광은 쾌재를 부르며 물었다.

“그들 외에 종친이나 중신들 중에서 가담한 사람은 또 없다더냐? 가령 남이의 집이나 강순의 집에 자주 드나드는 사람이라든가…?”

“보성군, 춘양군 부자가 강순의 집에 찾아오는 것을 보았습니다.”

“흐음….”

한명회가 양주의 산릉(광릉)을 돌아보고 자비를 타고 돌아오는 길이었다. 뒤로부터 말을 타고 달려오는 사람이 있었다.

“대감….”

한명회가 돌아보니 유자광이었다.

“며칠째 집에도 못가고 산릉에서 진두지휘하느라고 고생이 많겠군.”

“그야 병조참지인 제가 당연히 할 일이지요. 오늘저녁에 대감댁을 방문하고자 하니 쪽문을 열어두십시오. 그리고 조촐한 술상이나 차려 주십시오.”

유자광은 되돌아 번개같이 사라졌다.

“50대 수구세력과 20대 신진개혁세력의 힘겨루기가 볼 만합니다.”

술 몇 잔을 들이키던 유자광이 운을 뗐다.

“자네 무슨 허튼 소린가? 술 석 잔에 취할 리는 만무하고….”

유자광은 한명회의 말을 듣는 둥 마는 둥 동문서답하듯 딴청을 피웠다.

“귀찮은 종기를 도려내고 싶어도 칼은 녹슬었도다.”

유자광의 이투는 점입가경이었다. 한명회는 고개를 갸웃하며 유자광을 떠볼 양으로 물었다.

"자네 나이가 몇인가?"

"30세입니다."

"그렇다면 자네는 개혁세력으로 분류돼야 하지 않겠는가?"

"그럴 수도 있고 아닐 수도 있습니다."

"선문답 같아서 도저히 알아들을 수가 없군."

유자광은 술 한 잔을 쭉 들이키더니 쌓였던 불만을 털어놓았다.

"저는 유규의 얼자로 태어났으나 태상왕의 각별한 은혜를 입어 출세의 길이 형통하였고 병조정랑을 거쳐 병조참지에 이르렀습니다. 저는 이시애의 난과 북벌에도 참여하여 목숨을 걸고 싸웠습니다. 그러나 귀성군과 남이 등 신공신들은 저를 공신에서 배제시켰습니다. 너무 부당하고 억울합니다. 그런데 저를 발탁하여 아껴주시던 태상왕이 붕어하시니 저는 지금 발을 둘 데가 없습니다. 훈구세력 또한 저를 발가락의 때만큼도 안 알아줍니다. 그러나 저는 누구에게 기대거나 부탁하고 싶지 않습니다. 제 길은 제가 만들어 갈 것입니다. 저는 국가를 경략할 지혜는 없고 욕심도 없습니다. 저는 다만 부귀공명을 누리고 싶습니다."

"그래서…?"

한명회는 당돌한 놈이라고 생각하면서도 마음은 유자광의 말에 끌려가고 있었다.

"손자병법에 차도살인(借刀殺人)이라는 말이 있지요. 자신의 칼은 아껴두고 남의 칼을 빌려서 사람을 죽이는 것이지요. 제가 칼을 빌려드리지요."

"그렇다면 수구세력의 녹슨 칼 대신 자네의 비수를 쓰라는 제안인가?"

"단도직입적으로 말해서 남이를 죽일 묘안이 제게 있습니다."

한명회는 누가 듣지나 않나 하고 주위를 둘러보았다.

"목소리를 낮추게. 남이의 주위에는 기라성 같은 장군들이 있네. 무슨 수로 작은 자가 큰 자를 치겠다는 것인가?"

"저의 비수는 비록 작으나 천군만마와 같습니다."

"말을 계속하게."

이쯤에서 유자광은 뜸을 들였다. 눈을 돌려 창가에 어른거리는 나무 그림자만 응시하고 있었다. 한명회는 조바심이 나서 애꿎은 술만 홀짝거리고 있었다. 유자광이 소피를 보고 오더니 바싹 다가앉았다.

"저는 부귀공명을 누리며 떵떵거리고 살고 싶다고 아까 말씀드렸습니다. 성사된다면 먼저 제게는 한으로 남아있는 적개공신 2등을 추록하여 주십시오. 남이가 이 세상에서 사라진다면 남이의 집, 주위의 정자와 활터, 그리고 전답 등 가산을 저에게 준다는 약조를 하십시오. 남이를 토벌하는 일이 성공한다면 논공행상을 할 때 저를 일등 공신으로 책봉하십시오."

"자네는 관직에는 관심이 없고 고대광실과 넓은 땅을 차지하면 된다는 뜻인가?"

"그렇습니다. 관직의 주변에는 넘보는 사람과 끌어내리려는 사람이 우글거리고 있습니다."

"자네의 심상(心象)에는 이 나라의 병권을 거머쥘 야심이 보이네.”

“아닙니다. 저는 부귀영화를 누리면서 정승처럼 살다가 개처럼 죽고 싶을 뿐입니다.”

“성사된다면 자네의 소원을 전부 들어줌세. 우선 자네의 계략이나 들어봄세.”

“대감께서는 태상왕을 장사지내는 날에, 남이가 거사를 하여 대감을 살해할 음모를 꾸미고 있는 것을 아십니까?”

“아니, 뭐야? 그 작자가…?”

“그렇습니다. 제가 간자를 심어놓아 남이의 일거수일투족을 손바닥 들여다보듯 훤히 파악하고 있습니다. 그래서 우리가 선수를 치자는 것입니다.”

다음날 새벽 한명회는 세조의 큰며느리 수빈 한씨를 찾아갔다. 수빈이 뛰어나와 한명회를 맞이했다. 맞절을 끝내자 수빈이 말했다.

“사돈어른께서 꼭두새벽에 이 퇴락한 집안을 찾아오시다니요? 무슨 급한 일이 있습니까?”

“급한 일이다마다요. 화급을 다투는 일입니다.”

“난리라도 났다는 말입니까?”

“남이가 반역을 획책하고 있습니다. 먼저 성상과 귀성군, 훈구대신들을 척살하고 스스로 보위에 오를 음모를 꾸미고 있습니다.”

“그렇다면 우리 아들들, 월산군과 자을산군의 운명도 경각에 달려 있단 말입니까?”

“그렇습니다. 왕실이 쑥대밭이 되는 거지요.”

수빈은 할 말을 잃고 허둥대고 있었다.

"이럴 때일수록 침착해야 합니다. 먼저 왕태비께 알려야 합니다. 성상께서는 모르셔도 됩니다. 다음 일은 제가 알아서 하겠습니다."

한씨는 정신없이 왕태비에게로 달려갔다. 큰며느리 수빈의 말을 들은 왕태비는 몸을 부르르 떨었다.

"남이가 역심을 품었다는 말이냐? 도무지 믿어지지 않는구나. 내가 곧 잠저로 갈 것이니 한명회 대감을 그리로 모셔오도록 하라."

한명회는 두 사돈 앞에 엉거주춤 앉아 있었다. 왕태비는 한명회의 첫째딸의 시어머니이고 수빈 한씨는 둘째딸의 시어머니이니 묘한 관계 아닌가.

"얼른 성상께 알리어 무슨 조치를 취해야 하지 않겠소?"

왕태비가 아직도 떨리는 소리로 다그쳤다.

"소란만 가중될 것입니다. 남이의 끄나풀이 성상을 시위하는 금위군 중에 무수히 깔려 있습니다. 다만 왕태비마마께서는 성상이 남이를 두둔하여 일 자체를 흐지부지하게 만드는 성급한 판단을 막아주시면 족합니다. 성상께서는 어머니의 말씀을 따를 것입니다. 그리고 모든 일은 신에게 맡겨주시면 됩니다."

그 길로 한명회는 창덕궁으로 들어가 예종을 알현했다.

"전하, 용안이 많이 상하셨습니다. 국상은 하루 이틀에 끝나는 일이 아니니 옥체를 보전하옵소서. 옛날 문종은 아버지 세종의 죽음을 너무 애통해 하다가 자신의 몸에 더 깊은 병을 얻었습니다."

"아버님이 저 세상으로 가신 마당에 내 한몸 돌볼 여유가 어디 있겠소. 산릉에서는 많은 역부들이 고생을 한다고 들었소."

"도승지 권감을 보내어 산릉의 역부들에게 선온(宣醞—임금이 내리는 음식)을 내리시옵소서. 권감이 다녀오자면 이틀은 걸릴 것이니 우승지 한계순으로 하여금 숙직을 서도록 명하시옵소서."

집으로 돌아온 한명회는 유자광을 기다리고 있었다. 자정이 넘어도 유자광은 나타나지 않았다. 한명회는 눈도 못 붙이고 방안을 서성거리고 있었다. 삼경이 한참 지날 때 유자광이 쪽문을 통해 들어왔다.

"왜 이리 늦었는가?"

"많은 일을 혼자서 처리하느라 늦었습니다. 거평군(제2대 임금 정종의 손자)이 충청도 병마절도사로 있다가 돌아온 직후라 임시로 그를 겸사복장으로 맡겨 숙직하게 했습니다. 거평군은 오랫동안 외지에 나가 있어 조정의 사정에 밝지 않아 시키는 대로 할 것입니다. 거기에 완력이 강한, 저의 심복 박지번(朴之蕃)을 딸려 놓았습니다."

"그리고…?"

"내금위장 민발과 동생 민서를 시켜 궁궐의 경계와 순찰을 강화하도록 했습니다."

"민서는 남이의 수족이 아닌가?"

"그래서 민서를 민발에게 묶어 놓았습니다."

"음."

"제가 관리하고 있는 파적위 무사들을 혹은 열 명, 혹은 스무 명씩 조를 짜서 남이와 가까운 장용대 무사들의 집 주변에 매복시켰습니다. 또한 한계미와 한계희로 하여금 홍인지문과 광희문 밖에 군사를 배치하도록 했습니다. 장용대 사람들이 주로 광희문 밖에 거처하기 때문입니다."

"한 치의 오차도 없으렸다?"

"만의 하나 실패한다면 제 목숨 하나만 날아가면 됩니다. 맹세 컨대 대감께는 불똥이 튀지 않도록 하겠습니다."

유자광이 홀연히 사라지자 한명회의 사랑방은 꿩 구어 먹은 자리처럼 아무 흔적도 보이지 않았다.

유자광이 한명회의 집을 나설 때는 땅거미가 희뿌옇게 사라지고 있는 새벽이었다. 어둠을 밀어내고 있는 안개가 유자광의 몸을 휩싸는 듯했다. 초겨울의 날씨인데도 바람은 차지 않았다. 유자광은 휘적휘적 걸으며 앞으로 펼쳐질 자신의 위상을 그려보고 있었다. 당초 정선공주에게 내렸던 집, 그 남이의 고대광실에서 많은 금은보화에 묻혀 사는 자신의 모습을, 그리고 수백 결의 공신전(功臣田)에서 바리바리 실려 오는 수확물들이 곡간에 쌓이는 광경을 상상하고 있었다.

25. 혜성

　예종 원년 10월 25일, 세조가 붕어한 지 한 달 보름이 지났으나 세조의 빈전은 아직 창덕궁에 모셔 있었다.

　그날 밤 삼경, 만귀(萬鬼)도 잠잠한 시간, 남이는 곤히 잠들어 있었다. 저 세상으로 간 아내 정은이 남이를 흔들어 깨운다. 남이가 정은을 붙잡으려 하자 정은은 하늘로 훨훨 날아가고 있다. 남이도 훨훨 날아 아내를 쫓아가고 있다. 그때 머리 위에서 이름 모를 검은 새들이 남이를 에워싼다.

　소스라쳐 잠에서 깬 남이는 꿈을 생생하게 되살리고 있었다. 그때 집밖에서 말발굽소리가 요란하게 들리고 웅성대는 소리가 밤의 정적을 깨우고 있었다. 이윽고 쿵쿵쿵 대문 두드리는 소리가 들렸다.

　항상 '벼락'을 머리맡에 두고 자는 남이는 급히 무장을 하고 방을 나섰다. 옆에서 자고 있던 탁문아가 치마를 두르고 일어나 오들오들 떨면서 방안에서 웅크리고 있었다.

장수인듯한 건장한 사내가 수십 명의 졸개들과 더불어 대문을 부수고 쳐들어오고 있었다. 이미 집은 백여 명의 군사에 포위되어 있었다.

"이놈, 너는 박지번이렸다. 여기가 어딘 줄 알고 감히 칼을 들고 나타났느냐?"

박지번이 항아리가 깨지는 소리를 질렀다.

"역적은 냉큼 나와 오라를 받아라."

"아닌 밤중에 홍두깨라더니. 누가 역적이란 말이냐?"

남이는 달려드는 박지번의 칼을 칼등으로 쳐 간단히 날려버리고, 달려드는 수십 명의 병사들을 피해 지붕으로 뛰어올라갔다. 그 정도의 숫자야 단칼에 날릴 수 있지만 집 주변의 정황을 살펴보기 위한 것이다. 영문을 알 길 없는 남이가 '천둥' 에 화살을 먹이고 있을 때 관복을 입은 두 사람이 말에서 내리며 명패(命牌)를 들어올렸다. 우승지 한계순과 환관 안중경이었다. 명패라니? 그것은 임금이 신하를 호출하는 표지 아닌가.

남이는 지붕에서 내려와 명패 앞에 무릎을 꿇었다. 박지번이 달려와 남이의 머리끄덩이를 낚아챘다. 남이는 박지번을 멀리 집어던졌다. 그 순간 거평군이 다가왔다.

"어명이오. 남 장군을 나치(拿致)해 오라는 지엄한 분부를 받고 왔소."

왕명에 거역할 수 없는 남이는 순순히 오라를 받았다. 남이를 체포한 군사들은 집안을 모조리 뒤져서 남이의 첩들과 하인들을 굴비 엮듯이 엮어 의금부로 끌고 갔다.

홀로 남은 남이의 어머니 홍 부인은 마루에 철퍼덕 주저앉아 망연히 앉아 있었다. 문득 무서운 음모가 있음을 깨달은 홍 부인은 가까운 이지정의 집으로 달려갔다. 그러나 이미 이지정도 끌려간 터였다. 다시 신정보의 집으로 달려갔으나 그 또한 끌려간 후였다. 홍 부인은 집에 들어와 남장을 하고 얼굴에 검댕을 묻히고 낙산을 기어 올라갔다. 그녀는 옛날 산을 오르내리던 전력이 있어 간단히 성곽을 넘었다. 홍 부인은 버티고개 아래 진소근지 집으로 숨어들었다. 진소근지는 간밤에 마신 술이 덜 깬 모습으로 눈알이 왕방울만 해가지고 홍 부인을 맞이했다.

"남 판서가 궁궐에 잡혀갔네. 이지정 그리고 신정보도…. 무슨 음모가 있는 듯하니 자네들은 우선 몸을 피하여 후일을 도모하게."

"향화인으로 장용대에 속한 무사들이 다 이 근처에 있습니다. 마님께서도 저희와 행동을 같이 하시지요."

"아들이 곤욕을 당하는데 내가 숨어 있을 수야 없지. 나는 날이 밝는 대로 집으로 돌아가겠네."

지난 저녁 어두울 때에 유자광이 허겁지겁 승정원에 찾아들었었다. 입직하고 있는 승지 한계순이 유자광을 맞이했다.

"급히 성상을 만나야 하오. 화급히 계달할 사안이오."

이미 각본이 짜여 있는지라 한계순은 연유를 묻지 않고 즉시 합문(閤門-임금의 침실 앞문)으로 달려가 환관 안중경으로 하여금 임금을 깨어 아뢰도록 하였다.

"늦은 밤에 웬일이냐?"

“남이가 일전에 신의 집에 와서 『강목(綱目)』을 펼쳐 보이며 혜성이 나타나던 해 장군이 반란을 일으켰고 2년에 걸쳐 병란이 일어난 중국고사를 예로 들어 말하였사옵니다. 작금에도 우리나라에 그와 같은 혜성이 나타난 사실을 거듭 말하였사옵니다. 남이는 그 장군이 지금의 세태에는 자신의 입지와 같다며, 성상께서 창덕궁에서 경복궁으로 옮기실 때 거사하겠다고 말했사옵니다. 그 거사가 간신을 베겠다는 것인지 성상을 목표로 하는 것인지 신은 알 수가 없사옵니다.”

예종이 대수롭지 않게 여기며 유자광을 뚫어지게 쳐다보았다.

“『강목』이란 주자가 쓴 『통감강목』을 말함인가? 고사를 말한 것 가지고 너무 넘겨짚는 게 아닌고? 물러들 가라.”

그때 왕태비전에서 전갈이 왔다. 잠시 들르라는 것이었다.

“주상, 왜 합문 앞이 소란스럽소?”

예종이 유자광이 고한 말을 전했다.

“그토록 중차대한 일을 가볍게 다루면 안 됩니다. 왕실의 안위가 걸린 일이예요. 당장 금위군을 풀어 궁궐의 경비를 강화하시오. 그리고 늦은 밤이라도 마땅히 종친과 원상들을 불러서 의논하여야 하오.”

예종은 귀성군, 영순군, 밀성군(예종의 서숙) 등 종친과 신숙주, 한명회, 구치관, 최항, 홍윤성, 박원형, 조석문, 김질, 김국광 등 원상(院相)을 불러들였다.

“유자광이 계달한 것이 여차여차한데 경들은 최근에 남이를 만나 무슨 낌새를 챈 일이 있소?”

모인 사람들이 어리둥절하여 서로의 얼굴을 보고 있었다.

그때 영순군이 입을 열었다.

"신이 경복궁에 입직하고 있을 때 남이를 만난 적이 있습니다. 남이가 '졸곡제(卒哭祭-사람이 죽은 후 석 달 되는 날에 지내는 제사) 전에는 종친이 입직하는 것이 전례인데 전례대로 하는가? 라고 물어서 신은 귀성군, 하성군(정현조-정인지의 아들이자 세조의 사위)과 신이 밤에는 교대로 입직하고 낮에는 상직한다고 대답했사옵니다."

한명회가 낌새를 채고 나섰다. 누구도 남이를 의심하는 기색이 보이지 않았기 때문이다.

"영순군의 말을 미루어보건대 남이가 필시 형세를 엿본 듯합니다. 또한 유자광의 말에 짚이는 데가 있는듯하니 당장 남이를 나치하여 문초하여야 할 것입니다."

"돌아들 가시오. 날이 밝으면 짐이 남이를 불러서 물어볼 것이오."

한명회가 고개를 세차게 흔들었다.

"이 밤중이라도 남이가 반란군을 진두지휘하여 쳐들어온다면 속수무책입니다. 당장 남이를 체포하여야 합니다."

남이가 오라에 묶인 채 인정전 뜰에 끌려왔다. 주위에는 관솔불이 대낮처럼 마당을 밝혔고 겸사복들이 시위하고 있었다.

예종이 남이에게 물었다.

"너는 요사이 어떤 사람을 만났으며 무슨 일을 했느냐?"

"신은 근래에 빈전에서 불공드리는 일을 금할 것과, 궁궐의 경비를 강화하고 전하께 창덕궁에서 경복궁으로 이어할 것을 건의하는 상소문을 작성했고 문치빈을 불러 교정을 보게 했사옵니다. 전하께서는 그 상소문으로 인하여 노하시고 신을 체포해 온 것이옵니까?"

"상소문이라니? 듣도 보도 못한 것이로다. 하지만 지금 네 입으로 말했으니 그 내용은 더 묻지 않겠다. 또 어떤 사람들을 만나서 무슨 대화를 하였느냐?"

"신정보를 만나 북방의 일을 의논하였으며 이지정의 집에 가서 바둑을 두면서 신이 나라의 부름을 받아 북방의 난리를 평정하러 가게 되면 누구를 부장으로 삼을까 의논하니 이지정이 민서를 추천했습니다. 그래서 민서의 집에 가서 응답을 받아냈습니다."

남이는 이때까지 자신이 끌려온 이유를 모르고 어리둥절하고 있었다. 한명회의 얼굴이 보이자 혹여 한명회의 농간이 아닌가 생각하고 있었다.

한명회가 끼어들었다.

"또 누구를 만났느냐? 유자광을 만난 일은 없느냐?"

"만난 적이 있습니다. 유자광이 술 한 잔 하자기에 그의 집에 가서 더불어 마셨습니다."

"그 자리에서 무슨 말이 오갔느냐?"

"너무 취하여 무슨 말을 했는지 기억이 나지 않습니다."

순간 유자광이 뒷줄에 있다가 앞으로 나섰다. 느닷없이 유자광이 튀어나오는 것을 보고 남이는 일이 꼬여가고 있다는 예감이 들었다.

"네가 『강목』을 펴보면서 혜성이 나타나 오래 머물면 장군이 반란을 일으킨다는 고사를 들먹이지 않았느냐?"

"생사람을 잡으려고 네가 일을 꾸몄구나. 그『강목』은 네가 가지고 있는 책이고 너는 때에 맞추어 그 책을 책상에 놓고는 그 대목을 펼쳐 나에게 보라고 했지 않았더냐? 그 고사가 나와 무슨 상관이 있다는 것이냐? 오히려 너는 장군이 아니라 어떤 간신이 반역을 품을지 모른다고 했지 않느냐? 그 간신이 나란 말이냐?"

남이는 유자광을 쏘아보며 소리 질렀다.

"또한 너는 장차 성상을 창덕궁에서 경복궁으로 모신 연후에 거사하겠다고 분명히 말했지 않느냐?"

"내가 성상을 경복궁으로 모시고자 한 연유는 창덕궁이 허소(虛疎)하고 대신들이 중들과 작당하여 조정을 어지럽히는 꼴을 차마 볼 수 없기에, 성상을 경복궁으로 옮겨 체통을 지키게 하겠다고 한 것인데 가당치도 않은 말을 억지로 끌어다 견강부회(牽强附會)함이 도에 지나치구나."

남이는 손발이 묶인 채로 머리를 땅에 박으며 예종을 올려다보았다.

"이것은 유자광이 신을 무고한 것입니다. 신은 충성과 의리를 자처하는 신하로 평생에 남송(南宋)의 악비(岳飛)처럼 살고자 했는데 어찌 반역을 꿈꾸겠습니까?"

신숙주가 한 발 앞으로 나섰다.

"네 말에 뼈가 있구나. 여진족인 금나라와 맞서 싸우던 악비 장군이 문신들의 모함으로 억울하게 처형되었는데 너는 악비이고 여기 있는 문신들은 악비를 모함한 사람들인 것처럼 빗대어 말하는 게냐?"

한명회가 궁궐의 순찰을 하기 위하여 숙직하고 있는 민서를 불러들였다.

"신은 남이와 더불어 북방의 일을 상의했을 뿐입니다."

한명회가 다시 민서에게 물었다.

"남이가 너로 하여금 북방에 나갈 때 부장(副將)으로 쓰겠다고 했고 너는 쾌히 승낙했다는 데 거사에 동참하겠다는 뜻이냐?"

"거사 이야기는 없었습니다."

"혜성이 나타난 일에 대하여는 대화가 없었느냐? 남이와 대화한 내용을 빼놓지 말고 사실대로 말하라."

"신이 남이와 더불어 이시애의 난을 평정하던 회고담을 나누던 중 남이가 '하늘에 천변이 있으면 간신이 일어난다는 말이 있던데 내가 간신의 칼에 맞아 죽는 게 아닌가?' 하며 염려했습니다. 신이 놀라서 간신이 누구냐고 물으니 남이가 한명회를 지목했습니다. 신이 '그렇다면 빨리 성상께 아뢰어야 하지 않겠는가?' 하니 남이는 증거를 잡은 후에 하겠다고 하며 이 말을 절대 비밀에 붙이자고 했습니다."

한명회는 얼굴이 누르락붉으락하여 씩씩거리고 서 있다. 예종이 의아해 하며 남이에게 물었다.

"민서의 말이 맞습니다. 신이 병조판서를 제수 받은 다음날 한명회가 신의 집에 와서 적자(嫡子)를 누구로 세우는 것이 좋으냐고 물어 신은 한명회가 난을 꾸밀 것이라 짐작했습니다. 엄연히 세자가 살아있는데 적자를 달리 논하는 것은 반역을 꾀하는 일 아니옵니까?"

한명회가 체면불구하고 오라에 묶여 있는 남이에게 달려들어 멱살을 잡았다.

"반역의 혐의로 끌려온 주제에 도리어 내 이름을 운운하다니 적반하장이구나."

한명회가 임금에게 꿇어 엎드렸다.

"신은 남이의 집에 간 일도 없고 그런 말을 한 적도 없사옵니다. 억울하고 분합니다."

이미 한명회에게 길들여진 예종은 한명회를 싸고돌았다.

"남이가 다급하여 말을 꾸며대고 있는듯하니 경은 뒤로 물러서시오."

남이가 임금에게 하소연했다.

"전하, 한명회의 무릎을 꿇리고 문초하시어 간신 한명회의 죄상을 백일하에 밝혀 주소서."

이미 한명회에게 마음의 포로가 된 예종은 남이의 말에 전혀 귀를 기울이지 않았다. 만약에 그때에 예종이 총기가 있고 판단력이 빨랐다면 역사는 정녕 새로 쓰였을 것이다.

한명회는 한 술 더 떴다.

"전하, 신은 작년 이시애의 난 때도 모함을 받은 바 있고 지금 남이가 신을 지칭하니 부끄럽기 그지없습니다. 신으로 하여금 조용히 물러나 쉬게 하시옵소서."

"짐은 경에게 한 점 의혹을 가진 바가 없소. 저들을 문초해 보니 아직은 드러난 증좌가 없는 것도 사실이오. 경이 나서서 관련자들을 문초하시오."

남이가 최근에 만났다고 한 사람들이 줄줄이 끌려 들어왔다.

문치빈을 문초했다.

"너는 남이를 만나 무슨 말을 들었느냐?"

"신은 말 다루는 것이 천직입니다. 다만 글자를 조금 익혔기에 남이의 상소문을 교정한 일밖에 없습니다."

이지정, 신정보에게 곤장 30대씩을 치며 문초했으나, 하는 말이 남이의 말과 다르지 않았다. 그들에게서 어떤 단서도 찾을 수 없었다. 30대씩 더 때렸으나 같은 말만 되풀이할 뿐이었다.

조영달이 끌려왔다.

"너는 어려서부터 남이와 더불어 자랐고 남이와 의형제를 맺었으니 남이가 역심을 품은 사실을 알고 있으렸다?"

"남이 장군은 역심을 품은 적이 없습니다. 참으로 억울합니다. 신 또한 반역의 모의에 가담한 적이 없습니다. 그러나 신은 남이 장군의 분신입니다. 살아도 같이 살고 죽어도 같이 죽자고, 우리는 결의를 했습니다. 남이를 죽이려거든 신도 더불어 죽여주소서."

벌써 날이 밝아오고 있었다.

임금은 남이, 민서, 문치빈, 이지정, 신정보, 조영달을 옥에 가두게 하고 일어섰다.

한명회가 따라 나섰다.

"벌써 날이 밝았으니 전하께서는 낮 동안 푹 쉬시고 계시옵소서. 밤이 되면 남이의 첩들과 노복들을 문초하고자 합니다. 저 또한 이 기회에 누명을 벗고 싶습니다."

"왜 밤이요? 짐은 잠깐 눈을 붙이고 문초를 하여 일을 끝장내고 싶소."

"낮에는 사관들이 악다구니같이 달라붙어 사실을 왜곡할까 저어됩니다. 그들에게는 승정원에서 나중에 진행과정을 알려주도록 하여야 합니다."

다음날 밤, 감옥에 갇혀 있던 남이의 집 사람들이 오라에 묶인 채 뜰 앞에 대령했다. 이번에는 신숙주가 의금부 위관(委官)을 맡아 문초에 들어갔다. 의금부 위관이란 죄인을 문초할 때 임금이 임시로 뽑아 맡긴 판정관을 말한다. 신숙주가 먼저 남이의 서숙 남유를 문초하였다. 남유는 남이의 집에 머물러 있다가 끌려온 처지였다.

"저는 남이가 바둑을 두거나 활을 쏘며 소일하는 것을 보았을 뿐 남이와 대화조차 나눈 적이 없습니다."

"남이가 더불어 활을 쏜 자들의 이름을 밝혀라."

"김창손, 이중순, 강이경 등입니다."

20대의 곤장을 맞아도 그 소리가 그 소리였다. 신숙주가 한 가닥의 단서를 잡았다고 생각하며 남이에게 물었다.

"졸곡 전에 놀이를 하거나 궁검을 소지하는 것은 법으로 금하고 있는 바인데 어찌하여 활을 쏘았느냐?"

"저는 무인입니다. 마땅히 몸을 단련하여야 하고 활의 힘도 줄지 않도록 유지하여야 합니다."

"이는 엄연히 불법이니 죄명으로 기록할 것이니라. 조영달, 이중순, 김창손, 강이경도 옥에 가두어라."

신숙주가 탁문아를 문초했다.

"너는 남이의 첩이니 남이의 일거수일투족을 다 알고 있지 않느냐? 바른 대로 말하거라. 남이는 요사이 무엇을 했으며 누구와 만났느냐?"

"서방님은 나갔다가 저물 때 또는 밤늦게 돌아와서 무슨 일을 하는지 잘 모르옵고 이달 19일부터 궁궐에 나가 번을 설 일이 없어지자 집에 있는 일이 많았고, 머리맡에 칼과 활을 두고 자곤 하였습니다. 집에 있을 때는 사람을 시켜 갑옷을 수선하고 박자하, 박자전 형제를 불러 활과 화살을 만들게 했습니다.”

신숙주는 의금부 관원을 바라보며 말했다.

“국상 중에 무기제조를 금하는 법이 있거늘 이를 죄명에 추가하라. 그리고 박자하, 박자전 형제도 남이의 도당이고 죄가 밝혀졌으니 옥에 가두어라.”

또 신숙주는 남이의 또 다른 첩 덕이를 다그쳤다.

“가택수색을 해보니 부엌에서 쇠고기 수십 근을 발견했는데 그 고기를 남이에게 먹게 했느냐?”

“쇤네는 알지 못합니다.”

신숙주가 남이에게 물었다.

“국상 중에 고기를 먹는 것을 엄히 금하고 있는데 과연 먹었느냐?”

“국상 중에 누가 감히 짐승을 잡으며 어디에서 고기를 구할 수 있습니까? 이는 누군가가 저를 모함하기 위하여 부엌에 몰래 고기를 놓아둔 것 같습니다.”

“어줍은 변명에 지나지 않는다. 부엌에 고기가 있었으니 고기를 먹은 것으로 간주할 수 있다. 이를 죄명에 추가하라.”

다음에 신숙주는 여종들에게 차례로 물었다.

“남이의 집에 왕래하는 사람을 아는 대로 불어라.”

여종들이 다녀간 사람의 이름을 몰라 망설이자 신숙주가 한명회를 가리키며 물었다.

“여기 계신 한 대감을 본 일이 있느냐?”

여종들은 이구동성으로 본 일이 없다고 대답했다. 정작 내방하는 고관들에게 시중을 들던 탁문아에게는 묻지 않았다.

“남이는 한명회 대감이 다녀갔다고 하고 한 대감이 하지 않았다는 말을 억지로 꾸며 말하고 있는데 집안에 증인이 없으니, 이는 남이가 한 대감을 무고한 것인 바, 무고죄를 추가하라.”

곱상하게 생긴 여종 막가가 시키지 않은 입을 열었다.

“정승이라는 분이 왔었는데 검은 수염이 가슴까지 드린 노인이었습니다.”

강순이 몸을 일으키며 말했다.

“지나는 길에 남이의 집에 들른 적이 있습니다.”

신숙주가 강순에게 무언가 물으려 하자 한명회가 신숙주에게 눈짓을 보냈다. 신숙주는 강순에게 아무 것도 묻지 않았다.

신숙주는 이미 잡혀온 조영달, 박자하, 박자전, 장계지, 강이경, 이중순, 변자의 등에게 온갖 고문을 더하며 다그쳤으나 아무런 혐의를 찾지 못했다. 그날도 밤을 넘겨 국문은 아침이 밝기까지 계속되었다.

“심증은 가나 물증도 없고 결정적인 증인도 없으니 어찌하면 좋은가?”

신숙주가 인정전을 나서며 한명회와 유자광에게 말했다. 유자광이 야릇한 웃음을 흘리며 대답했다.

“두고 보십시오. 내일은 결정적인 증인을 대겠습니다.”

다음날 전(前) 평양판관 이수붕이 증인으로 불려왔다. 유자광이 간자로 투입시킨 자였다. 남이 옆에는 문효량이 묶여 있었다.

"문효량에게 저의 계집종 덕지를 첩으로 주었는데 문효량은 첩을 보러 매양 저의 집을 드나들었습니다. 어느 날 술이 취해 들어와서는 남이가 어린 임금을 농락하는 한명회를 도모할 뜻을 가지고 있다고 제게 말하였습니다. 그러나 그 이상은 문효량이 숨기고 있으니 엄히 문초하소서."

이수붕의 말을 들은 임금이 직접 문초하겠노라고 나섰다. 다짜고짜 문효량에게 곤장 50대를 치게 했다. 문효량이 옷이 터지고 살점이 터져 울부짖고 있을 때 이수붕은 보란 듯이 임금이 내린 술과 안주를 먹고 있었다. 임금이 물었다.

"네가 남이와 더불어 무슨 일을 꾸미고 있었느냐? 이실직고하렸다."

"신은 10월 초, 남이와 더불어 경복궁에서 숙직하고 있었는데 남이의 침소에 가보니 남이가 『고려사』를 읽다가 「신돈」편을 보이면서 작금에 수강궁에서 불공을 드리는 일에 분통을 터뜨리고 자못 울기를 마지않았습니다. 남이가 신에게 '혜성이 한 달이 넘게 사라지지 않으니 이는 간신이 난을 일으킬 징조가 아닌가?' 라고 말했사옵니다. 신이 간신은 누구를 지칭하느냐고 물으니 남이가 대답하기를 한명회가 어린 임금을 끼고 권세를 전단하고 있다며 탄식하였습니다. 남이가 신더러 너는 제주도 사람으로 나라의 은혜를 입었으니 자신을 도와 간신을 제거하자고 했습니다. 신이 남이에게 '이는 작은 일이 아닌데 누구와 더불어 하겠느냐' 고 물었습니다. 남이가 대답하기를 강순이 '나는 늙었고 자네는 혈기 방장하니 자네가 마땅히 나서야 한다' 고 말했다고 했습니다. 후일 남이의 집에 들렀을 때 거사일을 발인 날 산릉에서 하겠다고 했습니다. 신이 이르기를 민지 성상께 계달히어야 한다고 했더니 거사 후에 계달해도 늦지 않다고 했습니다."

임금이 대노하여 눈을 부릅뜨고 문효량에게 다그쳤다.

"한명회를 친 다음에는…? 다음에는 어쩌겠다고 했느냐?"

"신은 거기까지 들었을 뿐입니다."

"저놈이 남이를 돕고자 새빨간 거짓말을 하고 있구나. 곤장 50대를 더 쳐라"

문효량은 살이 터지고 뼈가 으스러지면서 기절하고 말았다. 의금부 군사들이 물을 뿌리자 겨우 정신이 든 문효량은 자신이 뭐라 변명하던 어차피 남이나 저나 죽은 목숨이라고 생각고 입을 다물어 버렸다.

문효량의 말을 들은 임금이 강순을 무릎 꿇리고 칼을 씌웠다. 강순이 울면서 하소연했다.

"신이 갑사로 출발하여 외람되게도 성은을 입어 벼슬이 극품에 이르렀으며 마침내 공신까지 되었는데 무엇이 부족해서 모반을 획책했겠습니까?"

임금이 강순을 풀어주며 의자에 앉게 하였다.

"경이 선대부터 충직한 신하로 봉직하였는데 짐이 어찌 경을 의심하겠는가?"

한명회와 유자광이 당황하고 있었다. 남이를 제거한다 해도 조선의 모든 군사들이 하늘같이 따르는 강순을 내버려둔다면 후일에 무슨 보복이 있을지 모르는데 여기서 그대로 넘어가면 안 되는 일이었다. 한명회가 임금 곁으로 다가갔다.

"보성군과 그 아들 춘양군이 근래에 강순의 집에 뻔질나게 드

나들었는데 모종의 음모가 있을듯하니 그들을 체포하여 전후의
사단(事端)을 알아보셔야 합니다."

밤중에 보성군과 춘양군이 잡혀왔다. 보성군이 말했다.

"강순 대감은 아버님(효령대군)과 연배시라 평소에 저의 집에
자주 오셨습니다. 전번에 강 대감이, 마시던 백자술잔을 매만지
더니 소매에 넣고 일어서시기에 나중에 아들 춘양군을 시켜 백자
항아리도 마저 보내드린 일 밖에 없습니다."

보성군이 말을 마치자 예종이 보성군을 묶어 곤장을 치라고 을
러댔다. 예종은 이성을 잃고 있었다.

"너희 부자가 왕위를 탐하여 남이, 강순과 더불어 난을 일으키
려 했느냐?"

보성군이 울면서 대답했다.

"일찍이 신의 부친은 권력을 싫어하여 왕좌를 사양하고 출가한
사실이 있습니다. 저희 부자는 아버님의 평소의 뜻을 따라 살았
습니다. 저희가 일을 꾸몄다는 말은 천부당만부당합니다. 더욱이
신은 태상왕과 동기이고 동갑입니다. 신은 죽기가 서러운 것이
아니라 조카님인 전하에게 매 맞는 것이 서러울 따름입니다."

임금은 보성군에게 매를 거두게 하고 춘양군에게 물었다.

"신은 강 대감 댁에 세 번 갔으나 별 대화는 없었습니다."

"저놈을 묶어 바른 말이 나올 때까지 곤장을 쳐라."

춘양군을 문초했으나 강순과의 관계에서 별 소득은 없었다. 그
러자 한명회가 문초를 계속했다.

"전에 태상왕께서 효령대군 저에 피어하실 때 네가 남이와 친
형제같이 지낸다며 남이와 힘을 합치라고 말씀하셨는데 너는 남

이를 만났느냐?"

"태상왕께서는 종친 중에도 문이 있고 무가 있어야 임금을 바로 보좌할 수 있다며 저로 하여금 무술을 익히게 배려해 주셨습니다. 그리하여 남이를 자주 만나 무술을 익혔지만 국상 중에는 만난 적이 없습니다."

"남이가 반란을 일으켜 너를 왕으로 삼으려 했다는 말이 있던데 너는 끝까지 부인할 작정이냐?"

그때 한 내시가 예종에게 태왕비의 전언이라며 귓속말을 하고 돌아갔다. 예종은 보성군 부자를 풀어주었다.

조숙(趙淑)은 선전관으로 당시 남이의 휘하에 있지는 않았지만 남이가 만주를 칠 때 남이의 종사관이었다는 이유로 체포되었다. 조숙을 매질하며 국문을 하였으나 조숙은 연루사실을 한사코 부인했다. 다시 곤장을 때리자 조숙이 부르짖었다.

"한 충신이 죽는구나!"

임금이 대신들을 둘러보며 말했다.

"조숙은 의리와 기개가 있으나 남이에게는 연루되지 아니하였으니 풀어주는 것이 어떻소?"

홍윤성이 고개를 저었다.

"남이의 당류는 모두 죽여야 합니다. 그들은 남이가 반란을 일으켰다면 분명히 한 패가 되어 남이를 도왔을 것입니다. 남이의 당류를 모조리 색출하여 형벌을 가해야 합니다."

조숙은 영문도 모른 채 갇히고 말았다.

한편 남이의 어머니로부터 남이가 잡혀갔다는 소식을 들은 진소근지는 이산, 맹불생 등 같은 동네에 사는 향화인 무사 100여

명과 더불어 흥인지문으로 달려갔다. 가족을 버려둔 채였다. 흥인지문 가까이 이르니 한계미가 군사들과 더불어 성문을 지키고 있어 다시 버티고개를 넘어 강변을 따라 양주로 달렸다. 그러나 파적위의 석자의가 이끄는 토벌대에 잡히고 말았다.

26. 누명

3일째 되는 날이다. 아침부터 창덕궁 숭문당 뜰에 만조백관이 입시하였다. 비로소 사관도 자리를 잡았다. 남이는 3일 동안 쫄쫄 굶어 기진맥진해 있었다.

예종은 원상들을 배석시키고 도총관 홍응과 도승지 권감을 의금부 위관으로 임명하였다. 대소신료들이 참석한 자리에서 객관성을 확보하자는 의도였다. 홍응과 권감이 취조하기 시작했다.

"졸곡 전에 무리들과 더불어 바둑을 두고 활을 쏜 일이 있는가?"

"그렇소이다."

"활과 화살을 만들었는가?"

"그렇소이다."

"쇠고기를 먹었는가?"

"먹은 적이 없습니다."

"네가 안 먹었다고 하나 쇠고기는 너의 집 부엌에 있었지 않느냐?"

"…."

"한명회 대감이 네 집을 방문한 사실이 없고 적자를 내세우는 일에 대해 자네에게 말한 적이 없다고 했는데 자네가 무고했는가?"

"그건 사실이니 무고라 할 수 없잖소?"

"한명회 대감을 역신이라고 떠들고 다니며 그를 척살할 계책을 꾸몄는가?"

"그렇소이다."

"네가 성상을 경복궁에 이어하시게 하여 거사할 반역을 꾸몄는가?"

남이가 임금을 올려다보며 눈물로 호소했다.

"신은 어려서부터 말과 활을 손에서 놓지 않고 살았나이다. 신은 변방으로 달려가 만주의 여진족을 물리쳐서 나라와 백성을 돕는 것이 오로지 신의 본분으로 알고 있나이다. 신은 본래 충의지사입니다. 어찌 전하를 해하려 했겠습니까?"

신숙주가 임금을 흘끗 보더니 훈계하듯 말을 꺼냈다.

"너의 뱃속에는 궁검을 가지고 외적을 칠 생각만 가득하구나. 태평성대에도 불구하고 너희 오만한 장군들은 군사를 길러 힘을 과시하려 하는구나. 이는 오히려 나라를 피폐하게 만들어 나라를 보전하지 못한다는 것을 알기나 하는가?"

남이가 비장한 어조로 달려들듯 말을 토했다.

"칼 부딪치는 소리가 바다 건너 일본에서 쟁쟁히 들려오고 말굽소리가 만주 벌판의 지축을 울리는데 대감은 어찌하여 우물 안 개구리처럼 보이는 하늘만 보며 내 세상인 양 하십니까?"

유자광이 위관을 자처하고 나섰다. 유자광은 미리 준비한 각본대로 남이의 전처, 즉 남이가 칠거지악을 들어 내쫓은 박오미를 대령시켰다.

"네가 남이와 살던 때의 정황을 소상히 밝혀라."

"쇤네가 남이의 후처로 있을 때 남이가 첩들하고만 잠자리를 하고 저를 기피하였습니다. 어느 날 밤 저의 침실에 들 때 제가 잠자리를 거절하자 남이가 큰 소리로 떠들어댔습니다. 그때 남이의 어미가 제 방에 들어와 남이를 데리고 자신의 침실로 들어갔습니다. 쇤네가 가만히 엿들으니 남이 어미의 괴성이 들렸습니다."

"그렇다면 남이가 어미를 증(蒸)했다는 말이구나. 천벌을 받을 개만도 못한 놈이구나."

남이가 차디찬 눈으로 유자광을 쏘아보았다.

"유자광아! 나를 죽이려거든 그냥 죽여라. 내 입에서 역모했다는 소리를 듣고 싶다면 그렇게 말해 주마. 네가 어찌 있지도 않은 근친상간의 누명을 씌우느냐? 소박맞은 여인의 위증도 증거이냐?"

유자광이 남이의 모친 홍 부인을 끌어내게 하더니 다짜고짜 수십 대의 곤장을 치게 했다. 볼기짝이 터지고 치마가 피로 흥건해졌다. 홍 부인이 박오미를 올려다보며 소리쳤다.

"계집년의 곡한 마음은 오뉴월에도 서리를 내리게 한다더니. 이년, 네가 보았느냐?"

홍 부인은 남이에게 시선을 돌렸다.

"아들아, 내가 저 유자광이는 음흉하고 야비하니 특히 조심하라고 몇 번이나 말했느냐? 네가 어미 말을 뒷전으로 듣더니 자업자득이구나."

홍 부인은 한명회를 똑바로 쳐다보며 울부짖었다.

"네가 우리 집에 왔기에 내가 예의를 갖추느라 술상을 가지고 들어갔다. 혹시 무슨 얘기를 나누는가 싶어 창밖에서 엿들으니 네가 '적자 운운' 했지 않느냐? 만약 내 아들이 네 말을 들을 양이면 똥바가지를 두 놈에게 퍼부으려고 했다. 그러나 내 똑똑한 아들이 호응을 하지 않더구나."

그때 유자광이 달려들어 홍 부인의 입을 틀어막고는 혼절할 때까지 매질을 계속하게 했다.

홍 부인이 죽은 개처럼 끌려 나가자 오마수가 증인으로 나왔다. 오마수는 남이가 귀화시킨 향화인으로 남이가 백두산을 오를 때 대동했고 장용대의 일원이다. 오마수는 이미 유자광에게 매수되어 있었다. 오마수가 커다란 두루마리를 펴 보였다. 멀리서도 볼 수 있을 만큼 큰 글씨가 쓰인 탁본이었다.

白頭山石磨刀盡 (백두산성마도진)

頭滿江水陰馬無 (두만강수음마무)

男兒二十未得國 (남아이십미득국)

後世誰稱大丈夫 (후세수칭대장부)

남이가 백두산의 암벽에 새긴 글에서 〈男兒二十未平國(남아이

십미평국-남아 이십에 나라를 펴하게 하지 못하면)〉이 〈男兒二十未得
國(남아이십미득국-남아 이십에 나라를 얻지 못하면)〉으로 둔갑되어
있었다.

남이는 하도 기가 차서 껄껄 웃었다.

"네가 나를 찢어 죽이려고 작정을 했구나. 이놈, 유자광아!"

그러나 좌중이 술렁거리기 시작했다. 이 시는 남이가 임금을
죽이고 역성혁명을 일으켜 나라를 빼앗겠다는 뜻 아닌가. 임금은
얼굴이 붉으락푸르락하다 못하여 사지를 부르르 떨었다.

"짐이 친국하겠노라. 그놈에게 온갖 형벌을 가하라."

두 팔이 뒤로 묶이고 두 다리가 한데 묶인 남이의 등에 두 사람
이 번갈아 치는 곤장이 날아들었다. 피가 튀고 살점이 떨어져 나
갔다. 살점이 떨어져 너덜거리는 등과 가슴에 시뻘겋게 달군 인
두로 식을 새라 지져댔다. 온 뜰에 피비린내와 살 타는 냄새가 진
동했다. 그러나 남이는 입을 꾹 다물고 신음소리조차 내지 않았
다. 더욱 약이 오른 건 임금이었다.

"저런 독한 놈을 봤나? 다리에 주리를 틀어라."

두 사람의 장사가 온 힘을 다해 두 개의 주릿대를 비틀고 있었
다.

우지직!

무릎뼈가 부러지는 소리와, 악물은 입에서 어금니가 부서지는
소리가 동시에 났다. 혹독한 고문은 밤이 깊도록 계속되었다.

남이가 입을 열었다.

"신이 장차 여진을 치고 만주를 경략하려 했으나 시방 무릎뼈
가 부러졌으니 쓸모없는 몸이 되었소이다. 신은 역모를 꾸민 적

이 없으며 나라를 훔칠 생각도 하지 않았사옵니다. 신은 충성을 다하여 전하를 모실 일념에 간신 한명회를 처단할 궁리만 했사옵니다. 이 점을 감안하시어 신을 원지에 유배하면 나중에 한명회와 유자광의 모략을 알게 될 것입니다. 아니, 신이 살아 있기만 해도 저 간신들은 전하를 능멸하지 못할 것입니다. 그것도 안 된다면 신을 죽여주십시오."

임금의 마음이 조금 누그러졌다.

"그렇다면 반역을 시인하고 공모자의 이름을 밝힐 것이냐?"

"바라옵건대 묶은 끈을 늦추어 주시고 신에게 술 한 사발을 주시옵소서."

남이는 술을 받아들고 도열해 있는 대신들 하나하나에게 눈을 가져갔다.

먼저 영의정 귀성군을 찬찬히 뜯어보고 있었다. 이시애의 난에 같이 참여하여 공을 세운 사람이며 세조의 총애 아래 더불어 개혁의 의지를 다지던 저 귀성군이 끝내 입을 다물고 있구나. 그러나 한명회는 나를 죽인 것처럼 장차 너도 제거할 것을 모르고 있단 말이냐?

다음 신숙주를 보고 있었다. 해박한 지식과 높은 학문과는 달리 늘 사돈인 한명회에 끌려 다니면서 영화를 누리는 너는 생애에 고초를 당하지는 않는다 해도 역사에 변절자로 낙인이 찍힐 것이다.

남이는 울었다. 임금을 올려다보며 소리 없는 울음을 울었다. 간신들의 휘둘림 속에서 소신을 못 펴고 끌려 다닐 저 가엾은 임금을 보며 울었다. 한명회의 탐욕스러운 얼굴과 유자광의 음흉한 얼굴은 보기조차 싫었다.

남이는 술잔을 들고 망연히 앉아 있었다. 초개같은 이 한몸이 죽어서 까마귀밥이 된들 어떠랴마는 가슴에 품은 웅지를 펴보지도 못하고 사라지는 것이 분하고 원통했다.

세조와 더불어 만주의 여진족을 치고 영토를 확장하여 천하를 횡행할 나라를 만들려고 한 꿈이 사라지고 이 나라는 굴종과 비극의 역사를 살아야 하는 미래를 생각하며 울었다.

남이가 처형되는 것을 기화로 한명회는 무신들을 모두 잡아 죽이거나 발로 짓이겨 무력화시킬 것이고 임금의 곁에서 울타리 역할을 하는 종친들은 황야로 내몰릴 지경이 될 것을 생각하며 남이는 안타까운 마음을 금할 수 없었다. 임금의 옆구리가 허전하고 나라를 지킬 간성이 무너지면 이 나라는 영구히 약소국을 면치 못할 것이라 생각하며 남이는 흐르는 눈물을 씹어 삼키고 있었다.

이제는 반역의 누명을 쓰고 죽어야 할 때임을 아는 남이는 모든 것을 포기했다.

남이는 강순을 바라보았다. 북방에서 더불어 우국충정을 불태우던 저 충직한 사람. 나라의 장래와 왕권의 강화를 위해서는 한명회 같은 간신을 척살해야 한다고 부르짖던 저 노인에게 한명회는 반드시 칼을 들이댈 것이다. 조선의 장병 중에 강순을 존경하고 따르지 않는 자가 있더란 말인가.

술 한 사발을 한숨에 들이킨 남이가 허공을 바라보며 입술을 움직거렸다.

"신이 반역을 꾸몄습니다. 유자광의 말이 맞습니다. 신을 죽여

주소서."

주위가 술렁거렸다. 한명회가 쇳소리를 냈다.

"그렇다면 공모자를 대라. 공모자를….."

남이는 눈짓으로 강순을 지목했다. 범을 잡는 덫에 곰까지 걸려들었다고 속웃음을 웃던 한명회가 손가락으로 강순을 가리키며 버럭 소리를 질렀다.

"저자를 묶어라."

포졸들이 강순을 묶어 형틀에 매자 한명회가 다시 불호령을 내렸다.

"저자에게 곤장을 때려라."

강순은 순간 생각했다. 자신이 피해갈 수 없는 상황임을….

"신은 어려서부터 곤장을 맞지 않았는데 이 나이에 들어 어찌 곤장을 견딜 수 있겠습니까? 신 또한 남이와 모의했습니다. 다만 간신 한명회를 치자는 모의였습니다. 신은 남이와 더불어 '세조의 큰 은혜를 입은 우리 무신들은 절대 딴 마음을 먹지 말고 힘써 임금을 받듭시다' 라고 말했으며 역모를 한 적은 없습니다."

강순의 변명은 통하지 않았다. 고령에다 계속되는 매질에 못 견뎌 강순은 자복하고 말았다.

남이는 마지막으로 한명회를 똑바로 쳐다보았다.

"한명회야! 작은 자들의 싸움인 와각지쟁(蝸角之爭)에서 너는 지금 이겼다. 그러나 영원한 승자는 없다. 나는 너의 음흉한 야욕을 안다. 너는 장차 무신을 치고 종친을 치려한다."

한명회가 펄펄 뛰었다.

"저놈의 입을 막아라."

유지광이 달려들어 남이의 입을 막으려 하자 임금이 만류했다.

"아니다. 말을 하게 놓아 두거라. 어차피 죽을 목숨 아니냐?"

남이는 비감에 어려 말을 계속했다.

"백성들의 고혈을 빨고 패배자의 아내와 딸을 농락하는 자들아! 너희가 감히 공자와 맹자를 논하느냐? 일신의 영달과 치부(致富)에만 눈이 멀어 백성의 가슴에 한을 심는 간악무도한 자들아! 백성을 생각하라. 멀리 봐라. 저 만주를 봐라. 바다 건너를 봐라. 바야흐로 민족정기를 세우지 않으면 너희는 민족에게 수억 년의 고통을 안겨줄 것이다. 초개같은 나의 목숨은 아깝지 않다. 나만으로 족하다. 주변에도, 앞으로도 살육이 계속되어서는 안 된다."

남이는 임금을 우러러보며 눈물을 철철 흘렸다. 정녕 자신의 죽음이 억울해서가 아니다. 임금을 생각하고 나라를 생각해서다.

"전하! 성군(聖君)이 되소서. 만수무강하소서."

27. 벼락아 아느냐

10월 28일 오전, 남이와 강순이 수레에 태워져 숭례문 밖 성저 십리(城底十里)로 끌려가고 있었다. 머리는 산발이고 갈기갈기 찢겨진 옷에는 피범벅이 굳어 있었다. 그들 뒤로 또 하나의 수레가 뒤따르고 있었다. 남이의 어머니 홍 부인을 태운 수레였다.

강순이 옆의 수레에 탄 남이를 보고 물었다.

"남이야, 네가 나와 무슨 원한이 있기에 나를 걸고 넘어지려 하였느냐?"

"원통하기는 나도 공과 마찬가지요. 공이 수상의 자리에 있으면서, 나의 원통함을 뻔히 알고도 입을 다물고 있었지만 나는 공 역시 장차 억울하게 죽임을 당할 것을 짐작하였지요. 그래서 차라리 같이 죽자는 것이었소."

강순이 고개를 돌리며 혼잣말을 했다.

"어린아이와 친하게 지내면 반드시 이런 재앙이 있는 법이라."

저잣거리에 많은 사람들이 몰려들었다. 날씨는 대낮인데도 먹구름이 몰려와 밤같이 어두웠다. 금방 비가 쏟아질 듯하였으나 사람들은 아무도 피하지 않고 침통한 얼굴로 겹겹이 서 있었다. 모두 환열형(轘裂刑)에 처해지는 광경을 보기 위함이었다. 환열형은 죄인의 사지와 머리를, 소나 말이 끄는 수레에 묶고 각각 다른 방향으로 달리게 하여 찢어 죽이는 형벌로 거열형(車裂刑) 또는 오우분시(五牛分屍)라고도 한다. 남이 곁에 홍 부인이 동댕이쳐져 있었다. 손발이 묶이는 순간이었다.

"어머니, 이 불초자식 때문에 어머니까지 화를 입는군요."

남이가 어머니를 돌아보며 말하자 어머니가 다정한 목소리로 대답했다.

"괜찮다. 우리는 네 아버지를 보러 떠나는 길 아니냐?"

남이의 억울한 죽음을 애도하듯 겨울인데도 하늘에서 굵은 빗줄기가 쏟아지고 천둥이 울리며 번개가 치더니 바람이 불었다. 조선왕조실록은 이날에 '비가 오고 천둥과 번개를 치며 바람이 불었다' 고 적고 있다. 사지가 찢어지고 있을 때 남이는 하늘을 우러러보며 신들린 목소리로 시 한 수를 읊는다.

바다가 울어 성난 물결이
야흰 밤중에 왼땅이 뒤누어
미르가 짓나니 구비를 치나니
구비를 치나니 미르가 짓나니
'벼락' 아 아느뇨 사나이 가슴을

바람이 일어 세찬 바람이
천리를 불어 만리를 가자
자던 갈범이 으흐렁 으흐렁
쌍불이 철철철 바람을 달려라
'벼락' 아 아느뇨 사나이 가슴을

[주] 신라 내해왕 때의 도인 물계자(勿稽子)의 시
야흰 밤중(깊은 밤중), 미르(용), 쌍불(호랑이 두 눈)

형장의 한 구석에 지게를 진 한 노인이 어슬렁거리고 있다. 산발한 백발은 바람에 휘날리고 몸에는 남루한 베옷을 걸쳤다. 지게에는 큼직한 관이 실려 있다. 모든 군사들이 사형수의 머리를 수습하여 장대에 매달고 있을 때 노인은 여기저기 널려 있는 남이의 사지를 거두어 관 속에 집어넣더니 어디론가 사라졌다.

남이섬에서 평생 낚시로 소일하던 황처공 노인이 밤하늘을 올려다보고 있었다. 별이 총총한 마른하늘에서 번개가 번쩍하더니 천둥이 울렸다. 갑자기 돌개바람이 불더니 검은 구름이 수천 마리의 말처럼 서쪽 하늘에서 달려와 온 하늘을 덮었다. 황 노인은 달려오는 말들 사이에서 남이의 분노에 찬 모습을 똑똑히 보았다.

황 노인은 자신이 언젠가 누울 널(관)을 만들어 놓은 것을 급한 대로 지게에 싣고 밤길을 달려왔던 것이다. 어차피 남이의 머리는 장대에 달려 까마귀 밥이 되겠지만 황 노인은 몸뚱어리라도 수습해서 묻어주고 싶었던 것이다.

황 노인은 남이섬에 남이의 조각난 팔다리를 묻고 그 위에 돌무더기를 쌓아 분묘를 만들었다. 그날 이후 황 노인은 남이섬에서 보이지 않았다.

남이 등 환열된 사람들의 머리는 긴 장대에 매달려 7일간 효수되었고 홍 부인의 머리는 3일간 효수되었다.

해가 서산에 뉘엿뉘엿 질 무렵 흰 두루마기 차림의 세 사람이 한명회의 집 대문을 두드리고 있었다. 굵은 베로 각반을 한 행색을 보니 상중에 있는 사람들이었다.

"저희들은 권맹희, 중희, 계희 삼형제입니다. 알아보시겠습니까?"

"알다마다. 자네들은 금년 5월에 작고한 권개의 아들들 아닌가? 부친 상중에 어인 일인가?"

"그렇습니다. 저희들은 광주의 마죽가(馬粥街-말죽거리)에서 시묘를 살고 있습니다. 그러나 청이 있어 이렇게 찾아뵈었습니다."

"말을 해보게."

"죄인 남이의 목을 가져다가 장사 지내주고 싶습니다."

"그건 아니 되네. 자네들도 연루되었다는 의심을 받게 되네."

"그 점을 모를 바 아닙니다. 청허하여 주십시오."

한명회는 가볍게 승낙했다. 그리고 물러가는 세 사람의 뒷모습을 보며 혼자 중얼거렸다

"어리석은 놈들. 너희들이 무슨 의리의 사나이들이라고…."

권맹희 형제는 남이의 머리를 남이의 전지가 있던 비봉의 양지

바른 곳에 묻고 장사지냈다.

살육은 계속되었다. 조경치, 변영수, 변자의, 문효량, 고복로, 오치권, 박자하는 환열되어 7일간 효수되었다. 변영수는 의원으로 남이를 치료하러 남이를 방문한 일밖에 없었고 오치권은 남이에 버금가는 철궁을 쏘는 명궁이라 죽었다.

그 외에 박자전, 김창손, 노경손, 최완, 이지정, 남유, 조윤신, 문치빈, 장계지, 장익지, 장순지, 김실, 조순종, 조영달, 강이경, 이하, 이철주, 홍형생, 유계량, 이중순, 정서, 신정보, 노수동, 김원현, 민서, 강석순, 조숙, 진소근지, 맹불생, 이산 등이 남이의 휘하 장수라는 이유로 주살되었다.

남이와 연루되어 처형된 사람은 38명에 달했다. 그 외에 100여 명의 장용대 무사들이 지방으로 보내져 관노로 전락되고 말았다. 처형된 사람들의 부친과 15세 이상의 아들들은 모두 교형에 처해졌다.

보성군과 춘양군 부자는 유배형에 처해졌다. 효령대군이 왕태비에게 울며 호소하여 몇 개월 만에 풀려났지만 그들은 날개가 꺾인 독수리에 불과했다. 한명회는 남이의 예상대로 종친들의 날개를 꺾어버리고 말았던 것이다.

이 나라, 이 민족의 영웅은 갔다. 남이가 억울하게 죽임을 당한 소문이 꼬리를 물고 전국에 퍼졌다. 백성들은 울고 불며 안타까워했다. 예종은 백성들의 철저한 외면 속에 영(令)이 서지를 않았다.

남이의 참형을 지켜본 수십 명의 청년들이 백두산을 오르기로 했다. 백두산 암벽에 새긴 남이의 시를 확인하기 위해서였다. 암벽에 새긴 글자는 분명 未得國(미득국)이 아닌 未平國(미평국)이었다.

야사에서는 예종이 선전관을 시켜 백두산에 가보게 하니 未得國(미득국)이라 쓰여 있었다고 한다. 이를 두고 사람들은 남이가 권남의 집에서 혼내준 요괴가 복수했다고 한다. 그러나 남이는 체포된 지 4일 만에 죽었다. 신선이 축지법을 쓴다고 해도 나흘 안에 백두산을 다녀올 수가 있겠는가?

남이는 갔다. 남아이십대장군 남이는 가슴에 품은 활연한 웅지를 만천하에 펴지 못하고 작은 자들의 시기와 이기심에 희생되고 말았다. 하늘이 감추고 땅이 숨긴 불세출의 영웅은 갔다.

어려서부터 무력이 항우같이 효용하고 무예가 관우같이 신출귀몰한 남이는 가슴에 웅혼한 정기를 담고 있었다. 남이는 백성을 대하기에 자애로웠고 부하들을 씀에 귀천을 묻지 않았다. 남이는 불의를 보면 참지 못하는 의협심을 갖추고 있었다.

남이는 만주에 근거지를 둔 이민족을 복속시키고 영토를 넓혀, 이 나라를 천하를 횡행하는 강대국으로 만들려는 원대한 꿈을 가지고 있었다. 그래서 남이는 20만의 양병을 건의했고 자신이 병조판서가 되자 그 꿈을 현실화시킬 준비를 하고 있었다. 그러나 저 웅대한 꿈을 공유한 세조가 죽자 남이의 몸은 그 기상과 더불어 갈기갈기 찢겼다.

일본이 막부를 중심으로 무서운 세력으로 무력을 키우고 있는데 당시의 대신들은 일본을 어린아이 달래듯 했고 만주족이 보하토를 중심으로 합종연횡을 추진하고 있는데 그들을 밥상에 기웃거리는 귀찮은 파리 정도로 취급했다. 남이는 주변국의 정세를 훤히 내다보고 있었기에 부국강병을 주창했던 것이고 세조와 그 큰 뜻이 맞았었다.

아아! 남이가 꺾이는 순간 나라와 민족은 간신과 탐관오리들의 주지육림에 안주하여 질곡과 도탄에 빠져들고 말았다. 그러나 남이의 혼은 민족의 얼이 되어 백성들의 가슴에 되살아나고 있었다. 백성들은 양반이라 지칭하는 관리들의 멸시와 가렴주구와 착취로 짓밟히고 있었지만 민족혼은 질화로 속의 불덩이처럼 민초들의 가슴속에 내연(內燃)하고 있었다.

남이 장군의 억울한 죽음에 대한 이야기는 인조 때의 박동량이 쓴 『기재잡기』, 광해군 때의 김시양이 쓴 『부계문기』, 그리고 영조 때 이긍익이 쓴 『연려실기술』에 기록되어 있다. 선조는 남이의 효용과 공적이 후세에 귀감이 되어야 한다고 말했다.

순조 18년에 우의정 남공철(南公轍)이 '남이와 강순은 아직도 죄명부에 남아있음을 백성들이 안타깝게 여기고 있는바 뒤집어 쓴 반역죄의 억울함을 신원설치(伸冤雪恥)하여 관작을 회복시킬 것'을 순조에게 건의하였다. 남이와 강순은 죽은 지 300년 만에 복권이 되었고 남이는 '충무공(忠武公)'으로 추서되었다.

남이의 사지가 산산이 조각나고 있는 순간, 예종은 침전에 앉아 있었다. 남이의 부릅뜬 눈이 자신을 쏘아보는 것 같아서 온몸이 부르르 떨었다. 지병인 족질이 재발했는지 발이 쑤셔오고 있었다. 안순왕후가 발을 주무르고 있었다. 그때 한명회와 신숙주가 침전의 문을 두드렸다.

"전하, 다행히 조종의 도우심으로 여신을 제거했습니다. 이제부터는 발을 뻗고 쉬십시오. 후속 조치는 신들이 알아서 할 것이니 괘념 마시옵소서."

"모두가 경들의 지혜와 수고로움 덕분이오. 남이를 척살한 공으로 상을 내려야 하지 않겠소. 경들이 심사를 하여 올리세요."

"이번 일은 유자광이 수훈감입니다. 작년에 이시애의 난을 평정할 때 유자광의 공도 컸습니다. 그러나 신공신들은 유자광을 시기하여 논공행상에서 제외시켰습니다. 유자광을 적개공신 2등에 추록하는 것이 우선되어야 합니다."

한명회와 신숙주는 다음날 익대공신을 정하여 임금의 재가를 받았다. 남이를 모함하여 죽인 자들이 익대공신(翊戴功臣)으로 책록된 것이다. 1등은 유자광, 한명회, 신숙주, 한계순, 신운 등 5명이고 2등은 박지번 등 10명, 3등은 한계희 등 18명이다. 한명회는 일등으로 자신을 자천했고 신숙주는 굿이나 보며 잠깐 발을 담그고 떡을 얻었다. 한계순과 신운은 유자광의 고변을 임금에게 전달한 덕분에 일등이 되었다.

유자광의 꿈은 일단 이루어졌다. 한명회가 약속한 대로 유자광은 이시애의 난에 공을 세웠다며 적개공신 2등에 추록되었다. 유자광은 일등 익대공신에 더하여 무령군(武靈君)으로 봉작되었으니 갑사에서 몸을 일으킨 지 16개월만의 일이었다.

유자광은 상으로 남이의 집과 노비들을 넘겨받았고, 2등 적개공신으로 공신전 100결, 익대공신으로 150결, 무령군으로 봉군된 상급으로 200결 도합 450결의 공신전을 갖게 되었다. 그러나 한명회가 약속한 남이의 전답은 유자광에 주어지지 않고 충훈부로 넘겨졌다.

그해 12월 임영대군이 죽자 귀성군은 영의정에서 물러나올 수밖에 없었다. 부친상을 당하면 소상까지 2년간 공직을 맡지 않는 것이 당시의 법이었다. 예종 1년 1월, 한명회가 다시 영의정이 되었다. 이제 예종의 주변에는 종친도, 무신도 없고 훈구대신들만 우글거리고 있다. 그렇게도 재기발랄하고 혈기왕성하던 예종은 한갓 꼭두각시에 불과했다.

한명회는 영의정 자리에 앉자마자 예종에게 졸라댔다.

"난신의 처첩과 딸들을 공신들에게 주어 노비로 삼게 함은 율문에 기재되어 있으며 세조 때에도 그 처첩과 딸들을 공신에게 준 전례가 있으니 이번에도 공신에게 나누어 주옵소서."

처음에 예종은 허락하지 않았다.

"선왕께서 그때의 일을 후회하곤 하시었고 짐이 대리청정할 때 역적의 처첩을 풀어주자고 했는데 짐이 어찌 한 입으로 두 말을 할 수가 있겠소?"

그러나 이미 힘을 잃은 예종은 한명회의 끈질긴 설득에 넘어가고 말았다. 유자광, 한명회를 비롯한 익대공신이라는 자들은 자신들이 역적으로 몰아 죽인 사람들의 처첩과 딸들을 나누어 가졌다.

소위 역적의 부녀자들이 한 줄로 늘어서 있다. 공신들은 음흉한 웃음을 자아내며 물건을 고르듯 여인들을 골라잡을 태세다. 유자광이 한명회와 신숙주에게 가까이 가서 말했다.

"먼저들 고르시지요."

한명회는 여인들을 둘러보더니 그 중에서 제일 예쁘게 생긴 홍

형생이 첩을 찍었다. 신숙주는 강순의 젊은 첩과 변자의의 딸을 가졌고, 유자광은 자신의 차례가 오자 강순의 후처와 민서의 딸을 선택했다. 한계순은 강순의 또 다른 첩을, 밀성군은 남이의 첩 덕이를 찍었다. 환관 신운은 탁문아와 눈이 마주치자 탁문아를 달라고 했다.

거의 배당이 끝나갈 무렵 한명회가 남이의 9살짜리 딸 구을금을 자신의 노비로 삼겠다고 했다.

남이의 고명딸 구을금은 한명회와 금석지교를 맺은 권남의 외손녀 아닌가. 한명회의 심술과 야비함이 이에서 더할 수 있을까?

역적으로 몰려 사형을 당한 사람들의 아비와 형제, 그리고 친인척들이 원방으로 유배되거나 노비로 둔갑되어 북변으로 끌려갔다.

남이의 둘째 첩인 덕이의 아비와 오빠들도 삭풍 부는 북녘으로 뿔뿔이 흩어져 노비가 되었다. 이 좌수는 그 지긋지긋했던 가난과 수모를 이겨내고 평안도로 이주하여 피땀 흘려 농토를 가꾸었고 이제는 살 만하다고 자부하고 있을 때 자식들과 더불어 언 땅에 버려진 신세가 되고 말았다.

남이에게 아들이 있는지는 확인할 수 없다. 역적의 아들은 15세까지 놔두었다가 죽이거나 노비로 삼았기 때문이다.

신운이 탁문아를 집으로 데리고 가서 술상을 앞에 놓고 그녀와 마주앉았다. 탁문아가 술을 따르며 물었다.

"대감께서 이 천기를 찍으신 연유를 알고 싶습니다."

"그대가 궁중의 연회에 불려 와서 검무를 추곤 했으니 우리는 구면일세. 다른 사람에게 끌려가서 온갖 수모를 당하고 그대의 아까운 재능이 묻혀버릴 생각을 하니 가슴이 아팠네. 그러나 나는 고자라 자네를 품을 수 없으니 장차 자네를 관기로 보내 자유를 누리게 하기 위함이네."

"저를 차라리 한명회의 집으로 보내주십시오. 남이 장군의 가여운 딸을 보살피고 싶습니다. 티 없이 맑게 자란 어린 것이 영문도 모르고 수모를 당할 것을 생각하니 가슴이 찢어질 듯합니다."

"아닐세. 자네는 한 대감에게 능멸을 당할 것이고 그걸 바라보는 구을금에게 더 충격을 주는 일이네."

신운은 한명회에게 찾아가 사정을 했다. 탁문아는 진해의 관기로 보내졌다.

예종 1년 9월 신운이 왕태비에게 엎드려 간청했다.

"남이의 딸 구을금은 권남 대감의 외손녀입니다. 그 아비가 비록 역적이지만 권남 대감의 공을 생각해서라도 구을금을 풀어주십시오. 민심이 들끓고 있습니다."

왕태비는 원상들과 승지들을 불러 의견을 물었다. 한명회의 끄나풀이나 다름없는 그들은 한명회의 눈치만 보기에 급급했고, 임금 또한 망설이고 있었다. 눈을 지그시 감고 있던 한명회가 결론을 내렸다. 자신도 여론을 의식하고 있었기 때문이다.

진해 기방에서 말미를 얻어 서울에 온 탁문아는 남장을 하고 한명회의 집 앞을 얼씬거리고 있었다. 탁문아는 구을금을 데리고 어디론가 사라졌다.

남이 장군을 태우고 전장을 휘젓고, 두만강을 넘나들고, 백두산을 오르고, 만주 벌판을 달리던 '바람'은 유자광의 소유가 되어 허릴 없이 마구간에 매어 있었다. 남이의 애마 ‘바람’은 누구의 접근도 허락지 않았다. 명마가 비루마가 된 것이다. 머지않아 유자광의 전지로 끌려가 밭을 갈고 수레를 끄는 처지로 전락될 지경에 이르고 있었다.

대낮에 유자광의 집 담을 넘는 사람이 있었다. 나른한 오후라 하인들이 모두 졸고 있었다. 탁문아를 알아본 ‘바람’이 힝힝 거리고 고개를 끄덕거리고 있었다. 그녀는 ‘바람’을 타고 바람같이 달려 북쪽으로 향했다. 탁문아 등 뒤로는 구을금이 매달려 있었다.

29. 끝없는 야욕

예종 1년 11월 26일, 임금이 갑자기 병석에 누웠다. 한명회가 병문안 차 임금을 만나보고 나오는 길이었다. 왕태비로부터 잠간 들렀다 가라는 전갈을 받았다.

"주상의 병환이 매우 위중하오. 어의들에 의하면 겨울철에 가끔 도지는 족질은 아닌 모양이오."

왕태비가 근심어린 표정을 지으며 말했다.

"성상께서는 불과 열흘 전만 해도 금위군의 열병식에 참여할 만큼 건강하셨는데 갑자기 자리에 누워 기동을 못하시다니요?"

"이미 동공이 풀어져 있는 것을 보니 며칠을 못 넘길 것 같소. 그래서 경과 더불어 후사를 의논하고자 함이오. 주상의 유일한 소생인 제안대군(齊安大君)은 불과 네 살로 강보에 싸여 있는 형편이니 특단의 대책을 강구해야 할 것이오."

"네 살인 대군이 왕위에 앉고 성장할 때까지 태비마마께서 수렴청정을 하시면 되는 일 아닌지요?"

"내가 수렴청정을 한다 해도 그 기간이 너무 길어 내가 도중에 황천에 가는 일이 생길 수 있지요. 더욱이 내가 여인으로 태어나 글자를 모르고 정치를 모르는 바, 이 나라는 오랫동안 대신들이 지배하는 나라가 될 것이오. 그 점이 심히 염려되오."

"그렇다면…?"

"의경세자의 장자인 월산군이 16세이니 왕위를 맡길 만하지요."

"마마…."

한명회는 무언가 말을 하려다 말고 왕태비를 뚫어지게 쳐다보고 있었다.

"말씀해 보세요. 이 자리에는 영상대감과 나만이 있으니 못할 말이 어디 있겠어요."

한명회는 마른기침을 두어 번 하고 조용히, 그러나 단호한 어조로 입을 열었다.

"월산군은 박중선의 사위입니다. 박중선은 이시애의 난에 일등 공신이 된 사람이고 지금은 병조판서로 중용되고 있습니다. 박중선이 국구(國舅-임금의 장인)가 되면 신공신들이 다시 우후죽순처럼 등장할 것입니다. 귀성군은 아버지의 상중이라 시묘하고 있지만 머지않아 궁궐로 돌아올 것이며 어유소는 막 삼년상을 끝냈고 허종은 전라도의 민란을 진압하고 서울에 머물고 있는 실정입니다. 권맹희 또한 지금 상중이지만 곧 조정에 나타날 것입니다. 그뿐이 아닙니다. 생전에 세조께서 아끼고 키우던 젊은 신하들이 우후죽순처럼 일어설 것이고 반면에 구공신들이 씻은 듯이 사라질 것입니다. 그들은 보나마나 남이의 죽음을 문제 삼을 것입니다. 또 한바탕 피바람이 불 것이 염려되옵니다. 그때 이 한명회는 죽은 목숨이고 태비마마께서도 결코 자유롭지 못할 것입니다."

"그렇다면 대감께서는 차남인 자을산군을 지목하시는 겁니까? 명분도 없고 정통성도 없지를 않습니까? 더욱이 자을산군은 영상 대감의 사위이니 세간에 말도 많을 것입니다."

"명분은 만들면 되는 것이고 정통성을 가지려면 세조의 뜻이었다고 하면 이론을 달 자가 없을 것입니다. 임금이 유언을 남기지 않고 훙어했으니 후사를 지목하는 일은 태비마마의 고유권한입니다. 아무도 왈가왈부할 수 없습니다."

"내 깊이 생각해 볼 것이니 오늘은 이것으로 끝냅시다."

11월 28일 아침, 예종이 훙하였다. 예종은 이렇다 할 치적도 남기지 못하고 내내 한명회의 손에 휘둘리다가 재위 15개월도 채우지 못하고 죽은 것이다.

예견이라도 한 듯 한명회, 신숙주, 구치관, 최항, 조석문, 홍윤성, 윤자운, 김국광 등 원상들이 승정원에 미리 와 있었다.

왕태비가 그들 8명의 원상들과 정인지의 아들이며 세조의 사위인 정현조 그리고 도승지 권감을 강녕전 옆의 편방으로 불러들였다.

왕태비는 그들 앞에서 슬피 울더니 이윽고 자세를 가다듬었다.

"갑작스런 국상을 당하였으니 차기 임금을 속히 결정하여야 하오."

권감이 전례를 들어 말했다.

"세종이 승하한 후 문종이 즉위한 것은 6일 후였고 문종이 승하했을 때 단종이 즉위한 것은 4일 후였습니다. 그와 같이 4일 내지 6일 후에 널 앞에서 즉위식을 갖는 것이 관례입니다."

신숙주가 말했다.

"고작 두 번의 일을 관례라고 운운할 수는 없네. 그때는 그때의 사정이 있는 것이고 지금은 지금의 사정이 있는 것이네."

왕태비가 여러 재상들을 두루두루 쳐다보며 물었다.

"차기 임금은 누구로 하는 것이 좋겠소?"

신숙주가 대답했다.

"그 일은 신들이 논의할 일이 아니라 사료되옵니다. 태비마마께서 전교를 내려주십시오."

왕태비는 망설이는 기색도 없이 말을 꺼냈다.

"제안대군은 강보에 싸여 있고 월산대군은 몸이 허약한 것이 탈이오. 자을산군은 지금 13세로 비록 어리기는 하나 세조가 생전에 그를 가리켜 기국(器局)과 도량이 태조와 비견할 만하다 하였으니 자을산군을 차기 임금으로 정하는 것이 어떠하오."

"지당하신 분부이십니다."

이미 짜놓은 판이라 누구도 토를 다는 사람이 없었다.

예정대로 보위가 정해진 만큼 도승지 권감이 자을산군을 옹위하기 위하여 수십 명의 금위군을 대동하고 사저로 떠날 차비를 갖추고 있었다. 왕태비가 말렸다.

"자을산군은 이미 기별을 받고 궁중에 와 있으니 그럴 필요가 없소."

자을산군 즉 성종은 예종이 죽은 지 6시간 만에 보위에 올랐다.

임금이 유언을 남기지 않고 세상을 떠났는데 그 후속조치는 이미 오래 전부터 계획된 것처럼 전광석화와 같이 빠르게, 그리고 한 치의 착오도 없이 진행되었다.

항간에는 이상한 소문이 꼬리에 꼬리를 물었다. 예종이 독살되었다는 것이다. 염습할 때 여러 대신과 종친들이 보니 시체가 이미 변색되어 있었다는 것이다. 11월 말이면 추운 겨울인데 죽은 지 이틀 만에 시체가 변색된 것은 약물중독의 전형적인 현상이라는 것이다.

또 장손인 월산군을 단지 병이 있다는 이유로 제쳐두고 차남인 자을산군을 보위에 앉힌 것은 그 장인인 한명회가, 권력의 맛을 알아가는 정희왕후와 결탁한 작품이라는 것이다.

13세의 어린 성종이 즉위하자 왕태비인 정희왕후가 수렴청정을 맡고 예종 때와 마찬가지로 원상들이 정권을 장악했다. 육조의 판서들은 자신의 목소리를 낼 수가 없었다. 한명회는 스스로 병조 겸 판서에 앉아 군권마저 거머쥐었다. 한명회는 임금의 머리 꼭대기에 올라타고 앉아 무소불위(無所不爲)의 권력을 휘두르게 된 것이다.

한명회가 갑옷차림으로 금위군의 열병식에 참석하고 있었다. 그런데 군사들은 지휘관의 구령에도 불구하고 어미 잃은 망아지처럼 어쩔 줄 모르며 우두망찰하고 서 있다. 사기는 땅에 떨어지고 대오도 흐트러져 있다. 그도 그럴 것이 남이, 강순과 기라성 같은 무장을 잃었고, 귀성군도 눈에 보이지 않으니 군사들이 흥이 날 여지가 없는 것이다.

말단 관료들도 끼리끼리 모이면 여기저기서 쑥덕거렸다.

"조선의 임금이 한씨냐? 이씨냐?"

비아냥거리는 소리가 장안에 퍼져 나갔다.

한명회도 이런 소문을 너무나 잘 알고 있었으나 무지몽매한 백성들이야 신경 쓸 필요도 없다고 생각했다. 그러나 남이가 죽기 전에 일갈한 소리가 귀에 쟁쟁히 들려오는 듯했다.

"한명회야! 작은 자들의 싸움인 와각지쟁(蝸角之爭)에서 너는 지금 이겼다. 그러나 영원한 승자는 없다. 나는 너의 음흉한 야욕을 안다. 너는 장차 무신을 치고 종친을 치려한다."

한명회는 밤잠을 설치며 생각에 생각을 거듭했다. 군사들의 기강이 해이해졌다고 해도 그것은 다잡으면 된다. 일단 무장들은 자신 앞에서 오금을 펴지 못한다. 그러나…?

생각이 여기에 미치자 한명회는 종친들을 하나하나 더듬어 보았다. 보성군, 춘양군 부자는 이미 날개를 꺾어 놓았으니 다시 날지는 못한다. 영순군은 영리하나 학문에 심취해 있어 겁널 것이 없다. 그러나 귀성군은 다르다. 아버지의 삼년상이 끝나면 임금의 곁으로 나타날 것은 빤한 이치다. 그는 이시애의 난을 평정했고 오위도총관을 거쳐 영의정에까지 이르렀지 않은가. 그를 묶어 놓아야 만사 안심이다.

"올가미를 만들지 않고 사냥감을 잡을 수는 없지. 누구를 희생양으로 만들까?"

한명회는 문득 권맹희, 권중희, 권계희 삼형제를 떠올렸다. 저희들이 무슨 협사(俠士)인 양 남이의 머리를 달라고 감히 한명회에게 찾아온 자들 아닌가?

성종 1년(1470년) 1월 2일 밤이다. 예종이 승하한 지 한 달이 조금 지난 때였다. 한명회와 구치관이 승정원에서 숙직을 하고 있었다.

밤중에 천안에 사는 생원 김윤생이 승정원의 문을 두드렸다.

"감히 여기가 어디라고 아닌 밤중에 생면부지의 시골선비 나부랭이가 나타났느냐?"

한명회는 자못 위엄을 부리며 호령했다.

그때 김윤생이 꿇어 엎드리며 소매에서 작은 두루마리를 깨냈다.

"무례한 일인 줄 알면서도 사안이 화급하고 위중하여 대감을 찾아뵙게 되었습니다."

김윤생은 두루마리를 읽어 내려갔다.

"신이 작년 겨울, 서울에 온 김에 동향인 직장 최세호(崔世豪)를 만난 적이 있었습니다. 최세호가 제 귀에다 대고 말하기를 '우리 가문을 멸시해서는 안 된다. 귀성군은 나와 인척지간이고 또한 길창군은 나의 외삼촌이다. 귀성군은 왕손이 아닌가?' 라고 자랑을 했습니다. 또 최세호가 외삼촌이 '귀성군은 건장하고 지혜가 있으며 신기(神器)를 주관할 만한 사람이다' 라고 말했다고 했습니다. 또 '지금 어린 임금을 세웠으니 나라의 복이라 할 수 없거늘 어찌 그와 같은 결정을 내렸을까?' 라고 말했다는 것입니다. 신은 이 말을 듣고서 참고 견딜 수가 없어 달려와서 아뢰는 것입니다."

한명회가 짐짓 물었다.

"최세호란 자는 누구이며 길창군은 어떤 인물이냐?"

"최세호의 부친 최도전은 임영대군의 처남이니 귀성군과 최세호는 내외종간입니다. 길창군은 권맹희를 이릅니다. 권남 또한 길창군이었으나 세조께서 권맹희에게도 길창군의 봉호를 내리셨습니다."

"신기란 임금의 재목을 뜻하는 것인데 권맹희가 귀성군 운운하며 감히 신기를 말했단 말이냐?"

한명회는 고변 내용을 임금에게 알렸다. 어린 임금이 무엇을 알랴. 수렴청정을 하는 정희왕후가 고변내용을 듣고 고개를 갸웃했다.

"귀성군과 권맹희는 상중에 있지 않소? 그럴 겨를이 어디 있겠어요?"

한명회가 대답했다.

"만의 하나 그런 말을 했다면 큰일입니다. 그렇지 않아도 항간에 유언비어가 난무하고 있습니다. 최세호를 문초하십시오."

그날 밤 한명회는 최세호를 잡아오게 하고 스스로 의금부 위관이 되어 최세호를 문초했다. 4일간 곤장을 때리고 주리를 틀면서 문초를 계속했지만 최세호는 김윤생이 고변한 사실을 부인했다.

"너는 귀성군과 내외종간이니 근래에 왕래가 있었느냐?"

"귀성군이 시묘살이를 하고 있고 더러 집에 오면 문을 걸어 잠그고 두문불출하는데 어찌 만날 기회가 있겠습니까?"

"권맹희가 '귀성군이 신기를 주관할 만하다'라고 한 말을 너는 들었느냐?"

"신이 권맹희를 본 것은 재작년 여름 상사가 났을 때입니다. 근래에 만나지도 못하였는데 어찌 그런 말을 들을 수 있습니까?"

“너는 김윤생을 만나 권맹희가 그런 말을 했다고 말하지 않았
느냐?”

“신이 김윤생을 만난 것은 사실이나 그런 말을 한 적은 없습니
다. 김윤생과 대질을 시켜 주십시오.”

한명회는 최세호와 김윤생의 대질을 허락하지 않고 최세호만
다그쳤다. 최세호가 갖은 고문에도 불구하고 자복하지 않자 1월
5일 권맹희를 동생 중희, 계희와 더불어 잡아왔다. 그들은 아버지
묘소에서 시묘를 살고 있었다.

신숙주, 구치관, 홍윤성이 위관으로 보충되었다. 위관들은 권맹
희에게 곤장을 때리며 문초를 하였으나 최세호의 말과 같이 권맹
희는 아버지의 상중 말고는 최세호를 본 일이 없다고 말했다. 동
생들도 최세호를 근래에 본 적이 없다고 말했다.

9일간 계속해서 갖은 고문을 가했으나 권맹희는 계속 부인했
다. 권중희, 계희도 금시초문이라는 주장이었다.

한명회는 난감했다. 증거도 없는데다 권맹희가 한사코 안 했다
고 하니 다른 수를 쓰는 수밖에 없었다. 물론 준비된 각본이다.

한명회의 6촌인 한계미, 계희, 계순 삼형제가 나설 차례인 것이
다. 한계미가 증인으로 나섰다.

“신이 지난 12월 5일에 강자평과 더불어 권맹희를 만났습니다.
그때 권맹희가 월산군의 나이를 묻고 말하기를 ‘무엇 때문에 형
을 제쳐두고 아우를 세우는가?’ 라고 했습니다. 신이 ‘대비의 의
중을 어찌 헤아리겠느냐마는 다만 월산군은 병약하고 성상은 어
려서부터 세조가 기특하게 여겼으니 그런 사유로 세우게 된 것일
것이다’ 라고 대답했습니다. 그 말을 받아서 권맹희가 ‘귀성군도

또한 물망에 오를 만하다'고 했습니다. 이 대화는 강자평도 들었습니다."

한명회가 꽥 소리를 질렀다.

"귀성군이 물망에 오를 만하다는 것은 귀성군이 보위에 오를 만하다는 뜻 아닌가? 저놈에게서 바른 말이 나올 때까지 몹시 쳐라."

권맹희는 곤장을 맞으면서도 한계미가 고변한 사실을 부인했다.

"한계미가 말하기를 성상의 나이가 영순군 쯤 되면 걱정이 없겠다고 하여 신이 귀성군의 나이이면 더욱 좋을 것이라고 했습니다. 신은 귀성군이 왕위의 물망에 오를 만하다는 말을 한 적이 없습니다."

한명회가 얼굴에 핏대를 세우며 다시 물었다.

"너는 '무엇 때문에 형을 제쳐두고 아우를 세우느냐?' 고 말한 적은 있느냐?"

"그런 말을 한 적도 없습니다."

"너는 지금 성상이 보위에 오른 일이 잘못이라고 생각하느냐?"

"신하된 자가 감히 왕위계승에 대하여 왈가왈부할 수가 있겠습니까? 다만 남이가 살아있다면 한명회가 자신의 사위를 보위에 올리기는 어려웠을 것이라고 생각하고 있습니다. 이는 저 혼자만의 생각이 아니라 장안의 여론입니다."

한명회가 실성한 사람처럼 몸을 부르르 떨고 있을 때 신숙주가 한명회를 고정시키고 강자평을 문초하였다. 강자평은 그런 이야기를 들은 적이 없다고 했다. 한명회는 신숙주의 반대에도 불구하고 강자평을 풀어주었다.

권맹희가 살점이 떨어져 나가고 온몸이 피로 범벅이 되어도 끝내 자복하지 않자 한명회, 신숙주, 구치관, 홍윤성 등 위관들이 권맹희를 의금부에 가두게 하고 사정전 뒤뜰에 모였다. 벌써 새벽이 밝아오고 있었다.

신숙주가 말했다.

"권맹희 저놈이 죽으면 죽었지 자복할 것 같지는 않네. 우리가 목표로 하는 사람은 귀성군 아닌가? 귀성군과 권맹희가 공히 상중에 있으니 그들이 만나서 역적모의를 했다는 것도 성립될 수 없네. 귀성군과 권맹희가 만나서 역적모의를 했다는 증거가 있어야 귀성군을 잡아넣을 구실을 만들 수 있지 않은가?"

홍윤성이 나섰다.

"그게 무에 그리 힘든 일입니까? 일단 우리는 빠지고 권맹희를 의금부에서 문초하게 합시다. 강자평도 다시 잡아들이십시오. 의금부에서 권맹희와 강자평이 자복한 것으로 만들어 올리면 그만 아닙니까? 보는 사람도 없고 확인할 사람도 없습니다."

한명회가 고개를 번쩍 들었다.

"그 일은 어렵지 않지만 그 다음에 귀성군을 잡아다 문초하는 일이 쉽지가 않아요. 왕태비는 귀성군까지 문초하는 일에는 극구 반대할 것이오. 또한 귀성군을 문초한다면 사건은 눈덩이처럼 커지고 우리의 계책은 수포로 돌아갈 가능성이 있소."

신숙주는 세조 때의 연애편지 건을 들춰냈다.

"그 사건이라면 어떤 방도로든 귀성군을 처치하기에 충분하네."

세조는 임금이 되기 전, 잠저에 있을 때 덕중이라는 첩을 두었

있다. 덕중은 아들 희니를 낳았으나 아들은 어려서 죽었다. 세조가 임금이 되자 덕중은 궁으로 따라 들어가 소용(昭容-임금의 후궁)이 되었다. 그러나 세조가 정무에만 골몰하여 발길을 끊자 덕중은 독수공방하며 밤마다 뜨거워지는 몸을 달랠 길이 없었다. 옥이나 뿔로 만든 기구로 자위를 하였으나 육정을 잠재울 수가 없었다. 그녀는 환관 송중을 밤마다 불러들였다. 송중은 비록 교접은 할 수 없었지만 그녀를 만족시키는 방법을 알았다. 꼬리가 길면 밟히는 법. 그들의 방중사가 들통 나서 세조까지 알게 되었다. 세조는 모든 것이 그녀를 찾지 않은 자신의 탓이라며 그녀를 소용에서 나인(內人)으로 낮추고 궁에 머물러 있게 하는 것으로 이 사건을 마무리했다.

그렇다고 끓어오르는 욕정을 견딜 수는 없는 것이었다. 덕중은 궁궐에 드나드는 건장하고 잘생긴 한 청년을 흠모하고 있었다. 바로 귀성군이다.

덕중은 언문(諺文-한글)으로 연애편지를 써서 환관 최호 그리고 김중호를 시켜 귀성군에게 전달하도록 했다. 귀성군은 덕중의 애끓는 호소에 마음이 끌려 어찌할 바를 모르고 있었다. 귀성군 또한 상처한 지 얼마 되지 않아 여인이 그리웠다. 귀성군이 답장을 하지 않으니 덕중은 더욱 애가 탔다. 덕중은 대여섯 통의 편지를 보냈다.

고민하던 귀성군은 마침내 결단을 내리고 아버지 임영대군에게 여러 통의 편지를 모두 보였다. 임영대군은 한때 임금의 은총을 입은 여자를 귀성군이 언감생심 마음에 두고 있었다는 사실에 분노하며 귀성군의 귀를 잡아끌고 세조를 알현하여 이실직고하게 하였다. 세조는 그 일이 덕중의 짝사랑일 뿐이라며 귀성군을 불문에 붙였다. 대신에 환관 최호와 김중호를 궐 밖으로 끌어내 때려죽이고 덕중을 목매달아 죽였다.

의금부에서 연락이 왔다. 권맹희에게 장 40대를 때리니 권맹희가 '성상이 귀성군처럼 연장(年長)하면 걱정이 없을 것이고 귀성군 또한 물망이 있다'고 자백했으며 강자평도 그 소리를 들었다고 말했다는 것이다.

원상들은 권맹희가 자복했다는 사실을 왕태비에게 보고하고 귀성군을 잡아다가 문초하자고 건의했다.

"귀성군과 권맹희가 모의했다는 확실한 증거가 없는데 권맹희의 자복만으로 귀성군을 벌주는 것은 조종(祖宗)에 죄를 짓는 것입니다."

왕태비가 거절하자 신숙주가 세조 때 연애편지 사건을 새롭게 들추어냈다.

"그 일은 세조가 불문에 붙인 일이니 재론하지 마세요."

처음에 왕태비는 신숙주의 청을 거절했다. 그러나 형식적인 절차에 불과했다. 여러 대신들이 이구동성으로 귀성군을 벌 줄 것을 주청하자 왕태비는 못 이기는 체 신하들의 의견을 따랐다.

"경들은 밖에 나가 귀성군을 어떻게 처리할지 의논하여 보고하라."

한명회, 신숙주 등이 합의된 사항을 보고했다.

"귀성군 이준은 군호(君號)를 회수하고 공신의 명부에서 삭제하며 경상도의 영해로 안치하소서."

29. 민족의 얼이 되어

부친상을 당한 지 일 년여가 지난 성종 1년 1월 14일 저녁, 귀성군은 부친의 산소에서 시묘를 살다가 잠시 집에 머물고 있었다.

환관 안중경이 임금이 내린 선온을 들고 나타났다. 귀성군은 성은에 감격해하면서 음식을 들고 안중경이 따라주는 술도 여러 잔 마셨다.

안중경이 스르르 물러가더니 박지번이 칼을 들고 방안으로 들이닥쳤다. 봉당으로 수십 명의 군사들이 몰려들어 왔다. 박지번은 다짜고짜 귀성군을 잡아 묶었다.

"이놈! 무엄하게도…. 내가 누군 줄 아느냐?"

군사들은 대답하는 대신 귀성군을 끌어다 대기시킨 수레에 던져버렸다. 왕실의 장자이며 나라에 혁혁한 공훈을 세웠고 한때 병권을 장악하기도 했고 영의정까지 올랐던 귀성군이 영문도 모른 채 일개 무장의 손에 의하여 어디론가 끌려가고 있었다. 귀성군으로서는 너무 황당한 노릇이었다. 소리를 질러 봐도 곁에 아무도 없었다. 뜯어말리는 귀성군의 처도 또 다른 수레에 던져졌다.

귀성군을 태운 수레는 영해로 향하고 있었다. 수십 명의 군사가 따르고 있었다. 낮에는 쉬고 밤에만 행군하는 것이었다. 백성들에게 이 사실을 숨기고자 함이다. 사정도 모르고 영문도 모른 채 귀성군은 지름길을 놔두고 멀리 강원도 산길을 에돌아 경상도 영해로 끌려갔다.

귀성군이 귀양을 떠나자 원상들은 권맹희 형제와 최세호를 사형에 처할 것을 건의했다.

"권맹희와 권계희, 그리고 최세호는 환열형에 처하시오. 그러나 그들을 효수하지는 마세요. 그들의 15세 넘은 아들들은 교형에 처하시오. 권중희는 난신의 형제지만 안평대군의 손서이기도 하니 살려서 유배형에 처하시오. 전라도 관찰사 권각은 권맹희의 숙부이니 삭탈관직하여 유배형에 처하시오."

왕태비는 눈을 지그시 감고 있었다.

"내가 여자로써 차마 난신들의 처첩들을 공신들의 종으로 삼게 할 수는 없소. 권중희는 유배길에 자신의 가족은 물론 모친과 권맹희의 처를 대동하도록 하시오."

권중희와 권각은 황해도 금구(금천)로 유배되었다. 권맹희의 모친과 처, 그리고 두 아들이 권중희의 뒤를 따랐다.

한명회 등 훈구대신들은 무신 남이에게 억울한 누명을 씌워 죽이고 다시 종친의 좌장인 귀성군의 손발을 끊어 멀리 내쫓았다. 아! 종친이 사라진 자리에는 외척이 우글거리고 무신이 사라진 강토에는 쑥대만 자라고 있었다.

성종을 앉히면서 귀성군을 몰아내고 권맹희 등을 죽인 공으로 좌리공신(佐理功臣) 75명이 책봉되었다. 1등 9명, 2등 13명, 3등 18명, 4등 36명 등이다.

1등에는 한명회, 신숙주, 최항, 홍윤성, 조석문, 정현조, 김국광, 윤자운, 권감 등이다. 한명회와 신숙주는 남이를 죽였을 때와 마찬가지로 일등공신을 차지했다. 이번에는 그 이상의 혜택을 받았다. 공신을 세 집안이 나누어 가진 꼴이다. 한명회는 1등, 6촌인 한계미, 한계희는 2등, 한계순은 3등, 한명회 아들 한보와 한계미의 아들 한의는 4등이다. 또 신숙주는 1등, 아들 신정과 신준은 4등이 되었고 정현조는 1등, 그 아버지 정인지는 2등이다.

한명회는 공신연을 자신의 이화방 집에서 성대하게 열었다. 공신연은 궁궐에서 열리는 것이 상례인데 대신의 집에서 열리는 것은 있을 수 없는 일이다. 더욱이 한명회의 딸이자 성종의 비인 공혜왕후도 친정에 와 있었다.

한명회는 공신들 앞에서 자신의 위상이 하늘을 찌르는 형국에 대하여 아무 거리낌 없이 뽐내며 낄낄 웃었다.

"세조는 솥 정(鼎)을 빗대어 세 발이 솥을 받쳐주어야 왕권이 안정된다고 했지만 부질없는 망상이 아닌가? 꼭 세 발이 있어야 솥인가? 같은 솥이라도 솥 부(釜)자를 들여다봅시다."

한명회는 붓을 들어 먹물을 흠뻑 찍고는 글자 하나를 크게 썼다.

釜!

"솥 부(釜)자를 보시오. 같은 솥이라도 솥 부(釜)자에는 발이 없지 않소. 임금(王) 위에 아비(父)가 올라타고 신하들이 양쪽에서 받들고 있지 않소?"

그야 말로 안하무인이오, 거칠 것이 없는 방자함이었다. 참석한 공신들이 엎드려 한명회를 우러러보고 있었다.

모친상을 당하여 고향에 내려가 있던 유자광이 한명회를 찾아왔다.

"노루 때리던 막대기로 잠자는 호랑이를 잡았구려."

"달린 입이라고 아무 말이나 함부로 지껄이느냐?"

"제게도 공신 한 자리 주셔야 하지 않겠습니까?"

"자네가 한 일이 무엇인데…?"

"그렇다면 저 많은 공신은 공이 있어서입니까? 다 대감의 울타리를 만든 것이지요. 화무십일홍(花無十日紅)이오, 권불십년(權不十年)이라 했습니다. 아무리 화려한 꽃도 열흘을 넘기지 못하고 아무리 막강한 권력도 10년을 넘기기 어려운 법입니다. 유념하소서."

한명회는 끓어오르는 분기를 참느라 이를 악물었다.

"내가 승냥이 새끼를 키웠구나. 너와 나는 평생을 밀고 밀리는 싸움을 할 팔자로구나."

유자광은 자리를 박차고 나왔다.

성종 10년, 귀성군이 영해에 귀양 온 지 10년이 지나고 있었다. 귀성군은 한시도 울분을 삭이지 못하고 호미곶 언덕에 앉아 바다를 바라보며 한 많은 10년을 보냈다.

귀성군, 아니 이준의 적거지(謫居地-귀양지)는 뾰족하게 깎은 대
나무로 울타리가 둘리고 상시 10여 명의 군사들이 지키고 있었
다. 고을수령은 열흘에 한번 나타나지만 이준에게 눈을 맞히려
하지 않았다. 나중에는 이준에게 하루에 한 차례 바닷가를 산책
하는 것이 허용되었다.

몸은 마른 장작개비처럼 깡마르고 얼굴은 초췌한 몰골을 하고
있었다. 이준은 남이와 함께 하지 못한 자신의 어리석음을 뒤늦
게 한탄했지만 이미 물 건너 간 일이었다.

이준은 초봄의 쌀쌀한 날씨에도 불구하고 바닷가에 나와 앉아
있었다. 바닷바람이 쏴아 하고 얼굴을 스쳤다. 10년을 하루같이
바라보고 있는 바다는 정지된 화면일 뿐이다. 이날따라 고기잡이
배도 보이질 않았다. 이준은 깜박깜박 졸고 있었다.

누군가가 이준의 어깨를 툭 친다.

"바둑이나 한 수 두십시다."

돌아다보니 남이이다.

"죽은 줄만 알았는데 자네가 어인 일로 왔는가?"

"내 육신은 갈기갈기 찢기어 땅에 묻혔지만 내 혼은 민족의 얼
로 다시 태어났다오."

바둑돌을 바둑판에 놓을 때마다 떵떵 굉음이 들린다. 그때 동
해바다 저쪽으로부터 광풍이 불어 닥치더니 바둑판을 쓸어버린
다. 둘은 바둑돌을 복기하고 있다. 또 다시 북풍이 세차게 몰려와
바둑돌을 흩어버린다. 이윽고 온갖 방향에서 바람이 몰려와 회오
리친다. 바둑판이 하늘로 오르고 이준과 남이가 앉은 자리가 따
라서 둥둥 뜬다. 바둑판이 쩍 갈라지며 두 동강이 나는가 싶더니

합쳐진다. 문득 보니 바둑판에 푸른 풀이 돋아난다. 풀은 무성하게 자라서 꽃을 피운다. 향기가 천지에 진동한다.

"민초입니다. 백성이라는 풀은 밟아도 파헤쳐도 저렇게 자라 삼천리반도에 꽃을 피우고 그 향기는 장차 온천지로 퍼져나갈 것입니다."

남이의 말이 귓가에 쟁쟁히 울리고 있었다. 이준은 바닷가 바위에서 시체로 발견되었다. 그의 입에는 미소가 흐르고 있었다.

성종 10년, 귀성군 이준이 유배지 영해에서 생을 마감하자 권중희는 귀양살이 10년 만에 그 해 9월 겨우 풀려났다.

때에 명나라에서 요동군 10만 명으로 요동을 칠 것이니 후방에서 협공해 달라는 요청이 왔다. 삼도 체찰사 어유소가 평안도 북변으로 향하고 있었다. 그러나 그를 따르는 군사는 수백 명에 지나지 않았다. 그야말로 수족 없는 머리요 졸 없는 장군격이었다. 권중희는 어유소를 만났다.

"건주위를 토벌하러가는 장군이 어찌 이리 초라한 행군을 하십니까?"

"지방군은 대부분 해체되었고 중앙군은 기강이 해이해져 있어 황해도와 평안도에서 모병할 작정이오. 귀관도 황해도에서 모병해서 종군하기를 바라오."

"시방 수년간의 흉년으로 인하여 서북쪽의 인구가 절반으로 줄었고 백성들이 굶주리고 있습니다. 더욱이 북변에 발령받은 관리들은 위에 뇌물을 주고 부임을 기피하기도 하고 병을 핑계로 임지를 떠나 한양으로 돌아가는 자들이 비일비재한 실정이지요."

권중희는 황해도에서 일천 명을 모병하여 북변으로 달려가고 있었다. 앞서 나아간 어유소는 압록강물이 얼지 않아 도강할 수 없다며 회군을 단행했다. 조정의 재가를 받지 않고 독자적으로 취한 행동이었다.

권중희 또한 진을 파하여 대동한 황해도 군사들을 돌려보내고 두 아들들과 더불어 만포로 향했다. 백의종군하여 나라를 지킬 생각이었다.

만포에 이르러 압록강으로 가보니 얼음은 수천의 군사가 지나가도 깨지지 않을 정도로 얼어 있었다. 만포에는 국경을 지키는 군사가 수십 명에 불과했다. 중앙에서 보급이 끊기자 타던 말을 잡아먹거나 야인들에게 팔고 도망간 것이다.

멀지 않은 고산리의 성루에서 피리소리가 간장을 에듯 애달프게 들렸다. 권중희가 말을 몰아 달려가 보니 거기에는 갑옷을 입은 두 장수가 만주를 바라보며 성을 지키고 있었다. 두 장수는 뜻밖에도 남장여인들이었다. 탁문아와 구을금이다. 탁문아는 남이가 들려주던 피리를 불고 구을금은 노래를 부르고 있었다.

　　　盡力報國南怡將 (진력보국남이장)

　　　遭讒人而卒歿身 (조참인이졸몰신)

　　　哀見崇將不在得 (애견숭장불재득)

　　　涕涕淫淫其若霰 (체체음음기약산)

　　　白骨塵土幽隱島 (백골진토유은도)

　　　羌芳箤而自中出 (강방졸이자중출)

　　온 힘을 다하여 나라를 지킨 남이 장군이

아첨하는 자들을 만나 그 몸이 부서졌네
슬프도다. 위대한 장군을 만날 수 없으니
한없이 흐르는 눈물이 앞을 가리네
백골이 진토 되어 섬에 묻혔건만
아아! 향기로운 꽃이 그 곳에서 피어나네

[주] 휴명의 애가

　태양이 대지를 비치는 대낮인데도 아득히 먼 만주 벌판에 벼락이 치고 천둥이 우르르 산야를 울리는 듯했다. 바람이 만주 벌판을 휘젓고 있다. 탁문아와 구을금에게는 '벼락'은 남이의 장검이 우는 소리요, '천둥'은 남이의 철궁이 떠는 소리요, '바람'은 남이가 말을 달리는 소리로 들렸다. 권중희도 그렇게 느끼고 있었다. 그 소리는 산울림이 되어 민족의 가슴을 울리고 있었다. 끝.

참고자료

· 『고려사』

· 『조선왕조실록』

· 강효석, 『대동기문』

· 고혜령 외, 『조선시대선비들의 백두산 답사기』, 혜안, 1998

· 공준원, 『오궁과 도성』, 세계문예, 2009

· 권남, 『응제시주』

· 김도환, 『한국속담활용사전』, 한울, 1995

· 김동인, 『대수양』, 신원문화사, 2006

· 김범부, 『화랑외사』, 해군본부정훈감실, 1954

· 김시양, 『부계기문』

· 김천택, 『청구영언』

· 김한규, 『요동사』, 문학과 지성사, 2004

· 김홍신, 『대발해』, 아리샘, 2007

· 남곤, 『유자광전』

· 남도영, 『제주도목장사』, 한국마사회, 2001

· 남상달, 『충무공 남이장군실기』, 의산위공파화수회, 1994

· 대야발, 『단기고사』

· 로버트 루트벤스타인, 박종성 옮김, 『생각의 탄생』, 에코의서재, 2007

· 마루야마 도시아끼, 박희준 옮김, 『기란 무엇인가』, 정신세계사, 1995

· 박기현, 『조선의 킹메이커』, 역사의아침, 2008

· 박동량, 『기재잡기』

· 박석순 외, 『일본사』, 대한교과서, 2005

· 박시형, 『한국사와 토지』, 북한 사회과학원, 1981

· 박은식, 김승일 옮김, 『한국통사』, 범우사, 1999

· 세조, 『병장도설』

· 손무, 『손자병법』

· 신동준, 『조선의 왕과 신하, 부국강병을 논하다』, 살림, 2007

· 신숙주, 『해동제국기』

· 신영훈, 『한국의 고궁』, 한옥문화, 2005

· 이긍익, 『연려실기술』

· 이덕무 · 박제가 · 백동수, 임동규 옮김, 『무예도보통지』, 학민사, 1996

· 이덕일, 『사화로 보는 조선역사』, 석필, 1998

· 이덕일, 『조선왕 독살사건』, 다산북스, 2005

· 이덕일, 『조선왕을 말하다』, 역사의아침, 2010

· 이상협, 『조선전기 북방사민연구』, 경인문화사, 2001

· 이성무, 『조선왕조사』, 수막새, 2011

· 이성무, 『조선왕조실록 어떤 책인가』, 동방미디어, 1999

· 이승휴, 『제왕운기』

· 이용한, 『장이(사라져가는 토속문화를 찾아서)』, 실천문학사, 2001

· 이정형, 『동각잡기』

· 이한, 『새로운 세상을 꿈꾼 사람들』, 청아출판사, 2010

· 이홍직, 『한국사대사전』, 교육도서, 1994

· 일연, 『삼국유사』

· 임기중, 『연행록연구』, 일지사, 2002

· 임종웅, 『조선왕조 왕비열전』, 석전미디어, 2002

· 장도빈, 『남이장군실기』, 덕흥서림, 1926

· 최재석, 『한국가족제도사연구』, 일지사, 1983

· 최정용, 『조선조 세조의 국정운영』, 신서원, 2000

· 한동석, 『우주변화의 원리』, 대원출판, 2001

· 한우근 외, 『사료로 본 한국문화사』, 일지사, 2009

· 허균, 「유재론」

· 홍만종, 『해동이적』, 을유문화사, 1976

소설 남이

| 1판 1쇄 인쇄일 | 2011년 7월 15일 |
| 1판 2쇄 발행일 | 2011년 12월 23일 |

지은이	권무일
펴낸이	이정옥
펴낸곳	평민사
	서울특별시 서대문구 남가좌2동 370-40
	전화 (02)375-8571(代)
	팩스 (02)375-8573

평민사(이메일) 모든 자료를 한눈에 —
http://blog.naver.com/pyung1976

| 등록번호 | 제10-328호 |
| 값 | 14,000원 |

ISBN   978-89-7115-575-2   03800